Zum Buch:

Norfolk, 2021: Mathilde schlägt aus Prinzip nirgendwo Wurzeln – mit ihrem Campervan ist sie immer mobil, das ist für die Fotojournalistin das Wichtigste. »Sorg immer dafür, dass du jederzeit aufbrechen kannst« ist die wichtigste Regel, die ihre Mutter ihr beigebracht hatte. Schon seit dreißig Jahren hält sie ihren Vater für tot, doch plötzlich soll ihr ein Anwesen in England gehören, und eine Halbschwester, von der sie ihr ganzes Leben lang nichts geahnt hatte, steht vor ihr. Lutton Hall hält nicht nur für Mathilde einige Geheimnisse bereit – ein altes Gemälde ermöglicht einen Blick in die Vergangenheit, in das Jahr 1584 …

Zur Autorin:

Clare Marchant wuchs in Surrey, England, auf und studierte Geschichte und Frauenforschung, Disziplinen, in denen sie sich mit der Lebenssituation von Frauen im Wandel der Zeit befasste. Danach landete sie – unbeabsichtigt – in der IT-Branche und arbeitete einige Jahre als Projektmanagerin in London. Mittlerweile schreibt sie hauptberuflich und lebt mit ihrem Ehemann sowie ihren zwei jüngsten Kindern in Norfolk.

Clare
Marchant

Auf den Spuren der Königin

Roman

Aus dem Englischen
von Sonja Häußler

HarperCollins

Die Originalausgabe erschien 2021 unter dem Titel
The Queen's Spy bei AVON, London.

1. Auflage 2022

Deutsche Erstausgabe

Published by arrangement with AVON,
a division of HarperCollins*Publishers* Ltd
Umschlaggestaltung von Lee Avison, Joanna Czogala / Trevillion Images
Umschlagabbildung von Lukiyanova Natalia frenta / shutterstock
Gesetzt aus der Stempel Garamond
von GGP Media GmbH, Pößneck
Druck und Bindung von CPI books GmbH, Leck
Printed in Germany
ISBN 978-3-365-00103-5
www.harpercollins.de

Klimaneutral
Druckprodukt
ClimatePartner.com/15109-2009-1001

MIX
Papier
FSC FSC® C083411

Dominic, Tobias, Laura, Bethany, Imogen, Gregor –
ihr seid meine Welt

1

Juni 2021

Sie atmete hörbar aus, so laut, dass ein aggressives »Sssssssh« aus Luft und Spucke in dem riesigen, fast leeren Grenzkontrollbereich widerhallte. Eine Kathedrale der Moderne, die alle in ihren heiligen Hallen willkommen hieß. Oder vielleicht auch nicht alle, dachte Mathilde, als sie vor dem Mann mit dem sauertöpfischen Gesichtsausdruck stand. Auf einem verschmutzten Schild hinter ihm war unpassenderweise der Schriftzug »Welcome to England« zu lesen. Die meisten ihrer Mitreisenden saßen inzwischen in ihren Autos und setzten ihre Reise fort, während die letzten paar Fußgänger die Fähre verließen, ihre staubigen Rucksäcke auf ihren müden Schultern. Hier war sie nun und wartete in diesem kalten, hallenden Raum, während ein übereifriger alter Mann in schlecht sitzender Uniform sie immer wieder mit denselben Fragen bombardierte.

»Haben Sie die doppelte Staatsbürgerschaft?«, wiederholte er noch einmal, während er ihr mit dem Pass, den er mit dem Daumen offen hielt, vor der Nase herumfuchtelte. »Sind Sie Französin oder Libanesin?«

»*Oui*, Französin«, sagte sie langsam, um den Eindruck zu erwecken, ihn nicht zu verstehen. Sie hegte die stille Hoffnung, er würde dann seine Fragerei aufgeben und sie ihre Reise fortsetzen lassen. »Ich bin Französin.«

»Aber hier«, er zeigte auf eine Seite in ihrem Pass, »hier steht, dass Sie im Libanon geboren sind.« Er sprach jedes Wort überdeutlich aus. Sie sah ihn ausdruckslos an, entspannte langsam ihre Faust, streckte ihre Finger und ballte sie dann wieder zusammen. Normalerweise half eine ausdruckslose Miene, aber dieser Alte war hartnäckig, und so fand sie sich schließlich in einem kleinen Raum wieder, wo man ihr einen Plastikbecher lauwarmes Wasser reichte und darauf wartete, dass man einen Dolmetscher für Französisch auftrieb. Sie waren nicht mal fünfzig Kilometer von Frankreich entfernt, wie schwer konnte das sein?

Mathilde öffnete ihre Tasche und zog den Brief heraus, der sie hierhergeführt hatte. Die Art von Furcht einflößender, amtlich wirkender Post, die man sofort öffnen musste, geschrieben auf dickem cremefarbenem Papier. Der Absender war ein Anwalt. Er habe ein Foto gesehen, das sie in Stockholm für das Magazin *Amelia* geschossen hatte, und sie daraufhin ausfindig gemacht, schrieb er. Angesichts der Tatsache, dass sie schon ihr ganzes Leben lang ständig herumzog, damit eben genau das nicht passierte, hatte er Glück gehabt. Hätte die Zeitschrift wie eigentlich vereinbart ihr Pseudonym benutzt und nicht aus Versehen ihren echten Namen unter das Bild gesetzt, könnte sie noch immer ihr weitgehend anonymes Leben führen. Doch der Anwalt hatte darauf bestanden, dass sie umgehend Kontakt zu ihm aufnahm. Es ginge um ein Anwesen namens Lutton Hall in England.

Genauer gesagt in Norfolk. Mathilde hatte keine Ahnung, was dahintersteckte, und lange hin und her überlegt, ob sie der Aufforderung nachkommen sollte oder nicht, bis sie sich dann schließlich doch dazu entschloss.

Und jetzt war sie hier, unterwegs zu einem Dorf in Norfolk, wo sie hoffte, einige Antworten zu finden. Oder zumindest wäre sie das, wenn diese Idioten hier nicht ihre Zeit stehlen würden. Es war immer dasselbe – jemand, der in einer Uniform steckte und gerade nichts Besseres zu tun hatte, wurde mit einem einzigen Blick auf ihren heruntergekommenen, zum Camper umgebauten Krankenwagen sofort misstrauisch. Vor allem wenn derjenige dann auch noch einen Blick in ihren Reisepass warf, der ihren Geburtsort offenbarte und in dem unzählige Visa davon zeugten, dass sie ständig auf Reisen war. Was erwarteten sie von einer Fotojournalistin? Sie würde wohl kaum aussagekräftige Fotos von politischen oder sozialen Konflikten, Milieustudien oder Bildreportagen aus Kriegsgebieten zustande bekommen, wenn sie in einem Einzimmerapartment in Paris herumsäße, oder?

Plötzlich betrat ein weiterer Mann den Raum.

»Geben Sie mir bitte Ihre Wagenschlüssel«, forderte er sie auf. Durch das Fenster konnte sie zwei Polizeibeamte sehen, die die Leinen von ziemlich energiegeladenen, frenetisch bellenden Springer Spaniels hielten, und musste ein wenig schmunzeln. Sie würden in ihrem Auto keine Drogen finden. Sie griff in ihre Tasche und hielt ihm den Schlüssel hin.

»Vorne stehen Pflanzen«, sagte sie und kniff die Augen zusammen. »Kräuter, kein Marihuana«, fügte sie hinzu. »Bitte sorgen Sie dafür, dass Ihre Hunde sie nicht beschädigen.« Mit unbewegter Miene nahm er den Schlüssel und verschwand. Sie beobachtete, wie die Polizisten gewissenhaft an den Kräutern und Gewürzpflanzen, die sie in kleinen Töpfen zog, schnupperten, doch schließlich gaben sie ebenso wie die enttäuscht wirkenden Hunde auf und schlossen den Wagen wieder ab.

Als sie sich schon fragte, ob sie wohl je über Dover hinauskommen würde, bestätigte endlich jemand am anderen Ende einer Telefonleitung, dass Mathilde zwar ursprünglich aus Beirut stammte, jedoch die französische Staatsbürgerschaft besaß, womit ihr die Einreise ins Vereinigte Königreich nicht mehr verwehrt werden konnte. Knurrend nahm sie ihre Tasche und die Autoschlüssel und stolzierte mit dem Reisepass in der Hand aus dem Raum. Sie hatte noch kaum englischen Boden betreten und jetzt schon die Nase voll von diesem gottverlassenen Land. Je schneller sie hier alles erledigt hatte, desto eher konnte sie zu ihrem Vagabundendasein zurückkehren – weitab von irgendwelchen Regeln, Behörden und der Gesellschaft, die sie weder mochte noch verstand. Irgendwohin, wo sie sich sicherer fühlte.

2

Januar 1584

Um ihn herum drängten sich Menschen – Männer, Frauen und Kinder –, als sie von Bord gingen, sie schoben und schubsten einander, bis sie auf der Kaianlage standen. Dann verharrten sie und blickten sich verwirrt um, als wären sie erschrocken, plötzlich wieder festen Boden unter den Füßen zu haben. In der Luft hing der inzwischen so vertraute Geruch des Meeres, er schmeckte ihn hinten in seiner Kehle: beißendes Salz mit einem Hauch Fisch, den er inzwischen so satthatte, dazu der Gestank verschwitzter, ungewaschener Leiber, den er mittlerweile fast gleichgültig hinnahm. Nach der unruhigen Überfahrt zitterten ihm die Beine, und er spürte, dass er immer noch leicht schwankte. Neben ihm umklammerte ein kleiner Junge einen Käfig, in dem zwei gelbe Vögel herumflatterten. Er lächelte und zwinkerte dem Kind zu, das zurückgrinste. Alle schienen erleichtert, endlich angekommen zu sein. Über ihm erhoben sich gewaltige weiße Klippen, strebten hinauf zu einem bleichen, kalten, unwirtlichen Himmel. Tom bezweifelte mittlerweile, dass diese Reise ihm helfen würde, endlich das zu finden, wonach er suchte.

Plötzlich klopfte ihm eine riesige Pranke auf den Rücken, er drehte sich um und freute sich, seinen Schiffskameraden William zu sehen. Sie hatten sich auf der Überfahrt angefreundet, als beide feststellten, dass ihr jeweiliges Gepäck aus Pflanzen und Blumenzwiebeln bestand. Tom war zwar von Geburt an taubstumm, dennoch gelang es den beiden Männern, sich mit Handzeichen zu verständigen, kombiniert mit Toms Fähigkeit, Lippen zu lesen. Hilfreich war auch seine kleine Schreibtafel, die aus einem glatten Stück Elfenbein bestand, auf das viele Schichten Wachs aufgetragen worden waren. Hier konnte er Worte hineinritzen, sie wieder glatt streichen und die Tafel so immer wieder benutzen. Das war einfacher, als ewig Pergamentschnipseln hinterherzujagen. Von klein auf hatte er mühsam lernen müssen, wie er Informationen übermittelte und teilte – für jemanden, der weder sprechen noch hören konnte, eine besondere Herausforderung; seine Adoptivmutter hatte ihm das beigebracht, während sie im Destillierraum zusammenarbeiteten und Medizin aus Kräutern und anderen Pflanzen herstellten. Inzwischen konnte er die meisten Wörter von den Lippen ablesen und nicht mehr für dumm verkauft werden. William wiederum genoss es, dass Tom ihn nicht in stumpfsinniges Geschwätz verwickelte; stundenlang hatten sie in einträchtigem Schweigen an Deck gesessen und den Bewegungen des Schiffes nachgespürt, über ihnen die allgegenwärtigen Möwen.

Nun bedeutete er Tom, sein Gepäck zu nehmen und ihm zu folgen, und so machten sie sich gemeinsam auf unsicheren Beinen auf den Weg.

Kaum waren sie ein paar Meter gegangen, da zupfte jemand Tom am Ärmel, und als er sich umdrehte, sah er sich einer der Hafenwachen gegenüber. Der Mann redete auf ihn ein, und Tom beobachtete konzentriert seine Lippen, in der Hoffnung, wenigstens das eine oder andere Wort zu verstehen. Aber er war ratlos. Sein Englisch – obwohl seine Muttersprache – war schlecht, zu viele Jahre hatte er es nicht mehr anwenden müssen. Zudem sprach der Mann sehr schnell. Tom war verwirrt. Der schlechte, saure Atem und die schwarzen Zähne des Mannes ließen ihn einen Schritt zurückweichen. Der Griff um seinen Arm wurde fester, Fingernägel gruben sich in seine Haut. Tom konnte ihn zwar nicht hören, aber das rote Gesicht des Mannes und die Tatsache, dass beim Sprechen Spucke aus seinem Mund flog, ließen den eindeutigen Schluss zu, dass er alles andere als glücklich darüber war, keine Antwort zu erhalten. Daran war Tom gewöhnt. Er versuchte es mit seinen üblichen Handzeichen, um ihm zu bedeuten, dass er taubstumm sei, aber das war gar nicht so einfach, wenn einem der Arm festgehalten wurde.

Mit einem Mal fuhr der Mann herum, und Tom sah über seine Schulter hinweg, dass neben dem Schiff eine Schlägerei ausgebrochen war. Und dann war die Wache weg, rannte auf den Tumult zu. Tom packte die Gelegenheit beim Schopf und machte sich aus dem Staub. Er hievte den Sack mit seinen Habseligkeiten auf seinem Rücken etwas höher, drehte sich um und eilte William hinterher, auf die Straße nach London zu. Es war immer das Gleiche: Weil er taubstumm war, fiel er auf, auch wenn er sich noch so sehr wünschte, im Hintergrund zu bleiben. Immer wieder wurde er festgenommen, egal wohin er ging. Argwohn und Misstrauen waren in jeder Sprache gleich.

Der Sack mit seinen Besitztümern war schwer, und sein wertvolles Triptychon drückte ihm mit seinen scharfen Ecken in die Schulter, doch das machte Tom nichts aus. Es handelte sich dabei um ein Gemälde in drei separaten Teilen, die von Scharnieren grob zusammengehalten wurden, damit es wie eins aussah, wenn man es öffnete. Tom freute sich, wieder in England zu sein, dem Land, in dem er vor über vierzig Jahren geboren wurde. Die Erinnerung an sein Leben hier war mittlerweile verschwommen, er war noch klein gewesen, als seine Adoptivmutter ihn mit nach Frankreich genommen hatte. Es war damals ein hastiger Aufbruch gewesen, sie hatten nur wenige Stunden der Vorbereitung gehabt, um den Gefolgsleuten Seiner Majestät zuvorzukommen, die im Anmarsch waren, um sie aus ihrem Zuhause zu verjagen. Kurz zuvor war sein Vater – der einzige Vater, an den er sich erinnern konnte – vom König ermordet worden. Umgebracht, einzig weil er mit einem Sekretär namens Francis Dereham zusammengearbeitet hatte, der überführt worden war, mit Königin Catherine, der fünften Gattin des Königs, Ehebruch begangen zu haben. Dereham war hingerichtet worden, und Toms unschuldiger Vater war gestorben, während man ihn folterte, um Informationen, über die er nicht verfügte, aus ihm herauszubekommen. Seine Adoptivmutter hatte die Erinnerungen jedoch am Leben erhalten – in ihren Zeichnungen, ihrer Zeichensprache und dem Safran, den sie anbaute.

Nun hoffte er, hier wieder eine Heimat zu finden, einen Ort, wo er sich sicher und akzeptiert fühlen konnte. Die Menschen mochten einen nicht, wenn man anders war, und das war er zweifellos.

3

Juni 2021

Mathilde blieb einen Moment in der Abenddämmerung stehen und blickte an dem uralten Herrenhaus hoch. Es sah aus wie die alten englischen Gebäude, die sie aus Büchern und Filmen kannte, war allerdings viel größer als erwartet. Plump und breit, wie eine Englische Bulldogge, die in der Wärme des Abends döste. Die untergehende Sonne tauchte das Gebäude in ein weiches Rosa, die verwitterten Holzbalken, die sich über die helle Fassade zogen, wirkten wie ein dunkles Relief. Die Fenster – überwiegend aus winzigen Glasscheiben zusammengesetzt – reflektierten die letzten Sonnenstrahlen, glitzerten und funkelten Mathilde an.

Noch einmal schaute sie auf die Adresse, die in dem Brief angegeben war. Lutton Hall. Das war es eindeutig; als sie von der Landstraße abgebogen war, hatte sie ein altes, verblasstes Schild gesehen. Die Zufahrt war so lang, dass sie irgendwann schon dachte, es wäre einfach nur ein weiteres dieser lächerlich schmalen Sträßchen. Wuchernde Hecken und staubige Brennnesseln streiften ihren Van, bis sich die Straße schließlich zu einer breiten Einfahrt und einem großen Vorplatz öffnete. Der Schotter dort war unter einer dichten Decke aus Unkraut kaum mehr zu sehen. Überhaupt strahlte das gesamte Äußere etwas Ungeliebtes, Vernachlässigtes aus. Irgendwie schäbig. Mathilde empfand sofort eine Verbindung zu diesem Ort und hatte das Gefühl, dass es niemanden stören würde, wenn sie hier parkte. Sie wendete den Van, sodass er mit dem Hinterteil Richtung Gebäude stand. Sorg immer dafür, dass du jederzeit aufbrechen kannst: die wichtigste Regel, die ihre Mutter ihr beigebracht hatte.

Als sie vor dem großen Portal aus dunklem Holz stand, das mit schwarzen Riegeln besetzt war und sich unter einem glatten Steinsturz duckte, merkte sie, dass es weder einen Türklopfer noch eine Klingel gab. Also schlug sie fest mit der Faust dagegen, dann trat sie zur Seite und ging zu einem der Fenster. Sie beschirmte ihre Augen mit den Händen, lehnte sich an die Scheibe und versuchte hineinzuspähen. Der Raum war dunkel, und abgesehen von ein paar eckigen, weißen, aufragenden Formen konnte sie nichts erkennen.

»Ja, bitte, kann ich Ihnen helfen?« Mathildes Herz machte einen unangenehmen Satz, und sie drehte sich zu der Stimme um. In der nun offenen Tür stand eine Frau, die ungefähr in Mathildes Alter zu sein schien. Sie war etwas kleiner als sie, hatte aber dieselben tief liegenden Augen unter dicken, geraden Brauen. Mathildes Haar war viel dunkler und legte sich wie ein schwerer Vorhang über ihren Rücken, während die andere Frau ihr hellbraunes Haar zu einem Bob geschnitten trug. Etwas an ihr kam Mathilde vertraut vor.

»Ich habe einen Brief wegen dieses Hauses erhalten.« Mathilde kramte in ihrer Tasche nach dem Umschlag, der vom vielen Herausnehmen und wieder Hineinstecken knittrig und schmuddelig geworden war, und reichte ihn der Frau. Zum Glück war er auf Englisch verfasst, deshalb brauchte sie nichts zu erklären. Als die Frau ihn las, wurde sie bleich und gab Mathilde das Stück Papier zurück.

»Bitte kommen Sie rein«, krächzte sie und räusperte sich. Doch sie brachte auch ein zittriges Lächeln zustande, als sie zur Seite trat und den Arm hob, um Mathilde ins Haus zu bitten. Diese tat, wie ihr geheißen.

Die Eingangshalle war riesig und so einschüchternd, wie sie von außen vermuten ließ. An den mit dunklem Holz getäfelten Wänden hingen Ölgemälde von Menschen mit mürrischen Gesichtern. Hoch oben spannte sich ein Gewölbe wie in einer Kirche, das mit farbenprächtigen Bossen verziert war. Mit dem riesigen gemauerten Kamin und der wuchtigen Holztreppe, die sich an der Seite hinaufwand, wirkte der Raum wie eine Bühnenkulisse. Außerdem war es hier eiskalt. Mathilde schauderte ein wenig, als sie sich langsam um sich selbst drehte. Der Raum fühlte sich seltsam an, unruhig, und die Haare auf ihren Armen stellten sich auf. Es war nicht das erste Mal, dass sie sich in einem Gebäude so fühlte. Sie besaß die Fähigkeit, die Ausstrahlung eines Raums wahrzunehmen, die Erinnerungen darin zu erspüren, die nun herauszusickern und nach ihr zu greifen schienen. Den leisen Puls eines schlagenden Herzens, den sanften Atem in ihrem Nacken von jemandem, der einst hier gewesen, aber längst vergessen war. Solche Empfindungen waren ihr vertraut, allerdings waren sie noch nie so stark gewesen wie in diesem Gebäude. Etwas hier hatte auf sie gewartet. Auf der Lauer gelegen.

»Hier lang, wir sind in der Küche«, sagte die Frau über ihre

Schulter hinweg, während sie in einem Korridor verschwand, der so düster aussah wie der Rest des Herrenhauses, und Mathilde folgte ihr rasch – mit dem unbehaglichen Gefühl, begleitet zu werden.

Sie betraten eine große, helle, offene Küche, die an einem Ende von einem uralten cremefarbenen Herd dominiert wurde. So einen hatte es auch in ihrer Kindheit gegeben, und er hatte ebenso viel Rauch wie Hitze ausgestoßen. Die Frau füllte gerade einen Wasserkessel und redete dabei – leider viel zu schnell, selbst für Mathildes eigentlich recht ordentliche Englischkenntnisse. Als sie sich umdrehte und in Erwartung einer Antwort fragend die Augenbrauen hob, zuckte Mathilde nur mit den Schultern.

»Tut mir leid, mein Englisch. Könnten Sie wohl ein wenig langsamer sprechen, bitte?« Sie hatte das Wort »Schwester« im Redeschwall der Frau erkennen können, was sie sehr verwirrte.

»Sorry, meine Schuld«, entschuldigte sich die Frau, während sie einen Stuhl herauszog und Mathilde bedeutete, sich zu setzen. Dann nahm sie Tassen aus dem Schrank und hielt sie hoch. »Tee?«

»Ja, gern«, sagte Mathilde und nickte. Ihr gegenüber saß ein kleines Mädchen auf der Kante eines Stuhls und beobachtete sie aufmerksam. Wer waren diese Leute, und warum war sie hierherbeordert worden? Der Brief hatte die Frau ganz offensichtlich schockiert. Sie wünschte, jemand würde ihr endlich erklären, weshalb sie hier war, in diesem uralten Haus, in diesem Land, in dem sie nicht sein wollte. Schließlich trug die Frau Teekanne und Tassen zum Tisch und stellte noch einen Teller voll dick belegter Käsesandwichs dazu. Dann setzte sie sich und schob Mathilde den Teller hin. »Hungrig?«, fragte sie.

Es war lange her, seit sie zum letzten Mal etwas gegessen hatte; mit einem kurzen dankbaren Nicken schnappte sich Mathilde ein Sandwich und verschlang es mit wenigen Bissen, dann gab sie zwei Löffel Zucker in ihren Tee und stürzte ihn hinterher. Die anderen beiden sahen ihr schweigend dabei zu.

Am Ende hatte sie alle Sandwiches aufgegessen, und es war Zeit, herauszufinden, was hier eigentlich vor sich ging. Sie holte den Brief wieder aus der Tasche, hielt ihn hoch und legte ihn dann auf den Tisch.

»Ich verstehe nicht, weshalb ich herkommen sollte«, erklärte sie, während sie mit der Hand das Stück Papier glatt strich. »Hier steht, dass ich diesen Mann treffen soll, diesen«, sie hielt inne, während sie den Brief überflog, »Mr. Murray, und es hat etwas mit diesem Haus zu tun. Was also soll ich hier?« Sie wedelte mit dem Brief vor der Frau herum.

»Ich weiß nicht, weshalb er sich in dem Brief so geheimnisvoll gibt, aber es geht um deinen Vater. Und seinen Tod.«

»Mein Vater ist vor fast dreißig Jahren gestorben, warum will jemand jetzt über ihn reden?« Mathilde hob verwirrt die Stimme.

Die Frau stutzte. »Moment mal. Wie kommst du darauf, er wäre vor dreißig Jahren gestorben? Er ist im Februar von uns gegangen. Ehrlich gesagt hätte ich nicht gedacht, dass sie dich finden würden. Hast du denn nicht gehört, was ich vorhin gesagt habe? Ich bin deine Schwester. Er war auch mein Vater.« Sie sprang auf und nahm ein kleines gerahmtes Foto von der Kommode hinter ihr und schob es über den Tisch. Der Mann darauf stand in einem ordentlich gepflegten Garten, den Fuß auf die Kante eines Spatens gestellt, während er in die Kamera grinste. Es fiel Mathilde schwer, das zuzugeben, aber sie wusste sofort, dass sie und dieser Mann verwandt waren.

»Das kann nicht sein«, polterte Mathilde. »Meiner Mutter wurde damals im Krankenhaus gesagt, dass er bei der Bombenexplosion zu schwer verletzt wurde, dass er höchstens noch Stunden zu leben hätte. Er wollte uns abholen, und dann war er tot. Man ließ uns nicht zu ihm, weil meine Mutter und er nicht verheiratet waren. Später hat man uns erzählt, er sei gestorben und bereits beerdigt.« Sie trank ihren Tee aus, funkelte die Frau über den Tisch hinweg wütend an und wartete auf eine Erklärung.

Das kleine Mädchen langweilte sich offenbar, es ließ sich vom Stuhl gleiten und verschwand durch eine Tür auf der anderen Seite des Raumes. Sekunden später waren die Geräusche eines Zeichentrickfilms zu hören. Die Frau lächelte und verdrehte die Augen, dann schloss sie die Tür, um den Geräuschpegel zu senken. Sie setzte sich auf den Stuhl, der Mathilde am nächsten stand, und ergriff ihre Hand. Mathilde sah, dass ihre eigenen Finger viel länger und dünner waren als die, die sie umfassten.

»Deine Hände.« Die Frau lächelte, während sie sie streichelte. »Genau wie seine.«

Mathilde zog die Hand weg. »Sag mir, weshalb ich wirklich hier bin«, bat sie.

»Ehrlich, das ist die Wahrheit, ich bin deine Schwester. Rachel.«

Mathilde begriff überhaupt nichts. Und das hatte nichts mit der Sprachbarriere zu tun. »*Non.* Ich habe keine Schwester«, erwiderte sie. »Warum sagst du so etwas?«

»Dein Vater war Peter Lutton – sieh mal, das steht hier in dem Brief, den sein Anwalt geschickt hat. Lutton Hall ist der Familiensitz. Na ja, er war auch mein Vater. Wir sind Schwestern. Halbschwestern, genauer gesagt. Ich habe immer von dir gewusst, er hat oft von meiner älteren Schwester gesprochen. Er hat deine Mutter in Beirut kennengelernt, als er als Journalist gearbeitet hat, und wie du sagtest, wollte er euch gerade abholen und nach England zurückbringen, als das Taxi, in dem er saß, von herabfallenden Trümmern getroffen wurde. Ganz in der Nähe war eine Bombe detoniert. Mehr wusste er nicht, als er Monate später aus dem Koma erwachte, in einem Krankenhaus in London, wohin man ihn überführt hatte. Mit der Gehirnverletzung und der gebrochenen Wirbelsäule war es ein Wunder, dass er überlebt hat, deshalb überrascht es mich nicht, dass man deiner Mutter gesagt hat, er hätte keine Chance. Sein Herz blieb mehr als nur einmal stehen, und er musste wiederbelebt werden, so schwer waren seine Verletzungen. Erst anderthalb Jahre später war er so weit wiederhergestellt, dass er zu euch zurückkehren konnte, aber inzwischen wart ihr beide verschwunden. Er ist nie über diesen Schock hinweggekommen, und er hat nie aufgehört, nach euch zu suchen. Wann immer es möglich war, flog er in den Libanon und später nach Frankreich, inserierte in Zeitschriften, unternahm alles Mögliche. Wir haben oft die Sommerferien dort verbracht, in denen er seine Suche fortsetzte. Ehrlich gesagt habe ich nicht geglaubt, dass dich die Anwälte finden würden. Du siehst ihm so ähnlich. Schließlich trat er eine Stelle in der Fleet Street in London an, und dann hat er meine Mum geheiratet. Aber wir haben immer von dir gewusst, du warst absolut kein Geheimnis. Wie um alles in der Welt hat der alte Mr. Murray dich gefunden?«

Mathilde zitterte jetzt am ganzen Körper. Schon seit Jahren war sie allein. Seit ihre Mutter gestorben war, reiste sie in ihrem Van herum, machte Fotos und verkaufte sie, wenn sie konnte, wobei sie sich für eine gute Aufnahme oft in gefährliche Situationen brachte. Inzwischen hatte sie sich in der Branche einen Namen gemacht. Und jetzt schien es, als hätte sie ihre journalistische Begabung von ihrem Vater geerbt, einem Mann, an den sie sich nicht erinnern konnte. Dem toten Vater, über den sie nichts wusste, weil ihre Mutter es nicht ertragen hatte, über ihn zu sprechen.

»Mein Name hat in einer Zeitschrift gestanden, unter einem Foto, das ich gemacht habe.« Sie stotterte, als sie das sagte.

»In Beirut? Bist du nach dem Krieg zurückgekehrt? Wohnst du jetzt dort?«

»*Non.* Nein. Wir flohen, als das Bombardement zu heftig wurde. Meine Mutter hat mir erzählt, das wäre nur Monate, nachdem mein Vater gestorben war, gewesen – beziehungsweise nachdem wir geglaubt hatten, dass er es wäre. Wir sind als Flüchtlinge nach Frankreich gekommen und haben uns dort niedergelassen. Ich war damals noch klein. Ich erinnere mich überhaupt nicht mehr an den Libanon und bin auch nie wieder dorthin zurückgekehrt. Ich habe dort nichts mehr. Meine Mutter wollte mir nichts über unsere Reise nach Frankreich erzählen und wie es dazu kam, dass wir so lebten. Die Bomben, der Tod – dies alles hat sie nie verkraftet. Sie war …«, sie sah sich um, als würden sich die Worte, die sie suchte, in den Schatten der Ecken verstecken,

»… *traumatisée*. Heute würde man sagen, sie hatte PTBS. Sie schloss alles tief in ihrem Inneren ein. Sie starb, als ich sechzehn war.« Tränen schossen ihr in die Augen, als sie an die verängstigte, mental zerrüttete Frau dachte, die ihre Mutter gewesen war, immer darauf bedacht, sich vor der Welt zu verstecken. Szenen aus ihrer Kindheit, das Flüstern hinter vorgehaltener Hand, die Finger, die auf die *»femme folle«*, die »verrückte Frau«, zeigten, die nicht verrückt, sondern psychisch tief verwundet war. Es war schwer, sie sich als die junge, glücklich verliebte Frau vorzustellen, die sie einst gewesen sein musste. Mathilde hatte nie die Wahrheit darüber herausgefunden, was an jenem Tag passiert war, an dem ihr Vater sie nicht abholen gekommen war – bis jetzt.

»Hör mal«, Rachel rieb rasch über Mathildes Handrücken, »du stehst unter Schock, das merke ich. Mir ist nicht klar gewesen, dass du nichts von uns gewusst hast. Ich dachte, der alte Murray hätte dir wenigstens irgendeine Erklärung gegeben, aber er wollte dich wohl ins Bild setzen, sobald ihr euch trefft. Ich glaube, er hat nicht damit gerechnet, dass du direkt zum Haus und nicht zuerst in seine Kanzlei kommen würdest. Und jetzt habe ich es vermasselt, ich hatte schon immer eine große Klappe.« Sie lachte. »Vielleicht sollte ich jetzt gar nichts mehr sagen. Wir können ihn morgen früh anrufen und einen Termin für dich vereinbaren. Du kannst hier übernachten. Die Schlafzimmer sind ein wenig modrig und feucht, aber einige sind ganz okay.« Sie sprach plötzlich langsamer und hielt dann inne.

»Ist da sonst noch etwas, das ich wissen sollte?«, fragte Mathilde. »Was meinst du damit, dass du vielleicht gar nichts mehr sagen solltest? Gibt es noch weitere Familienmitglieder? Noch mehr Brüder und Schwestern?«

»Nein, keine weiteren Geschwister, nur mich. Dad hat eine Schwester, Alice. Sie und ihr Mann, unser Onkel Jack, leben ganz in der Nähe in einem alten Bauernhaus. Und dann gibt es noch meine Tochter Fleur.« Rachel machte eine Kopfbewegung zur Tür hin, durch die immer noch der Fernseher zu hören war. »Sie ist fünf. Mein Mann Andrew und ich leben in Peterborough, etwa neunzig Minuten Autofahrt von hier entfernt. Ich bin Grundschullehrerin und habe gerade Sommerferien, deshalb bin ich unter der Woche hier, um Dads Sachen zu sortieren und das Haus zu putzen. Alice hilft mir dabei. Wie du siehst, ist es ein großes Haus, und es gibt immer noch viel durchzusehen. Jetzt, wo du hier bist, sollten wir aber eigentlich nach Hause fahren. Andrew wird sich freuen, das Mikrowellenessen hängt ihm schon zum Hals raus.« Wieder lachte sie, und Mathilde entging nicht, dass sie gegen Ende hin dabei leicht hysterisch klang. Es gab keinen Zweifel: Niemand hatte damit gerechnet, dass sie tatsächlich gefunden wurde. Aber sie wusste immer noch nicht, weshalb sie in das heruntergekommene alte Herrenhaus zitiert worden war.

»Und was solltest du mir sonst noch nicht sagen?«, fragte Mathilde mit vorgerecktem Kinn. »Du kannst ruhig gleich damit herausrücken. Ich werde so tun …«, theatralisch hielt sie sich die Hand vor den Mund und riss die Augen auf, »… wenn ich … «, wieder sah sie im Brief nach, »… Mr. Murray kennenlerne.«

Rachel seufzte. »Wahrscheinlich spielt es keine Rolle, ob ich es dir sage oder er. Also: Dein Vater hat dir in seinem Testament dieses Haus vermacht – na ja, das ganze Anwesen.«

Mathilde klappte die Kinnlade herunter. Schließlich sagte sie: »Das kann nicht sein, oder? Das muss ein Irrtum sein. Er kannte mich doch überhaupt nicht, warum sollte er mir sein Haus hinterlassen? Du bist seine richtige Tochter, du solltest das alles bekommen.« Sie konnte sich gerade noch zurückhalten zu sagen, dass für sie ihr Vater ja schon seit vielen Jahren tot war. Ein Irrtum, der ihr ganzes Leben geprägt hatte. Dass er die ganze Zeit nicht nur am Leben gewesen, sondern auch nach ihr gesucht hatte, war nur schwer fassbar.

»Oh, mach dir keine Sorgen, mich hat er in seinem Testament nicht vergessen. Unser Vater hat seinerzeit ein paar echt schräge Investitionen getätigt und besaß dadurch ein hübsches Sümmchen Bargeld und Anlagen, die er mir hinterlassen hat. Er wusste, dass ich nicht hier leben will. Mein privates und berufliches Leben spielt sich in Peterborough ab. Außerdem war es ihm wichtig, dass du, als sein ältestes Kind, das Haus bekamst: dein Geburtsrecht, sozusagen. Es ist schon seit sehr langer Zeit im Besitz der Familie. Hör mal, lass uns für dich ein Schlafzimmer für heute Nacht finden«, wechselte sie recht abrupt das Thema. »Morgen triffst du dich dann mit Mr. Murray, der dir alles erklärt.« Rachel rief nach Fleur, die nach einigem Drängen schließlich auftauchte und ihrer Mutter nach oben folgte. Dort drückte Rachel ihr einen Pyjama in die Hand und schob sie ins Bad. Mathilde erhaschte einen Blick auf eine riesige, glanzlose Emaillebadewanne, die aussah, als wäre sie mindestens fünfzig Jahre alt, und fast so groß war wie ein Whirlpool. Nur nicht so einladend.

»Das Bettzeug ist nichts Besonderes, aber es ist okay.« Rachel nahm verwaschene Flanellbettwäsche in Pastelltönen aus einem riesigen begehbaren Wäscheschrank. Der Warmwasserspeicher gurgelte unheilvoll, als Fleur den Wasserhahn im Badezimmer aufdrehte. Sie gingen durch einen langen dunklen Flur, der in einem schwarzen Loch zu enden schien – jedenfalls war das Ende nicht zu erkennen. An den dunkel getäfelten Wänden reihten sich Porträts aneinander in aufwendig verzierten Rahmen; Gesichter, die grimmig zu ihnen herabstarrten, als wären sie erbost darüber, in ihrem Schlummer gestört zu werden. Mathilde würde warten müssen, bis es wieder hell war, um sie sich genauer anzusehen. Rachel öffnete eine Tür, die Mathilde nicht einmal bemerkt hatte, und führte sie in ein Zimmer. Die beiden Fenster gegenüber der Tür bestanden aus den gleichen winzigen Glasscheiben in Bleifassungen wie unten und ließen gerade so viel Licht ein, dass sie ein riesiges Schlafzimmer erkennen konnte. Eilig schaltete Rachel die Lampen auf den Nachttischen ein, die zu beiden Seiten eines riesigen dunklen Himmelbetts standen. Sofort wirkte das Zimmer einladender in ihrem warmen Schein.

»Hier oben gibt es keine Deckenbeleuchtung«, erklärte sie, »deshalb müssen wir mit Stehlampen auskommen. Außer in den Badezimmern, von denen gibt es allerdings nur zwei, und die sind auch ziemlich alt. Das hier war Dads Zimmer. Ich glaube, es würde ihm gefallen, wenn er wüsste, dass du hier schläfst.« Während sie redete, warf sie Decken und ein Federbett auf den Boden, das mit schimmerndem Satin in Paisleymuster bezogen war. Dann schnappte sie sich das Laken und bezog das Bett. Mathilde ging wie in Trance im Zimmer umher, nahm dieses und jenes in die Hand und stellte es wieder weg, sah sich die Bilder an der Wand an. Sie fühlte sich wie eine Touristin, als würden dicke rote Seile das Bett absperren, damit keine Kinder hinaufkletterten, und als würde gleich irgendein Museumswärter auftauchen, der nur darauf wartete, Fragen zu beantworten. Ihre Hilfe anzubieten, auf diese Idee kam sie gar nicht. Rachels finsteres Gesicht, während sie mehrmals um das Bett herumging, das Laken feststeckte und mit den schweren Decken kämpfte, entging ihr.

»Das Bad hast du ja schon gesehen, als wir heraufgekommen sind.« Rachel wischte sich die Haare aus der verschwitzten Stirn. »Und ich habe ein paar Handtücher ausgegraben. Hast du Zahnpasta und Duschgel? Ansonsten kannst du unseres benutzen, wenn du willst, aber ich habe keine übrige Zahnbürste.«

»Nein, nein, das habe ich alles. In meinem Van, ich gehe es holen.« Mathilde eilte zurück nach draußen, bevor Rachel das Haus abschloss. Der Abend war still, schwankte zwischen Dämmerung und Dunkelheit, Minuten, die nirgendwo in den Tag passten. Das Einzige, was sich bewegte, waren die Fledermäuse, die über ihr flatterten und im Sturzflug nach Insekten jagten, und die Nachtfalter, angelockt vom Licht, das aus der offenen Tür schien. Es war windstill, die Bäume, die den Hof säumten, standen reglos da, fast schien es, als würden sie auf etwas warten. Als Mathilde zur Hecktür des Vans ging, beschlich sie das unangenehme Gefühl, beobachtet zu werden. Sie schaute rasch hinauf zu den Fenstern und ließ ihren Blick über den Hof schweifen. Nein, da war nichts; sie war allein. Sie schnappte sich ihre Taschen und eilte zurück ins Haus.

Trotz der langen Fahrt und der Erschöpfung, die sie bis in jeden einzelnen Knochen spürte, konnte Mathilde nicht schlafen. Die dünnen Vorhänge, die so verschlissen waren, dass es schien, als würden sie nur von einer Girlande aus Spinnweben zusammengehalten, schirmten das helle Mondlicht nicht ab. Mit offenen Augen lag sie da, betrachtete die Umrisse der dunklen Möbel. Ihr Körper mochte todmüde sein, ihre Gedanken jedoch überschlugen sich, während sie versuchte, all das, was in den letzten paar Tagen geschehen war, zu verarbeiten.

Der Brief von Mr. Murray war mehrere Wochen unterwegs gewesen, bis er sie erreicht hatte. Als sie aus Stockholm zurück war, hatte sie kurz beim Magazin *Amelia* vorbeigeschaut, um den Stick mit den Fotos abzugeben und noch kurz mit der zuständigen Redakteurin zu reden. Danach war sie gleich wieder aufgebrochen. In Kroatien waren Proteste angekündigt, an denen möglicherweise auch einige korrupte Politiker teilnehmen wollten, und Gerüchten zufolge war Ärger vorprogrammiert. Journalistisch betrachtet, lohnte es sich immer, zu solchen Anlässen zu reisen. Der Brief war ihr dorthin nachgeschickt worden, doch sie war noch geblieben, bis die Demonstrationen vorbei waren, die – höchst befriedigend für sie – zu Ausschreitungen mit zahlreichen Verhaftungen geführt hatten. Genau die Art von Resultat, die sie mochte.

Nachdem sie die Fotos an mehrere Agenturen geschickt hatte, war sie wieder in ihren Van gestiegen und eine Woche lang quer über den Kontinent gefahren, bis sie schließlich in diesem seltsamen alten Haus gelandet war. Um hier nicht nur erzählt zu bekommen, dass sie eine Schwester hatte, von der sie nichts gewusst hatte, sondern auch, dass ihr Vater erst vor

Kurzem gestorben war und nicht schon vor langer Zeit. Und nun hatte sie auch noch diesen alten Kasten von ihm geerbt. Sehr großzügig, wenn man bedachte, dass er sie seit Jahrzehnten nicht gesehen hatte. Wenn er sie damals gleich gefunden hätte, hätte ihre Mutter nicht all das durchmachen müssen, wäre ihre psychische Gesundheit nicht zerstört worden.

Mathildes Schultern fühlten sich so schwer an wie damals, als sie noch ein Kind gewesen war, auf der Flucht vor den Bomben und niedergedrückt von einem vollgestopften Rucksack, der all ihren Besitz enthielt. Wie ihr Leben wohl verlaufen wäre, wenn er sie gefunden hätte?

Das Bellen eines Fuchses ließ sie zusammenfahren. Sie war an die Geräusche der Nacht gewöhnt; ihr Van dämpfte keines von ihnen. Doch hier schienen sie von den Wänden widerzuhallen und fühlten sich umso bedrohlicher an. Beängstigend. Im ganzen Haus war es dunkel, es wirkte fast in sich versunken, als wäre es in die Vergangenheit zurückgekehrt. Mathilde kam es vor, als würde ein Splitter der Zeit ihre gequälte Seele malträtieren. Das Gefühl hatte sie schon in dem Moment gehabt, in dem sie das Gebäude zum ersten Mal betreten hatte, und jetzt, in den stillen Stunden der Nacht, vertiefte es sich noch, wurde bedrückender. Das gefiel ihr nicht. War es ihr Vater, der keine Ruhe fand und am Boden zerstört war, weil sie erst jetzt hier aufgetaucht war? Jetzt, wo es zu spät war?

So jedenfalls würde sie keine Ruhe finden. Also sprang sie aus dem Bett, streifte ihre Converse-Schuhe über und schlich nach unten zur Haustür. Den Schlüssel hatte Rachel auf ein Regal neben der Tür gelegt, das hatte Mathilde mitbekommen.

Kurz darauf lag sie zusammengerollt auf der Matratze hinten in ihrem Van, das vertraute Federbett und die alte Häkeldecke bis zum Kinn hochgezogen. Ihr Kopf drehte sich wegen all der neuen Informationen, doch sie versuchte, ruhig zu atmen, schloss die Augen und schlief endlich ein.

4

Januar 1584

Der Fußmarsch nach London dauerte zehn Tage, wobei sie zwei Tage in Canterbury Rast machten, um einen Teil der Arzneien, die sie bei sich hatten, gegen Essen und Bier einzutauschen. Jedes Mal wenn Tom in seine Gepäcktasche griff, die seine kostbaren Kräuter und Tränke enthielt, schlang er die Finger um ein zerknittertes Stück Pergament, das er in Calais bekommen hatte und das lange schwarze, stäbchenförmige Schoten enthielt. Auf dem Papier stand das Wort »Vanille« geschrieben.

Während er auf die Überfahrt nach England gewartet hatte, hatte er mit seiner Tinktur aus Beinwell – im Volksmund auch Wundallheil genannt – das Bein eines Schiffskapitäns vor dem Abfaulen bewahrt. Ob es gelingen würde, hatte auf Messers Schneide gestanden, und ihm drehte sich immer noch der Magen, wenn er sich an den Gestank des schwärenden Fleisches erinnerte, an die Sorge im Gesicht der Ehefrau. Seine Fähigkeiten als Apotheker waren nützlich, wo immer er war, trotz seines fehlenden Sprechvermögens.

Schon von Kindheit an, als er noch nicht mal groß genug war, um auf den Arbeitstisch zu sehen, hatte er gelernt, indem er seinen Geschmacks- und seinen Geruchssinn anwendete und trainierte, Pflanzen skizzierte und beschriftete; darüber hinaus absorbierte er förmlich alles, was seine Mutter ihm zeigte. Ihre Fähigkeiten, die sie selbst vor langer Zeit von den Mönchen erworben hatte, waren nun auch seine. Eine universale Sprache. Für seine Hilfe in Calais hatte er das zusammengerollte Papier mit den seltsamen schwarzen Schoten bekommen, zusammen mit einem Brief, der ihn dem Bruder des Kapitäns empfahl, einem Apotheker an der Cheapside, einer der wichtigsten Verkehrsadern Londons. Tom war sich sicher, dass sich das als ausgesprochen nützlich erweisen würde.

Nach Tagen auf dem Land und an der frischen Luft, an denen sie aus Bächen tranken, wenn sie keinen Bauernhof fanden, der ihnen Bier verkaufte, war London ein Schock. Die überfüllten Straßen, in denen alles Mögliche kreuchte und fleuchte, der Gestank von Abwasser an der Themse und die dicht stehenden Gebäude, die sich gen Himmel reckten. Jeder Stock ragte etwas weiter hervor als der darunter, manchmal mehr als fünf Etagen. Wenn man sich dort oben herauslehnt, dachte Tom, könnte man die Mauer des gegenüberliegenden Hauses berühren. Sogar die Fenster waren wie Glaskästen auf die Straße hinaus gebaut, so als wollten die Bewohner jedes noch so kleine bisschen Raum ausnutzen. Die Häuser standen so eng, dass kaum ein Sonnenstrahl mehr seinen Weg auf die Straßen fand, dort unten herrschte düstere Finsternis. In manchen Gassen konnte Tom Menschen ausmachen, die sich in den Schatten zu verbergen suchten – als würden sie auf eine günstige Gelegenheit für einen Überfall warten. Ihn beschlich das Gefühl, dass es hier viele hinterhältige Menschen gab, und er drückte seine Habseligkeiten noch fester an sich. Sein Triptychon, seine Farben, seine Pflanzen und seine Arzneien waren alles, was er besaß. Das und jetzt auch noch sein kostbares Empfehlungsschreiben.

Die Cheapside war an und für sich leicht zu finden. Doch William wusste, dass Tom sich schwertun würde, sich bei den geschäftigen und anscheinend reizbaren Passanten der Stadt nur mit seiner Wachstafel verständlich zu machen. Ohne seinen Freund wäre er wohl stundenlang umhergewandert, bis er irgendwann durch Zufall auf sein Ziel gestoßen wäre. Hier auf der Cheapside gab es mehr Sonnenlicht und frische Luft, obwohl sich auch hier Menschen, Pferde und Karren drängten. Der Duft von heißen Pasteten wehte von einem Stand herüber, der in der Nähe der hohen Wasserleitung stand, aus der sich Wasser für die Hausherrinnen der Stadt ergoss. Toms Magen knurrte vor Hunger.

Nachdem sie die Straße eine Weile auf und ab gelaufen waren, blieben sie vor einem Laden stehen. William öffnete die Tür, und sie traten ein. Tom händigte dem Ladenbesitzer das Schreiben des Schiffskapitäns aus und wartete, während sich die beiden anderen unterhielten. Irgendwann sah der Ladenbesitzer zu ihm herüber, die Augen zusammengekniffen, als würde er sich fragen, wie es um Toms Verstand bestellt sei. Tom war diese abschätzigen Blicke gewöhnt. Schließlich nickte der Mann, hob die Hand zu der universalen Geste, dass man bleiben solle, wo man war, und gab beiden einen Humpen Bier. Dann verschwand er durch eine Tür hinten im Laden. Dankbar trank Tom seinen Becher in einem Zug aus, seine Kehle war trocken und rau nach ihrem langen Fußmarsch auf staubigen Straßen.

Ein paar Minuten später tauchte der Ladenbesitzer wieder auf und winkte Tom in ein Hinterzimmer. Er hatte keine Ahnung, was ihn erwartete, doch er nahm seine Tasche, winkte William zum Abschied zu und folgte ihm.

Unmittelbar darauf fand er sich an einem Ort wieder, an dem er sich sofort wie zu Hause fühlte – in einem staubigen, dämmrigen Destillierraum. Die Wände waren von Regalen gesäumt, auf denen grobe Tonflaschen und Gläser mit Pudern und Salben standen. An der Decke hingen Bündel getrockneter Kräuter, in der Luft lag der vertraute Duft nach Wacholder, Rosmarin und verbranntem Sauerampfer. Als er in einer Ecke einen Schemel entdeckte, ließ er sich daraufsinken, froh, seine müden Beine ausruhen zu können. Er und William waren seit dem frühen Morgen zu Fuß unterwegs gewesen, und er war erschöpft.

Im Destillierraum war es dämmrig, und die Wärme des Feuers ließ ihn unfassbar müde werden, er schloss die Augen, ließ den Kopf auf die Brust sinken und schlief ein. Doch der Ladenbesitzer rüttelte ihn gleich wieder wach. Hinter ihm stand ein Mann mittleren Alters mit sorgsam gestutztem Bart und gütigen dunklen Augen. Er lächelte Tom aufmunternd an, dessen Herz nach seinem unsanften Erwachen allmählich wieder ruhiger schlug. Langsam, mit steifen, schmerzenden Beinen stand Tom auf.

Der Ladenbesitzer hatte ein Stück groben Pergaments und eine Feder hervorgeholt, und der Neuankömmling begann zu schreiben. Ein Bierkrug erschien auf dem Tisch neben Tom, und er stürzte den Inhalt in einem Zug hinunter.

Schließlich wurde das Papier an Tom weitergereicht, und er las es, wobei er oft hängen blieb. Es war Jahrzehnte her, seit er etwas in seiner Muttersprache gelesen hatte, und seine Kenntnisse waren schlichtweg eingerostet. Als er zum Ende gekommen war, begann er noch mal von vorne. Dann hob er den Blick und schaute die beiden Männer an. Hatte er das richtig verstanden? Missverständnisse waren in seinem Leben allgegenwärtig: Nuancen entgingen ihm, weil er den Tonfall der Menschen nicht hören konnte und sich stattdessen auf den Gesichtsausdruck verlassen musste. Laut dem Schreiben hieß dieser Mann Hugh Morgan, er war der Apotheker der Königin, und er bot Tom eine Stelle als sein Gehilfe an. Sie würden die Königin im Greenwich Palace, oder wo immer Ihre Majestät zu weilen geruhte, behandeln. Er würde ein Teil – wenn auch ein kleiner – des höfischen Lebens werden.

Seine Arbeit in Calais hatte sich bezahlt gemacht.

5

Februar 1584

Toms Kammer im Palast war, trotz ihrer bescheidenen Lage hinter dem Destillierraum, äußerst luxuriös im Vergleich zu den Behausungen, in denen er in den letzten Jahren gelebt hatte. Er besaß nun einen Raum für sich allein, mit einer Pritsche, einem kleinen dreibeinigen Schemel und einer Truhe für seine Habseligkeiten. Es gab ein kleines Fenster aus dickem milchigem Glas, allerdings keinen Kamin, deshalb war es jetzt im Winter bitterkalt. Der Destillierraum war jedoch gleich nebenan, dort brannte den ganzen Tag ein Feuer, und der Raum hielt auch des Nachts noch ein bisschen die Wärme, deshalb schlief er oft heimlich dort. Er lächelte und dachte an eine Geschichte, die seine Adoptivmutter für ihn gezeichnet hatte: die Geschichte, wie sie ihn genau in einer solchen Lage zum ersten Mal gesehen hatte – schlafend vor dem Kamin im Destillierraum. Niemand hatte je herausgefunden, wie er dorthin gekommen war, aber er durfte bei der Familie bleiben, bis er erwachsen war. Vielleicht suchte er deshalb immerzu nach einem Ort, an dem er sich endlich zu Hause fühlte.

Sein Besitz war in der schlichten Eichenholztruhe am Fußende seines Bettes verstaut, und es juckte ihn in den Fingern, seine Farben herauszuholen, das Triptychon zu öffnen und anzufangen, Szenen von allem, was er erlebt hatte, seit er auf englischem Boden war, zu malen. Aber dazu hatte er jetzt keine Zeit. Unten in dem Beutel, den er bei sich trug, war das kleine Bündel mit den Vanilleschoten, und als er wieder durch den Destillierraum ging, wo Hugh gerade ein Magenmittel für eine der Hofdamen der Königin mischte, hielt er es ihm hin, um es ihm zu zeigen.

Da ihm auf der Bootsfahrt zum Palast aufgegangen war, wie er mit Tom reden musste, damit er seine Lippen lesen konnte, wandte ihm Hugh das Gesicht voll zu und hob fragend die Augenbrauen. »Was ist das?«, wollte er wissen.

Tom wickelte die Schoten aus und zeigte ihm das Stück Papier, auf das der Kapitän »Vanille« geschrieben hatte. Er deutete auf die Pflanzen, die er ebenfalls mitgebracht hatte, trennte zwei von ihnen ab und hielt sie hoch. Der Kapitän hatte ihm versichert, dass an diesen Pflanzen dieselben schwarzen Schoten wachsen konnten, und Tom war ganz erpicht darauf herauszufinden, ob das stimmte.

Hugh wartete auf eine weitere Erklärung. Tom strich mit der Schote unter seiner Nase entlang, atmete den süßen Duft ein und hielt sie Hugh hin, damit er es ihm nachtat. Dieser zog wieder eine Augenbraue nach oben, dann breitete sich langsam ein Lächeln auf seinem Gesicht aus, und er nickte. Tom tat, als würde er ein heißes Getränk einschenken, und Hugh führte ihn zu einer der kleineren Küchen. Die beiden Mädchen, die dort arbeiteten, beachteten sie nicht. Suchend sah Tom sich um. Schließlich fand er den Vorratsschrank, in dem ein Krug Milch stand, der mit einem Leinentuch abgedeckt war. Er goss etwas davon in einen Topf und stellte ihn aufs Feuer, bis die Milch aufkochte. Dann gab er sie in eine Tasse mit etwas Honig und trug diese zurück in den Destillierraum. Er nahm eine der Schoten, schlitzte ein Stück davon auf, zerstieß es ein wenig im Mörser, gab es dann in die Tasse und rührte kräftig. Er wusste nicht so recht, ob er alles richtig machte, aber der Kapitän hatte ihm ein solches Getränk zubereitet, und er hoffte, dass er den Geschmack richtig hinbekommen hatte.

Er blies auf den heißen Trank, nippte daran und grinste. Es war genau derselbe süße, vanillige Geschmack. Er reichte den Becher Hugh, der ebenfalls zunächst vorsichtig daran nippte und dann einen größeren Schluck nahm. Hugh lächelte – und trank die Tasse leer. Die Milch hinterließ einen dicken weißen Streifen auf seinem Schnurrbart. Er nahm das Stück Pergament und ging zu einem Buch, das auf einem Tisch am Ende des Raumes lag, und notierte darin, was auf dem Zettel geschrieben stand. Dann nahm er Toms Pflanzen und untersuchte ihre Blätter, roch an ihnen und zupfte winzige Stücke ab, um sie zu kauen. Er sah herüber und schnitt eine Grimasse. Tom nickte zustimmend. Er hatte genau dasselbe getan, als er die Pflanzen bekommen hatte, doch sie rochen und schmeckten ganz anders als die Samen aus den Schoten.

Hugh nahm alle Pflanzen an sich und bedeutete Tom, ihm zu folgen. Er verschwand durch eine Tür, die durch einen langen Korridor führte, an dem verschiedene Lagerräume lagen. Ganz am anderen Ende führte eine Tür zum Nutzgarten.

In der Ecke befand sich ein Kräutergarten, angefüllt mit allerlei Pflanzen, die die Apotheker für ihre Arzneien brauchten. Er war nach traditioneller Art wie eine Blume angelegt, bei der jedes »Blütenblatt« Pflanzen enthielt, die einen bestimmten Teil des Körpers heilten. Auf einer Seite davon war ein Beet, das eine Mischung vieler verschiedener Stauden zu enthalten schien. Und dort ging Hugh in die Hocke. Tom kniete sich neben ihn und half ihm, seine Kräuter zusammen mit den Vanillesetzlingen zu pflanzen. Er sah, wie Hughs Lippen sich bewegten, und fragte sich, ob er wohl ein Gebet sprach, damit sie mehr von den seltsamen schwarzen Schoten hervorbrächten, die einen so wunderbaren süßen Geschmack hatten. Der Kapitän war über ein Jahr lang auf See gewesen, bevor er nach Calais gekommen war. Er konnte sie in jedem Hafen der Welt erstanden haben.

Lächelnd beugte sich Tom vor und fuhr mit den Fingern über die langen Gräser hinten im Beet. Das war etwas, was er sofort erkannte, eine Pflanze, die seine Mutter ihr Leben lang angebaut hatte. Safran. So viel harte Arbeit, um es zu erhalten, aber ein so kostbares Gewürz. Eines, das den Reichtum seines Vaters beträchtlich gemehrt hatte, und zwar in einem solchen Ausmaß, dass er bei Hofe von seiner Stellung als wohletablierter Kaufmann und kleiner Höfling zu einem steinreichen Mann wurde und schließlich zu einer Position aufstieg, in der er direkt für die damalige Königin arbeitete. Eine Stellung, die ihn aber auch am Ende das Leben kostete.

6

März 1584

Das Leben im Palast war ganz anders als alles, was Tom je zuvor erlebt hatte. Die Arbeit war genauso hart, aber jetzt bekam er keinen seiner Patienten zu Gesicht. Stattdessen behandelte Hugh die Königin, ihre Hofdamen und Höflinge, und wenn er zurückkehrte, erklärte er Tom deren Leiden. Die beiden Männer beratschlagten dann über ein geeignetes Heilmittel, indem sie sich mithilfe der Wachstafel verständigten, auf Behältnisse zeigten und Tom Hughs Lippen las, was einfacher ging, nachdem Hugh seinen buschigen Schnurrbart gestutzt hatte. Außerdem versorgten sie die Palastbediensteten mit Arznei, die entweder an der offenen Tür des Destillierraums erschienen oder eine Botschaft sandten, damit Hugh kam und nach ihnen sah. Tom begriff, dass seine stille Welt trotz seiner neuen luxuriösen Umgebung kleiner geworden war, und so oft er konnte, schlüpfte er hinaus, um die Pflanzen draußen zu pflegen.

Eines Abends, als er aufräumte, bevor er sich schlafen legte, bemerkte er eine Bewegung und sah einen Diener in der Tür stehen, der mit ihm redete. Hugh hatte Kopfschmerzen und sich bereits zurückgezogen, deshalb war Tom allein. Er beobachtete die Lippen des Mannes, versuchte, so gut er es vermochte, die Wörter zu entschlüsseln. *Königin, Schlaf, Kräutertee.* Er nahm seine Tafel, zeigte auf seine Ohren und seinen Mund und schüttelte den Kopf – eine rasche Erklärung seiner Behinderung. Dann schrieb er auf, was er glaubte verstanden zu haben. Wünschte die Königin einen Schlaftrunk? Der Diener nickte dankbar.

Tom dachte einen Augenblick nach. Hugh hatte noch niemand anderes die Vanille probieren lassen. Sollte er es wagen, sie für die Königin zuzubereiten? Was könnte schlimmstenfalls passieren? Falls sie sie nicht mochte, war es möglich, dass Tom seine Arbeitsstelle verlor, aber er war zuversichtlich, dass er in der Stadt eine andere finden könnte. Und vergiften würde er sie damit nicht, irgendwelche Nebenwirkungen gab es auch nicht, weder er noch Hugh hatten sich nach dem Genuss schlecht gefühlt. Der Diener begann, ungeduldig mit dem Fuß zu klopfen, zweifellos wollte er den Wunsch rasch erfüllt sehen.

So schnell, wie er konnte, bereitete Tom warme Milch mit Honig zu und gab etwas zerdrückte Vanille hinein, genau wie er es vor ein paar Tagen gemacht hatte. Die winzigen schwarzen Samen schwammen oben, als er das Schotenstück wieder herausfischte. Er und Hugh hatten schnell herausgefunden, dass die äußere Hülle nicht essbar war. Würde die Königin etwas so Fremdartiges trinken? Der Diener jedenfalls sah nicht besonders glücklich aus, als er in den Becher starrte. Tom nahm ihn und nippte daran, dann reichte er ihn dem anderen, damit er ebenfalls probierte. Wenn er sah, dass keiner von ihnen tot umfiel, wäre er bestimmt zufrieden.

Dem Diener sagte der neue Geschmack offenkundig zu, und während Tom in seine Kammer ging und die Kerze ausblies, hoffte er, dass die Königin ebenso erfreut wäre.

Tom fuhr hoch, als ihn jemand heftig an der Schulter rüttelte. Das erste Licht des Morgens fiel durch das Fenster, und in dem dämmrigen Raum konnte er Hughs Gesicht dicht vor seinem eigenen erkennen. Es war noch zu dunkel, um zu sehen, was er sagte. Tom stand auf und folgte seinem Vorgesetzten in den Destillierraum, der von Kerzen erleuchtet war. Die Steinfliesen waren eiskalt unter Toms nackten Füßen, und da er nur seinen leinenen Kittel anhatte, begann er zu frösteln, hüpfte von einem Fuß auf den anderen und rückte näher ans Kaminfeuer, das Funken sprühte und prasselte, weil jemand Kienspäne und zwei große Holzscheite hineingeworfen hatte.

Hugh hielt die Wachstafel mit Toms Worten vom Vorabend hoch. Warum regte er sich bloß so auf? Was war denn passiert? Hatte Tom womöglich ihre Monarchin umgebracht? Ihn überlief es kalt. Unwillkürlich rieb er sich den Nacken, während er sich fragte, ob sich schon bald ein dickes, grobes Seil darumlegen würde. Er nickte langsam.

»Was hast du gemacht?«, fragte Hugh. Tom deutete auf die kleine Küche und dann auf den Mörser, in dem noch die Reste der zerdrückten Vanille zu sehen waren. »Milch, Honig?«, wollte Hugh wissen, und Tom nickte.

Rasch riss er Hugh die Tafel aus der Hand, wischte seine Worte fort und schrieb: »Königin krank?« Er überlegte, wie viel Zeit ihm wohl blieb zu fliehen, aber zu seinem Erstaunen und seiner Erleichterung schüttelte Hugh den Kopf;

dann stellte er pantomimisch dar, wie die Königin die Milch trank, und zog die Mundwinkel zu einem breiten Grinsen nach oben. Tom begriff sofort, dass der Trank wohlgelitten gewesen war, und sein Herzschlag beruhigte sich allmählich wieder. Offenbar war seine Vanille ein voller Erfolg gewesen und sein Platz im Palast – zumindest vorerst – gesichert.

7

Juni 2021

Ein hartnäckiges Klopfen ließ Mathilde jäh hochschrecken. Grelles Sonnenlicht fiel durch die Windschutzscheibe des Vans, dessen Inneres sich bereits erwärmte. Sie strampelte die Decken weg und rieb sich die Augen, dann beugte sie sich vor und öffnete die Hecktür. Draußen stand Fleur, sie trug eine kurze rosafarbene Latzhose und ein passendes T-Shirt dazu. Ihre Miene war ernst.

»Mami sagt«, flüsterte sie, »dass es Zeit fürs Frühstück ist.«

»Okay, *oui*, ja, danke.« Mathilde nickte und gähnte herzhaft. Sie stand üblicherweise auf, wann sie wollte, und schätzte es ganz und gar nicht, geweckt zu werden. Lief das so in Familien? Wenn ja, würde es dauern, bis sie sich daran gewöhnt hatte.

»Und«, fuhr Fleur fast noch leiser fort, »Mami hat gesagt: ›Was ist verkehrt mit dem verdammten Bett?‹ Stimmt etwas nicht damit? Ich wollte eigentlich darin schlafen, aber Mami hat Nein gesagt.«

Mathilde kicherte. Das war wohl kaum Teil der Botschaft, mit der das Mädchen herausgeschickt worden war.

»Ich bin es gewohnt, hier drin zu schlafen«, erklärte sie, »siehst du? Ich habe ein eingebautes Bett, deshalb ist es sehr bequem.« Fleur bekam große Augen, als sie sich den kleinen, aber ordentlichen Innenraum genau ansah. Jeder Zentimeter wurde genutzt und bot Stauraum. Dann hüpfte sie zurück ins Haus, und Mathilde folgte ihr.

Sie fanden Rachel in der Küche, wo es verlockend nach Frühstück duftete, und Mathilde lief das Wasser im Mund zusammen. Es war schon lange her, dass sie eine warme Mahlzeit zu sich genommen hatte.

»Sandwich?« Rachel lächelte und deutete auf einen Teller auf dem Tisch, auf dem sich Brötchen türmten, aus denen knuspriger Speck herausquoll. Sie schenkte zwei Tassen Tee aus der größten Teekanne ein, die Mathilde je gesehen hatte. Offenbar kochten die Engländer tatsächlich Tee im Teekessel. Sie selbst hätte aber eigentlich lieber starken bitteren Kaffee gehabt. Sie würde ihre Cafetiere hereinbringen müssen, solange sie hier war.

»Dann hast du also lieber in deinem Van übernachtet?« Rachel zog die Augenbrauen nach oben, als sie ihr den Tee reichte, und Mathildes Blick huschte zu Fleur, die bereits angefangen hatte zu frühstücken. Ketchup rann ihr über das Kinn.

»Ich bin daran gewöhnt«, erklärte sie, »es ist klein.« Sie schlang die Arme um sich, wie um zu erklären, wie sich das anfühlte. »In so einem großen Bett kann ich nicht schlafen.« Und sich in dem Zimmer gemütlich einzurichten, lohnte sich nicht; sobald sie den Anwalt aufgesucht und ihre Optionen erfahren hätte, würde sie wieder losfahren. Das Haus würde verkauft werden, das Geld konnte sie gut gebrauchen. Selbst in der hellen Küche spürte sie die dunkle, bedrückende Atmosphäre, die in diesem Haus herrschte. Auf der Fußmatte an der Hintertür stand »Willkommen«, aber das Anwesen hatte nichts Einladendes an sich. Die Luft schien vom Flüstern all der Menschen, die einmal hier gelebt hatten, aber längst vergessen waren, regelrecht zu vibrieren, und ein kalter Hauch strich über ihre Haut.

Sobald es neun Uhr war, nahm Rachel ihr Handy. Sie hielt es Mathilde hin, während sie wartete, zu Mr. Murray durchgestellt zu werden, doch Mathilde schüttelte den Kopf. Sie verstand Englisch, wenn man direkt mit ihr sprach und sie das Gesicht des Sprechers sehen, die Mimik deuten konnte, aber juristische Fachbegriffe und dann auch noch per Telefon – das würde sie überfordern.

Rachel musste wohl durchgekommen sein, denn Mathilde hörte erfreute Ausrufe und so etwas wie: »Ich weiß, das ist wunderbar!« Schließlich beendete Rachel das Gespräch und verkündete, dass sie heute Nachmittag um drei einen Termin in Mr. Murrays Kanzlei in Fakenham hätte. »Ich kann dich hinbringen, wenn du willst. Ich muss sowieso in den Supermarkt, dann kann ich dich absetzen und einkaufen gehen.«

»Danke, das wäre sehr nett«, erwiderte Mathilde. Nachdem sie Rachel geholfen hatte, den Frühstückstisch abzuräumen, verschwand sie nach oben ins Bad, um sich zu waschen und anzuziehen. Sosehr sie das Leben im Van auch mochte, fließendes heißes Wasser zu haben, war eine willkommene Abwechslung.

Als sie wieder herunterkam, war Rachel ebenfalls angezogen und trank gerade noch eine Tasse Tee.

»Wollen wir einen Rundgang über das Gelände machen?«, schlug sie vor, »es ist ziemlich groß, deshalb können wir heute nicht alles sehen, aber wir könnten damit anfangen. Was meinst du?«

Mathilde zuckte mit den Schultern. Sie hatte Rachel noch nicht gesagt, dass sie vorhatte, sofort zu verschwinden, sobald sie heute Nachmittag alle relevanten Papiere unterschrieben hatte, aber sie hatte auch nichts anderes vor, deshalb wäre ein Spaziergang eigentlich ganz nett. Vielleicht fand sie sogar ein paar Kräuterarten, die sie ihrer Sammlung hinzufügen konnte. Als ihr ihre Kräuter einfielen, bat sie Rachel rasch um einen Krug und füllte ihn mit Wasser. Dann ging sie zu ihrem Van und stellte die Pflanzen in ihren Tontöpfen draußen auf den Boden.

»Wie hübsch«, rief Rachel, die ihr gefolgt war. »Was pflanzt du da an?« Sie beugte sich vor, um genauer hinzuschauen, und Mathilde war sich sicher, dass sie eigentlich »Welche davon ist Marihuana?« meinte. Als hätte sie die Grenzpolizei nicht längst hinter sich gelassen.

»Es sind Kräuter – *basilic*, Thymian, *safran*, Fieberkraut. Und das hier sind Vanillepflanzen. Sie müssen eigentlich ins Gewächshaus, aber vorne im Van ist es im Sommer ziemlich warm, und ich stelle sie auf das *tableau de bord*, während ich parke.« Sie deutete auf das Armaturenbrett, das mit leeren Chipstüten und Bröseln übersät war. »Ich verwende die Kräuter als Arzneimittel, das ist sehr nützlich, wenn man dauernd unterwegs ist. Meine Mutter hat das auch immer gemacht und mich gelehrt, welche Pflanzen gegen welche Krankheiten helfen.«

Fleur war bereits davongehüpft, auf einem Pfad, der durch eine Lücke in der hohen Hecke führte, die zwei Seiten des Hofes säumte. Mathilde schnappte sich ihre Kamera und folgte ihr. Gegenüber dem Haus hatte man freie Sicht: Ein alter Metallzaun grenzte den Hof von den flachen, offenen Feldern ab, die sich bis zu einem Dickicht aus Schilf in der Ferne erstreckten. Die silbernen Unterseiten der Blätter fingen das Sonnenlicht ein, während sich die Schilfrohre mit ihren wie Zigarren aussehenden Spitzen im Wind wiegten. Am weiten blassblauen Himmel zogen vereinzelt Wolken wie Pinselstriche, symmetrisch und gerade, die sich jedoch bald in der Hitze des Vormittags auflösten. Sie war die eintönigen, endlosen Felder Frankreichs gewöhnt, auf denen hohe Metallmasten gleichsam hochherrschaftlich die Landschaft bestimmten, doch das hier war etwas ganz anderes. Hier war die Landschaft sehr abwechslungsreich, getüpfelt von Bäumen und kleinen Hainen, dicken, alten Hecken, die sich zwischen den Weiden duckten, die Wurzeln tief in die Erde geschlagen – verwurzelt in alle Ewigkeit.

Sie gelangten in einen verwilderten Garten, der irgendwann einmal wohl gepflegt und sehr geliebt worden war, wie Mathilde mutmaßte. Vor ihnen erstreckte sich eine Rasenfläche, das Gras war hoch und gesprenkelt von Mohnblumen, Kreuzkraut und Weidenröschen. Dazwischen konnte sie erhöhte Beete und Rosensträucher ausmachen, die nun überwuchert und verwahrlost waren. Sie ging in die Hocke, sodass sie die fedrigen Spitzen der Gräser auf Augenhöhe hatte, und schoss ein paar Fotos. Dann folgte sie Rachel und Fleur, die gerade hinter einem Rhododendron verschwanden. Sie ließ die Fingerspitzen über die hohen Gräser streichen, schloss die Hand zu einer Faust, zog die Samen ab und ließ sie durch die Fingerspitzen zu Boden rieseln.

Der Pfad wurde ein wenig breiter, als er sich hinter ein paar baufälligen Backsteingebäuden entlangzog und dann in einen weiteren Garten führte. Dieser war noch verwilderter. Brombeeren und Disteln rangen zwischen Obstbäumen und Pflanzen, die Mathilde nicht kannte, um Platz.

»Der andere Teil war früher der formale Garten«, erklärte Rachel, »als meine Großeltern noch hier lebten. Dad hatte jedoch nur Interesse an seinem Obst und Gemüse, und irgendwann ging es ihm so schlecht, dass er nicht mehr viel arbeiten konnte. Genau hier war der Obst- und Gemüsegarten. Wie du sehen kannst, herrscht hier jetzt Chaos. Aber nichts, was ein starker Mann mit einer Motorsense nicht in den Griff bekäme.« Sie grinste Mathilde an. Diese nickte und dachte bei sich: Wer immer dieses Anwesen kauft, wird noch jede Menge Spaß damit haben.

»Aber das hier ist aufregend, komm mal her und schau es dir an.« Rachel drehte sich um und führte sie durch ein niedriges Wäldchen aus Buchen und Birken zu einer Lichtung. In der Mitte stand eine winzige Steinkapelle. Sie war noch intakt, von Efeu überwachsen, das sich bis zum Dachvorsprung hinaufzog und zwischen den Dachziegeln hervorlugte.

»Wow«, hauchte Mathilde, sie hob unwillkürlich die Kamera langsam an ihr Gesicht und schoss eine ganze Reihe Fotos, dann ging sie an einer Seite entlang und machte weitere Aufnahmen. *»Incroyable«*, flüsterte sie. Hinter ihr zerriss das Flattern von Flügeln die Stille, als eine Schar Tauben, erschrocken durch ihr plötzliches Auftauchen, aufgeregt gurrend aus den Bäumen aufflog und verschwand. Der Bann war gebrochen.

Sie traten zur Tür, die rau und über die Jahrhunderte verwittert war. Mathilde strich über das Holz, dessen Maserung sich uneben unter ihren Fingerspitzen anfühlte. Die Atmosphäre hatte sich schlagartig geändert. Es war, als würde die Welt den Atem anhalten, gespannt, was Mathilde jetzt tat. Sie erschauerte. Es war dasselbe Gefühl, das sie auch schon im Haus überkommen hatte, aber viel stärker: gespannte Erwartung und Sehnsucht. Sie drückte die Klinke aus schwerem, geschwungenem Metall nach unten und lehnte sich dagegen, doch die Tür bewegte sich nicht.

»Sie ist abgeschlossen«, bemerkte Rachel unnötigerweise. »Aber ich glaube, ich weiß vielleicht, wo der Schlüssel ist, wenn du hineinschauen willst. Im Herrenhaus gibt es eine Schublade mit unzähligen Schlüsseln. Ich zeige sie dir, wenn wir wieder zurück sind. Ich muss dich ohnehin noch im Haus herumführen.«

»Ja, das wäre schön«, stimmte Mathilde zu. Es überraschte sie, dass ihre Schwester nicht ebenfalls hineinschauen wollte.

Langsam gingen sie über einen Pfad, der sich zurück zum Haus schlängelte. Rachel zeigte auf ein niedriges reetgedecktes Bauernhaus aus rotem Backstein, das auf der anderen Seite der Felder stand.

»Das gehört auch zum Anwesen. Dort leben Tante Alice und Onkel Jack. Dad hat ihnen erlaubt, dort mietfrei zu wohnen, aber es liegt an dir, ob du sie bleiben lässt. Das gehört alles zu deinem Erbe. Wenn der Anwalt dich nicht binnen zwölf Monaten gefunden hätte, hätte Tante Alice Haus und Grundstück geerbt.«

Während sie den Garten umrundeten, spürte Mathilde, wie sie von einer Ecke angezogen wurde, etwas zupfte an ihrem Bewusstsein. Doch das erwähnte sie Rachel gegenüber nicht, denn sie war sich vollkommen klar darüber, wie andere sie wahrnahmen: seltsam und ein wenig jenseitig. Geheimnisvolle, unerklärliche Gefühle behielt sie immer besser für sich. Sie streifte allein durch das Gestrüpp, und während sie sich dem Bereich näherte, wurde das Gefühl stärker. Die Luft summte und vibrierte förmlich, als wäre sie voll elektrischer Ladung. Die Härchen auf ihrem Arm richteten sich auf, doch sie konnte sich der Anziehung nicht erwehren.

Der Bereich sah nicht anders aus als der Rest des Gartens. Gräser machten hohem, wucherndem Topinambur den Platz streitig, verwildertes Beerengesträuch brachte noch immer Johannisbeeren hervor. Und doch wollte sie genau hier sein, dieser Ort zog sie unwiderstehlich an.

Bei der anschließenden Hausbesichtigung verlor Mathilde schon bald die Orientierung, während Rachel ihre Tour unbeirrt fortsetzte. Im Wohnzimmer neben der Küche standen alte, abgewetzte Sofas, die in der Mitte durchhingen, und ein moderner Fernseher, den Fleur sofort einschaltete. Ein kleines rosa Schwein mit quiekender Stimme kommandierte verschiedene andere Tiere herum, und das kleine Mädchen war fasziniert.

Mathilde verstand, weshalb sie das kleine Wohnzimmer benutzten, als sie das riesige formelle Empfangszimmer betraten. Hohe Decken mit aufwendigen Stuckverzierungen. Durch ein großes Erkerfenster fiel Licht in den Salon, der schon Teil des ursprünglichen mittelalterlichen Herrenhauses gewesen war. Die Tücher, die zum Schutz vor Staub über die Möbel geworfen waren, ließen sie wie geisterhafte Galeonen wirken, die durch den Raum segelten.

Oben befanden sich noch vier weitere Schlafzimmer.

»Und ganz oben sind die Zimmer für die Dienerschaft.« Rachel öffnete eine Tür zu einem Korridor und deutete auf eine dunkle Treppe. »Außerdem geht es da auch auf den Dachboden. Da gibt es aber sehr viele Spinnen, deshalb habe ich mich immer darum gedrückt hinaufzugehen. Wenn du ihn sehen willst, musst du allein gehen.« Vom Staub musste Mathilde jetzt schon immer wieder niesen, deshalb lehnte sie das Angebot, sich dort umzuschauen, ab. Das konnte der Makler später machen.

»Es muss immer noch viel von Vaters Sachen durchgesehen werden, deshalb würde ich mich freuen, wenn du mir hilfst«, sagte Rachel, als sie wieder nach unten gingen. »Und vielleicht kommst du ihm dann ja auch näher, lernst ihn ein bisschen kennen.« Mathilde wusste nicht so recht, ob sie dafür lange genug hierbliebe, doch sie hielt lieber den Mund. Es war immer sicherer, nicht auszuplaudern, was einem durch den Kopf ging.

Nachdem sie ihr die Schublade mit den alten Schlüsseln gezeigt hatte, machte sich Rachel daran, das Mittagessen zu kochen, bevor sie nach Fakenham aufbrachen. Ganz unverblümt fragte sie, ob es vor ihrem Termin bei Mr. Murray noch etwas zu bügeln gebe, doch Mathilde zuckte nur mit den Schultern und sagte Nein. Sie war glücklich mit ihrer Jeans und der karierten Bluse, deshalb musste Mr. Murray ebenfalls damit vorliebnehmen.

Sie wühlte in den Schlüsseln aller Größen und Formen herum und hätte darauf gewettet, dass die meisten von ihnen heute in kein Schloss dieses Hauses mehr passten. Einige waren riesig und alt und hatten Rostflecken, und sie beschloss, dass der gesuchte höchstwahrscheinlich einer von denen war. Vor dem Mittagessen wäre noch Zeit, es auszuprobieren. Sie sammelte sie ein und schlüpfte leise zur Tür hinaus. Das musste sie allein erledigen.

Weil sie den Weg jetzt kannte, brauchte sie nur fünf Minuten zur Kapelle. Zwei Tauben waren inzwischen zurückgekehrt, liefen umher, pickten nach Körnern und beobachteten sie still. Mathilde steckte einen Schlüssel nach dem anderen in das riesige Schlüsselloch, bis sie beim vierten das trockene, mahlende Geräusch von Metall auf Metall hörte; als sie ein wenig rüttelte, ließ sich der Schlüssel langsam weiterdrehen. Mathilde hielt den Atem an, als sie die Klinke herunterdrückte und schwungvoll mit der Schulter gegen die Tür stieß. Sie ließ sich etwa dreißig Zentimeter öffnen, bevor sich das verzogene Holz am Boden festfraß, doch das war weit genug, um seitwärts hineinzuschlüpfen.

Drinnen war es düster, die Buntglasfenster fleckig und stumpf. Eins davon wurde vom Efeu verdunkelt, das draußen rankte. Sie konnte erkennen, wie es sich seinen Weg zwischen zerbrochenen Glasscheiben hindurchgebahnt hatte und nun auch an der Innenwand hinaufrankte, in dem Versuch, alles zu erobern. Die Steinplatten unter ihren Füßen waren rau vor Staub und Schmutz, und sie bemerkte ein winziges Vogelskelett auf einer der hölzernen Kirchenbänke. Der Altar bestand lediglich aus einem schlichten Eichenholztisch, und an den Wänden reihten sich Gedenktafeln aneinander.

Es roch modrig, nach alten Gesangbüchern, in der Luft hingen still und schwer die Gebete, die einst hier gesprochen worden waren.

Hatte ihr Vater hier gesessen und an sie und ihre Mutter gedacht? Er war die ganze Zeit hier gewesen – wenn sie es doch nur gewusst hätte! So viele Jahre unwiederbringlich vertan.

Das seltsame Gefühl, das sie schon draußen beschlichen hatte, verstärkte sich hier drinnen noch, es war, als würde jemand schweigend neben ihr stehen. Wer konnte das sein? Sie hielt den Atem an und schloss die Augen, doch nichts passierte. »*Qu'est-ce?*«, flüsterte sie. Eine Antwort blieb aus.

Als sie draußen war, schloss sie die Tür wieder ab. Sie würde zurückkommen, wenn sie mehr Zeit hatte. Da war irgendetwas. Jemand versuchte, Kontakt zu ihr aufzunehmen. Hinter ihr raschelte es in den Bäumen, die Blätter rieben sich aneinander, während sie zurück ins Haus eilte.

8

Juni 2021

»Ich hole dich in etwa einer Stunde hier wieder ab«, rief Rachel durch das offene Autofenster. »Bitte geh nirgendwo anders hin!« Fleur sah Mathilde vom Rücksitz aus mit ernster Miene an, dann fuhren sie weiter, und Mathilde wandte sich der eleganten zweigiebeligen viktorianischen Villa zu. Auf den ersten Blick wirkte sie wie ein Wohnhaus, doch ein dezentes Messingschild neben der dunkelblauen Tür bestätigte, dass es sich um die Anwaltskanzlei Murray and Browne handelte.

Mathilde erklärte der Rezeptionistin, wer sie war und dass sie einen Termin hatte, doch diese tat so, als würde sie nichts verstehen, und versuchte, sie abzuwimmeln. Mathilde mochte nicht gerade schick angezogen sein, aber sie hatte die saubereren Segeltuchschuhe angezogen, die, die nicht an den Rändern ausgefranst waren, und sie hatte ihr Haar zu einem langen, dunklen Zopf geflochten, der ihr über den Rücken fiel. Sie wusste, dass ihr Akzent nicht so stark war, als dass man sie nicht hätte verstehen können, allerdings war die grobe Art der Frau auch nichts Neues für sie. Doch

Mathilde machte sich nichts daraus. Die Leute bildeten sich immer sofort ein Urteil, wenn sie sie sahen, so war das schon immer gewesen. Wahrscheinlich war es gut, dass sie nicht mit dem Van vorgefahren war, sonst hätte man sie womöglich gar nicht erst zur Tür hereingelassen. Sie sah die Frau weiterhin fest an und wiederholte noch einmal, wen sie sehen wollte.

Zum Glück war Mr. Murray, der ihr Großvater hätte sein können, weit entgegenkommender und schickte die Rezeptionistin los, um Kaffee und Kekse zu holen. Mathilde mochte ihn sofort. Sie traf nicht oft auf Menschen, mit denen sie sich auf der Stelle wohlfühlte, Leute, die sie nicht verurteilten oder für dumm befanden; er war so höflich und herzlich zu ihr wie bestimmt zu allen seinen Klienten.

Als die Erfrischungen kamen, nahm Mathilde demonstrativ gleich eine ganze Handvoll Kekse, den Blick wandte sie dabei keine Sekunde vom Gesicht der Rezeptionistin ab. »*Merci*«, flötete sie mit ihrer melodischen Stimme, bevor sie hineinbiss.

Dann begann Mr. Murray zu erzählen. Er habe ihren Vater lange gekannt, sagte er. Er wusste auch, wie viel Zeit und Mühe ihr Vater darauf verwandt hatte, sie und ihre Mutter zu suchen, und wieder versetzte es ihr einen schmerzhaften Stich. So viele verlorene Jahre …

In stockendem Englisch erklärte sie, dass ihre Mutter davon ausgegangen sei, dass er die Bombenexplosion nicht überlebt habe. Und welch großer Schock es für sie war, jetzt die Wahrheit zu erfahren.

»Ihr Vater bestand darauf, dass wir die Suche nach Ihnen nicht aufgeben, er wollte unbedingt, dass Sie Lutton Hall erben. Schließlich sind Sie sein ältestes Kind. Das Anwesen ist schon seit Jahrhunderten im Besitz Ihrer Familie, aber ich fürchte, es gibt kein Geld für die Arbeiten, die erledigt werden müssen. Das ganze flüssige Vermögen ging an Rachel. Es gibt jedoch Pachteinnahmen von dort ansässigen Bauern, die Weideland nutzen. Das Anwesen umfasst über vierzig Hektar. Ihre Tante Alice und Ihr Onkel Jack leben auf der Home Farm, mietfrei, aber es gibt keinen Grund, weshalb Sie nicht Miete von ihnen verlangen sollten. Ihr Vater hatte eine Schwäche für seine Schwester, eigentlich hat die ganze Familie sie verwöhnt. Man muss wohl mehrere Einkommensquellen finden, um das Anwesen zu erhalten. Nun, eigentlich brauche ich nur ein paar Unterschriften, und schon gehört alles Ihnen. Ich lasse alle Unterlagen vom Grundbuchamt direkt ins Herrenhaus schicken.« Er kramte in der Akte, die vor ihm lag. Mathilde wusste, dies war der perfekte Zeitpunkt, ihm mitzuteilen, dass sie alles verkaufen wollte, und ihn zu bitten, sich darum zu kümmern. Doch sie schaffte es nicht, den Mund zu öffnen und die Worte auszusprechen, deshalb beschloss sie, ein paar Tage zu warten und ihm dann eine E-Mail zu schreiben. Sie nahm den angebotenen Füller und unterschrieb auf den Linien, die er mit einem Kreuz gekennzeichnet hatte.

Mit Kopien der Unterlagen, die er ihr in einem A4-Umschlag mitgegeben hatte, ging sie am Straßenrand auf und ab, bis Rachel dreißig Minuten später auftauchte.

»Alles erledigt? Du warst nicht lang drin«, sagte sie und wartete, bis Mathilde sich angeschnallt hatte. »Was hat er gesagt?«

»Nicht viel«, erwiderte Mathilde. »Er hat mir erzählt, dass das Herrenhaus seit Hunderten von Jahren der Familie gehört und Papa wollte, dass ich es bekomme, weil ich die Ältere bin. Gestern hatte ich noch keine Familie, und heute habe ich hundert« – sie hielt inne, weil sie nach einem Wort suchte – »*fantômes,* die Teil von mir sind.«

»Meinst du Geister?«, schlug Rachel vor. »Nun ja, es stimmt, dass das Herrenhaus schon sehr lange der Familiensitz ist, auch wenn es dort keine Geister gibt, denn sonst hätte ich schon längst die Flucht ergriffen.«

Mathilde musterte ihre Schwester aus dem Augenwinkel. Vielleicht waren ihr keine begegnet, aber da war eindeutig etwas oder jemand, der sich in den dunklen Ecken in den Schatten versteckte und auf sie wartete. Und dabei handelte es sich nicht um ihren Vater, da war sie sich ziemlich sicher.

Mittlerweile waren sie wieder beim Haus angekommen und brachten den Einkauf hinein. Rachel zeigte auf den Haufen Schlüssel, die Mathilde auf dem Schrank im Flur hatte liegen lassen.

»Hast du vorhin den zur Kapelle gefunden?«, fragte sie, während sie die Taschen mit den Lebensmitteln auf den Küchentisch stellte. Mathilde half ihr, die Sachen in den uralten Kühlschrank zu räumen, dessen Tiefkühlfach so vereist war, dass es kaum noch Platz bot. Schon zweimal hatte er in den letzten Wochen den Dienst quittiert, doch mit einem beherzten Tritt dagegen hatte Rachel ihn beide Male dazu gebracht, die Arbeit wiederaufzunehmen.

»Ja. Ich habe kurz hineingeschaut, bevor wir losgefahren sind.«

»Warum hast du nichts gesagt? Ich würde sie auch gern sehen. Können wir später noch mal zusammen hingehen?

Als ich noch klein war, durfte ich immer nicht hinein, weil die Kapelle ›zum Beten, nicht zum Spielen‹ war.« Sie deutete mit den Fingern Anführungszeichen an. »Allerdings bin ich mir sicher, dass Dad in seiner Jugend drin gewesen ist, und ich glaube, Großvater hat sie noch in ihrem ursprünglichen Sinn genutzt, auch wenn er nie erwähnt hat, dass Gottesdienste darin stattgefunden hätten, soweit ich mich erinnere.

Übrigens möchten Tante Alice und Onkel Jack dich auch gern kennenlernen. Sie haben nach dir gefragt, aber ich habe gesagt, dass sie dir einen Tag zum Eingewöhnen geben sollen. Tante Alice weiß vermutlich mehr über die Kapelle, weil sie schon immer hier gelebt hat.«

»Ja, können wir machen«, stimmte Mathilde widerwillig zu. Trotz des schlichten, enttäuschenden Innenraums hatte die Kapelle etwas Besonderes an sich, und am liebsten hätte sie das nicht mit anderen geteilt. Du bist albern, sagte sie sich. Rachel hatte Jahre ihres Lebens in diesem Haus verbracht, daher hatte sie ebenso – oder vielleicht sogar umso mehr – das Recht, sich jeden Teil des Anwesens anzusehen.

Nach dem Essen machten sie sich also auf den Weg. Fleur kickte den neuen Ball, den sie vorhin im Supermarkt gekauft hatten, vor sich her und freute sich, dass sie draußen spielen durfte, während die beiden Frauen in die Kapelle hineingingen. Eingedenk der Ermahnungen ihres Vaters wollte Rachel ihrer Tochter erst erlauben einzutreten, wenn sie sich selbst ein Bild gemacht hatte.

»Weißt du denn nach deiner Begegnung mit Mr. Murray, was du mit dem Herrenhaus machen möchtest? Bleibst du hier? Ich würde dich wirklich gern richtig kennenlernen, hab ich doch bis vor Kurzem noch geglaubt, dass ich dir nie begegnen würde.«

»Bleiben? *Non.* Nein, natürlich nicht. Warum sollte ich?« Mathilde merkte sofort, dass ihre Antwort grob gewesen war; ihre Schwester wirkte zutiefst verletzt. »Meine Arbeit verlangt, dass ich reise, das habe ich dir doch schon gesagt.« Allerdings zog sich ihr das Herz in der Brust zusammen. Hatte sie sich nicht schon ihr Leben lang nach einer Familie gesehnt? Nach Blutsbanden? Und jetzt, wo sie sie gefunden hatte, war das alles zu Furcht einflößend, um zu bleiben? Bei Rachels Miene überkamen sie Gewissensbisse – ein unbehagliches Gefühl, das ihr neu war.

»Vielleicht bleibe ich ein, zwei Wochen«, räumte sie ein. »Dann werde ich entscheiden, was ich tue.«

In Rachels Gesicht deutete sich ein Lächeln an. »Danke«, erwiderte sie.

Drinnen roch es noch wie zuvor, die abgestandene Luft war schwer und feucht, ein scharfer Kontrast zum frischen Sommerabend draußen. Das seltsame Gefühl von vorhin, nicht allein zu sein, war fort. Jetzt war die Kapelle nur ein altes, verfallenes Gebäude, das abgestützt und dringend saniert werden musste.

»Nun ja, es ist ein wenig enttäuschend, oder?« Rachel stand in der Mitte und drehte sich langsam um ihre eigene Achse. »Hier ist nichts, außer den Kirchenbänken und einem Tisch. Der hat vermutlich als Altar gedient, oder? Und warum ist die Wand auf dieser Seite verputzt und auf der anderen aus nacktem Stein?« Sie ging hinüber zu der Wand zu ihrer Linken und schlug mit der flachen Hand dagegen, um Mathilde zu zeigen, was sie meinte. Ein Regen aus Staub fiel zu Boden. Rachel zog die Augenbrauen nach oben. »Die Wand ist ja gar nicht verputzt, sondern mit Brettern vernagelt. Sie klingt hohl. Das ist allerdings seltsam.«

»Vielleicht ist die Wand heruntergekommen? Oder Teile sind herausgefallen?« Mathilde gestikulierte, während sie nach dem richtigen Wort suchte.

»Zusammengebrochen?«, schlug Rachel vor. »So wird es wohl sein. Das würde erklären, weshalb man mich dauernd davor gewarnt hat hierherzukommen, aber das war eine ganz schöne Stümperei, wenn sie nur ein paar Holzplatten draufgenagelt haben.«

»Was ist das?« Mathilde rieb über ein Brett, dessen Farbe abblätterte. Darunter trat eine blasse Zeichnung in hellem Grau zutage, die sich von einer Ecke zur Mitte der Holzplatte zog. »Sieht aus wie eine Schlange«, fügte sie hinzu.

»Ziemlich.« Rachel nickte. »Ich frage mich, warum sie so etwas in einer Kirche hatten. Vielleicht hat es was mit Adam und Eva zu tun.« Sie sah auf ihre Uhr. »Schon so spät. Ich suche besser mal Fleur und gehe zurück. Ich habe Tante Alice gesagt, dass sie um halb acht herkommen soll, dann können wir sie fragen.«

Sie schlossen die Tür ab und kämpften sich durch Brombeeren und Brennnesseln an der Seite der Kapelle vorbei, um sich die Außenseite, die, an der innen die Bretter waren, anzusehen, doch sie schien genau wie der Rest zu sein. Der Mörtel war trocken und bröselte, als Mathilde mit dem Fingernagel darüberkratzte und zusah, wie er auf die Blätter darunter herabregnete.

Sie hielt einen Moment inne und ließ die beiden anderen vorangehen; sie wollte ein paar Minuten für sich haben. Sie war an ein Leben in Einsamkeit gewöhnt, und seit sie gestern hier angekommen war, hatte sie nonstop Menschen um sich gehabt. Sie brauchte eine Pause, die Gelegenheit, durchzuatmen. Vielleicht hatte sie deshalb dauernd dieses seltsame Gefühl, beobachtet zu werden. Als hätte jemand darauf gewartet, dass sie die Bühne betrat – in einem Stück, das sie nicht kannte, in dem sie aber die Hauptrolle spielte. Sie schüttelte sich. Wahrscheinlich war in letzter Zeit einfach zu viel passiert. Nach all dem Wünschen und Sehnen hatte sie plötzlich eine Familie, Menschen, mit denen sie verwandt war, und ihre Mutter war nicht mehr da, erlebte das nicht mehr mit. Kein Wunder, das überforderte sie einfach. So sehr, dass sie sich schon Leute einbildete, die gar nicht da waren, und das, wo sie doch gerade richtige, leibhaftige Verwandte bekommen hatte.

Langsam, mit einen Umweg durch den Garten, folgte sie Rachel und Fleur. Sie kämpfte sich durchs Unterholz, bis sie zu einem Zaun gelangte, der an manchen Stellen kaputt war, weil das Holz verrottete. Dahinter erstreckte sich ein Weizenfeld, das sich gerade von Blassgrün in Golden verwandelte.

»*Papa*«, flüsterte sie. »Wie kommt es, dass ich nicht gespürt habe, dass du hier warst? Plötzlich weiß ich nicht mehr, wer ich bin, und du bist nicht da, um es mir zu zeigen. Unser beider Leben hätte so anders verlaufen sollen. Wir hätten ein ganzes Stück gemeinsam gehen sollen, aber jetzt weiß ich nicht mehr, welchen Weg ich beschreiten soll.« Sie rieb sich mit den Handrücken die Augen, als ihr die Sicht verschwamm.

Hinter sich hörte sie das Geräusch von Reifen auf Kies. Sie pflückte einige Kreuzkrautblüten von ihrem verholzten Stiel und warf sie auf den Boden, dann drehte sie sich um, um ihrer Schwester zurück ins Haus zu folgen, bereit, den Rest der Familie kennenzulernen.

9

März 1584

Tom war davon ausgegangen, dass er nach dem Zubereiten des Schlaftrunks nichts mehr mit der Königin zu tun bekommen würde. Er hatte erwartet, dass Hugh die Lorbeeren für das Getränk einheimste, das sie seitdem jeden Tag anforderte – was auch so geschah, und das passte ihm eigentlich auch ganz gut. Er zog es vor, im Schatten zu bleiben, wo er unsichtbar war und nicht lang und breit irgendwie erklären musste, dass er weder hören noch sprechen konnte. Das war nämlich gelinde gesagt recht anstrengend. Obwohl nun Hugh das ganze Lob für das süße, samtige Gewürz erhielt, schien der Diener, der Tom in jener Nacht aufgesucht hatte, einer der Hofdamen der Königin erzählt zu haben, dass es Hughs Gehilfe gewesen war, der den Trank gemischt hatte – und plötzlich war Toms Anwesenheit in den Gemächern der Königin erforderlich.

Zuerst versuchte er abzulehnen, doch Hugh machte ihm schon bald klar, dass es nicht möglich war, der Königin etwas abzuschlagen. Er holte tief Luft, zog sich sauberere Kleider an, auch wenn diese noch etwas nach den getrockneten Braunellenblüten rochen, die er zerstoßen hatte. Er wusch sich das Gesicht, kämmte sich die Haare und stutzte noch rasch seinen Bart, bevor er Hugh folgte.

Durch den Hof und über die Hintertreppe gelangten sie zu den Prunkgemächern, und Tom fiel vor Staunen fast die Kinnlade herunter. Es war, als käme er in eine andere Welt. Sie erreichten einen langen Korridor, dessen eine Seite von Fenstern gesäumt war, die aus winzigen Glasrauten bestanden und den Korridor in ein diffuses Licht tauchten. An den dunklen Wänden gegenüber hingen dicke Wandteppiche in Myriaden von Farben, die sein Herz höherschlagen ließen. Was für ein Kontrast zu den tristen Tönen seiner eigenen Welt! Er trat näher an sie heran, um die schimmernden Fäden zu berühren, doch Hugh zog ihn am Arm und schüttelte den Kopf. Hier oben galten strenge Regeln, die Tom erst noch lernen musste. Er verschränkte die Hände hinter dem Rücken, hielt den Blick gesenkt und ließ Hughs Füße nicht aus den Augen, als er ihm zum Ende des Korridors folgte, der sich zu einer prachtvollen Galerie öffnete.

Sie erinnerte ihn an eine Arena und wurde ebenfalls von herrlichen Fenstern, die vom Boden bis zur Decke reichten, erleuchtet; ihr Glas war klar und edel, nicht wie das trübe fleckige im Destillierraum. Am oberen Rand der Fenster ließen winzige Buntglasscheiben ein wahres Feuer aus Farben in den Raum strömen. Reihen von Bienenwachskerzen brannten trotz der frühen Stunde, erzeugten eine bläuliche, leicht rauchige Atmosphäre, die Tom in der Kehle juckte, sodass er Hustenreiz verspürte. Überall hingen dicke, fein bestickte Wandbehänge aus edlen Stoffen, deren glänzende

Fäden im Kerzenschein flackerten. Die Höflinge schillerten in ihren Kleidern wie Pfauen, sie trugen Roben und Wamse in prächtigen Farben. An einem Ende des Raums stand ein großer, kunstvoll geschnitzter Thron auf einem Podium. Er war umringt von mehreren Frauen, die nähten und sich dabei leise unterhielten. Auf dem Thron saß eine schlanke Frau in einem kostbaren, dicht bestickten goldenen Kleid, das mit Hunderten winzigen Perlen besetzt war, die im Kerzenlicht schimmerten. Es sah fast zu groß aus für ihre zierliche Gestalt. Sie hatte rotes Haar und erinnerte Tom an seine Mutter, und er wusste sofort, auch ohne die zahlreichen Wachen und die prunkvoll gekleideten Herren, die überall herumstanden, dass dies seine Königin war. Der Hustenreiz wurde stärker.

Hugh ging langsam auf sie zu, den Blick zu Boden gerichtet. Ein üppiger Teppich mit einem komplizierten Muster aus Blau-, Gold- und Rottönen lag dicht und weich unter Toms Füßen, bannte ihn. Von solchen Dingen hatte er bislang nur gehört. Er folgte Hugh und sah ihm dabei auf die Füße, bis sie vor der Königin stehen blieben und Hugh sich auf ein Knie sinken ließ. Nur Sekunden später tat Tom es ihm nach.

Als sie sich wieder erhoben, wurde Tom Zeuge eines schrecklichen Vorfalls. Im Mittelpunkt stand ein Mann, der anders als die Höflinge ein schlichtes Gewand aus dunklem Barchent und Kammgarngewebe trug und den man mit dem Gesicht nach unten zu Boden gezwungen hatte. Tom konnte nicht hören, was man dem armen Kerl vorwarf, doch die Königin gestikulierte wild mit geballten Fäusten, und ihre Augen blitzten, während sie mit zusammengebissenen Zähnen sprach, sie musste wohl schrecklich wütend sein. Der Mann hielt sich den Kopf. Dort, wo einst seine Fingernägel gewesen waren, sah man jetzt nur noch geronnenes Blut, und sein geschwollenes Gesicht war blutig und voll blauer Flecken. Eine der Wachen zerrte ihn auf die Füße und hielt ihn fest, weil der Mann schwankte, als würden seine Beine gleich nachgeben. Tom zog sich vor Furcht der Magen zusammen, und zum ersten Mal war er erleichtert, dass er nicht hören konnte. So, wie die anderen Menschen im Raum zusammenzuckten, schrie der Mann fürchterlich.

Schließlich deutete die Königin auf eine versteckte Tür in der Ecke des Raums. Die Täfelung war geöffnet worden und eine Steintreppe kam dahinter zum Vorschein. Der Mann wurde an den Füßen davongeschleift, sein Kopf polterte über den Fußboden, als wäre er bereits tot. Tom sah, wie der Mann die Treppe hinuntergezogen wurde, sein Hinterkopf prallte auf jeder einzelnen Stufe auf, während er aus dem Blickfeld verschwand. Warme, saure Galle kratzte hinten in Toms Kehle. Was um alles in der Welt hatte er hier zu suchen? Während er und Hugh nach vorne geleitet wurden, bedurfte es seiner ganzen Willenskraft, sich nicht zu übergeben. Als er sich wieder niederkniete, sah er Blutflecken vor sich auf dem Boden.

Er wandte seine Aufmerksamkeit der Königin zu. Sie sprach mit Hugh, aber er konnte anhand einzelner Wörter erkennen, was sie ungefähr sagte. Ihre Stimmung schien augenblicklich umgeschlagen zu sein – alle Gedanken an den armen Kerl, der Sekunden zuvor hinfortgeschleppt worden war, vergessen. Sie brachte ihre Begeisterung für den Geschmack der Vanille zum Ausdruck, den sie noch nie zuvor genossen hatte, und bestand darauf, dass die beiden Apotheker mehr davon besorgten.

Sie stand auf und wandte sich Tom zu, der Blick aus ihren kleinen dunklen Augen brannte sich in ihn ein, als könnte sie alles lesen, was ihm durch den Kopf spukte. Seine Gedanken und Ängste lagen nackt ausgebreitet vor dieser zierlichen Person, die die mächtigste Frau der Welt war. Seine Beine begannen zu zittern, solche Überlegenheit und solch ein Selbstvertrauen strahlte sie aus. Jetzt, wo sie näher bei ihr waren, konnte er die blasse Schminke erkennen, mit der sie eine grobe, pockennarbige Gesichtshaut zu kaschieren versuchte, und zusammen mit der Hakennase wirkte sie dadurch weniger attraktiv als auf ihrem Porträt, das er eben noch bewundert hatte.

»Mein Apotheker hat mir erzählt, dass du dieses neue Gewürz, Vanille, an meinen Hof gebracht hast.« Tom musste ihren schmallippigen Mund aufmerksam beobachten, während sie sprach. Zum Glück schien sie jedes einzelne Wort mit Bedacht auszusprechen, und er hatte kaum Schwierigkeiten, sie zu verstehen. Er verbeugte sich noch einmal aus der Taille heraus, bevor er sich wieder aufrichtete, um ihr Gesicht zu beobachten. »Und du kannst weder hören noch sprechen, und doch verstehst du, was die, die um dich sind, sagen?« Tom nickte, er fragte sich, was ihr durch den Kopf ging und ob seine Zeit im Palast wohl jetzt enden würde. Er beobachtete, wie sie zu ihrem Thron zurückkehrte, das Gewicht ihres Kleides lastete auf ihrer zarten Gestalt und hinderte sie beinahe am Gehen.

Die Königin setzte sich wieder auf ihren Thron, und ein junges Mädchen mit blondem Haar und einem lovatgrünen Kleid mit schlichten Schleifen, das die ganze Zeit schweigend an der Seite gestanden hatte, arrangierte sorgfältig ihre Röcke. Dann wandte sich die Königin noch einmal an Tom.

»Du faszinierst mich, Tom Lutton. Du kannst nicht hören, und doch verstehst du alles, was ich sage. So jemanden wie dich habe ich noch nie zuvor gesehen, und ich frage mich, ob du anderen an meinem Hofe nützlich sein kannst. Und zwar nicht nur, weil du einen köstlichen Schlaftrunk zubereitest.« Sie blickte zu Hugh hinüber. »Ihr könnt jetzt gehen«, sagte sie, bevor sie ihre Aufmerksamkeit wieder Tom zuwandte und hinzufügte: »Vorerst.«

Tom folgte Hugh, als sie rückwärts den Raum verließen, den Blick zu Boden gerichtet, bis sie zur Tür gelangten. Die Wachen geleiteten sie hinaus in den Korridor, wo Tom erst einmal tief durchatmete. Er war sich sicher, dass er die ganze Zeit die Luft angehalten hatte; die Königin war klein an Wuchs, doch ihre Präsenz enorm.

»Ich brauche dir wohl nicht zu erklären, dass wir die Königin nicht verärgern wollen.« Hugh sprach langsam, als sie auf dem Weg zurück in den Destillierraum waren. »Hast du verstanden, was da eben passiert ist, mit diesem Mann?« Tom schüttelte den Kopf. »Er arbeitet für den spanischen Botschafter Bernardino de Mendoza.« Tom verstand den Namen des Mannes nicht, auch wenn Hugh ihn zweimal wiederholte, doch er bedeutete Hugh mit einer Geste, fortzufahren. »Er überbrachte dem Botschafter geheime Informationen des Hofs. Sie spannen eine Intrige, um die Königin vom Thron zu stoßen und durch ihre katholische Cousine Maria Stuart zu ersetzen. Die Fehde zwischen ihnen reicht viele Jahre zurück. Die Spanier wollen unsere Königin Elizabeth unbedingt absetzen, weil die katholische Kirche die Ehe zwischen ihrer Mutter Anne Boleyn und ihrem Vater, König Heinrich, nicht anerkannt hat. Sie betrachten sie als

Bastard und nicht als Thronerbin. Stattdessen behaupten sie, Maria Stuart sei die rechtmäßige Königin. Drahtzieher der Intrige ist ein Mann namens Throckmorton, der jetzt all seine Geheimnisse preisgibt, wobei Walsinghams Männer im Tower zweifellos nachhelfen. Gerüchten zufolge soll de Mendoza aus England verbannt werden. Throckmorton wird natürlich hingerichtet, genau wie alle anderen, die darin verwickelt waren, auch der arme Kerl, den du gerade gesehen hast. Er hatte keine Chance, sich aus der Sache herauszuhalten, und jetzt hat er nur noch Stunden zu leben.«

Tom schauderte, als er begriff, was Hugh da gerade erklärt hatte. Am Hof zu sein, hatte sich wie eine große Ehre angefühlt, doch die Erinnerung an die Flucht nach Frankreich, nachdem sein Adoptivvater mit dem damaligen Monarchen in Konflikt geraten und unter der Folter gestorben war, erinnerte ihn wieder daran, wie heikel das mitunter sein konnte. Wenn ein einfacher Diener damit beauftragt wurde, eine Botschaft zu überbringen, konnte er sich nicht weigern, und dann steckte er plötzlich in einem Schlamassel, aus dem es kein Entrinnen gab.

Tom fragte sich, ob dies wirklich der richtige Ort für ihn war.

10

Juni 2021

»Du siehst überhaupt nicht wie dein Vater aus«, sagte Tante Alice. Ihre Stimme zitterte ein wenig, als sie Mathilde von oben bis unten musterte. Sie hatten sich alle in dem kleinen Wohnzimmer neben der Küche versammelt, und Mathilde kam sich vor, als würde sie vor Gericht stehen. Sie hatte sich vorgenommen, nett zu ihrer neuen Tante zu sein – auch wenn das eigentlich ihrer Natur widersprach –, jetzt allerdings fühlte sie sich in die Defensive gedrängt.

Rachel brachte heiße Getränke und verkündete strahlend, wie begeistert sie war, dass man Mathilde endlich gefunden hatte. »Dad hätte sich so darüber gefreut«, fügte sie noch an. Tante Alice war, wie es schien, anderer Meinung.

»Lassen die Anwälte noch einen DNA-Test machen, um ganz sicher zu sein?«, fragte sie an Rachel gewandt, als wäre Mathilde gar nicht da. »Sie könnte eine Hochstaplerin sein«, fügte sie gedämpft hinzu.

»Natürlich nicht!«, rief Rachel. »Man sieht doch, dass sie aussieht wie ich. Und irgendwie sogar ein bisschen wie du.

Wir brauchen keinen Test. Ich habe dir doch schon erklärt, dass Dad an den falschen Orten gesucht hat, deshalb konnte er sie in Frankreich nicht finden. Aber jetzt ist sie da. Ich habe eine neue Schwester und du eine neue Nichte, und das ist wunderbar.« Der letzte Teil klang eher wie eine Drohung: Wehe, ihre Tante widerspräche. Alice schluckte schwer, presste ihre schmalen Lippen zusammen und sagte nichts dazu. Stattdessen drehte sie unaufhörlich den Ehering an ihrem Finger.

»Also, was passiert jetzt?« Alice' Stimme klang jetzt angespannt und schrill. »Alles wird sich verändern. Wir sind zu alt für all das.«

»Große Güte, sie ist doch erst seit vierundzwanzig Stunden hier, gib ihr doch eine Chance, sich hier einzugewöhnen, bevor sie sich entscheidet, was sie tun will. Danach siehst du immer noch, ob du dir Sorgen machen musst oder nicht. Jedenfalls haben wir uns heute Nachmittag die Kapelle angesehen«, wechselte Rachel hastig das Thema. »Mathilde wollte mal reinschauen.«

Alice stieß einen langen Seufzer aus. »Du weißt doch, dass du nicht hineingehen sollst«, sagte sie leise, und Tränen traten ihr in die Augen. Sie zog ein winziges, spitzenbesetztes Taschentuch aus dem Ärmel und tupfte sich die Augen damit. »Hab ich es nicht gesagt? Sie ist gerade mal fünf Minuten hier, und schon ändert sich alles. Dieser Ort ist gefährlich. Peter hat dir gesagt, dass du sie nicht betreten sollst.«

»Na ja, wir haben nichts Gefährliches entdecken können, und wir waren sehr vorsichtig. Efeu wächst durch eine kaputte Fensterscheibe herein, aber keine der Wände scheint einsturzgefährdet. Eine ist sogar mit Holzplatten vernagelt, hat das unser Vater gemacht?«

»Nein, ich bin mir sicher, das war schon immer so. Zumindest kenne ich das nur so. Dein Großvater hat uns ein-, zweimal mit dorthin genommen, als wir noch Kinder waren. Ich erinnere mich an die Wand. Man sagte uns, die Kapelle sei heilig, geweiht, und dass wir sie nur betreten dürften, um zu beten. Aber das haben wir nicht getan. Ob dein Vater in letzter Zeit drin war, weiß ich nicht. Wahrscheinlich wurde die Wand mit den Brettern verstärkt, damit sie nicht einstürzt.«

»Das würde mehr brauchen als nur ein paar Bretter«, bemerkte Rachel. Sie warf Mathilde einen Blick zu. Ihre neu gewonnene Schwester zeigte deutlich mehr Interesse an der Unterhaltung, seit sie über die Kapelle sprachen. Rachel konnte sehen, dass sich Mathilde konzentriert bemühte, dem Gesagten zu folgen. Es war ein langer Tag gewesen, und allmählich bekam sie Kopfschmerzen.

»Nun, es ist spät, und Fleur muss ins Bett«, verkündete Rachel und stand auf. Mathilde pflichtete ihr mit einem herzhaften, wenn auch vorgetäuschten Gähnen bei und streckte sich. Zum Glück verstanden ihre Gäste den Wink mit dem Zaunpfahl, nahmen ihre Jacken und schickten sich an zu gehen.

»Bestimmt sehen wir dich bald wieder.« Alice hob das Kinn und lächelte Mathilde an – ihr Mund bewegte sich, doch ihre Augen erreichte das Lächeln nicht. »Dann können wir darüber sprechen, was du mit diesem herrlichen Haus machen willst. Ich weiß, dein Vater hätte nicht gewollt, dass es verkauft wird. Er würde sich im Grab umdrehen.« Sie sah Mathilde einen Moment länger in die Augen als unbedingt notwendig, dann eilte sie hinaus und mühte sich im Gehen mit ihrem Anorak ab. Jack, der während des ganzen Besuchs kaum zwei Worte gesagt hatte, hob nur die Hand zum Gruß und nickte. Dann trippelte er seiner Frau hinterher. Mit gerunzelter Stirn sah Mathilde ihnen nach. Was mochten Alice' Abschiedsworte wohl bedeuten?

Sobald Rachel die erschöpfte, protestierende Fleur ins Bett gesteckt hatte, kam sie wieder herunter und kochte eine heiße Schokolade für sie beide. Mathilde saß am Küchentisch und sah ihr dabei zu.

»Alice. Sie mag mich nicht«, sprach sie das Offensichtliche aus.

»Mit der Zeit wird sie dich schon mögen, das ist nur der Schock. Wir alle wussten von dir, hätten aber nie gedacht, dass wir dich tatsächlich irgendwann kennenlernen. Und wenn du nicht gefunden worden wärst, hätte Alice das Herrenhaus geerbt, deswegen ist sie ziemlich verschnupft. Aber kein Grund für sie, so unhöflich zu sein. Das war eine Zumutung.«

»Verschnupft?«

»Verärgert. Im Moment kommt aber noch etwas anderes hinzu. Wahrscheinlich fürchtet sie sich vor dem, was die Zukunft bringen wird, aber auch das ist keine Entschuldigung. Wenn sie merkt, dass du hierbleibst, wenn auch erst mal nur für ein, zwei Wochen, beruhigt sie sich vielleicht.«

»Schon gut.« Mathilde zuckte mit den Schultern. »Die meisten Leute mögen mich nicht. Ich entspreche nicht ihren Erwartungen. Egal, ich bin daran gewöhnt. Aber ich weiß noch nicht, ob ich bleibe. Tag für Tag in einem Haus, am selben Ort zu sein, ist nicht leicht für mich. Es schmerzt mich innerlich. Ich muss unterwegs sein. Die Perspektive wechseln. So war das schon immer.«

»Aber du hast doch gesagt, dass du bleibst.« Rachels Stimme wurde ein wenig schriller, sie stellte die Tassen so abrupt auf den Tisch, dass die heiße Schokolade überschwappte und blassbraune, milchige Pfützen hinterließ. Sie schnappte sich ein altes, fadenscheiniges Geschirrtuch und wischte sie auf. »Wieso hast du deine Meinung geändert? Ich kann ja verstehen, dass du es nicht gewohnt bist, einen festen Wohnsitz zu haben, und ja, das ist ein ziemlich großes Anwesen, aber du bist nach all den Jahren hier aufgetaucht, um dein Erbe anzutreten. Herrgott, wir wussten ja nicht mal, ob du überhaupt noch am Leben bist. Unser armer Vater hatte das Schlimmste befürchtet, und dann kannst du dich nicht mal dazu entschließen, wenigstens eine Weile zu bleiben? So viele Jahre haben wir auf dich gewartet, ich finde, dass du uns zumindest das schuldest, meinst du nicht? Wir sind eine Familie, das bedeutet dir doch bestimmt etwas, oder?« Ihre Stimme wurde flehend.

Mathilde war schockiert über den Ausbruch. Wie immer hatte sie nur ihre eigenen Gefühle bedacht, ohne auch nur einen Gedanken daran zu verschwenden, was für Auswirkungen ihre Ankunft auf ihre Schwester haben würde. Aber sie standen sich doch gar nicht nahe, warum war Rachel dann so durcheinander? All die Jahre hatte sich Mathilde nach einer Familie gesehnt, aber so hatte sie sich das nicht vorgestellt.

»Jaja, das sagt sich so leicht«, murmelte sie vor sich hin. Rachel jedoch hatte sie verstanden.

»Natürlich gehörst du zur Familie.« Sie langte mit den Händen über den Tisch, als wollte sie Mathildes ergreifen. »Es hat eine Weile gedauert, dich zu finden, aber jetzt bist du dort, wo du hingehörst. Es ist nicht zu spät für uns.«

»Wohl kaum ›eine Weile‹«, korrigierte Mathilde, »eher ein ganzes Leben. Und zu spät, um meinen Vater kennenzulernen.« Das kam energischer heraus, als es sollte. Ihr Herz war so zerrissen. Schon so lange Zeit. Ein Riss im Gewebe ihres Lebens, und durch diesen Riss quoll jetzt alles, was sie unterdrückt hatte, heraus. Der ganze Kummer, der sich in ihr angestaut hatte. »Und zu spät für eine richtige Kindheit. Du bist hier aufgewachsen und hattest deine Lieben, hattest all das hier um dich. Deine Tante und deinen Onkel gleich um die Ecke, Stabilität und Zugehörigkeit. Du hattest solches Glück. Das alles hatte ich nie. Als ich ein Kind war, sind wir ständig umgezogen, von Ort zu Ort. Manchmal hatten wir nachts kein Dach über dem Kopf. Im Winter, wenn es kalt war, im Sommer, wenn der Mistral kam, uns Staub in die Augen blies und unsere Haare … *rigide* machte.« Sie zog an ihren Haaren, wie um es zu demonstrieren. »Niemand wollte uns akzeptieren. Wir waren nirgends zu Hause, hatten keine Sicherheit. Die Menschen mieden uns, meine arme *maman* hatte dauernd mit den Dämonen in ihrem Kopf zu kämpfen. Anfangs waren die anderen immer nett … beinahe herzlich. Doch das hielt nie an. Sobald sie begriffen, wie sie war, wollten sie, dass wir verschwinden. Wir waren Flüchtlinge. Außenseiter. *Émigrées* – das einsamste Wort der Welt.« Sie stand auf und ging zur Hintertür. Dort drehte sie sich noch mal um. »Also gut, dann bleibe ich. Den Sommer über, aber länger nicht. Im September bin ich weg.«

11

Juni 2021

Mathilde schlenderte durch den Garten und füllte die Gießkanne am Wasserfass. Sie brauchte Zeit, um die Begegnung mit Alice und Jack zu verarbeiten. Und um über das nachzudenken, was Rachel gesagt hatte. Ihr ganzes Leben lang hatte sie sich nach einer Familie gesehnt, nach einem Ort, an dem sie Wurzeln schlagen konnte, an dem sie ihr ständiges Bedürfnis, auf der Straße zu sein, überwinden konnte. Und einen Augenblick lang fragte sie sich, ob sie das alles hier gefunden hatte. Blutsverwandte. Doch wie lange würde es dauern, bis auch sie zu dem Schluss kamen, dass sie ein schlechter Mensch war, bis sie sie ablehnen und vom Hof jagen würden? Es gab keinen Grund, warum sie anders sein sollten. Die Menschen waren alle gleich, das hatte ihre Kindheit sie gelehrt. Ihre neu gewonnene Tante und ihr Onkel hatten klargestellt, dass sie hier nicht willkommen war. Und wenn dies nicht der Ort war, den sie ihr Zuhause nennen konnte, ein Ort zum Ausruhen, dann hatte sie überhaupt keinen. Dann hätte sie Jahre ihres Lebens damit verschwendet, sich nach etwas zu sehnen, das überhaupt nicht existierte.

Als sie zu der Stelle gelangte, an der sie ihre Kräutertöpfe aufgestellt hatte, goss sie sie ordentlich und ließ sich dann zu Boden sinken. Sie legte sich auf den Rücken, die Hände hinter dem Kopf verschränkt. Irgendwo in der Nähe raschelte im Gras ein kleines Tier, das sie aufgescheucht hatte, und machte sich davon. Die Dämmerung brach herein, die Luft war warm, und sie schloss kurz die Augen, genoss die Düfte des Sommerabends. Stiele vertrockneter Schlüsselblumen pikten sie in die Schulter, doch sie brachte nicht die Energie auf, sich wieder aufzurichten. Sie krallte ihre Finger in das Gras neben sich, zerrte daran, rutschte ein wenig ab, bevor es nachgab und abriss. Sie ließ die Halme fallen und griff sich noch eine Handvoll davon.

Es wurde jetzt schnell dunkler, und sie drehte den Kopf zur Seite, um dem schrillen Fiepen der Fledermäuse zu lauschen, die umherschossen und sich kleine Motten aus der Luft schnappten. Plötzlich hatte sie das intensive Gefühl, nicht allein zu sein, und sie blickte zu dem kleinen Unterholz in der Nähe hinüber. Sie hatte nicht gehört, dass jemand gekommen war; wer oder was auch immer sich dort aufhielt, hatte sich leise und verstohlen genähert.

Sie rührte sich nicht, hielt den Atem an und wartete darauf, dass die Person sich bewegte, was sicherlich früher oder später der Fall wäre. Da, jetzt konnte sie eine Gestalt in den Schatten ausmachen. Ein Reh? Nein. Unter dem dichten sommerlichen Blätterdach erkannte sie schemenhaft den Umriss von jemandem, der mit gebeugtem Kopf dastand. Schwarz auf schwarz. Sie kniff die Augen zusammen. Wer immer es war, er verschmolz beinahe mit der samtigen Finsternis. Was machte er da?

»*'allo?* Wer ist da?«, rief sie. Noch während sie das sagte, drehte sich die Person von ihr weg und verschwand. Eine Antwort erhielt sie nicht.

Vielleicht hatte der Besucher den Weg durch das Wäldchen auf die Ställe zu genommen. Sie rappelte sich auf und lief um die Bäume herum, um ihn auf der anderen Seite abzufangen. Doch es war schon zu dunkel und das Gelände viel zu überwuchert, sie war zu langsam. Auf der anderen Seite angelangt, war die Person nirgendwo zu sehen. Eigentlich hatte sie aber auch gar nicht wirklich erwartet, jemanden dort vorzufinden. Nicht zum ersten Mal hatte sie etwas gesehen, für das es keine Erklärung gab: einen Gast aus einer anderen Zeit. Sie war sich sicher, dass es so jemand gewesen war. Allerdings hatte sie keine Ahnung, was er hier, mitten zwischen den Bäumen, zu suchen hatte.

Irgendwo in der Nähe hörte sie Rachel nach ihr rufen, doch Mathilde duckte sich, schob die Hände in die Hosentaschen und schlich sich seitlich ums Haus herum. Dann öffnete sie ihren Van, kletterte hinein und legte sich unter ihre Decke. Ihr ging so viel durch den Kopf, sie konnte einfach nicht noch mehr aufnehmen. Sie konnte sich nicht an die Gegenwart anpassen, solange sie sich immer noch bemühte, ihre Vergangenheit zu verstehen.

Am nächsten Morgen, nachdem sie erstaunlich gut in ihrem Van geschlafen hatte, ging Mathilde schon früh in die Küche. Auch die anderen beiden waren schon auf. Fleur aß langsam eine Schale Müsli, Milch tropfte von der Unterseite des Löffels in ihren Schoß.

»Kaffee?« Sie lächelte Rachel zögernd an, unsicher, wie sie ihren Ausbruch vom vergangenen Abend aufgenommen hatte. Wenn sie ihr kühl begegnen würde, wäre das Mathildes eigene Schuld. Nachdem sie eine Nacht darüber geschlafen hatte, war ihr das klar.

Mathilde zerzauste Fleurs Haar, als sie an ihr vorbeiging und sich ein Stück Toast von dem Teller auf dem Tisch nahm. Sie schob es sich in den Mund und ließ dann drei große Löffel Kaffeepulver in ihre Cafetiere fallen. Dann hielt sie die Cafetiere hoch und hob die Augenbrauen, doch Rachel lächelte und schüttelte den Kopf, während sie sich Tee nachschenkte. Sie waren zwar Schwestern, doch ihre jeweilige Kinderstube hatte ihre morgendliche Getränkewahl nachhaltig beeinflusst.

»Tut mir leid«, sagte Mathilde und sah dabei ihre Schwester an. »Ich bin gestern Abend zu scharf geworden. Das war nicht fair.«

»Nein.« Rachel hob die Hand, um Mathilde am Weitersprechen zu hindern. »Du brauchst dich nicht zu entschuldigen. Ich kann mir überhaupt nicht ausmalen, wie das für dich sein muss, das war alles ein großer Schock. Es ist okay, ehrlich. Sieh mal, hier ist ein Brief angekommen.« Rachel zeigte Mathilde einen Umschlag. »Als ich heute Morgen runtergekommen bin, hatte ihn jemand unter der Tür durchgeschoben. Er ist an uns beide adressiert, deshalb habe ich ihn aufgemacht, aber eigentlich betrifft er dich.«

Mathilde hielt inne, die Kaffeetasse halb zum Mund geführt.

»Er ist von Tante Alice. Sie muss bei ihrer Rückkehr nach Hause wirklich aufgewühlt gewesen sein, denn darin steht, dass sie rechtliche Schritte einleiten möchte, um das Testament anzufechten. Aber mach dir keine Sorgen, das wird sie nicht können. Ich war dabei, als Dad es aufgesetzt hat, und Mr. Murray weiß, dass alles hieb- und stichfest ist. Aber wenn das Ganze vor Gericht geht, könnte es echt unschön werden.«

»Anfechten? Wird gefochten?« Mathilde verzog verwirrt das Gesicht.

»Nein.« Rachel lachte. »Das heißt nur, dass sie versuchen wird, das Testament zu ändern, indem sie vor Gericht zieht und einen Richter darum bittet, ihr das Haus zuzusprechen anstatt dir. Aber das wird nicht passieren, also mach dir keine Sorgen.«

Mathilde zuckte mit den Achseln. Sie hatte genug, worüber sie nachdenken musste, auch ohne eine hysterische Tante, mit der sie sich herumschlagen musste. Hoffentlich würde die Frau Abstand zu ihr halten.

»Na, was hast du heute vor?«, wechselte Rachel das Thema. »Hat Mr. Murray dir die Urkunde und eine Karte des Anwesens gegeben?«

»Nein, er hat gesagt, dass sie von … den Grundleuten kommt?«

»Vom Grundbuchamt, nehme ich an.« Rachel nickte. »Sie müssen dich als die neue Besitzerin registrieren und schicken dir dann wahrscheinlich eine Kopie der Urkunden. Dann kannst du sehen, wem das Herrenhaus im Laufe der Jahre gehört hat, je nachdem wie weit die Papiere zurückgehen. Ich wollte heute Vaters Sachen weiter durchgehen. Magst du mir dabei helfen?«

»Ja, danke, sehr gern.« Mathilde nickte, ihr Mund verzog sich zu einem Lächeln. Sie wollte mehr über ihren Vater erfahren, den Mann, der fast ihr ganzes Leben lang für sie verloren gewesen war. Wenn das Taxi, in dem er gesessen hatte, nur eine Minute früher losgefahren wäre, wäre alles anders gekommen. Dann hätte sie mit ihrer *maman* hier gelebt. Rachel wäre nie geboren worden, aber vielleicht hätte sie andere Geschwister. Mit Rachel die Sachen ihres Vaters durchzusehen, wäre wie ein Blick in eine Glaskugel, in der sie das Leben sah, das sie beinahe gelebt hätte.

»Dads Kleidung habe ich bereits weggeworfen.« Rachel ging in Richtung Flur und redete über die Schulter hinweg, während Mathilde ihr folgte. »Es war nichts dabei, was man hätte spenden können. Er trug von morgens bis abends seine alten Gartenklamotten. Er war ein richtiger Penner!« Sie lachte bei der Erinnerung. »Er sagte immer, er habe, als er noch arbeitete, tagein, tagaus einen Anzug tragen müssen und jetzt die Nase voll davon. Wenigstens im Ruhestand wolle er es bequem haben.« Mathilde stellte ihn sich in Kakihemden mit aufgerollten Ärmeln und ausgebeulten Hosen vor, deren Beine er in die Gummistiefel gestopft hatte. Die Stiefel hatte sie schon entdeckt, sie standen neben der Hintertür, als würden sie darauf warten, dass er bald wieder die Füße hineinsteckte.

Rachel führte sie durch einen kurzen schmalen Durchgang hinter der Treppe zu einem Zimmer hinten im Haus. Es war nicht groß, aber durch ein Fenster zum weitläufigen Gemüsegarten, wo Mathilde ihre Kräutertöpfe abgestellt hatte, flutete Licht herein.

»Das war sein Büro«, erklärte Rachel und breitete die Arme aus. Ihre Stimme brach ein wenig, Mathilde sah zu ihr hinüber und spürte selbst ein unerwartetes Brennen in ihren Augen. Sie lächelten einander an, und Rachel strich Mathilde kurz über den Rücken, als wolle sie ein Kind trösten. Für einen kurzen Moment flammte Empathie auf, als beide von derselben Trauer um ihren Vater überwältigt wurden – ein gemeinsames Gefühl. So etwas hatte Mathilde noch nie zuvor erlebt.

An den Wänden hingen Regale, die mit Büchern und den staubigen Überresten seines Lebens vollgestopft waren – eine Tasse, die für das schöne Southwold warb und als Stiftehalter diente, Schachteln mit Dokumenten, gerahmte Fotos. Mathilde blickte sich um, begierig, jedes Detail in sich aufzunehmen. Alles hier war ein Teil von ihm. Sie schloss die Augen und versuchte, seinen Geist zu erspüren, sein Wesen, irgendeinen greifbaren Beweis zu finden, dass er immer noch hier bei ihnen war. Sie fragte sich, ob die schattenhafte Gestalt gestern Abend unter den Bäumen er gewesen war.

»Wie du siehst, war er kein besonders ordentlicher Mensch. Zum Glück hat er in den letzten zehn Jahren nur den hinteren Teil des Hauses bewohnt. All diese formellen Zimmer, die ich dir gezeigt habe, waren seit Ewigkeiten abgeschlossen und wurden nie mehr benutzt.«

»Dieser Schreibtisch ist wunderschön.« Mathilde strich über das verzierte Leder, das in die dunkle Mahagoniplatte eingelassen war. Der Schreibtisch wirkte so solide, als sei er hier aus dem Boden gewachsen und hätte Wurzeln, die bis unter das uralte Fundament des Hauses reichten. Jetzt war er schartig und vernarbt vom langen Gebrauch.

»Hier drin hat Dad alles Wichtige aufbewahrt«, erklärte Rachel, während sie sich auf die Knie hinabließ und eine tiefe Schublade unten am Sockel des Schreibtisches aufzog. »Ich habe das natürlich schon gesehen.« Sie holte einen stabilen Karton heraus, stellte ihn auf den Schreibtisch und hob den Deckel ein wenig, damit Mathilde hineinsehen konnte. »Das ist alles, was er über euch, euer Leben, gesammelt hat.«

Ganz oben lag ein verblasstes Foto von einem jungen Paar vor einer Berglandschaft, das ein Baby zwischen sich hielt. Mathilde nahm es heraus und drückte es einen Moment lang an die Brust. Sie kniff die Augen zusammen, wild entschlossen, die Tränen nicht zuzulassen. Dann sah sie es sich noch einmal an.

»Das sind meine Eltern und ich«, flüsterte sie. »Ich habe noch nie ein Foto von uns gesehen, aber ich kenne dieses Kleid. Meine *maman* hat es viele Jahre getragen. Vielleicht hat es sie an den Moment erinnert, in dem dieses Foto gemacht wurde. Und sie hat so um ihn getrauert.« Andächtig legte sie es auf den Schreibtisch und sah den Rest der Schachtel durch. Sie breitete alles sorgfältig aus, bis eine Art Patchwork ihrer ersten zwölf Lebensmonate entstand – der Auftakt zu dem Leben, das sie eigentlich hätte führen sollen.

»Sieh mal, das sind Artikel, die Dad verfasst hat, als er in Beirut war.« Rachel zeigte darauf. »Und das hier sind Anzeigen, die er in Zeitungen geschaltet hat, um euch zu finden. Erst im Libanon, später in Frankreich. Schließlich hat er es geschafft, einen Regierungsbeamten zu finden, der bestätigt hat, dass deine Mutter mit anderen Flüchtlingen weggegangen war. Und sieh mal hier«, sie nahm eine zerfledderte gefaltete Landkarte. »Auf dieser Frankreichkarte hat er alle Orte eingekringelt, an denen er nach euch gesucht hat.«

»Er war so nah bei uns. Wenn wir es doch nur gewusst hätten«, murmelte Mathilde, während sie die Markierungen anstarrte.

»Wo genau habt ihr gelebt?« Rachel hatte sich neben sie gestellt.

»Überall und nirgends in diesem *département*.« Mathilde deutete auf die Gegend um Toulouse. »Wir sind dauernd umgezogen. Immer. Meine Mutter beharrte darauf, dass dies der einzige Weg sei, sicher zu leben. Sie war so traumatisiert vom Krieg, von den ständigen Bombenangriffen, dass sie ihr Lebtag Albträume hatte und keinen richtigen Job durchhalten konnte. Sie war gebrochen. Sie hatte meinen Vater verloren, ihr ganzes Leben, und davon hat sie sich nie wieder erholt. Wenn es ihr einigermaßen ging, arbeitete sie in Bars oder half bei der Ernte. Wir mussten Orte finden, an denen wir leben konnten, aber immer nur vorübergehend. Manchmal kampierten wir in Scheunen oder verlassenen Häusern. Ab und zu fanden wir ein Wochenendhaus, in das wir einbrechen konnten. Ich bin nicht immer zur Schule gegangen. Wenn meine Mutter eine schlimme Phase hatte, musste ich bei ihr bleiben. Wir waren anders gekleidet, passten nirgends dazu. Oft wurden wir verdächtigt zu stehlen, deshalb zogen wir weiter, uns blieb keine andere Wahl. Und dann starb sie bei einem Brand, als ich sechzehn war. Ein Vorhang fing an einer Kerzenflamme Feuer. Ich war nicht da, und als ich zurückkam, stand das Cottage in Flammen. Seitdem bin ich allein.«

»Wie schrecklich, das tut mir so leid. Es ist unfassbar traurig, dass du so leben musstest. Ich bin froh, dass wir dich endlich gefunden haben und du jetzt hier bist. Das ist ab jetzt dein Zuhause. Denk immer daran, wie sehr dein Vater dich geliebt hat.« Rachel schlang die Arme um sie, und einen Moment lang entspannte sich Mathilde in der Wärme eines anderen menschlichen Körpers. Es fühlte sich fremd an, aber gut, wie sie sich selbst eingestehen musste.

»So einfach ist es nicht«, sagte sie leise. »Ich kann mich nicht einfach in jemand anderen verwandeln. Unterwegs sein, von einem Tag auf den anderen leben – das bin ich. Anders kenne ich es nicht. All das«, sie schloss das Zimmer mit einer Handbewegung ein, »kommt zu spät. Ich habe es nicht verdient. Ich erinnere mich doch nicht mal mehr an meinen Vater, warum sollte ich also hierbleiben?«

»Weil du es eben doch verdient hast.« Rachel umarmte sie noch fester. »Nur weil du einen schweren Start ins Leben hattest, heißt das nicht, dass es auch so weitergehen muss. Es ist schließlich keine Strafe, die man dauerhaft abbüßen muss.« Mathilde runzelte die Stirn, und Rachel hielt einen Moment inne. »Bis in alle Ewigkeit, meine ich. Du brauchst dieses Nomadenleben nicht länger zu führen. Jetzt hast du die Chance auf einen Neuanfang. Auch wenn deine Kindheit traumatisch war, sie muss nicht dein ganzes Leben bestimmen. Willst du denn nicht Teil einer Familie sein?«

»Das wollte ich immer, ja.« Mathilde nickte. »Als ich klein war, habe ich von nichts anderem geträumt. Wenn wir an großen Häusern mit Spielsachen im Garten vorbeigingen, fragte ich mich immer, wie es wohl gewesen wäre, mit *maman* und *papa* aufzuwachsen, in einem richtigen Haus, in das man jeden Tag zurückkehrte, Jahr um Jahr. Immer am selben Ort zu sein. Einem sicheren Ort, an dem man bei Sturm verankert war, wenn Leute hinter einem her waren und brüllten, man solle verschwinden. Nur dass das dann niemand mehr tun würde, wenn man die ganze Zeit in einem Haus lebt, Wurzeln geschlagen hat, oder?«

»Dann lass mich an dich ran, ich kann dir helfen«, flüsterte Rachel.

Ein Ruf aus dem Wohnzimmer unterbrach sie. Mit einer entschuldigenden Geste verließ Rachel das Zimmer. Mathilde verharrte, als wäre die Zeit stehen geblieben. Ein winziges bisschen ihrer Angst vor der Welt löste sich in Luft auf, und sie entspannte sich ein wenig. All die Jahre hatte sie geglaubt, ihr Vater hätte sie verlassen, sei an jenem Tag in Beirut gestorben. Ein Irrtum, wie sie jetzt wusste, und doch hatte er alles geprägt, ihr ganzes Leben. War es wirklich möglich, dies jetzt zu ändern? Konnte sie sich auf diese neue Familie einlassen? Ihnen wirklich vertrauen?

Sie biss sich auf die Unterlippe, während sie alles wieder sorgfältig in der Schachtel verstaute und diese dann in die Schublade zurücklegte, aus der Rachel sie herausgenommen hatte. Dabei hörte sie ein seltsames Geräusch. Sie nahm die Schachtel wieder heraus, griff tief in die Schublade und ertastete etwas Kaltes, Metallisches. Sie zog daran und hielt einen runden Gegenstand, der an einer langen, dünnen Kette hing, in der Hand. Er war fleckig und stumpf, schien aber aus Gold zu sein. Und als sie ihn umdrehte, kam er ihr plötzlich bekannt vor. Sie erinnerte sich an das Gemälde in der Kapelle, von dem sie und Rachel gedacht hatten, es zeige eine Schlange. Doch es war keine Schlange, wir ihr gerade klar wurde. Es war eine Kette mit einem Medaillon. Worin mochte die Verbindung zwischen diesem Medaillon und der Kapelle bestehen?

Sie machte sich auf, um ihrer Schwester von ihrer Entdeckung zu erzählen.

12

April 1584

In der trüben Dämmerung, als der Tag allmählich in die Nacht überging, begab sich Tom wie jeden Abend zu seinen Pflanzen im Kräutergarten und sorgte dafür, dass sie alle gut gewässert waren. Dann legte er die Abdeckung auf den kleinen Rahmen, den er um die Vanille gebaut hatte. Er kümmerte sich so sorgfältig um sie, als wäre sie sein Kind.

Er war gern draußen und verweilte dort stets, so lange er es wagen konnte. Er schlenderte durch die Gärten, die Düfte der einzelnen Pflanzen waren ihm so vertraut wie Freunde. Die Gärtner und Köche wussten, dass sie nichts anrühren durften, vor allem, weil manche Pflanzen giftig sein konnten, wenn man sie falsch verwandte. Die Luft hier draußen war frisch, er konnte den Fluss riechen, auch wenn er ihn nicht sehen konnte, und durch das Tor am einen Ende des Küchengartens sah er die Blumenbeete des formalen Gartens, wo an schönen Tagen oft die Königin mit ihrem Gefolge lustwandelte. Der Kontrast zum muffigen, dunklen Inneren des Palasts war enorm.

Tom, der gerade junge Thymiantriebe abgezupft hatte, stand auf und beobachtete, wie zwei Männer vom Tor her durch den Garten gingen. Trotz der hereinbrechenden Nacht und der dunklen Gewänder der beiden erkannte er mit seinem scharfen Auge, dass sie tadellos gekleidet waren. Sie kamen geradewegs auf ihn zu. Sein Magen zog sich vor Angst zusammen, und er schauderte. Wer auch immer diese Männer waren, ihr finsteres Antlitz und das enorme Selbstvertrauen, das sie ausstrahlten, flößten ihm Furcht ein. Als sie sich näherten, zog er seinen Hut und wartete darauf, dass sie ihn ansprachen.

Der schmächtigere der beiden Männer, der ganz in Schwarz gekleidet war, ergriff das Wort. Er sprach schnell, und Tom hatte Mühe zu entschlüsseln, was er sagte.

»Bei Hofe heißt es, dass du sowohl taub als auch stumm bist. Ist das so?«, fragte der Mann. Tom nickte. »Aber du verstehst, was ich sage?« Wieder nickte Tom. War das nicht offensichtlich, wo er doch die vorige Frage beantwortet hatte?

»Man sagte mir, du verstehst, was die Leute sagen, indem du ihre Lippen beobachtest, stimmt das?« Tom hielt inne, unsicher, was er darauf erwidern sollte. Wenn die Leute sehr schnell redeten oder ihr Mund verdeckt war oder wenn sie weder Englisch noch Französisch sprachen, dann konnte er es nicht. Doch das alles konnte er nicht erklären, deshalb griff er auf seine Zeichensprache zurück; er streckte die Hand aus, die Handfläche nach oben, und wiegte sie von einer Seite zur anderen, in der Hoffnung, dass sie verstanden, dass er sowohl Ja als auch Nein meinte.

»Hugh sagt, du bist aus Frankreich hierhergereist?« Tom überlegte, wo diese Fragerei hinführen würde, angesichts der Tatsache, dass die Franzosen und die Engländer einen keineswegs freundschaftlichen Umgang pflegten. Er nickte noch zögernder.

»Dann sprichst du also Französisch? Das ist gut. Sind dir auf der Überfahrt irgendwelche Franzosen begegnet, die du seitdem bei Hofe gesehen hast?« Dieses Mal war sich Tom nicht sicher, ob er richtig verstanden hatte, und er schüttelte den Kopf.

»Hervorragend. Ich bin Sir Francis Walsingham, und dieser Gentleman hier ist Sir Cecil Burghley.« Der Mann hielt Tom ein Stück Pergament hin, auf das zwei Namen geschrieben waren. »Wir stehen im Dienst der Königin. Manchmal braucht sie Leute, die Informationen für sie sammeln und diese dann an mich weitergeben, ohne sie jemand anderem zu verraten. Verstehst du?«

Tom hatte allmählich die Nase voll von all den Fragen und wünschte sich, er wäre in der Lage, selbst ein paar zu stellen. Er war sich ganz und gar nicht sicher, ob er für diese beiden Gentlemen arbeiten wollte. Er war glücklich in diesem Garten und im Destillierraum, wo er nur mit Hugh zu kommunizieren brauchte und wusste, was er zu tun hatte. Wenigstens war das friedlich. Bevor er versuchen konnte zu erklären, dass er ihren Vorschlag lieber ablehnen würde, fuhr der Mann, der Walsingham hieß, mit seiner Rede fort.

»Wie ich sehe, zögerst du noch, aber ich glaube, du hast mich missverstanden. Wir gehen davon aus, dass du verwirrt bist, weil du nicht hören kannst, was ich sage. Ich bin kein Mann, zu dem man Nein sagt, es sei denn, dein Aufenthalt hier in London soll schneller enden, als dir lieb ist. Die Themse spült im strudelnden Wasser unterhalb der London

Bridge fast jeden Tag Leichen an. Abtrünnige und Leute, die nicht tun, was ihnen aufgetragen wurde, haben keinen festen Tritt, wenn sie am Ufer entlanggehen, wo man jederzeit im Schlamm ausrutschen und von der starken Strömung unter Wasser gezogen werden kann. Es wäre ein Jammer, wenn dir etwas zustoßen würde, Tom Lutton.«

Dieses Mal hatte Tom alles verstanden, und wie die beiden Männer dastanden, aufrecht und Unheil verkündend, Schulter an Schulter, unterstrich die Worte noch. Er sah ihnen in die Augen und nickte zustimmend, trotz seiner düsteren Vorahnungen.

»Gut.« Walsinghams Lächeln erreichte seine Augen nicht. »Du wirst also hin und wieder für mich Leute beobachten und herausfinden, was sie reden. Das schreibst du dann auf und bringst es mir. Versteck dich in den Schatten, nein, versteck dich vor aller Augen. Niemand wird dich verdächtigen, da du vermeintlich weder zu hören vermagst, was andere sagen, noch anderen das Gehörte ins Ohr flüstern kannst. Aus dir kann ein ausgezeichneter Spion werden. Bewahre Stillschweigen über unsere Unterhaltung. Wir schicken nach dir, wenn wir deine Fähigkeiten benötigen.«

Tom nickte ein letztes Mal; er verbeugte sich tief und wartete, bis sie in die Richtung verschwunden waren, aus der sie gekommen waren. Dann sog er die kühle Nachtluft ein und hielt sie so lange wie möglich in der Lunge, bevor er ganz langsam wieder ausatmete. Dafür war er weiß Gott nicht nach England gekommen, aber offenbar hatte er keine andere Wahl, wenn er am Leben bleiben wollte.

Als er jedoch langsam zurück in die Küche ging, um zu sehen, ob vom Abendessen noch etwas übrig war, dachte er an das zurück, was Sir Francis Walsingham zuletzt gesagt hatte. Dass sein mangelndes Hör- und Sprechvermögen von Vorteil war. Kein Hindernis, keine Schwäche, sondern ein Talent. Etwas Wertvolles. Langsam breitete sich ein Lächeln auf seinem Gesicht aus, er drückte die Schultern durch und ging gleich ein wenig aufrechter.

13

April 1584

Die meisten Pflanzen, die Tom mitgebracht hatte, wuchsen und gediehen, seine kostbaren Vanillepflanzen jedoch nicht so gut wie die anderen, trotz des Frühbeets, das er für sie gebaut hatte. Eine hatte Knospen ausgebildet, und jeden Morgen hob er das Glas herunter und setzte es am Abend für die Nacht wieder auf. Er hoffte, einige Schoten zu erhalten und – was noch wichtiger war – Samen, mit denen er weitere Pflanzen anbauen konnte. Er war erneut zu den Lagerhäusern am Fluss geschickt worden, um zu versuchen, mehr Vanille zu besorgen, doch mit mäßigem Erfolg. Sie mussten den Bestand, den sie hatten, strecken und ausschließlich für die Königin verwenden. Wenn sie ihre eigene Vanille anpflanzen konnten, wären sie nicht auf Importe aus Übersee angewiesen.

Eines Nachmittags – Tom arbeitete gerade im Destillierraum – bekam er Besuch. Eines der Kinder eines Höflings litt unter Halsbräune, und Tom fügte gerade Anis und Pfeffer einer Kräuterteemischung mit Honig hinzu, die dem Kind

Linderung verschaffen sollte, als ihn eine Bewegung an der Tür aufblicken ließ. Im Türrahmen stand eine Frau. Sie war schlank, kaum größer als ein Kind, auch wenn sie ihren Gesichtszügen nach älter war, vielleicht Mitte dreißig. Ihr Gewand war blassgelb, ihr Haar, das von einem Haarnetz im Nacken zusammengehalten wurde, schwarz wie die Raben im Tower, die Hugh ihm am ersten Tag, als sie am Fluss entlang zum Palast gegangen waren, gezeigt hatte. Sofort hielt Tom in seiner Tätigkeit inne.

Ihr Gesicht strahlte vom süßesten Lächeln, das er je gesehen hatte; Grübchen kräuselten sich um ihre Mundwinkel. Ihre Augen hatten den weichen Lilaton von Safranblüten. Er merkte, dass sie mit ihm sprach, deshalb konzentrierte er sich jetzt auf ihr Gesicht, um daraus abzulesen, was sie sagte. Er war so sehr damit beschäftigt gewesen, ihre Figur zu bewundern, dass er den ersten Teil bereits verpasst hatte. Als sie fertig war und verstummte, nahm er seine Tafel und bat sie schriftlich darum, das Gesagte zu wiederholen. Er war verärgert und verlegen, schämte sich plötzlich wegen seiner Behinderung.

Zum Glück schien ihr das nichts auszumachen; sie nickte und wiederholte die Worte langsam, gab ihm die Gelegenheit, ihren Mund zu beobachten, die schimmernden rosafarbenen Lippen. Sie stellte sich als Lady Isabel Downes vor, und dieses Mal verstand er sie perfekt, als sie die Kopfschmerzen beschrieb, die ständig hinter ihrer Stirn pochten. Er deutete auf einen Stuhl neben der Tür, ließ die Kräuterteemischung für das Kind des Höflings stehen und fing an, eine für sie zuzubereiten. Er hätte ihr gern erklärt, dass ihr Kopf wahrscheinlich von den engen Hauben schmerzte, die die Mode am Hof vorschrieb, aber er wusste, dass es als unfein galt, wenn ein Mann die Aufmerksamkeit auf irgendein Kleidungsstück einer Dame lenkte, deshalb fügte er dem Koriander und dem Fieberkraut, das er gerade zerstieß, noch eine Prise Salbei hinzu und schüttete das Pulver in einen Papierumschlag. Er bedeutete ihr, wie sie es in heißes Wasser geben sollte, und zeigte an, dass es, falls notwendig, für zwei Tassen ausreichte.

Bevor sie aufstehen und gehen konnte, schrieb er rasch »Tom Lutton« auf die Tafel und deutete auf sich selbst. Sie nickte lächelnd, und sein Herz schmolz dahin. Er sah ihr auf die Lippen, als sie »Leb wohl, Tom Lutton« sagte, und mit einem raschen Grinsen und einem kurzen Knicks war sie verschwunden. Ihm war nicht einmal die Zeit geblieben, mit einer Verbeugung zu antworten.

Er setzte sich auf den Stuhl, von dem sie gerade aufgestanden war, und spürte die Wärme, die ihr Körper dort zurückgelassen hatte. Er konnte ein breites Lächeln nicht unterdrücken. Sie war die schönste Frau, die er je gesehen hatte, und seine Gedanken überschlugen sich, während er fieberhaft nach einem Grund suchte, sie wiederzusehen. Doch das war unmöglich, das wusste er. Mit einem Kleid aus feinster Wolle und passenden seidenen Pantoffeln musste sie eine der Hofdamen der Königin sein; die höchstrangigen Menschen im Staat. Wohingegen er nur ein Apothekergehilfe war, der in einer winzigen Kammer hinten im Palast hauste: Für ihn gab es keinen Platz in ihrer Welt.

Auch sein Adoptivvater war einmal ein Höfling gewesen, und Tom hatte damals eine gute Chance gehabt, in seine Fußstapfen zu treten, trotz seines Handicaps. Diese Chance hatte er aber schon vor langer Zeit verloren, als sein Vater zu

Tode gefoltert worden war und sie nach Frankreich fliehen mussten.

Tom nahm eine Kerze und ging in seine Kammer. Auch wenn es nur ein besserer Schrank war, war er doch sehr froh, sie zu haben, ein kleines Stück Privatsphäre – für ihn von unschätzbarem Wert. Er entzündete die beiden anderen Bienenwachsstummel auf der Truhe. Er war versiert darin, sich die Stummel zu sichern, die aus den Wandleuchtern des Palastes stammten und weggeworfen wurden. Den Dienstboten war es erlaubt, sie sich zu nehmen und aufzubrauchen. Sie waren weit besser als die Talgkerzen, zu denen er sonst Zugang hatte, und verursachten nicht den beißenden Rauch, der seine Augen brennen und tränen ließ.

Er nahm sein Triptychon, das er auf seiner ganzen Reise durch Europa immer dabeigehabt hatte, aus der Truhe am Fußende seiner Pritsche. Es war sperrig und ziemlich schwer, und er hatte während der ganzen Reise in der ständigen Angst gelebt, dass jemand versuchen würde, es ihm zu rauben. Doch zum Glück hatte sein kräftiger, muskulöser Körperbau die Menschen davon abgehalten, es auf einen Kampf mit ihm ankommen zu lassen. Solange niemand seine Taubheit entlarvte, ließ man ihn meistens in Ruhe, doch kaum kam sein Handicap ans Licht, veränderte sich alles. Die Menschen waren argwöhnisch, wenn jemand anders war; Misstrauen und Angst traten nur allzu leicht an die Oberfläche. Das war dann immer der Zeitpunkt, an dem er weiterzog. Hier im Palast jedoch hoffte er, ein Zuhause zu finden.

Er klappte das Triptychon auf seiner Pritsche auf und kniete sich mit der Kerze davor, um es besser ansehen zu können. Jede Szene der inzwischen vervollkommneten linken

Tafel zeigte sein Leben, bevor er nach England zurückgekehrt war. Seine frühen Erinnerungen an warme Tage und Felder voller lilafarbener Safranblüten, die in der Morgensonne leuchteten. An die Nacht, als er seiner Mutter half, die herzzerreißende Aufgabe zu erfüllen, ihr winziges Baby, das unmittelbar nach der Geburt gestorben war, in einem Priesterloch unter dem Boden zu verstecken, bevor sie von zu Hause durch das eisige Winterwetter ins sichere Frankreich flohen. In einem kleinen Haus in einem Dorf bei Lyon fanden sie Schutz, und wieder baute seine Mutter mit der Hilfe ihrer treuen Gefährtin Joan ihren Safran an und verkaufte ihn. Mit den Jahren führte sie ein angenehmes Leben in der Nähe einer Klostergemeinschaft, wie sie es auch als Kind gewohnt gewesen war. Der honigwarme Duft und die scharfe Würze des Safrans ließen ihn immer an sie denken. Auch sie war eine versierte Apothekerin gewesen, und er hatte so viel gelernt, als er mit ihr gearbeitet hatte. Penibel hatte sie alle Pflanzen und Gewürze, die sie benutzten, für ihn gezeichnet und den lateinischen Namen daruntergeschrieben.

Ohne sie wäre er niemals so weit gekommen. Ihre herausragenden Fähigkeiten hatten ihr ein gutes Leben beschert. Er wusste, dass sie seinen Vater auf ewig vermissen würde, doch sie hatte sich mit ihrem Schicksal abgefunden und gelernt, glücklich zu sein. Zufrieden mit ihrem ruhigen Alltag und der Liebe derer, die sie umgaben. Sie hatte ihm aufgetragen, immer weiterzuatmen und zu hoffen, dass alles gut würde.

Schließlich hatte er sich auf den Weg quer durch Europa gemacht und begonnen zu malen, in kleinen Szenen festzuhalten, was er alles erlebt und gemacht hatte. Den Anstoß hatte ein Besuch in einem Palast in Brüssel gegeben, wo er die Gelegenheit bekam, ein unglaubliches Triptychon zu sehen, das ihn dazu inspirierte, selbst eines anzufertigen. Und nachdem er die Aufzeichnung seiner Reise nach England beendet hatte – ein kleines Boot und ein Ausblick auf die herrlichen weißen Klippen bei ihrer Ankunft in Dover –, war es Zeit, mit dem mittleren Paneel anzufangen, um sein Leben bei Hofe zu dokumentieren. Die Bilder, die Gerüche und die Menschen: all das, was sein neues Leben mit sich bringen mochte.

14

Juni 2021

Mathilde fand Rachel im Wohnzimmer. Sie zeigte ihr das Medaillon und berichtete, wie sie es hinten in der Schublade eingeklemmt gefunden hatte.

»Wie seltsam.« Rachel nahm es und hielt es hoch, sah zu, wie es sich am Ende der Kette langsam drehte. »Das habe ich noch nie gesehen. Woher es wohl kommt?«

»Glaubst du, es ist das, was an der Wand der Kapelle dargestellt ist?«, fragte Mathilde. »Wir haben es für eine Schlange gehalten, aber vielleicht ist es eine Halskette? Ich würde mir diese Holztafeln gern mal genauer ansehen und vielleicht versuchen, eine davon zu entfernen, um zu sehen, was dahinter ist.« Sie würde sorgsam darauf achten, keine weiteren Geister zu wecken, die dort eventuell hausten: Seelen, die nicht weitergezogen waren, die sich nicht hatten lösen können. Sie hegte den Verdacht, dass es sich bei der Gestalt, die sie im Garten gesehen hatte, um eine solche handelte.

»Ich bin dagegen, sie zu entfernen«, sagte Rachel scharf, in ihrer Stimme klang Sorge mit. »Was, wenn sie wirklich dort angebracht wurden, damit die Wand nicht einstürzt?«

»Ich werde vorsichtig sein«, versprach Mathilde, »und kein Risiko eingehen.«

»Na ja, Fleur lasse ich aber auf keinen Fall in die Nähe, das musst du schon allein machen.«

Mathilde war nicht auf die Enttäuschung gefasst gewesen, die sie über die Abfuhr ihrer Schwester empfand. Sie wollte gemeinsam mit ihr forschen, es ging sie beide etwas an. Als Rachel ihr das Medaillon zurückgab, drückte sie es in ihre Handfläche, spürte dort ein warmes, leises Pulsieren. Sie wusste nicht so recht, ob es ihr Herz war, das da schlug, oder der Gegenstand, den sie umklammerte.

Auf dem Weg zur Kapelle füllte sie rasch eine Gießkanne am Wasserfass und goss ihre Kräuter damit. Die Vanillepflanzen waren anfällig und müssten eigentlich in ein Gewächshaus; die sommerliche Wärme war in England nicht zuverlässig genug. Im Garten gab es nur ein einziges Gewächshaus, und das hatte mehr kaputte Scheiben als heile. Drinnen war der Boden mit scharfen Glasscherben bedeckt. Rachel hatte bereits ein Vorhängeschloss mit Kette an der Tür befestigt, damit Fleur nicht hineingelangte. Mathilde nahm sich vor, nach Fakenham in den Baumarkt zu fahren und entweder Material zu besorgen, womit sie das Gewächshaus wieder herrichten konnte, oder gleich ein kleines neues zu kaufen. Nun, da sie den Sommer über hierblieb, lohnte es sich vielleicht, etwas Dauerhafteres zu bauen.

Sie holte ihr Werkzeug hinten aus dem Van und ging zur Kapelle, der Schlüssel in ihrer Hosentasche drückte gegen ihren Schenkel.

Die Tauben saßen wieder in den Bäumen und gurrten. Der Wind trug das Geräusch heran. Mathilde ignorierte sie, öffnete stattdessen die Tür und trat ein. Inzwischen kam ihr der Raum ein wenig vertrauter vor, weniger unheimlich, aber es war sehr kalt, und der schreckliche Geruch nach Tod hing immer noch in der Luft. Sie strich über das Gemälde. Inzwischen schien es ihr offensichtlich, dass es sich um ein Medaillon mit Kette handelte, die sich über das Brett zog, und jetzt war sie sich auch sicher, dass sie das Pendant dazu hatte finden sollen. Es war ein Zeichen, dass sie mit ihren Nachforschungen fortfahren sollte. Irgendetwas ermutigte sie dazu, wartete auf sie. Sie legte ihre Werkzeugtasche auf eine der Bänke und zog den Zimmermannshammer heraus. Sein hölzerner Griff war ganz glatt vom vielen Benutzen, aber sie besaß nur diesen einen Hammer, und der hatte vorher ihrer Mutter gehört.

Sie ging zur Wand, untersuchte sie eingehend und stellte fest, dass es sich um zwei einzelne Paneele handelte, jedes davon steckte in einem Rahmen. Sie drückte versuchsweise dagegen, um zu sehen, ob sich eins davon einfach ablösen ließ, doch sie saßen beide fest. Vorsichtig steckte sie die Klaue des Hammers zwischen Rahmen und Paneel und setzte ihn, so gut es ging, als Hebel ein. Sie zuckte zusammen, als das Geräusch splitternden Holzes durch den Raum hallte.

Beim ersten Versuch konnte sie es nur wenige Zentimeter anheben, aber das verschaffte ihr genug Platz, um den Hebel noch effektiver anzusetzen, und der Rest gab leichter nach. Irgendwann musste sie eine der Bänke heranrücken, damit sie sich draufstellen konnte, um oben an dem Brett zu ziehen, aber schließlich konnte sie es mit einem lauten Krachen von der Wand entfernen.

Sie war sich nicht sicher, was sie erwartet hatte – vielleicht einfach nur Mauerwerk wie an der Wand gegenüber, aber womöglich einsturzgefährdet –, und sog scharf die Luft ein, als sie auf das starrte, was ihre Aktion zutage gefördert hatte: An der Wand vor ihr hing ein breiter, schwerer, goldumrandeter Rahmen, in dem sich ein Triptychon befand – drei schmale Gemälde, das mittlere breiter als die beiden äußeren. Es war von Staub bedeckt, und sie konnte gerade so Dutzende winziger Menschen erkennen, die darauf abgebildet waren. Mathilde war ratlos: Warum um alles in der Welt hatte es jemand mit Brettern vernagelt?

Sie freute sich schon, dass hinter dem zweiten Paneel ebenfalls ein Kunstwerk zum Vorschein käme, deshalb nahm sie den Hammer und machte sich an die Arbeit. Das Paneel war kleiner als das erste und ließ sich leichter lösen, doch zu ihrer Enttäuschung verbarg sich dahinter kein Bild, sondern nur eine Gedenkplakette, die sie nicht entziffern konnte. Sie schrak zusammen, als sie merkte, dass die Medaillonkette, die sich über das große Paneel schlängelte, anscheinend auf diese Plakette gezeigt hatte.

Mathilde zog ihr Handy aus der Gesäßtasche und machte von allem mehrere Fotos. Dann trat sie zurück, legte den Kopf schief und betrachtete das seltsame Gemälde in seinem opulenten Rahmen eingehend. Ihr Herz pochte heftig, und sie hörte das Blut in ihren Ohren rauschen. Etwas – oder jemand – hatte sie hierhergeführt. Wenn sie nur wüsste, was er oder sie ihr mitteilen wollte. Mathilde hatte keinen blassen Schimmer.

Rachel und Fleur waren in der Küche und beendeten gerade ihr Mittagessen, als Mathilde zur Hintertür hereinstürmte und darauf bestand, dass ihre Schwester sofort mitkäme, um sich ihre Entdeckung anzusehen. Rachel schob rasch den Rest ihres Sandwichs in den Mund, während Mathilde in der Küche herumflitzte und Dinge von der Arbeitsplatte aufräumte, unfähig, still zu stehen.

Es fühlte sich wie Stunden an, aber in Wirklichkeit waren sie weniger als fünf Minuten später wieder bei der Kapelle angelangt, die Tür stand noch sperrangelweit offen. Fleur wartete mit einer Tüte Chips im Gras, während Rachel Mathilde nach drinnen folgte.

»Das ist unglaublich«, murmelte Rachel, als sie das Triptychon sah. »Warum um alles in der Welt ist es hier hinter dieser Holzplatte verborgen? Warum sollte jemand etwas so Schönes verstecken? Es sieht alt aus. Ich meine, *echt* alt. Wir müssen den Staub abwischen, damit wir es besser sehen können, oder vielleicht sollten wir es lieber lassen. Es muss professionell gereinigt werden, damit es nicht beschädigt wird. Aber sieh dir nur all diese kleinen Menschen an, diese winzigen Szenen. Es ist unfassbar. So etwas habe ich noch nie gesehen. Und schau mal, auf dieser Tafel hier sind Flammen abgebildet.«

»Ja, *les feux de l'enfer*. Die Feuer der …« Mathilde suchte nach dem richtigen Wort.

»Hölle?«, schlug Rachel vor.

»Ja, das ist es. Hölle. Auf religiösen Triptychen zeigt die dritte Tafel die Menschen, die in die Hölle kommen. Um den *pécheurs* Angst einzujagen.« Wieder hielt sie inne. »Den schlechten Menschen?«

»Den Sündern? Meine Güte, du weißt so viel. Hast du recherchiert?«

»Nein, aber ich bin in Frankreich aufgewachsen. Einem katholischen Land. Ich habe so etwas oft in Kirchen gesehen. Wie können wir jemanden finden, der uns mehr darüber erzählen kann?«

»Das weiß ich nicht, aber ich kann mal rumfragen. Bei einem Museum oder der Kunstfakultät einer Uni, und dann sehen wir weiter. Bestimmt gibt es jemanden, der uns da weiterhelfen kann. Lass uns erst mal versuchen, das Triptychon von der Wand zu nehmen. Am besten bringen wir es ins Haus. Dort ist es sicherer. Nicht dass es von herabfallendem Mauerwerk beschädigt wird, weil die Holzplatten jetzt weg sind. Zu zweit schaffen wir das, es macht mir nichts aus, rückwärts zu gehen.«

Mathilde machte noch ein paar weitere Fotos von dem Bild an Ort und Stelle, dann entfernten sie es vorsichtig von der Wand. Dabei kam ihr Hammer wieder zum Einsatz, aber es gelang ihnen, es abzunehmen, ohne Schaden anzurichten.

Ganz behutsam gingen sie los, blieben mehrere Male stehen, um es abzusetzen und sich die Finger zu reiben, wo sich der verzierte Rahmen hineingebohrt hatte. Im Herrenhaus nahmen sie auf Rachels Vorschlag hin eine der Staubabdeckungen von einem Sofa im Salon und lehnten es an dessen Lehne.

»Hier drin ist es vor neugierigen Händen sicher«, sagte sie und nickte dabei zu Fleur hin, die an der Tür wartete, wie ihr aufgetragen worden war. Mathilde trat ein paar Schritte zurück, legte den Kopf schräg und kam dann wieder näher, um die Oberseite des Rahmens zu untersuchen.

»Hier ist ein Schild«, sagte sie, »so etwas wie ein … Familienabzeichen? Kennst du es?«

Rachel schüttelte den Kopf. »Es ist ein Wappen. Dad hat nie erwähnt, dass wir eins haben, und ganz bestimmt hat er es nicht benutzt. Noch etwas, was wir die Experten fragen müssen. Lass uns Kaffee kochen und sehen, ob wir vor Ort jemanden finden. Ansonsten müssen wir das Ganze nach London schleppen, was echt umständlich wäre.«

Während sich Rachel anschickte, nach dem Spezialisten zu suchen, den sie brauchten, zögerte Mathilde einen Moment, kniff die Augen zusammen und betrachtete eingehend das linke Paneel. Trotz des Staubs konnte sie eindeutig mehrere kleine Szenen ausmachen, die von Menschen in extrem altmodischer Kleidung bevölkert waren. Als sie sich vorbeugte, um noch genauer schauen zu können, erregte vor allem das erste Bild oben in der Ecke ihre Aufmerksamkeit. Was zunächst wie ein Wirbel aus schwarzer Farbe ausgesehen hatte, entpuppte sich als Tunnel – oder vielleicht als Loch –, an dessen anderem Ende ein winziges Gesicht zu sehen war. Es sah so trostlos, so unglücklich aus. Mathilde lief ein Schauer über den Rücken, und sie folgte Rachel aus dem Zimmer. Das Gemälde verstörte sie. Sie spürte, dass es versuchte, ihr etwas mitzuteilen, doch sie war sich nicht sicher, ob sie es hören wollte.

15

Juni 2021

»Das kann noch Wochen dauern, bis wir jemanden gefunden haben, der uns helfen kann«, warnte Rachel, während sie tippte und sich durch unzählige Websites klickte. »Wahrscheinlich würde es schneller gehen, wenn wir tatsächlich mal mit jemandem sprechen, aber ich hab keine Ahnung, wo ich anfangen soll.«

Mathilde zuckte mit den Schultern. Sie war auf ihre Schwester angewiesen, um jemanden zu finden, der erklären konnte, warum ein Triptychon, bei dessen Anblick sich die Haare auf ihrem Arm aufstellten, in einer winzigen Familienkapelle mitten in Norfolk versteckt war. Sie war überzeugt, dass es mit der seltsamen Atmosphäre in Haus und Garten zusammenhing und auch mit den dunklen Schatten, die am Rand ihres Sichtfelds umherhuschten, wenn sie allein war.

»Denk dran, dass ich nur ein paar Monate hier bin, dann bin ich wieder unterwegs«, rief sie ihrer Schwester ins Gedächtnis. Wobei sie nicht nur ihre Schwester, sondern auch sich selbst ermahnte. Schon drohten Fäden aus der Vergangenheit sie an das Herrenhaus zu binden. In dem Moment, in dem sie das Paneel von der Kapellenwand gehebelt hatte, hatte sie gespürt, wie sich diese Fäden strafften.

»Ich weiß«, erwiderte Rachel kläglich. »Ich versuche, nicht daran zu denken, dass du schon so bald wieder fortwillst.«

Mathilde fühlte sich unbehaglich. »Aber wenn ich dann doch ein paar Monate hier bin, könnte ich wieder in das Schlafzimmer einziehen, wenn das okay für dich ist«, schlug sie vor.

»Ja, natürlich. Es wäre schön, dich näher bei mir zu haben«, sagte Rachel lächelnd. »Und Dad hätte das bestimmt auch gefallen.«

Sie verbrachten mehrere Tage mit Internetrecherche und Telefonaten, bis Rachel endlich einen Kunsthistoriker namens Oliver Bathurst aufgetrieben hatte, der auf Sakralkunst spezialisiert war. Zum Glück lebte er im benachbarten Suffolk, etwa dreißig Kilometer entfernt. Rachel wählte seine Nummer, und mit einem raschen Grinsen und einem Nicken bestätigte sie Mathilde, dass am anderen Ende jemand abgehoben hatte. Sie erzählte ihm ihre inzwischen gut eingeübte Geschichte von dem alten Triptychon in der Familienkapelle und lächelte, als der Mann anbot, am nächsten Tag herzukommen, um es sich anzuschauen. Er schlug vor, dass sie ihm vorab ein paar Fotos zukommen ließ, damit er eine Ahnung von dem bekäme, was ihn erwartete.

Die beiden Frauen stießen vor Aufregung die Fäuste in die Luft, während Rachel seine E-Mail-Adresse notierte und das Gespräch beendete.

»Ich hätte nicht gedacht, dass wir einen Experten in der nächsten Grafschaft finden würden. Ich hoffe bloß, dass er immer noch herkommen will, wenn er die Fotos gesehen hat, und nicht beschließt, dass es irgendein bedeutungsloser Tinnef ist«, sagte Rachel, während sie zurück in den Salon gingen. Mathilde rannte nach oben, um ihre Kamera und die für diesen Zweck am besten geeigneten Objektive zu holen. Schon bald hatte sie Aufnahmen von allen drei Teilen des Triptychons, vom Rahmen sowie vom Wappen gemacht, für den Fall, dass dies auch von Interesse für den Kunsthistoriker wäre. Sie schickte die Fotos an Bathurst, einschließlich der Bilder, die sie in der Kapelle gemacht hatte, während Rachel online recherchierte, um seine Referenzen zu überprüfen.

»Er ist Professor an der hiesigen Universität«, las sie vom Bildschirm ab. »Und Experte für mittelalterliche Kunst und Restaurierungen. Ich glaube, wir haben einen Volltreffer gelandet.«

Sie erhielten postwendend eine begeisterte Antwort. Mr. Bathurst schrieb, er sei absolut fasziniert und freue sich, sie beide am nächsten Tag kennenzulernen.

16

Juni 2021

Da Oliver Bathurst am folgenden Morgen um neun erwartet wurde, gingen die beiden Frauen früh zu Bett. Mathilde merkte, dass sie sich inzwischen darauf freute, drinnen zu schlafen. Und dass sie die Annehmlichkeiten eines Doppelbetts genoss.

Innerhalb von Minuten war sie eingeschlafen und fiel in einen tiefen, geheimnisvollen Traum. Umgeben von Dunkelheit hing über ihr ein schwaches Licht, als würde die Sonne an einem nebligen Tag versuchen, durch die Wolken zu dringen. Um sie herum feuchte, beengende Wände. Trostlosigkeit erfasste sie, eine verzweifelte Atmosphäre des Elends, der Trauer, hüllte sie ein. Ein modriger Geruch stieg ihr in die Nase, setzte sich in ihren Poren fest. Der schlimmste Ort der Welt, ein Verlies, ein enger unterirdischer Kerker. Über ihr im Licht erregte eine Bewegung ihre Aufmerksamkeit. Jemand reichte ihr etwas, und sie griff danach. Es sah aus wie eine kleine Alabasterpuppe. Sie wog fast nichts und war in einen zerlumpten Leinenfetzen gehüllt. Vorsichtig legte sie

sie neben sich auf den Boden, so kostbar, so klein. Dann hob sie die Arme, und jemand griff herab und zog sie in den flackernden Lichtschein über ihr.

Und dann wachte sie mit einem Ruck auf, saß kerzengerade im Bett, mit hämmerndem Herzen. Der Traum war so real gewesen, dass sie unendlich erleichtert war, sich in ihrem Bett wiederzufinden. Mit einem Schauder lehnte sie sich langsam wieder zurück. Nur ein Traum, sonst nichts, redete sie sich ein. Aber einer, den sie nie wieder träumen wollte. Doch das Gefühl von Trauer und Leid, das der Traum ausgelöst hatte, lastete immer noch schwer auf ihrer Brust wie eine scheußliche Erinnerung, die ihr das Herz zerriss. Als sie wieder einschlief, glitt sie in den nächsten Traum. Schaukelte hin und her, eine kühle Brise auf dem Gesicht; Wellen schlugen gegen das Schiff, auf dem sie sich befand. Vor sich sah sie die Klippen von Dover aufragen, riesig und strahlend weiß reflektierten sie die Sonne, die hinter ihr am Himmel stand, und warfen ihren Schatten auf das Deck.

Am nächsten Morgen wurde Mathilde früh wach und ging nach draußen, um ihre Pflanzen zu gießen. Sie war den Rest der Nacht über immer wieder aufgewacht, unfähig, die Verzagtheit abzuschütteln, und freute sich nun darüber, wieder draußen im Freien zu sein. Vielleicht sollte sie doch nicht drinnen schlafen. Ihr Bett im Van war zweifellos weniger bequem als das im Haus, aber im Van konnte sie sich wenigstens entspannen. Niemand, der versuchte, mit ihr in Kontakt zu treten. Es war fast so gut, wie draußen zu schlafen, unter dem tintenschwarzen Himmel und dem Sternenzelt. Als Kind hatte sie das oft genug getan.

Bathurst kam pünktlich um neun; der Kies spritzte ein wenig auf, als er mit leicht überhöhter Geschwindigkeit seinen alten schwarzen Mini die Auffahrt hochfuhr. Er stellte ihn neben dem Van ab. Mathilde schaute vom Salon aus zu, wie er sich aus dem Sitz faltete, und fragte sich, wie um alles in der Welt er es geschafft hatte, seinen hochgewachsenen Körper in ein so kleines Auto zu zwängen. Er hielt einen Moment inne und blickte am Haus hinauf, als wolle er erst mal alles in sich aufnehmen. Mathilde kannte sich mit englischer Architektur zwar nicht aus, aber auch sie hatte schon bemerkt, dass es sich bei dem verwitterten Holzfachwerkbau mit seinen hohen, dekorativ verdrehten Schornsteinen, die weit in den Himmel ragten, um ein beeindruckendes Gebäude handelte. Zum ersten Mal verspürte sie einen winzigen Wonneschauer, dass es jetzt ihr gehörte. Es klopfte an der Haustür, und sie und Rachel gingen mit Fleur im Schlepptau aufmachen.

»Hallo, schön, Sie kennenzulernen.« Bathurst gab den beiden Frauen die Hand und beugte sich dann mit ernstem Gesicht zu Fleur hinab, um ihr ebenfalls die Hand zu schütteln. Fleur starrte ihn schweigend an. Von Nahem fiel Mathilde auf, dass er nicht nur weit über eins achtzig groß war, sondern dass sich sein Hemd über ansehnlich breiten Schultern spannte. Keineswegs der uralte, verpeilte Professor, den Rachel und sie sich vorgestellt hatten. Weit und breit keine Tweedjacke, keine Weste, keine Filzpantoffeln, wie Mathilde es sich ausgemalt hatte, um ihre Schwester zum Lachen zu bringen. Wieder wunderte sie sich darüber, wie es technisch möglich war, dass er in dieses winzige Auto gepasst hatte. Mathilde ging voraus in den Salon, wo das Triptychon noch immer am Sofa lehnte. Der Blick des Professors huschte über die Wände, ließ die Altertümlichkeit des Innenraums auf sich wirken.

»Wunderschön«, hauchte er, als er das Gemälde betrachtete. Er hatte ein Okular aus der Tasche gezogen und sich so weit wie möglich vorgebeugt, um es langsam, Zentimeter für Zentimeter zu begutachten. »Wo, sagten Sie, haben Sie das gefunden?«

»In der Kapelle. Es handelt sich um eine Privatkapelle für die Bewohner des Hauses. Das Gemälde war hinter einem Bretterverschlag verborgen«, erwiderte Rachel. »Wir können es Ihnen später zeigen, wenn Sie wollen.«

Mathilde stand neben Bathurst, die Arme um den Körper geschlungen, während sie ihm zusah. Ihr fiel auf, dass er leise vor sich hin summte, und sie musste lächeln. Für sie war es okay zu warten, bis er alles gesehen hatte, doch Rachel war ungeduldig.

»Also, was halten Sie davon, Mr. Bathurst? Ist es so alt, wie es aussieht?«, fragte sie. »Und was ist das für ein Wappen auf dem Rahmen? Gehört es zum ursprünglichen Besitzer des Gemäldes?«

»Sagen Sie doch Oliver. Also auf den ersten Blick würde ich sagen, dass es möglicherweise aus dem sechzehnten Jahrhundert stammt oder älter ist, vielleicht auch fünfzehntes Jahrhundert. Ich würde gern von der Farbe und vom Rahmen Proben nehmen für eine Radiokarbondatierung. Dann wissen wir mehr. Es ist im Stil von Hieronymus Bosch gehalten. All diese winzigen Menschen in den Szenen erinnern mich an seinen *Garten der Lüste*. Aber auch wenn der Stil ähnlich ist, ist das hier sehr viel grober. Natürlich kann es auch ein Faksimile sein. Die Testung wird dies ergeben, allerdings scheint es mir unwahrscheinlich angesichts der Umstände, unter denen Sie es gefunden haben.« Er untersuchte das Wappen oben am Rahmen. »Das Wappen zeigt den Löwen der Tudor-Könige. Hier, können Sie ihn sehen? Zusammen mit der Krone oben. Es galt als Hochverrat, den Löwen auf einem Wappen abzubilden, es sei denn, es gehörte dem Monarchen oder dieser hat es so erlassen. Tatsächlich scheint dies das königliche Wappen zu sein, was bedeuten könnte, dass das Triptychon einst dem Herrscher gehört hat. Das könnte auch erklären, weshalb es hinter dem Bretterverschlag steckte, falls es gestohlen wurde. Man konnte nicht einfach damit herumprotzen, wenn man Wert darauf legte, nicht einen Kopf kürzer gemacht zu werden.« Er lachte schallend über seinen eigenen Witz, aber sein Gelächter war so ansteckend, dass die beiden Frauen einstimmten.

»Wie wäre es mit einem Kaffee, Oliver, während wir Ihnen zeigen, wo wir es gefunden haben? Und danach unterhalten wir uns darüber, was als Nächstes passieren soll«, schlug Rachel vor. Oliver schien das Triptychon nur ungern verlassen zu wollen, doch nachdem er einige Fotos mit seinem Handy gemacht hatte, war er schließlich bereit.

»Wenn es okay für Sie ist, nehme ich ein paar Proben, wie vorhin besprochen. Ich kann hier auch eine sehr einfache Reinigung vornehmen, aber eine komplette Restaurierung kann natürlich nur später an der Uni vorgenommen werden, sobald wir wissen, womit wir es zu tun haben. Oder in einer Galerie oder einem Museum, falls Ihnen das lieber ist. Aber es ist sehr aufregend. Womöglich haben Sie ein Meisterwerk zutage gefördert.«

Sie nahmen ihren Kaffee zur Kapelle mit. Als sie in Sicht kam, pfiff Oliver leise durch die Zähne. »Wie wunderbar, wenn man so etwas auf dem Anwesen hat«, sagte er. »Die Kapelle ist vermutlich aus hiesigem Stein errichtet, sie steht mindestens schon so lang hier wie das Haus, höchstwahrscheinlich sogar länger. Wird sie noch als Andachtsstätte genutzt?«

»Seit Jahren nicht mehr«, räumte Rachel ein. »Ich habe meine Tante gefragt, die als Kind hier gelebt hat, aber sie sagt, dass wahrscheinlich in letzter Zeit niemand hier drin gewesen ist, höchstens unser Vater. Sie war nicht besonders glücklich darüber, dass wir die Kapelle betreten haben. Sie wohnt jetzt in dem Bauernhaus auf dem Anwesen, falls Sie irgendwelche Fragen an sie haben.«

»Wie lange ist das Haus schon in Familienbesitz?«

»Weiß der Himmel, aber schon sehr lange. Unser Vater sagte, seit Generationen.« Mathilde verspürte einen Stich. Sie war traurig, dass sie nicht wie ihre Schwester die Gelegenheit gehabt hatte, ihrem Vater Fragen zu stellen. Es gab so vieles, was sie wissen wollte, doch jetzt war es zu spät.

Rachel öffnete die Tür, und sie gingen hinein. Das Sonnenlicht sickerte durch die Fenster herein, vom angebackenen Schmutz zu weichen Säulen gebündelt, in denen die Staubpartikel tanzten. Der Luftzug, den sie durch ihr Eintreten verursachten, ließ sie herumwirbeln. Oliver ging in dem kleinen Raum umher und sah sich fasziniert um. Vor der Wand, an der sie das Gemälde entdeckt hatten, blieb er stehen.

»Was für ein sagenhafter Ort«, sagte er. »Kaum zu fassen, dass Sie das direkt vor Ihrer Haustür haben. Hier muss es wundervoll gewesen sein, als alles noch in Benutzung war.

Und hier haben Sie das Gemälde gefunden?« Er deutete auf die Wand. »Sagten Sie nicht, es wäre hinter einem Holzverschlag gewesen?«

»Ja, dahinter.« Mathilde deutete auf die Holzplatte, die noch immer neben dem kleineren Stück an einer Kirchenbank lehnte. »Hier ist auch ein Medaillon an einer Kette abgebildet, das wir im Haus haben. Die hier war auch zugedeckt«, fügte sie hinzu, während sie auf die Plakette an der Wand deutete.

Oliver trat näher. »Ich frage mich, weshalb beides versteckt wurde. Ich kann es nicht lesen, ich denke, ein Kollege sollte es sich anschauen. Vielleicht erhalten wir dadurch einen Hinweis. Hier steht eindeutig ein Name, wie man es von einer Gedenkplakette erwarten kann.«

»Was passiert denn nun als Nächstes?«, fragte Mathilde, während sie wieder hinausgingen.

»Ich würde jetzt ein paar Proben für Tests mitnehmen. Würde es Ihnen etwas ausmachen, wenn ich noch mal mit einigen Reinigungsutensilien vorbeikomme, um den schlimmsten Schmutz zu entfernen, damit wir es uns besser anschauen können?« Er lächelte sie beide an, und Mathilde mochte die Aufrichtigkeit, die in seinem Lächeln lag, seine weißen, ebenmäßigen Zähne und wie sich dabei in seinen Augenwinkeln Fältchen bildeten.

»Ja, kommen Sie gern wieder«, sagte sie zu ihm. Und während er aus der Ausfahrt fuhr, merkte sie erschrocken, dass sie immer noch lächelte.

17

Juli 1584

Tom hatte Walsingham schon fast vergessen. Seine Tage waren arbeitsreich, er kümmerte sich um seine Pflanzen und versuchte, ab und an einen Blick auf Isabel zu erhaschen, die manchmal im Garten spazieren ging, während er im Kräutergarten arbeitete. Wenn das Wetter schön war, schien sie sich sogar oft zur selben Zeit dort aufzuhalten wie er. Immer wieder dachte er an ihren Besuch im Destillierraum zurück, stellte sich vor, wie sie ihn angelächelt hatte, und jedes Mal schlug sein Herz dann schneller. Er liebte es, sie aus der Ferne anzuschauen, doch gleichzeitig sank sein Mut, weil er wusste, dass er niemals mehr würde haben können.

Die Vanillevorräte gingen zur Neige, und das beunruhigte Hugh stark. Die Königin wünschte immer häufiger, dass dieses herrliche Gewürz an ihre bevorzugten Süßspeisen gegeben wurde, und so zogen die beiden Männer eines Morgens los, um in den Lagerhäusern von Wheatsheaf und Baynard Castle ihr Glück zu versuchen. Je eher sie selbst Vanille anbauen konnten, desto besser.

Mit einer kleinen Zwei-Mann-Jolle machten sie sich auf den Weg, langsam die Themse in Richtung Stadt hinauf. Tom blickte sich in einem fort um und kam aus dem Staunen kaum heraus. Der Fluss wimmelte von Booten, von kleinen wie dem, in dem sie selbst saßen, bis hin zu riesigen Schiffen, die vor Anker lagen und darauf warteten, am Zollhaus anzulegen und ihre Ladung zu löschen. Am anderen Ufer duckte sich das Dorf Rotherhithe zwischen den sumpfigen Feldern, die von grasenden Schafen getüpfelt waren. Kleine Fachwerkhäuser, aus deren Schornsteinen Rauchspiralen gen Himmel zogen, drängten sich um eine einsame Kirche. Das trübe, zinngraue Wasser klatschte spritzend an die Flanke des Bootes, sodass Toms gestrickte Kniehose bald durchnässt war.

Nur einer der Kaufleute konnte ihnen Vanille anbieten. Er hatte sie bisher noch nicht verkauft, da er keine Ahnung hatte, wofür sie verwendet wurde. Hellauf begeistert nahmen Hugh und Tom ihm das große Bündel Schoten ab. Damit würden sie eine ganze Weile im Palast zurechtkommen, und sie erklärten dem Kaufmann, dass er ein hübsches Sümmchen erwarten konnte, wenn er mehr davon zum Palast brachte.

Tom steckte ihre wertvolle Fracht unter sein Wams, und Hugh bedeutete ihm, ihm zu folgen. Er wolle sich etwas ansehen, sagte er. Froh, die Arbeit für ein paar Stunden hinter sich zu lassen, tat Tom, wie ihm geheißen, und sie eilten durch die Straßen der Stadt. Schnell fiel ihm auf, dass alle Menschen in dieselbe Richtung strebten, und es wurden immer mehr. In dem Gedränge war es schwer, mit Hugh Schritt zu halten, und Tom fragte sich, was da wohl los sein mochte.

Schließlich blieb die Menge an einem großen, offenen Platz stehen, der von hohen Ulmen gesäumt war. Ihr dichtes Laubwerk tanzte in der Brise, während sich feiner Regen wie eine verdrießliche Decke über die wartenden Menschen legte. Sie waren in Tyburn, was Tom an einem Gerüst erkannte, auf dem ein hölzerner Galgen leicht im Wind schwankte. Er wand sich durch das Gedränge, bis er zu Hugh aufgeholt hatte, und stieß ihn mit dem Ellbogen an, die Augenbrauen fragend hochgezogen.

»Jemand wird gehenkt.« Hugh mimte ein Seil um seinen Hals. Tom nickte. Darauf wäre er jetzt auch selbst gekommen, aber weshalb hatten sich so viele Leute hier versammelt? Er zeigte auf all die Menschen um ihn herum und verzog noch einmal fragend das Gesicht. »Er ist ein Verräter«, erklärte Hugh. »Es handelt sich um Throckmorton.« Er wiederholte den Namen langsam. »Weißt du noch, als ich dir erzählt habe, dass er eine Intrige gesponnen hat, um unsere Königin zu töten? Nun, jetzt wird er seine Strafe bekommen.« Tom verstand nur wenig von dem, was Hugh sagte. Er würde warten müssen, bis sie wieder zurück im Palast bei seiner Wachstafel waren.

Er stand mit den übrigen Zuschauern da, deren Gesichter vor gespannter Erwartung leuchteten, sie schienen das Spektakel zu genießen und jubelten, als der Gefangene auf das Gerüst hinaufgeschleift wurde. Ein Priester betete für seine Seele, doch selbst wenn Tom hätte hören können, wären die Worte des Pfaffen vom Lärmen der Menge verschluckt worden, die nach vorne drückte und drängte, während ihre Raserei zunahm. Jetzt stieß man den Mann auf ein hohes Podest und legte ihm das Seil um den Hals. Mit seinem schweren

Stiefel trat der Henker das Podest unter dem Gefangenen weg, dessen Körper zuckte und tanzte, während sich die Schlinge zuzog und das Leben aus ihm herauspresste. Toms Magen hob sich, und auch wenn die anderen Leute – Männer, Frauen, ja sogar kleine Kinder – wie gebannt zuschauten, blickte Tom auf das Gras zu seinen Füßen hinab. Der eigentlich doch so angenehme Duft der Vanille, die noch immer unter seinem Wams steckte, verursachte ihm nun Übelkeit.

Er drängelte sich durch den Mob und blieb hinten stehen, wo er leichter atmen konnte. Dort wartete er, bis das flaue Gefühl im Magen wieder abklang. Allmählich zerstreute sich die Menge, und ein paar Minuten später spürte er, wie ihn Hugh am Arm berührte. Sie bahnten sich ihren Weg wieder zum Fluss, wo sie eine Jolle fanden, die sie zurück zum Palast brachte. Ausnahmsweise war Tom froh darüber, dass er nicht sprechen konnte, er wollte nicht diskutieren, was da gerade passiert war. Er hatte keine Ahnung, warum Menschen es amüsant finden konnten, wenn ein anderer getötet wurde.

Zurück im Destillierraum fand Hugh die Wachstafel und schrieb eine kurze Erklärung für Tom, weshalb die Hinrichtung so wichtig gewesen war. Der Gehenkte habe sowohl mit den spanischen als auch mit den englischen Katholiken kollaboriert, um Königin Elizabeth vom Thron zu stoßen, und die Spione der Königin hatten das auch beweisen können. Tom begriff allmählich das Ausmaß von Walsinghams Tätigkeit, und ihm wurde klar, dass er den Herrn der Spione besser nicht verärgerte – was vermutlich ziemlich schnell ging. Tom wollte sich selbst nicht am Ende eines Seiles baumeln sehen. Erneut spülte eine Welle der Übelkeit über ihn hinweg.

18

August 1584

Tom kniete am Rand eines frisch geharkten Beets, er zupfte vorsichtig die jungen Triebe der Pfefferminze vom Strauch und nickte anerkennend, als ihm der verheißungsvolle Duft von reicher Fruchtbarkeit in die Nase stieg. Plötzlich nahm er aus dem Augenwinkel eine Bewegung wahr. Er drehte sich um und entdeckte Lady Isabel, die sich nach dem üppigen Lavendel bückte, der Kräuter- und Küchengarten einfasste, und einzelne Blüten abbrach. Als sie merkte, dass er sie beobachtete, neigte sie den Kopf. Tom stand auf und verbeugte sich, wobei er sich die schmutzigen Hände an seinem Wams abwischte. Er erwartete, dass sie sich abwenden und ihre Tätigkeit fortsetzen würde, doch zu seiner Überraschung kam sie zu ihm herüber und lächelte. Fast schien es ihm, als wäre sie in der Hoffnung, ihn zu sehen, in den Garten gekommen.

»Guten Morgen, Tom Lutton.« Sie sprach langsam, ihre Augen strahlten, als würde sie innerlich leuchten. Er verbeugte sich erneut und wartete darauf, dass sie fortfuhr. »Wie du siehst, pflücke ich Lavendel, um ihn für den Bisamapfel

zu trocknen. Könntest du mir dabei bitte zur Hand gehen?«
Tom wusste, wie beliebt die perforierten Behältnisse aus Silber oder Gold, gefüllt mit duftenden Blüten und Gewürzen, waren. Man nutzte sie, um die schlechten Gerüche in den Räumlichkeiten des Palasts zu vertreiben.

Natürlich tat er nichts lieber, als sie durch den Garten zu begleiten und die Blumen für sie auszusuchen, die am lieblichsten dufteten. Er war davon überzeugt, dass sie dieses Treffen absichtlich herbeigeführt hatte, und als sich ihre Blicke einen langen Moment kreuzten, hoffte er, dass sie sich von ihm ebenso angezogen fühlte wie er sich von ihr. Wobei aus dieser Anziehung niemals mehr als stille Bewunderung werden durfte – die Kluft zwischen ihrer jeweiligen Stellung in der Gesellschaft war viel zu groß.

Er hätte den ganzen Tag mit ihr im Garten verbringen können, doch während sie so nebeneinanderher gingen, klopfte sie ihm plötzlich auf den Arm und deutete hinter ihn. Er drehte sich um und entdeckte einen kleinen Pagen, der vor ihm stehen geblieben war. Dass er oft nicht merkte, wenn sich ihm jemand langsam von hinten näherte, war ein Quell ständiger Besorgnis für ihn. Wenn jemand schnell über trockenen Untergrund oder über die Bodendielen eines Hauses schritt, spürte er die Vibrationen, die das verursachte, aber weiches, nasses Gras schluckte alle Hinweise und Vorwarnungen. Er blickte auf das spitzbübische Gesicht des Jungen hinab, auf sein dunkles Haar und die schimmernde Kappe auf seinem Kopf. Nach kurzem Zögern lächelte er ihn an, und der Junge lächelte prompt zurück. Tom konnte sich vorstellen, was man dem Pagen über ihn erzählt hatte – vermutlich, dass er ein Monster war. Das Kind verbeugte sich vor

Isabel und bedeutete dann Tom, ihm zu folgen. Mit einem bedauernden schiefen Lächeln verneigte sich Tom vor der Frau, bei der er doch so viel lieber geblieben wäre, und ging mit dem Pagen.

Im Palast durchquerten sie mehrere Korridore, stiegen eine Treppe hinauf und betraten schließlich Gemächer, die offenbar Walsingham gehörten. Bewundernd sah sich Tom den Prunk an, der ihn nun umgab. Über ihm spannte sich eine gewölbte Decke, die mit rosafarbenen und grauen Mustern bemalt war. Walsingham erwartete ihn an einem großen Schreibtisch sitzend und bedeutete Tom, auf dem Stuhl daneben Platz zu nehmen. Der ließ sich langsam darauf sinken und strich dabei über den glatten Stoff des Polsters. Er war so weich wie das Fell der Maulwürfe, die die Gärtner fingen. Walsingham klopfte Tom aufs Knie, um seine Aufmerksamkeit zu gewinnen. Mühsam riss Tom den Blick von seiner Umgebung los und wandte ihn Walsinghams Lippen zu, um zu erfahren, weshalb er zu ihm gerufen worden war.

»Ich habe eine Aufgabe für dich.« Er artikulierte seine Worte sorgfältig; Tom nickte und fragte sich, ob er wohl geübt hatte, denn dieses Mal verstand er ihn schon viel besser. »Du besuchst das Bankett, das ich für heute Abend geplant habe. Du wirst dich im Hintergrund halten, damit du den Gästen nicht auffällst. Verstanden?« Tom nickte langsam. Er begriff, was Walsingham sagte, wusste aber nicht, was von ihm erwartet wurde. Er runzelte die Stirn, strich mit dem Handrücken von oben nach unten über seinen Körper und hob fragend die Augenbrauen. Walsingham sah ihn zweifelnd an, doch dann nickte er.

»Du hast recht, in dieser Aufmachung kannst du nicht an den Hof, selbst wenn du dich im Hintergrund hältst. Wir tarnen dich als Diener und geben dir Bier, das du servieren kannst. Du verschwindest in der Menge und versuchst, die Königin zu sehen.« Es entstand eine Pause, in der Tom grübelte, was wohl mit »tarnen« gemeint war, doch nach einigen pantomimischen Darstellungen von Walsingham lächelte er schließlich ein wenig. Vielleicht durfte er die Kleidung ja hinterher behalten, seine eigene war inzwischen ziemlich abgetragen und schäbig.

»Ich will, dass du diesen Mann für mich beobachtest.« Er reichte Tom ein Stück Papier, auf dem »Earl of Leicester« geschrieben stand. Tom nickte, woraufhin ihm das Papier wieder abgenommen und ins Feuer geworfen wurde, das trotz der Wärme draußen im Kamin brannte. Das Papier ging in grell orangefarbenen Flammen auf und war nach ein paar Sekunden für immer verschwunden. »Ich werde neben ihm sitzen, deshalb werde ich fast alles hören, was er sagt, es sei denn, er flüstert Ihrer Majestät ins Ohr. Aber ich will einschätzen können, wie gut du jemanden verstehen kannst, indem du seine Lippen liest. Ist dir klar, was ich meine?«

Tom hatte genug verstanden, um zu wissen, was von ihm erwartet wurde – seine Fähigkeiten sollten auf die Probe gestellt werden; er nickte knapp, und als Walsingham ihn hinauswinkte, stand er auf und verbeugte sich, bevor er den Raum verließ. Dabei wäre er zu gern noch geblieben und hätte sich das Gemach und die Gemälde an den Wänden genauer angesehen; die riesigen Bilder, die glorreiche mythische Schlachten zeigten und von schweren, reich verzierten Rahmen gehalten wurden. Auf jedem dieser Rahmen war oben das königliche Wappen eingeprägt. Doch wenn Walsingham jemanden aus einem Zusammentreffen entließ, dann konnte man nicht einfach noch weiter in dessen Gemach herumspazieren, das war Tom wohl bewusst.

Der Korridor hinter Walsinghams Gemächern war dunkler als der, durch den Tom hergekommen war. Die einzige Lichtquelle bestand in einem Fenster auf halbem Wege, durch das ein wenig Licht einsickerte. Die Wände waren getäfelt und mit Wandteppichen behängt, was die dunkle, unheilvolle Atmosphäre noch verstärkte. Er schauderte. Ihm war, als könne er die Geister all jener fühlen, die bei der Monarchin – und ihren Beratern – in Ungnade gefallen waren. Als schwebten sie voll melancholischer Reue an ihm vorbei. Da er nicht den Wunsch verspürte, sich dieser unglückseligen Schar anzuschließen, blieb ihm keine andere Wahl, als das zu tun, was von ihm verlangt wurde.

Später an diesem Tag stieg ihm der scharfe Duft gebratenen Fleisches, der von den Küchen herüberwehte, in die Nase, was bedeutete, dass oben schon bald das Abendessen aufgetragen werden würde und er sich unter die anderen Diener mischen musste. Es war ihm gelungen, Hugh zu erklären, dass er anderswo gebraucht wurde, doch sein Freund hatte nur genickt. Walsinghams Leute hatten ihm bereits mitgeteilt, dass Tom jetzt ihrem Meister zu Diensten zu sein hatte, wann immer seine besonderen Fähigkeiten gebraucht wurden.

Bevor er hinausging, um sich den Schweiß und Schmutz des Tages unter der Wasserpumpe abzuwaschen, fand Tom seine neue Uniform auf seiner Pritsche vor. Sie hatte das satte Rot, das die königlichen Diener trugen, und war mit einer Tudor-Rose verziert. Es war die eleganteste, kunstvollste Kleidung, die er je besessen hatte, und ganz bestimmt die farbenfrohste. All seine übrigen Kleider waren praktisch und robust, grob – und braun. Mit einem Stück Laugenseife rannte er hinaus und schrubbte sich an der Pumpe, so gut es ging, und ihm stockte der Atem, als sich das kalte Wasser über seinen Kopf ergoss.

Die Uniform sollte eigentlich locker sitzen, doch sie spannte ein wenig über seinem Oberkörper. Von lebenslanger harter Arbeit war er muskulös und breitschultrig, wohingegen ein gewöhnlicher königlicher Diener nicht so kräftig gebaut war, es sei denn, er arbeitete als Wache. Wenn er nicht zu tief einatmete, mochte es aber gehen. Es brauchte mehrere Versuche, bis er seine Füße in die ledernen Stiefel gesteckt hatte, die ihn an den Zehen drückten, doch mit etwas Glück würde er einen guten Platz für seine Beobachtungen finden und müsste nicht so viel umherlaufen. Er strich sich über die Haare, damit sie so glatt und ordentlich wie möglich aussahen, dann ging er zum Bankettsaal hinüber. Er schnappte sich zwei der vielen Bierkrüge, die auf einem Tisch aufgereiht waren, und folgte den anderen Dienern nach drinnen.

Ein paar Minuten lang vergaß Tom völlig, weshalb er sich in dieser seltsamen Umgebung befand, denn auch hier blieb ihm erst einmal vor Staunen der Mund offen stehen. Hatten ihn schon Walsinghams Gemächer zutiefst beeindruckt, waren sie doch nichts im Vergleich zu der Pracht, die hier herrschte. Der Raum erstrahlte im Glanz Hunderter Kerzen, die Schatten an die Wände warfen, die bis hinauf zu den Dachbalken tanzten, als wollten sie entfliehen. Die Luft war stickig von den vielen Menschen, die sich um ihn drängten und hofften, die Königin zu sehen oder die Aufmerksamkeit derer zu erlangen, die ihr nahestanden. Tom fühlte sich beinahe erdrückt von der Wärme ihrer Leiber und dem riesigen Feuer, das in einem monumentalen Kamin loderte. Zum Glück konnte er das Geplapper und den Lärm, den sie erzeugten, nicht hören, stattdessen beobachtete er ihre Lippen, die nicht aufhörten, sich zu bewegen. Der Essensduft, der überwältigende Geruch ungepflegter Körper und die Hitze waren ihm schnell zu viel, und am liebsten hätte er sich durch die Menge gedrängt, um wieder zurück in die dunklen, kühleren Gefilde des Destillierraums zu flüchten.

Doch er hatte eine Aufgabe zu erledigen und musste weitermachen. Es lief auf das Gleiche hinaus, ob er Nein zu Walsingham sagte oder ob er sich der Königin selbst verweigerte, und er hatte gesehen, was für eine Strafe dies nach sich zog. Also hielt er die Bierkrüge fest und schlängelte sich durch die Menge, bis er ganz vorne angelangt war.

Die Tische bogen sich unter den Speisen, die darauf standen: Glänzende, fettige Gänse, ein Laib Sülze und kleine gebratene Singvögel häuften sich hier zusammen mit Gemüse, das in dicken, kräftigen Soßen regelrecht ertränkt war. An den Tischen saßen Menschen und aßen, stachen Messer in dicke Scheiben Fleisch, dessen Saft auf ihre Gewänder troff. Von hier hatte er einen guten Blick auf die Königin und ihr Gefolge an einer langen Tafel, die auf eine Art Podest gestellt war. Vor ihr stand ein gebratener Schwan, dessen Federn und Kopf wieder an der gerösteten knusprigen Haut befestigt worden waren. Um ihn herum Teller mit Früchten, Wackelpudding, Pasteten und Eiercremes. Noch nie hatte Tom so viel Essen auf einmal gesehen, und sein Magen fing an zu knurren, als er die Düfte in sich aufsog, die von den Tischen herüberwehten und ihn quälten.

Zum Glück war die Stelle, an der er sich positioniert hatte, genau richtig, um die wichtigen Würdenträger – unter ihnen Walsingham und Leicester – zu beobachten, die bei Ihrer Majestät saßen. Er ließ seinen Blick weiter über die Reihe schweifen, und als er Isabel entdeckte, lächelte er unwillkürlich. Sie hatte ihn nicht gesehen – natürlich nicht, wie auch? Sie rechnete ja nicht mit ihm im Bankettsaal. Die Bierkrüge, deren Inhalt ihm bereits zweimal über die Stiefel geschwappt war, in den Händen, starrte er zu ihr hinüber.

Sie trug ein Gewand aus blassblauem Damast, um ihren eleganten Hals eine steife weiße Halskrause. Ihr Mieder wurde zur Taille hin schmal, die weiten Puffärmel waren mit winzigen Saatperlen besetzt und mit tiefgrünen Bändern geschnürt, die zu ihrer französischen Haube passten. Sie plauderte mit einer anderen Lady, die neben ihr saß, und Tom sah, wie sie den Kopf in den Nacken warf und lachte. Als sie ihre Augen vor Heiterkeit schloss, versetzte es ihm einen Stich in die Brust. Er kannte sie kaum, und doch hatte er noch nie so für jemanden empfunden. Er hätte alles dafür gegeben, sie in seinen Armen zu halten, zu spüren, wie dieses Lachen ihren Körper erbeben ließ.

Er riss seinen Blick los und wandte sich dem Earl of Leicester zu. Im Moment aß er, riss mit seinen großen, starken Zähnen Fleisch von einem Knochen. Er sah aus wie ein Tier, und Tom fragte sich, weshalb die Königin so fasziniert von ihm war. Hugh hatte ihm erklärt, dass die Königin Gerüchten am Hofe zufolge eines Tages Leicester heiraten würde.

Tom runzelte die Stirn, als sich der Earl den Mund mit einem Tuch abwischte; er hatte keine Chance, von den Lippen abzulesen, wenn die Leute ihren Mund bedeckten. Doch dann ließ Leicester seine Serviette auf den Tisch fallen und wandte sich an die Königin.

»Wie ich höre, werden wir heute Abend noch vortrefflich unterhalten, Euer Majestät«, sagte er. »Eine Gruppe reisender Pantomimen ist angekommen, es heißt, sie spielen ein sehr lustiges Stück, das Ihr nicht versäumen solltet.«

»Nein, in der Tat. Ich freue mich schon darauf. Habt Ihr diesen Kuchen schon probiert?«

Verdrossen klopfte Tom mit dem Fuß. Das waren wohl kaum bahnbrechende Neuigkeiten, die er an Walsingham übermitteln konnte. Auch wenn dies nur ein Test war, um festzustellen, ob er das Gesagte genau wiedergeben konnte, hätte er es sich dennoch ausdenken und die ganze Nacht gemütlich im Bett verbringen können. Doch da lehnte sich Walsingham selbst weit zu Leicester hinüber, wandte sich ein wenig ab, aber nicht so weit, dass sein Gesicht nicht mehr zu sehen war.

»Es geht die Kunde, dass Paget in Rheims gesehen worden ist«, sagte er.

»Das habe ich auch gehört«, erwiderte Leicester und nickte. »Aber wissen wir auch, wen er dort trifft?«

»Noch nicht. Aber ich werde es schon bald erfahren. Meine Spione beobachten ihn.« Damit stand Walsingham auf, verbeugte sich zum Thron hin und entfernte sich vom Tisch. Tom sah, wie er die äußeren Ränder des Saals absuchte, und nahm an, dass er vermutlich nach ihm Ausschau hielt. Deshalb stand er vollkommen still da, rührte keinen Muskel.

Dennoch spürte er, wie sich seine dunklen Augen auf ihn richteten, das brennende Gefühl des Wiedererkennens. Walsingham nickte kaum merklich, und weg war er. Tom stellte die Krüge auf einen Tisch hinter ihm, bereit, in seine Kammer zurückzukehren und sich der engen Tunika und der unbequemen Stiefel zu entledigen. Er war sich nicht aller Worte, die benutzt worden waren, sicher, aber er war zuversichtlich, dass er sie so niederschreiben konnte, dass Walsingham sie verstand. Sein Blick landete ein letztes Mal auf Isabel. Als wüsste sie, dass er da war, trafen sich ihre Blicke, und einen Moment lang war niemand anderes mehr im Raum; er spürte, wie ihm das Blut durch die Adern rauschte. Eine ihrer Augenbrauen zuckte minimal nach oben, und er versuchte, sein schüchternes Lächeln zu unterdrücken – was ihm misslang –, und hoffte bloß, dass ihn Walsingham nicht mehr beobachtete. Ihre Schönheit strahlte heller als sämtliche Kerzen im Saal, und er fragte sich, weshalb die Königin eine Lady in ihrem engen Gefolge duldete, die ihre eigene Schönheit weit in den Schatten stellte.

Wie erwartet wurde Tom am nächsten Morgen zu Walsingham gerufen. Wieder in seiner Arbeitskleidung folgte er dem Pagen, der geschickt worden war, um ihn wie beim letzten Mal nach oben in Walsinghams Gemach zu bringen. Sobald sie allein waren, winkte Walsingham ihn näher zu sich. »Und?«, fragte er.

Tom ahmte Leicester und die Königin nach, wie sie sich über die Abendunterhaltung unterhielten. Dann zeigte er auf Walsingham und erklärte mithilfe von Handzeichen, was er verstanden hatte. »Rheims« und »Paget« musste er aufschreiben, und er wusste, dass er die Wörter falsch geschrieben hatte, doch insgesamt schien Walsingham zu gefallen, was er da wiedergab, denn er lächelte und nickte zustimmend. Tom hatte nahezu exakt wiederholt, was gesagt worden war, doch ohne Gehör und Sprache würde nie der Verdacht entstehen, dass er Informationen weitergab.

»Du, mein Freund, wirst den vollkommenen Spion abgeben«, sagte Walsingham. »Einen Informanten. Alle Ränke, die die Schotten und Spanier schmieden, werden vereitelt werden, weil in unseren Diensten ein stummer Apotheker steht.« Er verzog den Mund zu einem breiten Lächeln, doch in seinen Augen sah Tom Heimtücke aufblitzen. Die Lage, in der er sich jetzt befand, verursachte ihm Gänsehaut, als würden eisige Splitter auf seiner Haut wachsen.

19

Juni 2021

Obwohl es noch früh am Morgen war, schien die Sonne bereits warm, als Mathilde aus dem Haus ging, das vertraute, tröstende Gewicht ihrer Kamera um den Hals. Sie wusste noch nicht, wohin es gehen sollte, doch sie musste unbedingt raus, hatte fürs Erste genug von anderen Menschen – toten wie lebenden – und den verwirrenden Schwingungen, die sie aussandten. Schwingungen, die die Luft vibrieren ließen und auf Mathildes Haut prickelten, sodass sich die feinen Härchen in ihrem Nacken aufstellten.

Sie ging bis zum Ende der Auffahrt, wo sie auf der anderen Straßenseite ein beinahe überwuchertes Schild, das auf einen Fußweg hinwies, entdeckte. Hatte Rachel nicht gesagt, er würde in das Dorf führen, das anderthalb Kilometer weiter an der Straße lag? Sie kletterte über den Zaunübertritt und lief los.

Es hatte mehrere Wochen lang kaum geregnet, und der Boden war ausgetrocknet und staubig. Sie hielt sich am Rand des sumpfigen Bereichs, der vom Haus aus zu sehen war, hohes Schilf streifte ihren Arm. Irgendwo jenseits des Sumpfs war ein Fluss, hatte Rachel erzählt, doch Mathilde versuchte lieber nicht, ihn zu durchqueren, um dorthin zu gelangen. Der Fußweg war zwar trocken, aber es war zu gefährlich, ihn zu verlassen, denn wer vom Weg abkam, den konnte der Sumpf mit seinem Schwefelgestank verschlucken. Rachel hatte sie ausdrücklich davor gewarnt, doch Mathilde wusste das auch so. Ohne Respekt vor der Natur konnte niemand in der Wildnis überleben, wie sie und ihre Mutter es jahrelang getan hatten. Jede Unachtsamkeit konnte einen das Leben kosten. Wenn es kein sumpfiger Untergrund war, dann waren es vielleicht giftige Pflanzen und Beeren oder widriges Wetter. Sie hatte schon miterlebt, wie eine Kuh vom Blitz getroffen wurde, und das war kein schöner Anblick gewesen. Mutter Natur konnte eine Freundin, aber auch ein mächtiger Feind sein, Vorsicht war überlebenswichtig.

Sie ging in die Knie, zielte mit der Kameralinse durch das Schilf hindurch und versuchte einzufangen, wie sich das hohe, robuste Röhricht in der Ferne verlor. Dann ging sie weiter. Vom Moor führte der Weg in einen kleinen Wald, wo ihr ein älteres Paar mit seinem West-Highland-Terrier begegnete. Der Hund rannte bellend und schwanzwedelnd auf sie zu, und Mathilde bückte sich, um mit ihm zu spielen, bis die Besitzer ihn wieder zurückpfiffen. Sie winkten ihr zu, und überrascht winkte Mathilde zurück. Sie war es nicht gewöhnt, dass die Menschen ihr freundlich begegneten, außerdem hatte sie gehört, dass die Engländer am zugeknöpftesten von allen waren. Ihr Schritt war ein wenig leichter, als sie weiterging. Im Schatten war es kühler, Sonnenlicht fiel vereinzelt durch das Blätterdach ein, tanzte über den Boden wie Leuchtkäfer, und Mathilde hielt nach Pflanzen Ausschau, die nützlich für ihre Arzneien sein könnten. Sie pflückte die Triebspitzen einiger Malven ab, die zart lila blühten, steckte sie in ihre Jackentasche und lief weiter Richtung Dorf.

Auf dem Anger war nur eine junge Frau mit einem kleinen Kind, das in einem Buggy saß. Sie standen nah am Ufer des Teichs, und die Frau schien dem Kind ein Stück Brot zu reichen, das es den Enten zuwerfen konnte, die aufgeregt quakten und mit den Flügeln schlugen. Doch das Kind machte Anstalten, es sich selbst in den Mund zu stecken, und so riss sie das Stückchen wieder an sich und stieß ein lang gezogenes »Neeeein, nicht für dich, das ist für die Enten!« aus, bevor sie es selbst in den Teich warf. Das Ganze wiederholte sich mehrmals.

Mathilde ging hinüber zur Dorfkirche, die etwas abseits der Häuser stand. Sie war klein und gedrungen, mit einem kurzen normannischen Turm und aus demselben Stein erbaut wie die Kapelle in Lutton Hall. Mathilde schoss durch das Friedhofstor ein paar Fotos von der Holztür. Ob es hier wohl Hinweise auf die früheren Besitzer des Herrenhauses gab? Das könnte hilfreich sein, wenn Oliver oder einer seiner Kollegen den Namen auf der Gedenktafel in der Kapelle entziffern wollte. Andererseits … Was für eine Rolle spielte das für sie? In ein paar Monaten zog sie weiter.

Während sie über einen Teil des Friedhofs spazierte, der offenbar schon länger nicht mehr genutzt wurde, schoss sie noch weitere Fotos: von uralten, mit pelzigen graugrünen Flechten bewachsenen Grabsteinen, die sich gefährlich neigten, weil im Laufe der Jahrzehnte oder Jahrhunderte der Boden darunter allmählich abgesackt war. Auf einigen Gräbern stand das Gras hoch, schon lange hatte es niemand mehr gemäht, es gab keine Nachfahren mehr, die sich darum kümmerten. Tot *und* vergessen. Aufgescheucht durch Mathildes Bewegung suchte eine Amsel laut zeternd Zuflucht in einer Trauerbirke. Mathilde hatte keine Ahnung, wonach sie eigentlich suchte, aber durch die Ruhe und den Frieden hier entspannte sie sich allmählich. Ihre Schultern sanken langsam nach unten, ihre sonst steife, gekrümmte Haltung lockerte sich ein wenig. Hier verurteilte sie keiner.

Schließlich gelangte sie zu neueren Grabstätten, die Steine aus Granit glänzten noch, Vasen waren liebevoll mit Blumen gefüllt. Doch sie weckten nicht so sehr ihr Interesse, und so warf sie im Vorbeigehen nur einen flüchtigen Blick auf die Namen – bis ihr etwas ins Auge stach und sie zweimal hinsah. Auf einem neueren Grab war ein schlichtes Holzkreuz errichtet, auf dessen Querbalken *»Peter Lutton. 14. März 1949 – 8. Februar 2021. Unser schmerzlich vermisster, liebender Vater und Großvater«* stand. Ihr Vater. Es war das Grab ihres Vaters! Sie hatte überhaupt nicht damit gerechnet, ihn hier zu finden, allerdings hatte sie auch nie daran gedacht, Rachel zu fragen, wo er bestattet war. Nun, jetzt wusste sie es. Sie kniete sich ins Gras und starrte stumm auf das Grab. Dabei hätte sie so vieles zu sagen. So viel, dass sie gar nicht wusste, wo sie anfangen sollte. Sie riss kleine Grasbüschel vom Rand und ließ sie zu Boden fallen, damit sie vergingen wie der Leichnam darunter.

Doch bevor sie auch nur den Mund öffnen konnte, wurde sie in ihren Gedanken unterbrochen.

»Ich weiß nicht, was das werden soll, aber du kannst ihn wohl nicht in Frieden ruhen lassen.« Auf der anderen Seite der Friedhofsmauer war wie aus dem Nichts Tante Alice aufgetaucht. Wie lange beobachtete sie sie schon? »Reicht es denn nicht, dass du hergekommen bist, um dir alles unter den Nagel zu reißen? Musst du auch noch die letzte Ruhestätte meines Bruders für dich beanspruchen? Wir haben einen Anwalt zurate gezogen. Du wirst nicht gewinnen, nur damit du es weißt. Ich werde dafür sorgen, dass das Anwesen mir zugesprochen wird, der Angehörigen, die für ihn da gewesen ist.«

»Das ist das Grab meines Vaters«, entgegnete Mathilde. »Und ich habe jedes Recht, es zu besuchen. Ich komme her und rede mit ihm, wann immer ich will.«

»Rachel hat mir erzählt, dass du nicht lange bleiben willst, deshalb würde ich sagen, du hast ihre Gastfreundschaft jetzt ausgereizt und solltest deiner Wege gehen, bevor du noch jemanden gegen dich aufbringst.« Alice' Gesicht war inzwischen rot vor Zorn.

»Außer dir habe ich niemanden gegen mich aufgebracht. Und meine Pläne haben sich geändert. Ich bleibe bis September. Ich habe viel zu erledigen, solange ich hier bin.« Mathilde starrte Alice an, und ihr schoss durch den Kopf, dass deren Augen mit ihren eigenen beinahe identisch waren.

Es entstand eine Pause, während der sich Alice' Lippen bewegten, als würde sie eine Beschwörung murmeln, dann hielt sie mit beiden Händen ihre Handtasche fest, drehte sich um und stürmte über die Grünfläche davon. Ihr kurzer Körper, der in einem geblümten Baumwollkleid steckte, schwankte dabei ein wenig von einer Seite zur anderen. Mathilde sah ihr lange nach.

Dann stand sie auf und ging langsam zurück zum Friedhofstor, aufgewühlt von dieser Auseinandersetzung. Inzwischen war Alice auf der anderen Seite des Angers angelangt und verschwand in der Ferne. Mathilde machte sich auf den Weg zurück zum Haus. Sie spielte mit den Schlüsseln ihres Vans in ihrer Tasche, mit jeder Faser ihres Körpers sehnte sie sich danach, davonzufahren und nie wieder zurückzukehren. Zornig riss sie mit der anderen Hand an den Spitzen der Weidenröschen, die am Wegesrand wuchsen. Ihr war ganz elend von der Feindseligkeit ihrer Tante. Ihr ganzes Leben lang hatte sie sich nach einer Familie gesehnt, nach einem Zuhause, nach Stabilität und Liebe, und jetzt wandte sich ihr eigen Fleisch und Blut gegen sie, so wie alle anderen es immer getan hatten. *Plus ça change.*

20

September 1584

Als Tom sich Walsinghams Gemächern näherte, merkte er, dass sich etwas verändert hatte. Normalerweise war der Korridor bis auf den einen oder anderen Höfling oder Diener, der geschäftig vorbeieilte, leer. Es gab so viele dunkle Ecken, in denen man heimliche Treffen abhalten oder geheime Informationen austauschen und dann wieder verschwinden konnte. Intrigen und Hochverrat. Obwohl er seinen ersten Auftrag noch gar nicht bekommen hatte, dachte er bereits wie ein Spion.

Als er sich der Tür näherte, kreuzten die beiden Wachen davor ihre Stäbe und ließen ihn nicht eintreten. Tom wünschte, er könnte sich wie ein Höfling kleiden und würde nicht immer wie der Diener aussehen, der er war.

Eine der Wachen hob die Hand und klopfte mit den Fingerknöcheln an die Tür. Sie wurde von innen geöffnet und offenbarte noch weitere Wachen. Einen Moment später war der Weg nicht mehr versperrt, er durfte eintreten und begriff sofort den Grund für die zusätzlichen Sicherheitsmaßnahmen.

Die Königin selbst war anwesend. Er ließ sich vor ihr auf die Knie sinken, sie saß neben dem Kamin auf dem Stuhl, auf dem er noch vor Kurzem selbst gesessen hatte. Ihr riesiges Kleid aus weißem Samt, besetzt mit Hunderten winzigen blauen Juwelen, war so weit ausgebreitet, dass er befürchtete, es könnte von der Hitze des Feuers schmelzen oder gar in Flammen aufgehen.

Stirnrunzelnd winkte Walsingham ihn zurück in die Ecke des Raums, während er seine Unterhaltung mit der Königin fortsetzte. Tom, der jetzt teilweise von den Wachen verdeckt wurde, war in der perfekten Position, um zu beobachten, was die beiden sprachen. Genauer gesagt, was die Königin sprach, denn Walsingham nickte nur mit ernster Miene.

»Die Situation ist allmählich nicht mehr hinnehmbar«, sagte sie, wobei sich ihr Gesicht zu einer Grimasse verzog und ihre Lippen kaum noch sichtbar waren. »Nach dem, was uns Eure Spione berichten, verstärken die Spanier ihre Anstrengungen, Maria Stuart mit ihrem häretischen katholischen Glauben auf den Thron zu setzen und England in die Arme Roms zurückzuführen. Wir müssen sie aufhalten. Und jetzt sagt Ihr mir auch noch, dass sie eine Invasion planen, um mich zu töten.« Eine Pause entstand, in der sie offenbar Walsingham lauschte. »Ich kann sie nicht einfach hinrichten«, protestierte die Königin. »Bedenkt, dass sie meine Cousine ist – deshalb habe ich sie auch die letzten sechzehn Jahre gefangen gehalten. Denn sonst würden wir nicht nur die Spanier, sondern auch die Franzosen bekämpfen, die Katholiken, die so erpicht darauf sind, unser schönes Land zu erobern. Ihr müsst diese Verschwörer so schnell wie möglich finden.«

Bei ihren letzten Worten erhob sie sich, und alle im Raum sanken auf die Knie und richteten ihren Blick zu Boden. Tom spürte den Luftzug, als die schwere Tür sich öffnete, und sah den reich mit blauen und roten Blumen bestickten Saum ihres Kleides in einem Bogen herumschwenken und aus seinem Blickfeld verschwinden. Der Boden erzitterte unter den Stiefeln der Wachen, die hinter ihr hinausmarschierten. Tom blieb, wo er war, bis er spürte, wie ihm jemand auf die Schulter klopfte. Als er den Kopf hob, blickte er in Walsinghams Gesicht, auf dem sich ein schiefes – und sehr seltenes – Lächeln abzeichnete.

»Wie du zweifellos gemerkt hast, wächst die Sorge Ihrer Majestät wegen der Feinde, die sich vor ihren Toren zusammenziehen.« Tom wusste nicht so recht, ob er alles, was gesagt worden war, richtig verstanden hatte, aber eine ungefähre Vorstellung davon hatte er schon, und er sah sich darin auch bestätigt, als Walsingham fortfuhr. »Der einzige Weg, die Krone zu sichern, besteht darin, die Gefahr, die Maria Stuart darstellt, zu eliminieren, indem man sie tötet. Doch das billigt Ihre Majestät nicht. Bis Burghley und ich sie überzeugen können, werden wir weiterkämpfen und alle Intrigen aufdecken, die sie in Gefahr bringen.«

In einer Kombination aus Sprechen und dem gelegentlichen Aufschreiben eines Wortes auf Pergament legte Walsingham dar, dass Tom einen Mann beschatten solle, der im Verdacht stand, an einer Verschwörung teilzuhaben. Tom sollte Walsingham Bericht erstatten, mit wem der Mann sich traf und was dann gesprochen wurde. Das Erfassen dessen, was gesagt wurde, war einfach, solange der Betreffende nicht merkte, dass er beobachtet wurde. Das Problem war aber, dass Tom niemanden kannte und die Leute nur anhand ihrer äußeren Gestalt beschreiben konnte. Doch seinem neuen Vorgesetzten schien das zu genügen, er wies Tom an, heute Abend um sieben vor dem Torhaus zu erscheinen. Man würde ihn zu einem Wirtshaus bringen, in dem ihr Zielobjekt höchstwahrscheinlich auftauchen würde. Tom nickte. Das alles erschien ihm ziemlich einfach.

Bevor Tom ging, starrte Walsingham ihn eindringlich an. »Mach keinen Fehler«, sagte er. »Oder es wird das Letzte sein, was du tust.« Tom wusste nicht so recht, ob als Spion oder als Bediensteter bei Hofe oder bevor seine Leiche in den Fluss geworfen würde. Walsinghams finsterem Blick nach vermutete er, dass er Letzteres meinte. Er reichte Tom eine kleine Börse mit einigen Münzen für Bier und entließ ihn.

Als er auf die Tür zueilte, durch die er über die Hintertreppe herauf in die Prunkgemächer gekommen war, sah er eine kleine Gruppe Hofdamen auf sich zukommen. Sie plauderten miteinander und schienen ihn nicht zu bemerken, weil er sich in den Schatten hielt. Ihre Wege würden sich zwangsläufig kreuzen, deshalb presste er sich an die Wand, damit sie an ihm vorbeigehen konnten.

Als sie sich näherten, erkannte er, dass eine der dreien Lady Isabel war, und unwillkürlich lächelte er, bevor er in einer tiefen Verbeugung verharrte, bis sie vorübergegangen waren. Offenbar hatte sie ihre Suche nach Blütenknospen aufgegeben. Er sah, wie ihre Röcke mit schwungvollen Bewegungen über das Fischgratmuster des Bodens fegten, dann richtete er sich wieder auf und warf ihnen einen verstohlenen Blick nach. Allein schon ihren Hinterkopf mit dem schimmernden schwarzen Haar zu sehen, machte ihn glücklich. Und dann, als hätte sie seinen Blick gespürt, drehte sie den Kopf gerade so weit, dass er ihr hübsches Lächeln sehen konnte, die rosafarbenen Lippen ihm zugewandt. Sie hatte den Blick gesenkt, als würde sie ihrer Gefährtin aufmerksam zuhören, doch er ahnte, dass dies alles ihm galt, und Wonne überkam ihn. Zwischen ihnen gab es keine Chance auf mehr als nur eine gelegentliche Begegnung. Sie war eine der Vertrauten der Königin von England und er nur der Gehilfe des Apothekers, der in einem dunklen, staubigen Destillierraum auf der anderen Seite des Palasts ein Leben im Verborgenen führte. Jegliche Verbindung zwischen ihnen würde niemals gebilligt werden. Die Entfernung zwischen ihnen war so weit wie das Meer, über das er gekommen war, doch selbst wenn er nur hin und wieder einen Blick auf ihr Lächeln erhaschte, erhellte das sein ganzes Leben.

Abends zog er sich seine normalen Kleider an, damit er unter den anderen Zechern im Wirtshaus nicht auffiel. Am Torhaus traf Tom einen Mann, der ähnlich gekleidet war wie er selbst, doch Tom, der ein Auge dafür entwickelt hatte, wie sich Menschen bewegten und benahmen, merkte sofort, dass es sich um einen Edelmann handelte, der sich als Gemeiner ausgab. Seine Haltung, seine sauberen Fingernägel und die weichen weißen Hände verrieten ihn. Kein Wunder, dass Walsingham jemanden wie ihn brauchte, jemanden, der sich wirklich unter andere Bedienstete und die unteren Schichten der Bevölkerung mischen konnte, ohne aufzufallen.

Sie fuhren mit einer Jolle flussaufwärts und legten in Blackfriars an. Es nieselte, und Nebelschwaden hingen tief über dem gischtbekrönten Wasser. Die Laterne neben dem

Bootsmann schaukelte hin und her, und Tom klammerte sich an den Seiten des Bootes fest, der hölzerne Rumpf rau unter seinen Fingern. Er würde sich wohl nie an die häufigen Bootsfahrten gewöhnen, die die Londoner spielend bewältigten. Nachdem sie angelegt hatten, gingen sie durch die dunklen Gassen, wobei er darauf achtete, auf dem schlüpfrigen Pflaster nicht auszurutschen. Aus manchen Fenstern drang schwach flackernder Kerzenschein nach draußen.

Nach einer Weile gelangten sie zu einem Wirtshaus namens The Magpie und traten ein, ließen sich von dem heißen, überfüllten Inneren verschlucken. Der Boden war mit einer dicken, verdichteten Schicht aus Binsen bedeckt. Anscheinend warf der Wirt immer eine frische Schicht auf die alte, bis sie ebenso fest und hart wurde wie die Bretter darunter. Tom konnte förmlich sehen, wie darin winzige Kreaturen kreuchten und fleuchten, die vom Bier lebten, das durch die Schichten hindurchsickerte. Der abgestandene, ranzige Gestank, der daraus emporstieg, vermischte sich mit dem Geruch verschwitzter Leiber, hefigen Biers und Pfeifenrauch. Tom behielt seinen Komplizen im Auge, bis dieser ihm einen Rippenstoß versetzte und mit einer kaum merklichen Kopfbewegung auf einen rundlichen jungen Mann mit dichtem, zerzaustem Haar und Bart zeigte, der eine schwarze Samtkappe trug. Das also war William Parry.

Walsingham hatte Tom nur wenige Einzelheiten genannt. Tom hegte den Verdacht, dass der Herr der Spione schon die Nase voll hatte von den zusätzlichen Anstrengungen, derer es bedurfte, um mit ihm zu kommunizieren. Er wusste nur, dass er sein Opfer beobachten und Walsingham berichten sollte, mit wem es verkehrte und – noch wichtiger – was gesprochen wurde. Tom war überrascht, einen so vornehm gekleideten Mann wie Parry in einer so heruntergekommenen Spelunke wie dieser anzutreffen.

Der Gentleman, der Tom ins Magpie begleitet hatte, war verschwunden, er hatte sich so unbemerkt davongeschlichen, dass nicht einmal die Luft um ihn herum erzittert war. Wie durch Magie. Tom wusste, dass auch er dieses Zauberstück vollbringen musste, falls irgendjemand Verdacht schöpfte.

Nachdem er sich einen Krug Bier gekauft hatte, stellte er sich nah ans Feuer, ein guter Blickwinkel, um sein Opfer zu beobachten. Ein stinkender Zecher, der bereits mehr Bier in sich hineingeschüttet hatte, als gut für ihn war, stieß gegen Toms Arm, sodass beinahe sein Krug übergeschwappt wäre. Doch weil er nicht dagegen protestieren konnte, zog sich Tom weiter in den Schatten an den Rändern des Raumes zurück, wo es ruhiger war und er dennoch gut beobachten konnte.

Parry feierte ausgelassen mit einer ganzen Schar Menschen am Tisch, die jedoch nach und nach gingen. Tom konnte seine Lippen gut genug lesen, um einzuschätzen, dass er lediglich vorgab, sich wie ein Mann, der nach einem langen Tag den Bauch voller Bier hatte, von allen zu verabschieden. Doch obwohl er einen Becher in der Hand hatte, setzte er ihn nur selten an die Lippen. Er benahm sich zwar, als wäre er betrunken, doch tatsächlich tat er nur so und war mindestens so nüchtern wie Tom. Anscheinend wartete Parry auf jemanden, denn sein Blick flackerte dauernd zur Eingangstür. Tom erkannte, dass Lippenlesen nicht alles war in diesem Spiel. Er musste auch die Körpersprache der Menschen und ihre Umgebung lesen können. Ein rascher Blick durch den

Raum bestätigte ihm, dass zumindest er selbst nicht von jemandem beobachtet wurde. Er war unsichtbar.

Die Tür zur Straße hin schwang auf, und herein kamen zwei Männer. In ihren Haaren glitzerten Regentropfen, und als sie ihre Mäntel abstreiften, spritzten sie die Umstehenden nass. Einer der beiden war groß und hatte flachsblondes Haar, das förmlich an seinem Kopf klebte, weil er eine enge Kappe getragen hatte. Er hatte sie abgenommen, um die Tropfen abzuschütteln. Sein wilder Bart war von goldbraunen Strähnen durchzogen, und über eine Wange verlief eine gezackte Narbe von der Nase bis hinauf zum Haaransatz. Sein Komplize war viel kleiner und wirkte jung, sein Gesicht war praktisch faltenlos, sein Bart ungleichmäßig und kurz. Von seiner Position aus sah Tom die beiden Männer sprechen, wobei er jede Menge Flüche ausmachen konnte. Er lächelte vor sich hin. Die beiden Neuankömmlinge waren die, auf die Parry – und damit auch er selbst – gewartet hatte, dessen war er sich sicher. Sie trugen raue Arbeiterkleidung, doch Tom erkannte sofort, dass es sich um eine Kostümierung handelte. Sie fühlten sich in dem groben Hanf nicht wohl, und einer der Männer strich dauernd unter dem Kragen seines Hemdes entlang, vermutlich war er keine Stoffe gewohnt, die minderwertiger waren als feinster Batist. Vielleicht war er aber auch nervös. Oder beides.

Sie stellten sich ein paar Minuten lang ans Feuer, ohne Parry zu beachten, obwohl sie direkt neben ihm standen. Tom überlegte schon, ob er voreilige Schlüsse gezogen hatte, doch dann sah er, wie einer der Männer anfing zu sprechen. »Lasst uns hinaus in den Hof gehen, vielleicht ist es dort ruhiger«, sagte er. Dabei bewegte er kaum die Lippen, offenbar wollte er verhindern, dass er belauscht wurde, doch einen Tauben, der schon sein Lebtag anderer Leute Lippen, Mienen und Körpersprache las, konnte er nicht hinters Licht führen.

Die beiden Männer schlüpften an Parry vorbei und durch eine Hintertür hinaus, die Tom gar nicht aufgefallen war. Er schalt sich selbst, weil er nicht besser auf seine Umgebung geachtet hatte. Kurz darauf folgte ihnen Toms Opfer. Tom schlängelte sich rasch zwischen den anderen Wirtshausgästen hindurch und hielt sein Bier gut fest, damit er es nicht verschüttete. Er wollte sehen, wohin sie gingen und was gesagt wurde, aber er musste dafür sorgen, dass er selbst unbemerkt blieb.

Als sich ein anderer Gast an ihm vorbei zur Tür drängelte, ergriff Tom die Gelegenheit, hinter ihm hinauszuschlüpfen, als würden sie zusammengehören. Im Hof war es dunkel, und der Regen war stärker geworden. Der Mann, dem er gefolgt war, stellte sich sofort an die Wand des Pubs und fing an zu pinkeln, und Tom wich rasch nach links aus, um keine Spritzer abzubekommen. Er rümpfte die Nase; manchmal war es ein Nachteil, einen hervorragenden Geruchssinn zu haben. Er tat, als wolle er es ihm gleichtun, während er sich im Hof umsah, in der Hoffnung, die Männer würden sich nicht ebenfalls nur erleichtern. Im hellen Mondschein beobachtete er, wie einer von ihnen Parry ein kleines Paket gab, das er in der Tasche seines Mantels verschwinden ließ. Es war zu dunkel, als dass Tom ihre Lippen hätte lesen und sie verstehen können, und kurz darauf ging Parry wieder in den Pub. Seine beiden Komplizen verschwanden durch das hintere Tor in eine Gasse, die sich hinter den Gebäuden entlangzog.

Tom ging um die immer größer werdende Pfütze des anderen Mannes herum und stahl sich wieder nach drinnen. Parry schickte sich bereits an, das Wirtshaus zu verlassen, und als Tom sich durch eine schwankende Gruppe stämmiger Zecher zur Tür hinausdrängte, war sein Opfer bereits verschwunden. Die leeren Straßen glitzerten vom Regen, der jetzt heftig prasselte. Zusätzlich troff von den hervorstehenden oberen Stockwerken Wasser auf ihn herunter. Tom zog die Schultern nach oben und schob sich seine Kappe tiefer ins Gesicht, dann ging er zurück zur Themse, in der Hoffnung, einen Bootsmann zu finden, der bereit war, in dieser finsteren Nacht abzulegen und ihn flussabwärts zu rudern. Das war nicht das Leben, das er sich vorgestellt hatte, als er nach London gekommen war, doch er musste sich damit arrangieren. Es gab keinen Ausweg. Er war in Walsinghams Netz gefangen, und den Palast zu verlassen, würde bedeuten, der schönsten Frau, die er je gesehen hatte, nie wieder zu begegnen. Noch war er nicht bereit, dieser Wonne zu entsagen.

21

Juni 2021

Als Mathilde nach Lutton Hall zurückkam, buken Rachel und Fleur gerade Pancakes, in der Küche hing ein Hauch von Angebranntem.

»Ich habe mich schon gefragt, wo du bleibst«, sagte Rachel fröhlich. »Aber dann dachte ich mir, dass du bestimmt spazieren gegangen bist, weil dein Van noch da stand. Pancakes?«

»Nein.« Mathilde schüttelte den Kopf. »Danke«, fügte sie nachträglich hinzu. Sie öffnete den Schrank und holte ohne ein weiteres Wort ihre Cafetiere heraus.

»Alles okay?« Rachel klappte einen weiteren Pancake auf Fleurs Teller und reichte ihr die Schokocreme und ein Messer, bevor sie zu Mathilde hinüberging und ihr die Hand auf den Arm legte. »Ich merke doch, dass etwas nicht stimmt«, sagte sie.

Seufzend erklärte Mathilde, so gut es ging, was bei der Kirche passiert war. »Ich wusste nicht, dass unser Vater dort beerdigt ist«, sagte sie, »es war ein Zufall. Und ich habe keinen Schaden angerichtet.«

»Natürlich nicht«, rief Rachel. »Du hast genauso das Recht, sein Grab zu besuchen wie sie. Wahrscheinlich war sie nur erschrocken, dich dort zu sehen. Bestimmt kommt sie darüber hinweg, dass du hier aufgetaucht bist. Keine Ahnung, was da über sie gekommen ist. Streitsüchtig war sie schon immer, aber nie so feindselig wie jetzt. Aber gib ihr noch ein wenig Zeit. Ich hoffe, sie kommt wieder runter.«

Sie wurde abgelenkt von Fleurs Umgang mit der Schokocreme, bei dem mehr auf ihr und dem Tisch landete als auf dem Pancake. Mathilde wollte gerade ihren Kaffee mit nach oben nehmen, als Rachel sie aufhielt.

»Oh, fast hätte ich es vergessen«, sagte sie. »Oliver hat angerufen, um zu sagen, dass er nachher vorbeikommt. Er hat einige Ergebnisse zur Datierung des Triptychons und will es ein wenig säubern, damit wir es uns genauer ansehen können. Ich hab ihm gesagt, dass uns das passt.«

»Ja, natürlich«, stimmte Mathilde zu. Dann ging sie durch das Haus und die Treppe hinauf, um ihre Mundwinkel zuckte ein Lächeln. Ihr Tag hatte schlecht angefangen, aber wenigstens wurde er jetzt besser.

Sie war mit der Kamera im Garten, kurz bevor Oliver eintreffen wollte. Die Welt durch ein Objektiv zu betrachten, fühlte sich heute Morgen sicherer an, als wäre sie dadurch einen Schritt von der Realität entfernt. Sie hatte nach ihren Pflanzen gesehen und freute sich über deren neue Triebe. Anscheinend bekam ihnen der warme englische Sommer gut. An der Vanillepflanze waren sogar neue Knospen erschienen, die sie im Auge behalten musste, um den Moment zu erwischen, in dem sie in den Bestäubungsprozess eingreifen musste.

Eine Bewegung zu ihrer Rechten erregte ihre Aufmerksamkeit, und sie entdeckte Fleur in der gegenüberliegenden Ecke des Gartens. Ihr blondes Haar war über dem Unkraut gerade noch sichtbar, als wäre sie ebenfalls ein junger Schössling, der zwischen dem Laubwerk zum Leben erwachte. Von allen Menschen, die sie seit ihrer Ankunft in England kennengelernt hatte, konnte sie sich in Fleur am besten hineinversetzen. Andere waren freundlich, hießen sie willkommen – oder auch nicht, wie in Tante Alice' Fall –, aber Fleur war ihr am ähnlichsten, mutmaßte sie. Sie gab nichts von sich preis, bis sie vollkommen sicher war, dass das nicht gefährlich war. Sie war zurückhaltend, verschlossen, hatte sich eine Fassade aufgebaut, hinter der sie sich verschanzte – was Mathilde kannte und verstand.

Als sie zu dem kleinen Mädchen hinüberging, machte sie absichtlich jede Menge Lärm, um sie nicht zu erschrecken. Fleur beugte sich gerade vor und beobachtete etwas auf dem Boden. Sie blickte kurz auf und senkte den Blick dann schnell wieder auf den Weg.

»Raupe«, verkündete sie und deutete auf ein haariges Wesen, das langsam über die alten braunen Backsteine kroch.

»Die will wahrscheinlich all die Pflanzen hier fressen.« Mathilde schloss mit einer Handbewegung die Beete ein, wo hier und da noch winterhartes Gemüse zwischen den Brennnesseln wuchs.

Fleur nickte. »Grandad hat das da angepflanzt«, informierte sie ihre Tante. »Er mochte Pflanzen.«

»Die hier?«, fragte Mathilde. »Er hat die hier angepflanzt? Das ist Gemüse«, erklärte sie. »Zum Essen«, fügte sie hinzu, unsicher, ob das Kind ihren Akzent verstand. Mathilde gefiel der Gedanke, dass ihr Vater hier draußen gewesen war, und sie schloss das kleine Mädchen noch mehr ins Herz. Wieder nickte Fleur, den Blick weiterhin auf die Raupe gerichtet. Langsam hob Mathilde die Kamera vors Gesicht, drückte vorsichtig auf den Auslöser und machte mehrere Aufnahmen von Fleurs zutiefst konzentriertem Gesicht. Das frische Grün wuchernder fedriger Spargelpflanzen bildete einen kontrastreichen Hintergrund zu ihrem blonden Haarschopf, der ihr schmales, andächtiges Gesicht umrahmte. Wie mag es wohl sein, wenn man so wenige Sorgen auf der Welt hat?, fragte sich Mathilde. Sie konnte sich an keine Zeit erinnern, zu der sie nicht ständig auf der Hut gewesen wäre, immer in Erwartung der nächsten Gefahr, die am Horizont heraufzog.

»Mathilde, Oliver ist hier«, rief Rachel von der Hintertür und unterbrach sie damit in ihren Gedanken. Mathilde folgte Fleur, die voraushüpfte, um ihrer Mutter von der Raupe zu erzählen.

Ihr Gast hatte bereits neben dem Triptychon im Salon Platz genommen, und Rachel brachte gerade Kaffee und eine Schachtel Jaffa Cakes herein. Er stand auf, als sie eintraten, und schenkte Mathilde ein warmes Lächeln, bei dem ihr Herz einen kleinen Sprung machte, der sich vollkommen ungewohnt anfühlte. Unwillkürlich bedachte sie ihn mit einem schüchternen Grinsen und wandte sich ab, um sich in einen Sessel zu setzen – und nicht zu ihm aufs Sofa. Zum Glück registrierte Oliver ihre Zurückhaltung nicht und fing sofort an zu erzählen, was er herausgefunden hatte.

»Ich habe großartige Neuigkeiten«, verkündete er. »Wie schon vermutet, datiert das Triptychon aus der Mitte oder dem Ende des sechzehnten Jahrhunderts. Die Farbe ist analysiert worden, aber es gibt ein paar Besonderheiten, weil einige Proben eine andere chemische Zusammensetzung haben als andere, was darauf hinweist, dass sie an verschiedenen Orten hergestellt wurde. Ich habe die Fotos, die ich bei meinem letzten Besuch gemacht habe, einigen Kollegen gezeigt, die auf mittelalterliche Sakralkunst spezialisiert sind, aber sie haben den Stil nicht auf Anhieb erkannt. Er ähnelt zwar Bosch, ist aber naiver, wahrscheinlich eine Kopie oder ein Faksimile. Aber das Aufregende ist das hier.« Er stand auf und deutete auf das Wappen oben in der Mitte des Rahmens. »Dieses Wappen gehört nicht Ihren Vorfahren und auch nicht demjenigen, der dies gemalt hat. Es ist das Wappen des Monarchen. Genauer gesagt ist es das Wappen von Königin Elizabeth I. Ist das nicht unglaublich?«

»Moment mal, was? Wollen Sie damit sagen, das hat ihr gehört? Wurde es gestohlen und hierhergebracht?«, fragte Rachel atemlos.

»Wer weiß? Wenn dem so ist und dies belegt werden kann, würde das Tryptichon sehr wahrscheinlich von staatlicher Seite eingefordert. Aber das müssten sie dann schon beweisen, ansonsten gehört es Ihnen. Wenn Sie einverstanden sind, säubere ich es jetzt mal ganz grob, dann sehen wir besser, womit wir es hier zu tun haben. Ich habe auch ein paar internationale Experten hinzugezogen, vielleicht bekommen wir also noch mehr Antworten.« Er sah die beiden Frauen erwartungsvoll an.

»Ja, natürlich«, erwiderte Rachel. »Was ist mit der Plakette in der Kapelle? Haben Sie dafür auch schon Antworten gefunden?«

»Noch nicht, aber vielleicht kann ich mir die an einem anderen Tag genauer ansehen?«

»Gute Idee. Was brauchen Sie denn zum Säubern?« Rachel stand auf, als wolle sie irgendwelche Sachen herholen, doch Oliver hob die Hand, um sie aufzuhalten.

»Ich habe alles, was ich brauche«, erklärte er und deutete auf eine Stofftasche zu seinen Füßen. »Aber ein paar alte Geschirrtücher wären gut. Ich werde sehr vorsichtig vorgehen.« Da war es wieder, dieses Lächeln, bei dem es Mathilde innerlich ganz warm wurde. Nachdem ihr Tag so katastrophal angefangen hatte, hatte ihr kleiner Durchbruch bei Fleur, gefolgt von Olivers offener Freundlichkeit, viel dazu beigetragen, ihre Laune zu bessern.

Während Rachel und Fleur in die Küche gingen, um das Mittagessen zuzubereiten, machte es sich Mathilde wieder in ihrem Sessel gemütlich, sie zog ihre langen Beine unter sich, um zuzusehen, was der Reinigungsprozess zutage förderte. Sie zog ihr Handy aus der Tasche, tippte bei Wikipedia »Elizabeth I.« ein und las alles über diese Königin, die möglicherweise eine Verbindung zu ihrem neuen Zuhause gehabt hatte. Sie spürte einen Lufthauch im Zimmer und blickte sich um, ob irgendwo ein Fenster offen war. Doch alle waren geschlossen. Etwas hatte die Atmosphäre verändert, und sie rieb sich abrupt die Arme, weil sie plötzlich fröstelte.

Das Triptychon stand jetzt auf dem Esstisch, der noch immer in eine Staubabdeckung gehüllt war. Rachel hatte auf einer ordentlichen Schutzhülle bestanden, denn der Tisch aus Walnussfurnier war eine Antiquität, wie sie meinte, und sie hatte ihn zusätzlich mit einer dicken Filzschicht gepolstert, auf der Oliver jetzt eine kleine Staffelei aufbaute.

»Das ist nur eine vorläufige Reinigung«, erklärte er. »Später kann man es noch professionell restaurieren. Das kann entweder ein Auktionshaus oder ein Museum organisieren. Und bis dahin sollten Sie es nicht mehr anfassen. Fett und Schweiß von den Fingerspitzen könnten großen Schaden anrichten. Dass es so lange versteckt war, hat dazu beigetragen, die Farbpigmente zu erhalten, aber im Licht werden sie sich allmählich zersetzen. Es ist also besser, wenn die Vorhänge hier drinnen geschlossen bleiben, wenn ich nicht daran arbeite, damit auch die Sonne keinen Schaden anrichtet.«

Mathilde warf hin und wieder einen Blick zu Oliver hinüber, als er sich ans Werk gemacht hatte. Sie bemerkte, dass er die Zunge zwischen die Zähne klemmte, wenn er sich konzentrierte, und musste lächeln. Ein kleiner Tick, der ihn noch sympathischer machte. Als würde er spüren, dass sie ihn beobachtete, sah er plötzlich auf, und ihre Blicke trafen sich. Das Herz hämmerte ihr in der Brust.

»Sie können gern näher kommen und zuschauen«, schlug er vor. Um seine Augen bildeten sich Fältchen, als er lächelte. Sie waren vom klarsten Blau, das sie je gesehen hatte. Die Art von Blau, wie sie in Bilderbuchillustrationen vorkam, aber niemals im echten Leben.

»Sicher, dass ich nicht störe?« Es war ihr peinlich, dass er sie beim Zuschauen ertappt hatte, und auch wenn sie am liebsten aus dem Zimmer gerannt wäre, war sie doch zu gebannt von dem, was er da tat.

»Nein, natürlich nicht. Aber stellen Sie sich hinter mich. Dann trifft der Luftzug, wenn Sie sich bewegen, nicht auf das Gemälde. Ich möchte vermeiden, dass die Ablagerungen, die ich entferne, auf einen Bereich gepustet werden, den ich schon gereinigt habe.«

Sie stand auf und schlüpfte zwischen den Möbelstücken hindurch, die noch immer von Tüchern verhüllt waren. Dann lehnte sie sich an die Fensterlaibung und sah über Olivers breite Schulter hinweg, während er die Oberfläche behutsam mit einem feinen Pinsel bearbeitete. Schließlich stand er auf und winkte sie näher heran.

»Ich habe einen guten Anfang gemacht.« Er zeigte auf das linke Paneel, das nun bedeutend heller war als die anderen beiden. »Wenn es fertig restauriert ist, kommen die Farben in ihrer wahren Intensität heraus. Ich glaube, all diese Szenen gehören zusammen, als würden sie eine Reise darstellen, die jemand gemacht hat.«

Mathilde trat noch näher, damit sie das Bild betrachten konnte, und wurde sich der Wärme von Olivers Körper bewusst und seines moschusartigen Duftes, vermischt mit warmem, würzigem Aftershave.

»Wohnen Sie schon Ihr ganzes Leben lang hier?«, fragte er, während er seine Arbeit fortsetzte. »Das Haus ist wirklich unglaublich.«

»*Non*, nein.« Sie erklärte in kurzen Worten, was in den letzten paar Wochen passiert war, berichtete von dem Brief, der sie hierhergeführt hatte, und von der Entdeckung, dass ihr Vater nicht in Beirut gestorben war, wie man ihrer Mutter mitgeteilt hatte. Dass er jahrelang nach ihnen gesucht hatte und sie sich wünschte, sie hätten das gewusst.

»Wow, das ist ja eine ganze Menge zu verarbeiten. Bestimmt sind Sie völlig durch den Wind.« Er wandte ein wenig den Kopf, um sie anzusehen. Ihre Blicke trafen sich. Sie lächelte und nickte.

»Eine neue Familie und das Wissen, dass hier unter anderen Umständen meine Kindheit stattgefunden hätte. Die, die ich nie die Chance hatte zu erleben.«

»Was haben Sie jetzt vor? Wollen Sie hierherziehen?« Oliver hatte sich wieder seiner Putzaktion zugewandt, während er weiterredete.

»Nein, auch wenn Rachel sich das so sehr wünscht … Aber nein, ich muss unterwegs sein. Ich bleibe nur den Sommer über.« Sie hielt einen Moment inne. Dann wechselte sie das Thema in dem Versuch, sich selbst von der Anziehung abzulenken, die sie empfand, so dicht neben ihm. »Was können Sie mir noch über das Gemälde sagen? Haben Sie irgendeine Ahnung, wer der Künstler war oder wie es hierhergekommen ist?« Die Luft zitterte, und sie fragte sich, ob er es auch spürte.

»Nein, noch nicht, und offen gestanden erfahren wir das vielleicht nie. Doch sobald es ordentlich gereinigt ist, wissen wir hoffentlich mehr. Ich muss noch einige Nachforschungen anstellen. Vielleicht haben meine Kollegen an den Unis auf dem Kontinent so etwas schon mal gesehen. Ich decke es jetzt mal ab und helfe Ihnen dabei, die Vorhänge wieder zuzuziehen. Und dann muss ich auch schon los.« Mathilde verspürte einen Stich der Enttäuschung, dass er schon gehen wollte, doch dann rief sie sich selbst zur Ordnung, schließlich war er nur wegen des Triptychons hergekommen.

Wider Erwarten war es ganz schön schwer, die Vorhänge zu schließen, und schon bald lachten sie über ihre gemeinsame Anstrengung. Als das letzte Paar zu war und das

Zimmer im Halbdunkel lag, stolperte Mathilde in ihrem Eifer und wäre fast gefallen, hätte Oliver sie nicht aufgefangen und wieder aufgerichtet. Sie spürte die Wärme seiner Hände auf ihrer Haut, seine Brust nur Zentimeter von ihrer entfernt. Sie sah ihn im Dämmerlicht an, und einen Moment verweilte der Blick aus seinen hellen Augen auf ihr, ehe er sie losließ und ein wenig lachte, während er sich die Hände an der Hose abwischte.

»Gut, dass Sie diese Dinger nicht jeden Tag auf- und zuziehen müssen.« Seine Stimme klang ein wenig erstickt, während er hastig zurücktrat. Kurz war die Anziehung zwischen ihnen wie magnetisch gewesen, und sie war sich sicher, dass er es auch so empfunden hatte.

Erst viel später, lange, nachdem sie die Haustür geschlossen und das Motorengeräusch seines Wagens verklungen war, flaute die Hitze in ihrem Innern langsam wieder ab.

22

September 1584

Tom war nicht überrascht, als er am Morgen nach seinem Besuch im Magpie zu Walsingham gerufen wurde. Ein Page erschien mit einer Notiz, die besagte, dass er nicht in die üblichen Gemächer kommen solle, sondern zum Wohnsitz der Walsinghams in der Seething Lane. Mit einer Karte, die einer der Sekretäre für ihn gezeichnet hatte, machte Tom sich auf den Weg. Außerdem hatte er einen Beutel voller Münzen bei sich – er wollte versuchen, bei den Kaufleuten am Queenhithe Dock mehr Vanille zu bekommen. Sie ging schon wieder zur Neige, und auch wenn er die Pflanzen, die er mitgebracht hatte, hegte und pflegte, war es ihm nicht gelungen, sie zum Blühen zu bringen. Er hatte keine Ahnung, wann die Pflanze normalerweise blühte, aber er war sich sicher, dass erst dann die Chance bestand, dass sie schwarze Hülsen mit Samen hervorbrachte, die den süßen, cremigen Geschmack hatten, den die Höflinge und natürlich Ihre Majestät so liebten. Was immer die Königin wollte, bekam sie. Es hatte nicht lange gedauert, bis Tom dies erkannte.

Das Wetter hatte sich über Nacht nicht gebessert, und Tom hielt sich zunächst dicht an den Gebäuden, um unter den überhängenden Obergeschossen Schutz zu finden. Doch nachdem er beinahe über einen vollen Eimer gestolpert war, der für den Fäkaliensammler draußen stand, ging er lieber auf der Straße. Das war nicht ungefährlich, und er wurde vom Pferd eines Wasserträgers beiseitegeschleudert, das wegen eines Geräusches scheute, das Tom nicht hatte hören können. Es tänzelte über das Pflaster und prallte gegen ihn, sodass er stürzte und nass wurde bis auf die Haut. Die Menschen um ihn her sahen ihn misstrauisch an, und ihm dämmerte, dass sie wahrscheinlich geschrien hatten, er solle aus dem Weg gehen. Nicht zum ersten Mal führte sein mangelndes Hörvermögen zu einer Verletzung; noch immer hatte er eine tiefe Narbe unter den Haaren, wo eine Lawine aus Dachziegeln auf ihn niedergegangen war. Oft erkannte er an den Reaktionen der Menschen, dass gleich etwas passieren würde, aber er bemerkte sie natürlich nicht, wenn sie hinter ihm waren. Er rieb sich die Schulter und blickte auf seine Karte hinab, während er über den Friedhof an der St Olave's Church vorbeiging. Er blieb kurz stehen, um an der Wasserleitung an der Kirchenwand, wo die Einheimischen ihr Wasser holten, einen Schluck zu trinken. Dann setzte er seinen Weg fort bis zur breiten, grünen Seething Lane. Gegenüber von ihm befand sich das Knollys Inn. Hier waren weit weniger Menschen unterwegs und die Häuser beträchtlich größer. Das große Eichenholzfachwerk war gefüllt mit majestätisch roten Backsteinen und nicht mit dem blassen Flechtwerk oder den Lehmplatten der kleinen, dicht gedrängten Stadthäuser. Wie in jeder Stadt gab es eine riesige Kluft zwischen Arm und Reich.

Es dauerte nicht lange, da hatte er Walsinghams stattliches Herrenhaus gefunden; es sah genau so aus, wie Tom es von einem Mann erwartet hatte, dem die Krone Gehör schenkte. Hugh hatte erwähnt, dass Walsingham mit Ursula St. Barbe verheiratet war, einer Hofdame der Königin. Das war der gesellschaftlichen Stellung aller angemessen.

Die Zimmer waren luftig, und trotz der geringen Größe der Fenster schienen sie einigermaßen hell. Die Bretter unter Toms Füßen waren von Binsenmatten bedeckt, an den Wänden hingen dicke, luxuriöse Wandbehänge und farbenfrohe Gemälde, auf denen offenbar Helden der griechischen Mythologie abgebildet waren. Er folgte dem Butler in einen Raum, der von einem riesigen, kunstvoll geschnitzten Schreibtisch dominiert wurde. Zwei Wände waren mit Regalbrettern bedeckt, auf denen vor allem Dokumente und gebundene Akten gestapelt waren. Dazwischen lag ein einzelnes Buch, gebunden in dickes, geriffeltes Leder, als hätte es eben jemand dort abgelegt; jemand sehr Beschäftigtes, der überall seine Hand im Spiel hatte. Ein Mann, der sein Leben dem Schutz der Königin gewidmet hatte.

»Nun?« Walsingham saß auf einem großen Holzstuhl hinter dem Schreibtisch. Für Tom gab es keine Sitzgelegenheit. Er hatte alles aufgeschrieben, was er gesehen hatte, und reichte ihm nun seinen Bericht. Eigentlich hatte er lückenlos notieren wollen, was er beobachtet hatte, doch als er am gestrigen Abend an einem dürftigen Feuer im Destillierraum saß, im Schein einer stinkenden Talgkerze und in seinen noch immer feuchten Kleidern, frierend bis ins Mark, fasste er sich doch eher kurz.

Im Laufe der Jahre war seine Schrift wie eine Zeichensprache geworden, in der ein Wort für einen ganzen Satz stand – viel kürzer und bündiger als Sprechen. Am nächsten Morgen war er früh aufgestanden, hatte das Ganze noch einmal überarbeitet und, wo nötig, zu einem Dokument vereinfacht, das von jedermann verstanden wurde.

»Das hast du gut gemacht«, sagte Walsingham langsam. »Deine Art zu schreiben ist sehr interessant, und ich bin zufrieden mit deiner Arbeit. Ich werde bald weitere Aufgaben für dich haben. Für heute bist du entlassen.« Er kramte in einer Holztruhe herum und warf Tom eine Münze zu. Dieser fing sie auf, und Walsingham hob die Hand zum Zeichen, dass er sich entfernen durfte. Als er sich umdrehte, um den Raum zu verlassen, warf Tom einen raschen Blick auf die Münze in seiner Hand. Ein Viertel-Angel: Nun, da hatten sich der Abend in der stinkenden Taverne und der Weg durch die gefährlichen Straßen bei eiskaltem Regen gelohnt. Er lächelte und machte sich auf zu den Lagerhäusern, wo er auf Hughs Geheiß versuchen wollte, mehr Vanille aufzutreiben.

Tom verbrachte Stunden damit, in den Lagerhäusern an den übel riechenden Docks, wo die Abflüsse von Londons Straßen in den Fluss strömten, von Kaufmann zu Kaufmann zu gehen. Dennoch hatte er am Ende nur eine kleine Menge des Gewürzes zusammenbekommen. Als er sich der London Bridge näherte, deren weite Bögen sich über den breiten Fluss spannten, wirkten die Holzgebäude darauf so hoch, dass es aussah, als würden sie gleich umfallen und in den rasch fließenden, aufgewühlten Strom stürzen.

Plötzlich sah er einige Wachen, die eine aufgedunsene Leiche aus dem Wasser zogen. Während er unter der Brücke hindurchging, wandte er den Blick ab von den grausig aufgespießten Köpfen, deren Augen aus ihren dunklen Höhlen herausgepickt waren, die Zähne zu einem erstarrten Grinsen gebleckt. Nachdem er Throckmortons Hinrichtung beigewohnt und Hugh ihm die ständige Gefahr erklärt hatte, in der die Königin schwebte, verstand er nun, weshalb Walsingham die Körperteile der Verschwörer auf so grausame Art an den Stadttoren oder hier auf der Brücke zur Schau stellte – um andere abzuschrecken. Von hier war es nicht weit bis zum Traitor's Gate des Towers – ein Tor, das man besser mied. Die, die es durchschritten, kehrten kaum jemals zurück, und wenn sie an diesen Köpfen vorbeikamen, wurde den Gefangenen ganz bestimmt das ganze Ausmaß ihres Schicksals endgültig bewusst.

Eine bleiche, wässrige Sonne brach schließlich durch die Wolken, sodass der nasse Kalkstein unter seinen Füßen glitzerte, und Tom kniff, vorübergehend geblendet, die Augen zusammen. Der Stand der Sonne über ihm und das Knurren tief in seinem Magen sagten ihm, dass die Mittagszeit bereits verstrichen war. Doch er hatte noch etwas zu erledigen. Etwas, das dank der Münze in seiner Tasche angenehmer wurde. Er wandte sich nach Westen und ging auf die verbrannte Spitze von St Paul's zu, die sich nicht mehr über die umliegenden Gebäude erhob. Vor einigen Jahren hatte ein Blitz eingeschlagen und sie fast komplett zerstört.

Auf den Straßen um die große Kathedrale wimmelte es nur so von Menschen. Bei dem widerwärtigen Geruch, der ihm in der Fish Street in die Nase stieg, drehte sich Tom der Magen, und er beschloss, seinen Hunger nicht mit einer Pastete zu stillen, sondern sich zu dem riesigen Kirchhof durchzudrängen, in dem Buchbinder ihrer Arbeit nachgingen, Frauen einkauften und Priester aus religiösen Traktaten vorlasen. Tom bemerkte die Leidenschaft, mit der die Priester sprachen, ohne dass er sie hören musste, während er sich seinen Weg durch die Menge bahnte. Er war ständig auf der Hut vor den zahlreichen Gassenkindern, die auf dürren Beinen barfuß durch die Menge flitzten und nach Gelegenheiten Ausschau hielten, alles zu stibitzen, was zu ihrer nächsten Mahlzeit beitragen konnte. Rund um St Paul's waren zumeist Buchhändler und Drucker angesiedelt, doch Tom war sich sicher, dass er finden würde, was er suchte. Den Fischgestank hatte er hinter sich gelassen, und sein leerer Magen protestierte dagegen, ignoriert zu werden, und nachdem er sich dann doch eine heiße Pastete von einem Straßenhändler gekauft hatte, machte er sich auf den Weg zur Paternoster Row, wo er schon bald auf einen Laden stieß, der Tinten, Federn und Farben verkaufte.

Als Tom in den Destillierraum zurückkehrte, war es schon mitten am Nachmittag, und Hugh zog ein finsteres Gesicht. Offenbar war er wenig erfreut darüber, dass er so lange ohne seinen Gehilfen hatte auskommen müssen. Hugh wirkte angespannt, während er im Mörser etwas zu Pulver zerstieß. In der Destille, unter deren Glasbehälter Kerzen brannten, brodelte eine blassgelbe Flüssigkeit, die ein übel riechendes Gas verströmte, und sofort identifizierte Tom den Geruch als zerstoßene Braunellenblüten mit Wacholderöl. Er zeigte, wie wenig Vanille er bekommen hatte, und Hugh runzelte die Stirn angesichts der dürftigen Menge. Wir müssen uns wirklich in die Lage versetzen, unsere eigene anzubauen, dachte Tom. Er zog sein Wams aus, in dessen Tasche noch immer die Farben waren, die er gekauft hatte, und legte es in sein Zimmer.

Dann half er Hugh dabei, die Flüssigkeit, die er hergestellt hatte, in ein kleines Tongefäß zu füllen. Hugh nahm das Tabellenbuch – einen kleinen Notizblock, den sie zum Kommunizieren verwendeten, wenn Toms Tafel nicht zur Hand war und Lippenlesen oder Zeichensprache nicht ausreichte – und schrieb, dass Cordelia Annesley, eine der Hofdamen der Königin, über einen schlimmen Husten klagte und Tom das Heilmittel hinauf in den Salon bringen solle. Tom war aufgefallen, dass Hugh, der oft Probleme mit der Lunge hatte, mehr oder weniger gar nicht mehr die Treppen hinaufstieg, wenn er Tom für Botengänge einsetzen konnte. Ihm machte das nichts aus, im Gegenteil: Er genoss die Gelegenheit, die luxuriöse Pracht der königlichen Gemächer zu betrachten, wo alles nur so glänzte. Kein Wunder, die Königin war Gott so viel näher als ihre Untertanen.

Er war schon zuvor im Salon gewesen, deshalb kannte er den Weg, auf dem er jeden Wachposten problemlos passierte, während er ins Allerheiligste der Königin vordrang. Er wusste nie, ob sie selbst auch da wäre, doch für alle Fälle zog er einen Lappen aus der Tasche und wischte sich übers Gesicht, falls er noch schmutzig war von dem Ruß und Dreck auf den Straßen, durch die er heute Morgen gegangen war.

Vor dem Salon standen zwei weitere Wachen. Er hielt das Gefäß hoch, und da sie wussten, dass er nicht sprechen konnte, nickten sie nur und öffneten die Tür. Einer der Wachmänner ging voraus, und Tom beobachtete, wie er »der Apotheker« sagte. Das brachte ihn zum Lächeln, und er fragte sich, was Hugh wohl dazu sagen würde. Jetzt, da er sich oben nicht mehr zeigte, wussten die Leute vielleicht gar nicht, dass er noch in Diensten der Königin stand.

Zu seiner Überraschung saßen dort nicht zahlreiche Ladys, die nähten, die Laute schlugen oder sich beim Kartenspiel die Zeit vertrieben, sondern nur zwei. Eine von ihnen musste wohl seine Patientin sein. Und tatsächlich nahm sie die angebotene Medizin und eilte durch eine Seitentür hinaus. Tom blieb mit der Wache und der anderen Dame zurück – mit der schönsten Frau des Palastes, eigentlich ganz Englands. Ein kleines Lächeln breitete sich auf seinem Gesicht aus, um seine Augen bildeten sich verzückte Fältchen. Am liebsten wäre er stundenlang dort stehen geblieben und hätte sie angesehen, doch er wusste, jetzt, da er seine Arznei abgegeben hatte, wartete die Wache darauf, dass er ging. Er machte eine tiefe Verbeugung, und Isabel, deren Gesicht vollkommen unbewegt blieb, obschon ihre Augen funkelten, neigte den Kopf, um ihn zu entlassen. Er drehte sich um und ging hinaus, das Herz hämmerte ihm in der Brust.

Im Korridor, der bei seiner Ankunft still und leer gewesen war, herrschte nun rege Betriebsamkeit. Höflinge waren aufgetaucht und liefen umher. Durch die strahlenden Farben ihrer Damast- und Seidenwamse, die Puffärmel mit Schlitzen, die das kontrastierende Futter zeigten, und die frisch gestärkten weißen Halskrausen sahen sie aus wie Pfauen. Tom fragte sich, was diese aufgeregte Schar Gentlemen an einen Ort geführt hatte, der noch vor fünf Minuten wie ausgestorben gewesen war. Doch als sich die Menge teilte und auf die

Knie sank, wurde der Grund offensichtlich: Die Königin schritt durch den Korridor.

Sie ging langsam, gemessenen Schrittes, als würde Gott jede ihrer Bewegungen beobachten. Als würde sie genau geprüft und als wollte sie weder vor ihren Untertanen noch vor ihrem Gott in irgendeiner Weise für mangelhaft befunden werden. Der Earl of Leicester war bei ihr, und ihre Hand, die mit mehreren Ringen mit großem Stein geschmückt war, lag auf seinem abgespreizten Arm. Ihr goldenes, üppig besticktes Kleid war mit so vielen winzigen Edelsteinen besetzt, dass es aussah wie der königliche Rasen, wenn morgens schwerer Raureif fällt und jedes Blatt und jede Winterblume schmückt, sodass alles in der morgendlichen Sonne glitzert – es blendete geradezu. Als sie vorbeirauschte, verbeugte sich auch Tom tief. Er spürte, wie alle um ihn herum die Luft einsogen, sie waren voller Ehrfurcht und wollten doch bemerkt werden. Als er den Blick ein wenig hob, sah er ihre Seidenpantoffeln, die mit Perlen geschmückt und mit goldenen Fäden bestickt waren.

An jenem Abend räumte Tom rasch die Reste des Muskatellersalbeis weg, aus dem er eine Salbe für einen der Küchenjungen hergestellt hatte, dessen Gesicht auf der einen Seite so angeschwollen war, dass er kaum noch etwas sehen konnte. Draußen war es noch hell, und er wollte an seinem Triptychon weiterarbeiten. Worum es in der neuen Szene gehen sollte, wusste er schon genau – er wollte die Schönheit einer gewissen Lady festhalten, die sein Herz gestohlen hatte.

Er schrubbte gerade die Werkbank mit einer groben Bürste aus Pferdehaar und war so in Gedanken versunken, dass er nicht merkte, dass er nicht mehr allein im Raum war. Da zupfte ihn plötzlich eine zarte Hand am Ärmel und bewog ihn innezuhalten. Erschrocken ließ er die Bürste fallen und drehte sich um. Als wäre sie seinen Gedanken entsprungen, stand vor ihm Lady Isabel. Ihre klaren lavendelfarbenen Augen schimmerten durch ihre dichten dunklen Wimpern hindurch.

»Es fällt mir schwer zu sprechen, wenn andere zugegen sind«, sagte sie zu ihm. »Und selten kreuzen sich unsere Wege in den königlichen Gemächern.« Tom nickte, obschon er nicht verstand, warum sie extra hergekommen war, um ihm etwas zu erklären, das er schon wusste. Die Erkenntnis, dass sich seine Liebe niemals würde erfüllen können, lag ihm wie ein Stein auf der Brust und erschwerte ihm das Atmen. Die Kluft zwischen ihrer beider Leben war unüberwindlich, auch wenn er allmählich zuversichtlicher wurde, dass die Anziehung, die er empfand, auf Gegenseitigkeit beruhte. Was sie als Nächstes sagte, bestätigte seine Vermutung und ließ das Fünkchen Hoffnung, das in seinem Herzen schlummerte, aufflackern.

»Triff mich morgen Abend um neun im Irrgarten, wenn du kannst.« Tom riss überrascht die Augen auf und nickte. »Um diese Zeit ist es so dunkel, dass uns keiner der Nachtwächter entdeckt. Dann können wir allein sein.« Sie ergriff mit beiden Händen die seinen, und nachdem sie sie ein letztes Mal gedrückt hatte, war sie verschwunden. Nur ein Hauch von Rosenduft verriet noch, dass sie je da gewesen war.

Verträumt lehnte sich Tom an die Werkbank und sah den leeren Türrahmen an. Sie wussten beide, dass eine so unangemessene Verbindung nicht gestattet war, und doch hatte sie sich eine Möglichkeit einfallen lassen, wie sie einander sehen konnten. Es gab keine gemeinsame Zukunft für sie, aber das war ihm in diesem Moment gleichgültig. Er würde in den Irrgarten gehen und dort auf sie warten.

Tom blieb noch etwas Zeit, mit seiner neuen Szene für das Triptychon anzufangen. Er wollte so vieles von dem, was seit seiner Ankunft am königlichen Hof geschehen war, festhalten – die neue Rolle, die man ihm zugedacht hatte, und was von ihm erwartet wurde. Natürlich durfte er nicht zu sehr ins Detail gehen für den Fall, dass sein Gemälde je entdeckt wurde. Die Königin hatte Feinde, und weil er jetzt für sie spionierte, waren sie auch seine Feinde. Doch hier ging es um die Geschichte seines Lebens, deshalb war es wichtig, alles mit aufzunehmen. Er würde nie jemandem erzählen können, was er erlebt hatte, also wählte er diesen Weg.

Dann dachte er an Isabel, und ein Lächeln breitete sich auf seinem Gesicht aus. Er öffnete seine Farbenschachtel, wählte einige aus und fing an zu malen.

23

Juni 2021

Verwirrt von den Gefühlen, die Oliver in ihr geweckt hatte, fand Mathilde es schwierig, sich für den Rest des Tages auf irgendetwas zu konzentrieren. Sie hatte durchaus schon Affären gehabt, ihr unsteter Lebenswandel hatte aber immer dazu geführt, dass diese Beziehungen kurz blieben. Sie hatte sie beendet, bevor der andere auf die Idee kommen konnte, es selbst zu tun. Sie ließ niemanden an sich heran. Doch das hier war anders. Keine unmittelbare körperliche Anziehung – Lust, die leicht gestillt werden konnte –, es fühlte sich an, als wollte sie in seine Haut schlüpfen und verstehen, wie er tickte.

Rachel, Fleur und sie aßen spät zu Abend. Die beiden Frauen sahen sich danach noch bei einem Glas Wein einen Film an, dessen Ende Rachel total unglaubwürdig fand. Sie ging schlafen, während sich Mathilde noch etwas Heißes zu trinken machte.

Sie goss die heiße Milch in einen Becher und kratzte den Inhalt einer ihrer Vanilleschoten aus dem Glas auf der Fensterbank aus. Dann gab sie die Samen zusammen mit etwas Honig, den sie in der Speisekammer gefunden hatte, in die Milch. Der Honig war Fabrikware aus dem Supermarkt, nicht der dicke, zähflüssige blassgoldene Nektar, den sie in Frankreich direkt bei den kleinen Imkern kaufte. Dieser hier hatte nicht den Duft nach warmem, süßem Heu, Flachsblüten und dicken, zufriedenen Bienen, gesättigt von Pollen.

Sie nahm ihren Becher und ging damit durch das Haus in Richtung Treppe. Am Eingang des kleinen Vorraums, durch den man zu den formellen Zimmern gelangte, blieb sie stehen. Einem Impuls folgend, öffnete sie die Esszimmertür und ließ sie weit offen stehen, damit genug Licht vom Flur einfiel und sie die Deckenbeleuchtung nicht einzuschalten brauchte. Die verhüllten Möbel warfen im einfallenden Licht geisterhafte Schatten auf Boden und Wände.

Mathilde ging zum Triptychon hinüber, blieb in einigem Abstand davon stehen, um es im blassgelben Lichtstrahl der altmodischen Glühbirne aus dem Flur genauer sehen zu können. Das linke Paneel hatte sie vorhin schon mit Oliver eingehend betrachtet, deshalb wandte sie ihre Aufmerksamkeit nun dem größeren mittleren zu, wobei sie darauf achtete, nicht zum dritten Teil hinzusehen. Den würde sie am liebsten gar nicht untersuchen, ganz gleich, wie interessiert Oliver war. Allein schon vor den gemalten Flammen zu stehen, ließ sie vor Angst zittern, ihre Lungen brannten und ihre Augen schmerzten, während sich ihr Atem beschleunigte und Erinnerungen hochkamen, die tief in ihr vergraben waren.

Stattdessen konzentrierte sie sich auf eine Ansammlung von Szenen in der rechten oberen Ecke des mittleren Teils. Dort war ein Palast aus hellem Sandstein mit Türmen und vielen Fenstern zu sehen, der einem Château ähnelte, das sie als Kind mal gesehen hatte. Kam der Künstler ursprünglich aus Frankreich – genau wie sie? Das würde die Szene von einer Überfahrt erklären. Neben dem Palast war eine junge Frau im Halbporträt abgebildet, nur Kopf und Schultern waren zu sehen. Der Künstler hatte sie in dem Moment eingefangen, in dem sie sich ihm zuwandte. Sie lächelte, und ihre Augen waren von einem ungewöhnlichen lebhaften Violett. Mathilde fühlte sich sofort von ihr angezogen.

Die Farben waren unglaublich gut erhalten, da hatte Oliver ganz recht. Bei der Frage, warum – und von wem – das Triptychon in der Kapelle versteckt worden war, hatten sie immer noch keinen Fortschritt erzielt. Unwillkürlich lächelte sie die junge Frau an, die Liebe in deren Blick strahlte förmlich aus dem Gemälde heraus und zog den Betrachter in ihren Bann.

Sie nahm einen Schluck von ihrer Milch und wandte sich um, um nach oben zu gehen. Als sie den Blick noch mal über den Raum hinter ihr schweifen ließ, bemerkte sie in einer Ecke einen Schatten, schwärzer, undurchdringlicher als alle anderen. Sie blinzelte und sah noch mal hin, aber was immer sie gesehen hatte – oder geglaubt hatte zu sehen –, war verschwunden. Sie wollte nicht nachforschen, wer oder was sich hier mit ihr zusammen im Raum befunden hatte, und, so schnell es ging, rannte sie nach oben, immer zwei Treppenstufen auf einmal nehmend. Erstaunlicherweise verschüttete sie dabei keinen Tropfen ihres Getränks.

Die heiße Milch entfaltete die gewünschte Wirkung, und so beruhigte sie sich allmählich. Ganz sicher hatte sie sich diesen dunklen Schatten nur eingebildet, der Tag war lang und ereignisreich gewesen, da passierte so etwas schon mal.

Oder wollte ihr Vater ihr mitteilen, dass alles in Ordnung war? Wollte er sie beruhigen? Ihre Mutter hatte großen Respekt gehabt vor dem, was sie als *les esprits* bezeichnet hatte, den dünnen Schleier zwischen der Welt der Lebenden und der der Toten. Mathilde legte sich auf den Rücken, starrte noch eine Weile zur Decke hinauf und fiel schließlich in einen unruhigen Schlaf.

Sie stand in den Schatten eines großen Raums, der von Hunderten Kerzen erleuchtet und voller Menschen war. Sie hatte Angst, ihr Herz hämmerte wie verrückt, sie hatte das Gefühl, ihr ganzer Körper vibrierte. Die Luft war zum Schneiden, es roch nach Rauch, es war beklemmend, was noch durch die totale Stille verschlimmert wurde, auch wenn ihr die inzwischen vertraut war. Sie spürte, wie sich ihr Brustkorb mit jedem Atemzug dehnte, doch sie gab keinen Laut von sich. In der Hand hielt sie einen Krug Bier. Ihr Blick war auf zwei Männer gerichtet, die auf einem Podium saßen. Da war ein schlanker Mann mit einer schwarzen Kappe und einem Wams, den einzigen Kontrast bildete seine weiße Halskrause. Er sprach mit einem groß gewachsenen, gut gebauten attraktiven Mann mit dunklem Haar, der neben ihm saß. Der Raum gegenüber von diesem Podium war voller Menschen, die an Tischen saßen und aßen. Sie konnte weder sie noch überhaupt etwas hören, und doch wusste sie, was sie sprachen. Ihr Blick wanderte zu der Frau neben dem dunkelhaarigen Mann. Sie saß aufrecht da, war schlank, mit roten Haaren und blasser Haut. Ihr Kleid schien aus Tausenden schimmernden Edelsteinen zu bestehen, die im Kerzenschein glitzerten. Sie wandte den Kopf, kurz trafen sich ihre Blicke.

Mathilde erwachte abrupt und setzte sich mit einem Ruck auf.

Sie schwang die Beine aus dem Bett und blieb auf der Bettkante sitzen, ließ die Kälte des Bodens an ihren Beinen hinaufkriechen, um sich zu vergewissern, dass sie wach war. In dem Moment, in dem sie Blickkontakt mit der Frau gehabt hatte, hatte sie gewusst, dass sie Königin Elizabeth I. ansah. Es war nur ein Traum, sagte sie sich; und doch fühlte sich alles so echt an. Und wie hatte sie verstehen können, was diese beiden Männer sagten, wenn sie doch gar nicht in ihrer Nähe gewesen war und offenbar taub? Das Gehirn verarbeitet die Erlebnisse des Tages in unseren Träumen, sagte sie sich, das ist alles. Die Menschen auf dem Triptychon waren ähnlich gekleidet wie die in ihrem Traum, von daher ergab das Sinn.

Sie legte sich wieder hin und verbarg ihr Gesicht in ihren Händen. Sie hätte gern noch etwas getrunken, doch nach dieser Erfahrung im Esszimmer schreckte sie davor zurück, mitten in der Nacht im Haus umherzuwandern.

Nach ein paar weiteren Stunden unruhigen Schlafes wachte Mathilde auf, zog sich rasch an, ging in die Küche und machte sich eine Scheibe Toast. Dann schlüpfte sie leise zur Hintertür hinaus und lief seitlich am Haus vorbei zu ihrem Van. Keine Spur von Rachel oder Fleur, der Fernseher stand stumm und vorwurfsvoll da, zeigte keine grellen Trickfilme oder seltsame, Verbrechen bekämpfende Tiere, die Fleur sich oft wie gebannt ansah.

Über dem Moor lag ein unheimlicher Nebelschleier, das Schilf lugte oben heraus, es sah aus, als würde es in der Luft schweben. Bald würde sich der Nebel auflösen, und es würde wieder ein heißer Tag werden. Mit geschlossenen Augen drehte sie bang den Zündschlüssel ihres Vans. Würde er anspringen? Obwohl er doch schon seit Wochen gestanden hatte? Ihr fiel ein Stein vom Herzen, als der Motor mit einem kleinen Knall startete. Sie musste weg von diesem Haus.

Ihr fiel wieder ein, dass sie ein Gewächshaus kaufen wollte, also schlug sie den Weg zu einem Gartenmarkt ein, der ihr am Stadtrand von Fakenham aufgefallen war, als sie Mr. Murray aufgesucht hatte. Als sie dort ankam, öffnete er gerade, und auf seinem Freigelände bot er eine Vielzahl verschiedenster Gewächshäuser an. Sie hielt einen Moment inne, völlig überfordert von der großen Auswahl. Die Glasdächer reflektierten die Sonne, sodass sie blinzeln musste, während sie sich umsah. Da hörte sie hinter sich eine Stimme.

»Haben Sie denn in dem riesigen Haus nicht genug Platz?« Sie drehte sich um und sah Oliver, der mit einem breiten Grinsen hinter ihr stand, um die Augen Lachfältchen, als würde er sich über seinen eigenen Witz amüsieren. Ihr Herz schlug höher bei seinem Anblick, und sie erwiderte sein Lächeln. Schon sehr lange, bestimmt schon seit dem Tod ihrer Mutter, hatte sie sich nicht mehr so gefreut, einen anderen Menschen zu sehen. Es war ihr zutiefst unangenehm, aber sie konnte ihre Gefühle nicht verleugnen, als sich ihr Gesicht vor Freude rötete. Sie hoffte bloß, dass es nicht so rot war, wie es sich anfühlte.

»Drinnen ist jede Menge Platz, ja, aber draußen habe ich Pflanzen, die den englischen Sommer sonst nicht überleben«, sagte sie.

»Aber das Wetter ist doch herrlich!« Er streckte die Arme aus, als wollte er den frühmorgendlichen Sonnenschein einfangen und ihr zeigen. »Wir haben nicht oft so schöne Sommer!«

»Ja, es ist herrlich, aber eben vielleicht nicht von Dauer, deshalb muss ich ein paar von meinen Pflanzen schützen. Ich brauche nur etwas Kleines, das bis zum Herbst seinen Zweck erfüllt.« So, jetzt hatte sie es ausgesprochen. Sie hatte dafür gesorgt, dass Oliver nicht vergaß, dass das hier für sie nur eine vorübergehende Auszeit war – sich selbst musste sie das allerdings ebenso ins Gedächtnis rufen. Sobald sich die Blätter an den Bäumen verfärbten, würde sie ihr Wanderleben wieder aufnehmen, ein Leben, in dem sie niemandem verpflichtet wäre und sich nur auf sich selbst und ihre Fähigkeiten verlassen müsste. Wo sie selbstständig und sicher wäre.

»Also, welches wollen Sie nehmen?« Er ging überhaupt nicht auf ihre Äußerung ein, auch wenn er sie bestimmt mitbekommen hatte.

»Das hier ist gut.« Sie zeigte auf ein im Wesentlichen aus dicken Plastikplanen bestehendes Gewächshaus, dessen rückwärtige Wand fehlte und das dafür vorgesehen war, direkt an eine Mauer gestellt zu werden. »Ich kann den Boden mit Ziegeln oder Steinen beschweren, davon liegen dort genügend herum. Dann kann ich es einfach dalassen, wenn ich gehe.« Bitte schön, ein weiterer subtiler Hinweis. Oder eher ganz und gar nicht subtil.

Oliver nahm das Paket mit dem flach verpackten Gewächshaus und trug es für sie zur Kasse. Während sie bezahlte, bemerkte sie plötzlich, dass er selbst keine Einkäufe bei sich hatte.

»Sie haben gar nichts gekauft«, sagte sie.

»Oh, Mist.« Er schlug sich mit dem Handballen an die Stirn. »Ich trage das schnell zu Ihrem Van und gehe dann noch mal zurück. Ich wollte eine Pflanze für meine Großmutter besorgen, ich besuche sie später. Sie lebt in einem Pflegeheim und liebt Pelargonien. In der Gärtnerei dieses Marktes züchten sie besonders schöne, deshalb bin ich hier rausgefahren. Soll ich Ihnen beim Aufstellen des Gewächshauses helfen? Wenn ich die Pflanze gekauft habe, könnte ich eine Stippvisite bei Ihnen machen und Ihnen helfen.«

»Danke, das wäre nett.« Mathilde hatte keine Ahnung, was »Stippvisite« bedeutete, aber im Großen und Ganzen verstand sie, worauf er hinauswollte. Und sosehr sie sich auch selbst ermahnte, nicht zu vergessen, dass sie nicht hier blieb … wiedersehen wollte sie ihn doch gern. Sie öffnete die Hecktür ihres Vans, und er blickte erstaunt hinein.

»Der ist ja gut ausgestattet!«, rief er und zeigte auf das eingebaute Bett, die Holzschränke und Regale, in denen sie all ihre Habseligkeiten verstaute, wenn sie unterwegs war. Mathilde seufzte erleichtert, weil sie einige Polster und Kissen herausgenommen hatte und ihr Bett nicht das übliche Durcheinander aus zerknüllten Laken und Decken war. Momentan sah es um einiges ordentlicher aus als normal.

»Na ja, ich wohne drin.« Sie zuckte mit den Schultern, als wäre dies eine ausreichende Erklärung. Dann schlug sie die Tür zu.

Sie vereinbarten, dass sie sich in Lutton Hall treffen würden, und während sie nach Hause fuhr, merkte sie auf halbem Wege, dass sie schon die ganze Zeit albern vor sich hin grinste. Jetzt hätte sie nicht nur Hilfe beim Aufbauen des Gewächshauses – was nützlich war, weil die Anleitung auf

Englisch verfasst war –, vielleicht ergab sich auch die Gelegenheit, ihm von den seltsamen Träumen zu erzählen. Und von dem unangenehmen Gefühl, dass sie jemand beobachtete. Oder versuchte, ihr etwas mitzuteilen? Sie war sich nicht sicher, aber es verstörte sie.

Als sie in Lutton Hall ankam, spielten Rachel und Fleur im Garten mit einem Cricketschläger und -ball.

»Wo warst du?«, fragte Rachel.

»Ich habe ein kleines Gewächshaus für meine Pflanzen gekauft«, erklärte sie. Hinter ihr hörte sie das Geräusch von Reifen auf Schotter. »Ich habe Oliver im Gartenmarkt getroffen«, fügte sie hinzu. »Er hat angeboten, mir zu helfen.«

»Ich muss dir später zeigen, wo Dads Gartengeräte sind, es würde ihm gefallen, wenn du sie benutzt«, schlug Rachel vor, und Mathilde spürte, dass ihr Tränen in die Augen stiegen.

»Danke«, sagte sie lächelnd. »Das würde ich sehr gern.«

Es dauerte kaum eine Stunde, die Teile zusammenzusetzen und mit der durchsichtigen Plastikplane zu umhüllen, ehe sie das Gewächshaus an die Rückwand des Stalles lehnten und mit Steinen beschwerten. Während sie einträchtig miteinander arbeiteten und sich dabei unterhielten, waren sie zum Du übergegangen. Nun holte Mathilde ihre Vanillepflanzen und stellte sie hinein.

»Das sind also die Pflanzen, die zu kostbar für unsere englische Sonne sind?«, fragte Oliver, während er sich bückte und mit den Fingerspitzen über die glänzenden Blätter strich.

»Ja, das sind Vanilleorchideen. Ursprünglich sind sie in Mexiko zu Hause, deshalb brauchen sie extreme Hitze. Diese hier blühen spät, es war nicht warm genug für sie. Siehst du?«

Sie deutete auf die winzigen Knospen. »Wenn sie sich öffnen, muss ich die Blüten zusammenschieben, damit sie sich gegenseitig bestäuben, nur dann können Schoten daraus werden. Europäische Bienen mögen sie nicht, deshalb muss es von Hand gemacht werden.«

»Wie seltsam«, sagte er, während er sie genauer betrachtete. »Die Pflanzenwelt ist manchmal erstaunlich, nicht wahr?«

Mathilde nickte. »Ich bin gern hier draußen, im Garten meines Vaters.« Sie machte eine ausholende Bewegung mit dem Arm, die den verwilderten Gemüsegarten vor ihnen einschloss. »Mir gefällt der Gedanke, dass all diese Pflanzen als Samen begannen und er sie gehegt und gepflegt hat, bis sie groß und stark waren.«

»Wie er es mit dir gemacht hätte, wenn er dich gefunden hätte?«, sagte Oliver leise. »Als Kind habe ich stundenlang mit meinem Großvater im Garten gearbeitet. Er lebte an der Küste von Norfolk, und wir verbrachten den Sommer immer dort, meine Brüder und ich. Unsere Eltern brachten uns hin und kamen uns nur an den Wochenenden besuchen. Wir waren viel draußen, manchmal waren wir den ganzen Tag verschwunden.« Er lächelte bei der Erinnerung. »Wir konnten an den Strand gehen und die Seehunde beobachten. Eine sorgenfreie Zeit. Ich habe meinem Grandad im Garten bei allem, was es zu tun gab, geholfen. Es gibt nichts Besseres als den Geruch von frisch umgegrabener Erde, nicht wahr?«

»Das klingt nach einer wunderbaren Kindheit.« Mathildes Stimme klang ein wenig brüchig. »Ich hatte nie einen Garten, in dem ich Pflanzen anbauen konnte. Und ich wäre auch nie lang genug dageblieben, um sie wachsen zu sehen. Oder die Blumen zu pflücken oder das Gemüse zu ernten.«

»Aber jetzt hast du einen. Wenn du länger bleibst als nur den Sommer, kannst du deine eigenen Pflanzen ziehen und zum Gedeihen bringen. Warum denkst du nicht darüber nach? Deine Schwester würde sich sehr freuen, da bin ich sicher.« Sie begegnete seinem Blick und hielt den Atem an, als er den Arm um sie legte und sie an sich zog. Er hielt sie einen Moment lang ganz fest, und sie hörte sein Herz stark und gleichmäßig schlagen. Sie fühlte sich sicher und geborgen, glaubte zu spüren, wie seine Lippen ihr Haar streiften, und dann, als würde er denken, er hätte eine Grenze überschritten, löste er sich von ihr, strich dabei rasch über ihre Arme.

»Ähm, möchtest du eine Tasse Kaffee oder ein Glas Wasser?« Rasch wechselte Mathilde das Thema, wischte sich die Hände an der Hose ab und sah auf ihre Füße hinunter. Ihre Ohren brannten, obwohl ihr jetzt, wo er sie nicht mehr mit seinen Armen umfangen hielt, seltsam kalt war und sie sich merkwürdig leer fühlte.

»Ja, gern. Etwas Kaltes wäre gut.« Anders als sie wirkte er überhaupt nicht verlegen. »Kann ich mir das Triptychon noch mal genauer ansehen? Ich habe mein Okular im Wagen.«

»*Oui*, klar, natürlich«, stimmte sie erleichtert zu. So würde er noch ein bisschen bleiben. Sie hatte ihm doch noch nicht von ihren Träumen erzählt, vielleicht ergab sich ja noch eine Möglichkeit dazu.

Wieder zurück im Haus, brachte Mathilde kalte Getränke ins Esszimmer. Als sie die Vorhänge aufzog, wirbelte in dem hereinflutenden Lichtstrahl ein wenig Staub auf, und sie war froh, dass sie am Vorabend das Gemälde wieder sorgfältig abgedeckt hatte.

»Es ist wirklich fantastisch.« Oliver beugte sich über das linke Paneel und betrachtete die Vielzahl von Szenen.

»Ich hatte einen seltsamen Traum, in dem es darum ging«, platzte Mathilde heraus, wobei sie nicht so recht wusste, wie sie es Oliver erklären sollte, ohne wie eine Idiotin zu klingen. »Mehrere Träume sogar. In jedem habe ich eine der Szenen des Triptychons erlebt. Diese hier«, sie deutete auf die Szene mit dem Schiff, »war genau wie meine eigene Reise vor ein paar Wochen, als ich mit der Fähre aus Frankreich übergesetzt bin, nur dass ich in meinem Traum auf einem alten Schiff wie diesem war. Und letzte Nacht war ich in einem Palast und habe Leute beobachtet. Alles war totenstill, und ich habe eure Königin gesehen, Elizabeth I., und sie hat mir in die Augen geblickt.« Selbst für ihre eigenen Ohren klang das lächerlich, besser, sie erwähnte den ersten Traum, als sie in diesem schwarzen, trostlosen Loch oben in der Ecke des ersten Paneels gesteckt hatte, gar nicht erst. Sie schauderte und nahm noch einmal all ihren Mut zusammen. »Gestern Abend spät war ich kurz hier und habe mir das Gemälde noch einmal angeschaut. Und da dachte ich plötzlich, es sei noch jemand hier.« Sie stockte und holte tief Luft, ehe sie weitersprach. »Ich sah einen Geist.« Oliver richtete sich auf und blickte sie an.

»Jeder hat von Zeit zu Zeit seltsame Träume«, sagte er langsam, »aber die wenigsten Menschen sehen Geister. Erzähl mir mehr davon.«

Also schilderte sie noch einmal detailliert, was am Vorabend geschehen war, und kam sich dabei immer lächerlicher vor. Wie unwahrscheinlich das klang! Er musste sie für eine hysterische Ausländerin halten, die sich Dinge einbildete. Warum erzählte sie das bloß? Sie kannte nicht genug englische Worte, um zu beschreiben, welche Gefühle diese Träume in ihr ausgelöst hatten. Sie war völlig verängstigt gewesen, gefangen in einer Welt, die sich so real angefühlt hatte. Doch vielleicht hatte es auch sein Gutes, dass sie es nicht noch näher beschreiben konnte, sonst würde er womöglich sofort die Flucht ergreifen.

»Wahrscheinlich gibt es eine ganz einfache Erklärung für das, was du gesehen hast. Aber viele Menschen glauben, schon einmal einem Geist begegnet zu sein. Vielleicht waren die Träume Nachwehen von all der emotionalen Achterbahnfahrt der letzten Zeit? Verwandte zu finden, von denen du nicht wusstest, dass sie existieren. Dass dein Vater nicht vor langer Zeit gestorben ist und du plötzlich sein Haus erbst. All das ist Lichtjahre von dem entfernt, was du ansonsten gewohnt bist – das kann ja nicht folgenlos bleiben.«

Mathilde nickte langsam, ohne den Blick von dem Gemälde vor ihr lösen zu können. Sie wusste, was sie gesehen hatte, es war nicht ihrer Fantasie entsprungen. Und sie war sich sicher, dass diese Träume mit dem unheimlichen Gefühl zusammenhingen, das sie im Haus immer wieder beschlich. Etwas oder jemand versuchte, mit ihr zu kommunizieren, schien ihr etwas erklären zu wollen. Und es hing mit dem Triptychon zusammen.

Beide setzten gleichzeitig dazu an, die Staubabdeckung wieder über das Gemälde zu ziehen, und dabei berührten sich ihre Hände flüchtig. Mathilde zuckte zurück, als hätte sie sich verbrannt, steckte ihre Hände in die Hosentaschen und überließ es Oliver, das Gemälde zu verhüllen. Er verunsicherte sie, und doch fühlte sie sich so sehr von ihm angezogen. Wie eine Motte vom Licht.

24

Oktober 1584

Wie vereinbart wartete Tom am Irrgarten. Nichts regte sich, und die Dunkelheit legte sich wie ein Mantel um ihn. Er lehnte mit dem Rücken an der Palastwand und achtete auf jede Bewegung, ließ seinen Blick unablässig über das Gelände vor sich schweifen. Er wusste nicht, ob das eine Art Falle war, vor allem nach seiner Spionageaktion. Allein schon deshalb wollte er sehen, ob sich jemand näherte.

Nach ein paar Minuten entdeckte er eine schattenhafte Gestalt, die sich langsam durch den Garten bewegte. Der Mond stand hinter dem Gebäude, deshalb konnte Tom die Bewegungen der Person sehen: Mit kleinen, leichten Schritten schlich sie sich an. Eine sanfte nächtliche Brise wehte den Duft von Apfelblüten und Rosen herüber, und da wusste er, dass sie es war. Er verließ sein Versteck und trat dabei absichtlich gegen Steine, um sie auf sich aufmerksam zu machen.

Binnen Sekunden stand sie vor ihm. Er konnte die Umrisse ihrer Gesichtszüge im Dunkel gerade so ausmachen, doch er ahnte, dass sie lächelte. Sie nahm seine Fingerspitzen in die Hand, und ihre weiche, warme Haut fühlte sich wie Samt an. Es war zu dunkel, als dass er von ihren Lippen hätte ablesen können, was sie sagte. Eine Kerze anzuzünden, wäre jedoch viel zu gefährlich gewesen, wie leicht hätte dann ihr heimliches Stelldichein bemerkt werden können.

Er schüttelte den Kopf; er konnte ihre Worte noch immer nicht erfassen, und auch die Bewegungen ihrer Hände vermochte er nicht zu deuten. Sie zeigte erst auf sich selbst, dann auf ihn, so weit verstand er noch, doch dann begann sie beim Sprechen willkürlich herumzufuchteln. Frustriert zuckte er mit den Schultern, hob kopfschüttelnd die Arme und deutete zum dunklen Himmel hinauf, an dem schon die Sterne funkelten. Ob sie ihn verstanden hatte, konnte er nicht erkennen. Vielleicht war es doch keine so gute Idee gewesen, sich hier draußen zu so später Stunde zu treffen.

Sie ließ den Kopf hängen und schüttelte ihn langsam, dann umarmte sie Tom und verschwand. Er wartete über eine halbe Stunde, nicht wissend, ob sie vielleicht wiederkäme, doch dann wurde ihm klar, dass das nicht geschehen würde. Er ging zurück zur Seitentür, durch die er sich in den Garten hinausgeschlichen hatte, begab sich in seine Kammer und setzte sich auf die Pritsche, den Kopf in die Hände gestützt. Schon wieder hatte ihn seine Taubheit um etwas ganz Besonderes gebracht. Sicher würde Isabel ihm nächstes Mal, wenn sich ihre Wege kreuzten, kein Lächeln mehr schenken. Nichts änderte sich. Sein gutes Aussehen mochte ihm ein Lächeln von einem hübschen Mädchen einbringen, doch sobald es merkte, wie schwer es war, mit jemandem zu kommunizieren, der weder hören noch sprechen konnte, würde es verschwinden wie der Nebel bei Sonnenaufgang. Er war dazu verdammt, für immer allein zu bleiben.

Am nächsten Morgen wachte Tom mit Kopfschmerzen auf, und weil er so schlecht geschlafen hatte, gruben sich Falten tief in seine Stirn. Er stolperte in den Destillierraum, entfachte die Glut im Kamin und bereitete sich einen Tee aus Fieberkraut und Kamille zu, um die Schmerzen zu vertreiben. Als Hugh kam und Brot, ein paar Stücke Käse, einen Teller mit Früchten und einen Krug Bier mitbrachte, musterte er mit einem langen Blick Toms missmutiges Gesicht und stellte das Frühstück dann neben ihm auf dem Tisch ab.

Tom war klar, dass er nicht den ganzen Tag über der Katastrophe des vorherigen Abends brüten konnte, also aß er rasch, was Hugh ihm gebracht hatte. Dann rappelte er sich auf und half bei der Zubereitung einer Salbe gegen Druckgeschwüre, unter denen eine von Elizabeths ehemaligen Hofdamen litt, die inzwischen zu gebrechlich war, um das Bett zu verlassen.

Er hatte die Ärmel seines Hemds hochgerollt und war so damit beschäftigt, die Kräuter in das Fett zu stampfen, damit eine glatte Paste entstand, dass er überhaupt nicht mitbekam, dass Isabel in den Destillierraum getreten war. Plötzlich war sie da, ganz nah an seiner Werkbank, und beugte sich vor, damit er sie bemerkte. Erschrocken und ein wenig entsetzt wich er zurück und verneigte sich automatisch vor ihr. War sie nach der Peinlichkeit des vergangenen Abends hergekommen, um sich über ihn lustig zu machen oder ihm zu sagen, dass er nie mehr in ihre Nähe kommen sollte?

Sie lächelte ihn an, und sein Herz beruhigte sich ein wenig.

»Ich glaube nicht«, sagte sie langsam, während er ihre vollkommenen rosa Lippen beobachtete, »dass es besonders dienlich ist, wenn wir uns bei Nacht treffen.« Als sie »dienlich« sagte, runzelte er die Stirn, worauf sie kurz nachdachte und dann »hilfreich« hinzufügte. Er nickte langsam in Erwartung dessen, was jetzt noch folgen würde. Sicher eröffnete sie ihm, dass sie sich voneinander fernhalten sollten und jeder für sich dem für ihn bestimmten Leben nachgehen musste, wie es ihre unterschiedlichen Stände geboten. Doch es kam ganz anders.

»Vielleicht können wir uns stattdessen im Morgengrauen treffen?«, schlug sie vor. »Morgen früh, an derselben Stelle?«

Tom war so verblüfft ob dieser Wendung der Ereignisse, dass er nur begeistert nicken konnte in der Hoffnung, nicht allzu übereifrig zu erscheinen. Doch er wünschte sich, dass sie sah, wie seine Augen vor Dankbarkeit über diese zweite Chance leuchteten.

»Bis morgen dann«, formte sie mit den Lippen, ehe sie sich mit einem Schwung ihres üppig bestickten, weinroten Gewands umdrehte und ging. Er sah ihr nach, als sie aufrecht und hocherhobenen Hauptes durch den Korridor davoneilte – mit dem Gang einer selbstbewussten, starken Frau.

Er wandte sich wieder seiner Arbeit zu, dieses Mal jedoch erleuchtete ein breites Lächeln sein Gesicht. Hugh hatte den Raum wie auf ein geheimes Zeichen hin verlassen, sobald Isabel ihn betreten hatte. Als er nun wieder hereinkam und fragend die Augenbrauen hochzog, wackelte Tom nur langsam mit dem Kopf, um Hugh zu signalisieren, dass er es nicht erklären konnte – oder wollte.

25

Juli 2021

Mathilde genoss die Frische des frühen Morgens, während sie über die Felder auf das Sumpfland und den Fluss dahinter zuging. Der Boden gab bereits nach, das Gras wurde immer rauer. Ein Stück entfernt zu ihrer Linken stand Alice' und Jacks Bauernhaus zwischen den Wiesen wie ein Hüter der Vergangenheit. Unter dem groben Reetdach wirkten die Mansardenfenster wie dunkle, misstrauische Augen, die die Welt da draußen beobachteten. Mathilde hob ihre Kamera und schoss Fotos über Fotos, der blassblaue Himmel bot den perfekt verwaschenen Hintergrund. Plötzlich glaubte sie, hinter einem der Fenster eine Bewegung zu sehen, beschloss aber, dass es das Spiegelbild der Eiche gegenüber dem Haus gewesen sein musste, deren Zweige im Wind tanzten.

Am Rand des Schilfs blieb sie stehen und ging langsam in die Hocke. Das Gras war noch nass, deshalb wollte sie sich nicht hinknien; sie trug ihre letzte halbwegs saubere Jeans, und sie hatte Rachel bisher noch nicht gefragt, wie man die uralte Waschmaschine in Gang setzte, die in der Stiefelkammer hinter der Küche stand. Das Ding gab ein lautes Kreischen von sich, wenn der Schleudergang einsetzte, untermalt von etwas, das sich anhörte wie rollende Schläge. Ein Geräusch, bei dem ihre Mutter sich unwillkürlich geduckt und sich die Hände über den Kopf gehalten hätte. Zum Glück war Mathilde noch klein gewesen, als sie Beirut verlassen hatten, sie konnte sich an den Lärm des Krieges nicht erinnern.

Ihre Gedanken wurden vom Zwitschern eines Vogels unterbrochen, der irgendwo in den hohen Binsen vor ihr saß. Ohne sie auseinanderzuschieben, konnte sie das Wasser dahinter nicht sehen, auch wenn sie ab und zu etwas platschen hörte und sich fragte, wer dort wohl sein abgeschiedenes Leben führte. Abgeschottet, versteckt vor Raubtieren, die sich einfach nahmen, was sie wollten. Genau so ein Leben hatte sie auch führen müssen. Plötzlich kam alles wieder in ihr hoch. Immer auf dem Sprung, immer unterwegs. Nun, da sie erwachsen war, begriff sie, dass ihre Mutter zu große Angst gehabt hatte, irgendwo länger zu bleiben, ihre Psyche war zu labil geworden, nachdem sie tage- und nächtelanges Bombardement erlebt hatte. Ihre Mutter hatte gelernt, sich zu verstecken, sie beide von Gefahren fernzuhalten, und war geflohen. Nach Frankreich, wo das Leben ruhiger war. Nur dass sie die quälenden Erinnerungen nicht ausschalten konnte, die sie immer wieder heimsuchten. Und jedes Mal wenn sie sich irgendwo eingelebt hatten, geschah es, dass irgendein Dorfbewohner Gerüchte über sie streute oder Verdächtigungen erhob – nur weil sie nicht so waren wie alle anderen. Also zogen sie weiter. Das hatte sie beide kaputt gemacht.

Sie versuchte, mit ihrer Kamera einzufangen, wie das Sonnenlicht durch das hohe Schilf fiel – tanzende Sprenkel in gedeckten Farbtönen. Plötzlich ein stahlblaues Aufblitzen, als etwas ins Wasser stieß und wie ein Diamant zu ihr herüberfunkelte. Dann war es verschwunden, und die Ringe im Wasser glätteten sich wieder. Sie stand auf und streckte ihre steifen Beine. In Gedanken in der Vergangenheit herumzustöbern, tat ihr nicht gut. Alles, was sie in ihrem Leben gewollt hatte, was sie sich von ganzem Herzen gewünscht hatte, hatte diesseits des Ärmelkanals existiert, und sie hatte nichts davon gewusst. Doch vielleicht konnte die klaffende Wunde, die diese Kindheit ihr geschlagen hatte, endlich durch ihre neu gefundene Familie geschlossen werden. Vielleicht, nur vielleicht, konnte sie endlich heilen.

Sie riss an den Gräsern, warf die Samen auf den Boden und ging mit gerunzelter Stirn und finsterem Blick zum Haus zurück.

Fleur hatte schon einige Male darum gebeten, und nun hatte Mathilde ihr versprochen, dass sie einige Fotos mit ihrer Kamera machen durfte. Nach dem Mittagessen zogen die beiden zu einem Spaziergang los. Es schien, als hätte das Mädchen eine Verbindung zu ihr gefunden, und Mathilde wollte es nicht vermasseln.

»Bleibt in der Nähe, okay?«, rief Rachel, während sie ihre Schuhe anzogen. »Manchmal ist es schwer zu erkennen, wo das Sumpfland anfängt.«

»Ja, wir sind vorsichtig«, versicherte ihr Mathilde. Sie kannte die Gefahren des flachen Geländes, das sie umgab, begriff, wie das Wasser unter ihren Füßen durch die Erde nach oben sickerte und der Sumpf den Ahnungslosen in die Tiefe zog.

Sie griff nach Fleurs Hand und lächelte auf das kleine Mädchen hinab. Ein Kind, das vom gleichen Blut war wie sie, dessen Großvater Mathildes Vater war. *Parentes*, Verwandte. Sie hatte das Wort nachgeschlagen.

Draußen im Gemüsegarten entdeckte Fleur sofort einen Schmetterling, er hatte weiße Flügel mit weichen, blassgrünen Spitzen und samtigen schwarzen Punkten. Mathilde behielt den Gurt mit der schweren Kamera um den Hals und ging leise in die Hocke, wobei sie Fleur in den Kreis hinter der Kamera zog. Der warme Rücken des kleinen Mädchens schmiegte sich an ihren Oberkörper, als es durch das Objektiv schaute und auf den roten Knopf drückte, wie Mathilde es ihr gezeigt hatte. Das Klicken des Auslösers scheuchte den Schmetterling auf, und er flog willkürlich schaukelnd hinüber zu den Kartoffelblüten.

»Papillon«, sagte Mathilde zu ihr. »Auf Französisch heißt es *papillon.*« Sie zeigte Fleur das Foto auf dem Display hinten an der Kamera, und das kleine Mädchen seufzte verzückt, ehe es sich unter dem Gurt hindurchduckte und auf der Suche nach neuen Motiven durch den Garten rannte. Mathilde hob die Kamera und machte mehrere Aufnahmen von ihrem kleinen Gesicht, umrahmt von blonden Zöpfen, wenn es hier und da aus den wuchernden Pflanzen herauslugte. Ihre Beziehung zu ihrer kleinen Nichte wurde allmählich stärker und fühlte sich so natürlich an, aber zwischen ihr und Rachel war noch immer eine Wand – sie tanzten umeinander herum und versuchten, ein Band herzustellen, doch das gelang nur sehr langsam. Eine Schwester zu sein, war für beide etwas Neues; zumindest das hatten sie gemeinsam.

Am Ende landeten Fleur und Mathilde bei der Kapelle.

Rachel hatte darauf bestanden, die Tür wieder abzuschließen, nicht dass womöglich jemand darin kampierte. Mit Landstreichern konnte man nie vorsichtig genug sein, hatte sie noch hinzugefügt, und Mathilde hatte gespürt, wie Rachel erschrak, als ihr klar wurde, was sie da gerade gesagt hatte. Sie wusste, dass Mathilde und ihre Mutter oft genau auf diese Art eine Unterkunft gefunden hatten, wenn die Zeiten mal wieder besonders schwer waren. Ein verlassenes Gebäude konnte ihnen Schutz bieten, wenn das Wetter rau oder kalt war. Zum Glück schneite es in Südfrankreich selten, aber nachts wurde es im Winter trotzdem kalt. Und wenn der Mistral aufkam und den Menschen heißen Wind und Staub in die Augen blies, musste man irgendwo Zuflucht finden. Mathilde hatte versucht, sich ihrer Schwester zu öffnen und ihr zu erklären, was für ein Leben sie geführt hatte, doch nach diesem einen unbedachten Satz hatte sie sich gefragt, ob ihre Schwester sie je voll und ganz würde verstehen können.

Fleur ließ sich an die Wand sinken, die Beine vor sich auf den Boden gestemmt, damit sie nicht an der Wand herunterrutschte. Mathilde schoss ein paar Fotos, und das Klicken des Auslösers erregte die Aufmerksamkeit des kleinen Mädchens. Anstatt zu verschwinden, wie es der Schmetterling getan hatte, drehte ihre Nichte den Kopf zur Kamera. Die Sonne hinter ihr ließ ihr Haar aufleuchten wie einen blassgoldenen Heiligenschein. Sie lächelte schüchtern, und sofort hielt Mathilde diesen Moment für immer fest.

»Teezeit?«, schlug Mathilde vor, und Fleur nickte, stieß sich von der Wand ab und trottete voraus in Richtung Haus. Mathilde zögerte noch einen Moment und blickte an der stillen Kapelle hinauf. Sie war immer noch nicht weitergekommen mit der Frage, weshalb das Triptychon sie derart in den Bann schlug. Und welche Bedeutung das Medaillon haben mochte. Aber sie war davon überzeugt, dass jemand versuchte, ihr etwas mitzuteilen.

Zurück in der Küche sank Mathilde das Herz, als sie sah, wer zu Besuch gekommen war – die beiden Menschen, die sie am wenigsten von allen sehen wollte. Am Tisch saßen Alice und Jack und nippten an ihrem Kaffee, ihre Gesichter sahen aus wie ein Paar Wasserspeier mit versteinerten, finsteren Mienen.

»Ah, da bist du ja.« Rachels Stimme klang aufgesetzt fröhlich. »Wir haben Besuch.«

»Ja, das sehe ich.« Mathilde füllte ein Glas mit Wasser und trank es in einem Zug aus, wobei Wasser danebenlief und auf ihr T-Shirt tropfte. Dann legte sie die Kamera auf den Tisch. »Was wollt ihr?«, fragte sie und stemmte die Hand in die Hüfte.

»Wir wissen, was du im Schilde führst, und sind gekommen, um dir zu sagen, dass du damit aufhören sollst.« Alice' Stimme klang, als würde sie Glasscherben durch die Küche speien. Mathilde zog die Augenbrauen hoch und sah Rachel verwirrt an. Sie hatte keine Ahnung, was sie damit meinte. Jack, der kaum je ein Wort sagte, nickte bloß, seine Haare wippten zustimmend auf und ab.

»Was glaubt ihr denn, was Mathilde im Schilde führt?«, fragte Rachel ruhig und sachlich. Kein Wunder, sie ist Grundschullehrerin, dachte Mathilde, sie hat die Fähigkeit, die Konfrontation aus einer Situation zu nehmen.

»Ich habe gesehen, wie sie heute Morgen Fotos vom Anwesen gemacht hat. Von unserem Haus. Sie spioniert uns aus, genau wie neulich, als ich sie im Dorf angetroffen habe. Bereit, zu den Immobilienhaien zu laufen, damit sie den Wert schätzen können. Wetten, der alte Danny Jones von Harbord and Jones reibt sich schon die Hände wegen der Provision, die er für dieses Anwesen einstreichen kann? Nun ja, ich werde dem einen Riegel vorschieben, junge Dame. Du weißt, dass wir unseren Anwalt konsultiert haben. Es geht um unser Zuhause, und wir werden verhindern, dass du es erbst, deshalb brauchst du erst gar keine ›Zu verkaufen‹-Schilder aufhängen. Wir gehen nirgendwohin.« Beide lächelten triumphierend, als hätten sie beim Pokern einen Royal Flush auf der Hand und es wäre ihnen egal, wer das weiß.

Mathilde sah sie verwirrt an, sie hatte keine Ahnung, wovon ihr Onkel und ihre Tante redeten.

»Ja, ich habe heute Morgen fotografiert«, räumte sie ein. »Es ist meine Arbeit, Fotos zu machen. Ich verkaufe sie an Agenturen, damit verdiene ich meinen Lebensunterhalt. Aber auch wenn ich euer Haus nicht fotografiert habe, um es zum Verkauf anzubieten, wird es im September jemand tun, wenn ich von hier weggehe.« Die Worte auszusprechen, fühlte sich falsch an, und ihr zog sich die Brust zusammen, dennoch würde es so geschehen.

»Und ihr täuscht euch, was das Testament angeht«, wandte sich Rachel an die beiden. »Ihr werdet nichts erreichen. Ich war dabei, als mein Vater es aufgesetzt hat. Es gab eine Diskussion um das Bauernhaus, und Dad hat beschlossen, dass er das Anwesen nicht aufteilen will. Er war absolut eindeutig in seiner Entscheidung, dass Mathilde es bekommen sollte und damit machen kann, was sie will. Und ja, wenn sie innerhalb von zwölf Monaten nicht gefunden worden wäre, wäre es auf euch übergegangen, aber ich persönlich freue mich sehr, dass meine Schwester endlich da ist, wo sie hingehört.«

Mathilde wandte sich zu Rachel, Tränen brannten in ihren Augen, als ihr bewusst wurde, was Rachel da gerade gesagt hatte. Sie lächelte, und sie spürte, wie unter dem Tisch Rachels Finger nach ihren griffen. Jemand stand auf ihrer Seite.

Sie lag bei offenen Vorhängen auf dem Bett, der helle Vollmond schien durch das Fenster herein, beleuchtete die Bettdecke und zeichnete eine weiße Linie über ihre Beine und ihren flachen Bauch bis hinauf zu ihren Brüsten. Mathilde wünschte, sie hätte ihre Kamera bei der Hand, doch dummerweise lag die noch auf dem Küchentisch; schade, es hätte ein großartiges Foto abgegeben.

Sie hatte sich den Laptop mit ins Bett genommen und fuhr nun mit ihren Recherchen über Königin Elizabeth I. fort. Sie war fasziniert von den Intrigen zwischen denen, die katholisch geblieben, und denen, die dem neuen protestantischen Glauben der Königin gefolgt waren. Der alte Glaube war verboten worden, und ein Mensch konnte seiner Religion wegen getötet werden. Doch unterstützt von den Spaniern, riskierten die »Häretiker« alles, um die Cousine der Königin, die katholische Maria Stuart, Königin von Schottland, auf den englischen Thron zu erheben. Um ihren eigenen Sturz zu verhindern, ließ Königin Elizabeth Maria jahrelang in ein Schloss einsperren. Viele Pläne wurden geschmiedet, um Maria zu befreien, selbst wenn dies bedeutete, Königin Elizabeth zu ermorden.

Ein zerrissenes Land also, denn obgleich sie zum selben Gott beteten, taten sie das auf unterschiedliche Weise. Genau wie die Kriege in Mathildes Heimat, dem Libanon. Nichts änderte sich je. Mathilde schaltete den Laptop aus, schloss die Augen und schlief bald ein.

Um sie herum wimmelte es nur so von Menschen, im Raum herrschte Dämmerlicht. Wann immer die Tür aufging und sich wieder schloss, fingen die Kerzen in den Wandleuchtern an zu flackern und zu tropfen. Sie war in einer Spelunke, und wieder war es totenstill. Ein grässlicher Geruch – nach widerlichem kaltem Schweiß und starkem, hefigem Bier – bereitete ihr Übelkeit. Im Kamin brannte kein Feuer, lediglich ein paar Holzscheite glommen noch schwach. Überall an der Feuerstelle lag graue Asche. Sie schaute sich um, bis sie einen Mann sah, der sich mit einem anderen unterhielt. Sie hatten die Köpfe dicht zusammengesteckt, und ihre Blicke huschten im Raum umher und zu den anderen Zechern. Als sie ihnen auf den Mund sah, merkte sie, dass sie auch jetzt wieder verstand, was gesprochen wurde, auch wenn sie nichts hören konnte. Die beiden Männer schlüpften zur Hintertür hinaus, und ohne groß nachzudenken, folgte sie ihnen. Das Herz hämmerte ihr so heftig in der Brust, dass sie glaubte, es würde sie verraten, während sie hinaustrat in den nassen, dunklen Hof. Es nieselte, und sofort legte sich die Nässe wie ein Umhang auf ihre Haut. Jemand drängte sich an ihr vorbei und pinkelte an die Wand. Angewidert rümpfte sie die Nase. Bei den beiden Männern, die sie beobachtet hatte, wanderte ein Päckchen von Hand zu Hand, es wurde aus dem einen Mantel gezogen und verschwand im anderen. Eine kaum wahrnehmbare Bewegung. Dann stahl sich einer der Männer wieder durch die Hintertür zurück in die Spelunke, während der andere durch das Tor hinten im Hof verschwand. Sie drängte sich drinnen durch die Menschenmenge, doch wer immer das gewesen war – er war fort.

Abrupt fuhr Mathilde aus dem Schlaf hoch. Ihr Gesicht war nass – war es Schweiß oder der feine Nieselregen aus ihrem Traum? –, und ihr Herz raste noch immer. Der Mond stand jetzt höher am Himmel, und sein Lichtschein im Zimmer war weitergewandert.

In der dunklen Ecke neben der Tür glaubte Mathilde, den Umriss eines Menschen zu sehen, der auf dem Stuhl saß, auf dem sie immer ihre Kleider ablegte. Ein Schattenwurf in der Nacht. Ein Gesicht, vom Mondlicht gezeichnet und von Mathilde abgewandt, als wäre derjenige tief in Gedanken versunken, fein ziseliert wie eine Statue und ebenso reglos. Kalt wie Marmor. Sie schnappte nach Luft, beugte sich tastend zur Seite und schaltete die Nachttischlampe ein.

Das Zimmer war leer. Sie hatte nichts anderes erwartet, auch wenn sie sich sicher war, dass etwas oder jemand da gewesen war. Genau wie an jenem Abend, als sie draußen bei ihren Pflanzen in der Nähe des Wäldchens herumstreifte. Rachel hatte ihr versichert, dass es in Lutton Hall noch nie Geister gegeben hätte; niemand hatte jemals so etwas erwähnt. Wer immer es war, er hatte auf sie gewartet. Jemand aus der Vergangenheit. Der Schleier zwischen ihren beiden Welten hatte sich gelüftet und ihn durchgelassen, wenn auch nur für einen Moment.

26

Juli 2021

»Wir fahren heute rüber nach Wisbech, um Andrew zu treffen. Das liegt auf halbem Wege, und es gibt dort ein nettes Café und einen Spielplatz. Willst du mitkommen?« Rachel bestrich gerade eine Scheibe Toast mit Butter und schnitt diesen für Fleur in Streifen. Fleur steckte den Löffel in ein gekochtes Ei, das Eigelb tropfte bereits über die Außenseite der Schale und den Eierbecher herunter und sammelte sich auf dem Teller.

»Nein, eher nicht. Vielen Dank.« Mathilde hatte sich noch nicht daran gewöhnt, so viel unter Menschen zu sein, es würde ihrer Seele guttun, eine Weile für sich zu sein. »Ihr solltet etwas Zeit für euch allein haben«, fügte sie hinzu, um ihre Absage etwas abzumildern. Sie hielt einen Moment inne beim Kaffeezubereiten, weil sie über das, was sie gerade gesagt hatte, nachdachte. Soweit sie sich erinnern konnte, hatte sie gerade zum ersten Mal in ihrem Leben etwas gesagt, damit sich jemand anderes besser fühlte. Hatte an die Gefühle von jemand anderem gedacht statt nur an ihre eigenen. Das war ein seltsames Gefühl, aber nicht unangenehm. Doch dann machte Fleur eine ungeschickte Bewegung, und der Eierbecher rutschte samt Teller vom Tisch auf den Boden, wo er in mehrere Teile zerbrach und das Ei überallhin spritzte. Das Geschrei, das dann einsetzte, war so laut, dass Mathilde eine Reihe wilder Flüche ausgestoßen hätte, hätte sie nicht schnell genug die Küche verlassen.

Draußen drohte das warme Wetter, das sie die letzten drei Tage genossen hatten, umzuschlagen. Der Himmel war zwar immer noch blau, aber dunkler, als sei er ein Bote düsterer Vorahnungen. Am Horizont über den Sümpfen türmten sich wie ein meteorologisches Jenga-Spiel Unheil verkündende dunkelgraue Wolken auf. Die Luft war reglos und schwer, nicht leicht einzuatmen, als würde sie das Unausweichliche vorwegnehmen. Während Mathilde ihre Pflanzen goss – die Vanille war kurz vor der Bestäubung –, musste sie dauernd Mücken wegschlagen, die so überhandnahmen, dass sie das Gefühl hatte, ihre Lungen wären voll davon. Selbst Rachel hatte sich beschwert, dass sie am Morgen sogar eine in ihrem BH gefunden hatte.

Mathilde war so erpicht darauf, das aufziehende Unwetter mit der Kamera einzufangen, dass sie nach oben rannte, ihre Converse anzog, ihre Tasche schnappte und in Richtung Sumpf aufbrach. Sie begann sofort, Fotos von den Wolken in der Ferne zu machen. Der Wind strich über die Grasspitzen, als sie hindurchging, und dann war alles wieder ruhig. Als sie das Schilf erreichte, fiel ihr auf, dass es geradezu unheimlich still war im Vergleich zu neulich. Die Vögel blieben stumm. Warteten ab. Die Sonne war inzwischen hinter den Wolken verschwunden, die mittlerweile die dunkelviolette Farbe eines frischen Blutergusses angenommen hatten und so tief zu hängen schienen, dass Mathilde unwillkürlich den Arm nach oben streckte, als wollte sie mit den Fingerspitzen hindurchstreichen.

Sie wandte sich nach links und ging über einen schmalen Pfad, immer noch am Rand des Sumpfs. Hier war sie noch nie gewesen, doch wenn sie nach rechts abgebogen wäre, wäre sie hinten an Alice' und Jacks Garten entlanggekommen, und sie wollte einen erneuten Zusammenstoß mit ihnen um jeden Preis vermeiden. Der Pfad mündete schließlich in einen alten Feldweg, der staubig und trocken war und in dem Landmaschinen tiefe Furchen hinterlassen hatten. In der Mitte des Wegs, zwischen den Reifenspuren, wucherte hohes Gras. Er schien lange nicht benutzt worden zu sein. Vielleicht war ihr Vater hier entlanggefahren, auf dem Weg zum Fluss.

Sie folgte dem Weg in der Hoffnung, dass er irgendwann auf die Straße traf, die sie wieder zurück zum Haus führen würde. Sie konnte die Gebäude immer noch sehen. Mathilde schoss noch ein paar Fotos. Aus der Ferne, wenn ihr Van von den Bäumen und dem oberen Teil der Kapelle direkt dahinter verborgen war, wirkte das Haus zeitlos. Sie hätte auch vor fünfhundert Jahren von diesem Weg, den es damals bestimmt schon gab, auf ihr neues Zuhause blicken können. Es war solide, ein Statement, für immer eingefangen. Die blassen Mauern wurden nun vom metallisch grauen Himmel darüber verdunkelt, doch das Haus zeigte keine Furcht. Stürme und Menschen kamen und gingen, aber Lutton Hall würde sie alle überdauern.

Ein weiterer warmer Windstoß fegte über die Hecke neben ihr hinweg, ließ die Blätter noch nachdrücklicher rascheln.

Die Luft war schneidend und heiß, erinnerte sie an den Mistral zu Hause in Südfrankreich. Wie er aus dem Nichts plötzlich herbeiwehte und Staub in jede Ritze pustete, sodass jeder vernünftige Mensch und jedes Tier irgendwo Zuflucht suchten. Das hier ist aber nicht dasselbe, dachte sie, als der Wind stärker wurde und ein tiefes Grollen den Boden unter ihren Füßen vibrieren ließ. England neigte nicht zu den heftigen Unwettern, die es bei ihr zu Hause gab. Dennoch beschleunigte sie ihren Schritt sicherheitshalber ein wenig.

Ein gleißender Blitz erleuchtete die Wolken von hinten, gefolgt von einem Donnerschlag, bei dem Mathilde zusammenzuckte und die Schultern einzog. Kurz darauf landeten die ersten dicken Regentropfen im Staub zu ihren Füßen, wirbelten ihn auf, sodass er über den Boden tanzte. Rasch steckte sie ihre kostbare Kamera in die Fototasche, und als sie einen alten, heruntergekommenen Schuppen weiter vorne am Wegesrand entdeckte, klemmte sie sich die Tasche unter den Arm und rannte darauf zu, während sie sich ihre Strickjacke über den Kopf hielt, die aber natürlich den Regen nicht abhalten konnte.

Die Tür war zu, aber nicht abgeschlossen, und da der Regen jetzt Fahrt aufnahm und stärker wurde, schob sie ihre Finger in den Spalt zwischen den beiden Türflügeln, zog sie auf und stürzte hinein ins Trockene. Das Prasseln des Regens auf dem verzinkten Metalldach war ohrenbetäubend, aber wenigstens war das Dach dicht.

Als sie sich umsah, entdeckte Mathilde rostige landwirtschaftliche Arbeitsgeräte, die von Gras und Unkraut überwuchert waren, als würden sie schon seit Jahrhunderten dort unberührt stehen und langsam zerfallen. Sie schaute hinaus zum Himmel und fragte sich, wie lange das Gewitter wohl noch dauern würde. Ein weiterer Blitz, unmittelbar gefolgt von einem Donnerschlag, zeigte an, dass es bereits über ihr war und hoffentlich bald weiterzog.

Schließlich wurde der Regen ein wenig schwächer, und wie sie vermutet hatte, zog das Gewitter vorbei. Als das Geprassel auf dem Dach nachließ, hörte Mathilde plötzlich ein anderes Geräusch. Ein leises, hohes Quietschen, als ob etwas, das man mal ölen müsste, im böigen Wind hin und her schwang. Sie legte den Kopf zur Seite und lauschte.

Schon bald hörte sie es wieder, dieses Mal deutlicher, und jetzt erkannte sie sofort, was es war. Ein rostiges Scharnier jedenfalls nicht. Sie ließ sich auf die Knie hinab und legte sich flach auf den Boden, um unter die Maschinen hinten im Schuppen zu sehen. Und tatsächlich, genau wie sie es gedacht hatte, starrte ein kobaltblaues Augenpaar zurück. Die Besitzerin der Augen quietschte noch einmal.

»Hey, *petit chat*«, flüsterte Mathilde, schnalzte leise mit der Zunge und wackelte mit den Fingern. Das Kätzchen, ein winziges schwarzes Tierchen, rührte sich nicht. Mathilde sah sich im Schuppen um, falls irgendwo die Mutter oder eine andere plausible Erklärung auftauchte, weshalb es sich hier versteckte. Sie musste das Kätzchen irgendwie fangen, um es sich genauer anzusehen. Ihr üblicher Modus Operandi, wenn sie Tiere fotografieren wollte, bestand darin, sie mit etwas Essbarem anzulocken, doch sie hatte außer einer Banane, die sie im Weggehen eingesteckt hatte, nichts in der Tasche. Sie sah sich um und entdeckte einen langen, dünnen Zweig, dann kramte sie so leise wie möglich in ihrer Tasche und förderte ein altes Taschentuch zutage. Sie befestigte es am Ende des Zweigs und ließ das improvisierte Spielzeug hin und her schnellen. Als ihr schließlich schon der Arm davon wehtat, schoss eine winzige, pelzige schwarze Pfote hervor und schlug nach dem tanzenden Stöckchen. Ihr Trick wirkte. Vorsichtig streckte sie den Arm nach ihrer Strickjacke aus, die sie in dem Versuch, sie zu trocknen, über eine alte Schubkarre gehängt hatte, und als das Kätzchen waghalsiger wurde und sich schließlich aus seinem Versteck traute, warf sie die Strickjacke darüber und hob es auf.

Sofort wehrte sich das Bündel heftig. Kleine, zarte Beinchen traten nach ihr, spitze, messerscharfe Krallen bohrten sich ins Gestrickte, während ein schreckliches hohes, erbärmliches Miauen den Schuppen erfüllte. Mathilde zog den Stoff ein wenig zurück, damit das Gesichtchen zum Vorschein kam, und rannte los, wobei sie ihre immer noch zappelnde Gefangene an ihren Körper drückte.

Als sie zu Hause in der Küche angelangt war, setzte sie das winzige, flauschige Tier auf den Boden und streifte die Strickjacke ab, wobei sie sich vor den fuchtelnden Krallen in Acht nahm. Ihre Arme zeugten davon, wie nadelspitz sie waren, winzige Blutstropfen rannen an zahlreichen Kratzern entlang. Endlich befreit, stürzte sich die Kleine in die nächstbeste dunkle Ecke – unter den uralten Kühlschrank. Mathilde schnaubte missbilligend, und nachdem sie sich die Arme unter kaltem Wasser abgewaschen und mit Küchentüchern trocken getupft hatte, stellte sie eine Untertasse mit Wasser und eine mit Thunfisch, den sie im Schrank gefunden hatte, auf den Boden. Sie hatte keine Ahnung, ob ihr kleiner Gast schon alt genug war für richtiges Fressen, und hoffte, dass er es später nicht erbrechen würde, aber bestimmt lockte der Fisch das Kätzchen unter dem Kühlschrank hervor. Wahrscheinlich sollte sie es auch zum Tierarzt bringen, doch ihr Englisch war nicht gut genug, deshalb musste sie warten, bis Rachel zurückkehrte.

Doch so bald, wie Mathilde gedacht hatte, kam ihre Schwester nicht zurück. Um vier schickte sie eine Nachricht, dass bei Swaffham ein Baum umgestürzt war und sie beschlossen hatte, nach Peterborough weiterzufahren und zu Hause zu übernachten. Sie witzelte noch, dass sie Mathilde für heute in Ruhe lassen würde, doch die merkte plötzlich, dass der Tag allein gar nicht so angenehm gewesen war, wie sie erwartet hatte. Nachdem sie ihr ganzes Leben lang nach Schatten gesucht, in denen sie sich verstecken konnte, und Trost in der Einsamkeit gefunden hatte, schien nun die Aussicht auf eine Nacht allein gar nicht mehr so friedvoll. Oder so ruhig, wie ein leises Miauen unter dem Kühlschrank sie erinnerte. Sie rannte nach oben, um ihre nassen Sachen auszuziehen und zu duschen. Das Kätzchen ließ sie, wo es war, die beiden Untertassen verlockend neben dem Kühlschrank.

Als es Zeit war, zu Bett zu gehen, war ihre kleine Besucherin noch immer nicht aufgetaucht. Mathilde wollte nicht, dass sie in der Nacht womöglich in einen anderen Teil des Hauses entschwand, deshalb schloss sie alle Türen bis auf die, die zu dem kleinen Wohnzimmer führte, und richtete sich dort ein provisorisches Nachtlager auf dem Sofa ein. Sie schaltete das Licht aus und sperrte im Dunkeln die Ohren auf, ob irgendetwas aus der Küche zu hören war.

Um sie herum erklangen die üblichen nächtlichen Geräusche eines alten Hauses, doch die machten sie nicht mehr nervös. Inzwischen hatte sie sich an das Knacken und Ächzen des Holzes und der Wasserleitungen gewöhnt. Kurz nach Mitternacht hörte sie, wie Porzellan leise über den Fliesenboden schabte, und sie kroch auf Händen und Knien durch den Raum, damit sie um die Ecke spähen konnte. Und tatsächlich beugte sich das Kätzchen, das in der Dunkelheit beinahe unsichtbar war, über die Untertassen.

»Hallo, Shadow«, flüsterte Mathilde, ehe sie wieder unter die Decke schlüpfte.

27

Oktober 1584

Tom schlief in dieser Nacht kaum, zu große Sorgen machte er sich, nicht früh genug aufzuwachen und ihre Verabredung zu verpassen. Es war schwieriger, sich im Morgengrauen hinauszuschleichen, wenn bereits jede Menge Diener hart daran arbeiteten, den Palast für den neuen Tag vorzubereiten, und ihn keine Dunkelheit mehr schützte. Dennoch, wenn er Isabel sehen wollte, musste er es wagen. Er nahm also seinen Korb, in dem er Kräuter sammelte – falls ihn doch jemand fragen sollte, was er um diese Stunde im Garten zu schaffen hätte –, und ging zu der äußeren Tür, die in den Garten hinausführte.

Die Wolken zogen rasch über den Himmel, sie waren blass und flaumig, ließen schon die dunkelrosa Ränder des nahenden Sonnenaufgangs erahnen. Die hohen, befestigten Steinmauern des Palasts ragten über Tom auf, und unwillkürlich sah er zu den Fenstern hinauf. Er fragte sich, ob ihn jemand von dort oben beobachtete. Spione waren überall, niemand war sicher.

Als er sich dem Ort näherte, an dem sie sich letztes Mal getroffen hatten, war es zwar noch nicht ganz hell, doch er konnte sehen, dass sie eingehüllt in einen langen dunklen Umhang mit dickem Kragen aus Eichhörnchenfell auf ihn wartete. Er warf einen Blick über die Schulter, um sich zu vergewissern, dass er allein war, und eilte zu ihr hinüber.

»So ist es viel besser, nicht wahr?«, flüsterte sie lächelnd, und er nickte.

»Gefährlich«, bedeutete er ihr, »niemand darf uns sehen.«

»Dann müssen wir einen Treffpunkt finden, der abgeschiedener ist.« Sie hob fragend die Augenbrauen. Tom schoss durch den Kopf, ob das irgendein Trick war, sie sich einen grausamen Scherz mit ihm erlaubte. Es wäre nicht das erste Mal, dass jemand seine Taubheit ausnutzte, um sich über ihn lustig zu machen und damit seine Freunde zu amüsieren. Doch Isabel war so begeistert und selbstbewusst – und offenbar daran gewöhnt, alles zu bekommen, was sie wollte. Und sie war so hinreißend, dass es das Risiko wert war. Er konnte kaum glauben, dass jemand so Schönes und Hochwohlgeborenes an ihm, einem taubstummen Apothekergehilfen, Interesse hatte.

Also nickte er und machte das Zeichen für »Wo?«.

»Bei mir zu Hause. Ich habe ein Haus in der Cordwainer Street.« Obschon sie langsam sprach, bekam er nicht alles mit, denn sein Blick huschte ständig über ihre Schulter, weil er nach Wachen Ausschau hielt. Er runzelte die Stirn und schüttelte den Kopf. Das mit dem Haus hatte er verstanden, aber nicht, wo es sich befand. Er bedeutete ihr, es aufzuschreiben, und sie nickte.

»Ich werde dir über einen der Pagen einen Brief zukommen lassen«, versprach sie, während sie ihm leicht auf den Arm klopfte. Sie lächelte zu ihm auf, und sofort versank er in den Tiefen dieser unglaublichen lavendelfarbenen Augen. Dann war sie weg, ging außen am Garten entlang zurück, während er sich dicht an der Mauer hielt, bis sie um die Ecke des Gebäudes verschwunden war.

Tom ging zur Tür zurück und schnappte sich dabei ein paar Lavendelblüten, die er in seinen Korb fallen ließ. Sagte sie gerade, sie hätte ein Haus? Oder hatte er sie missverstanden? Warum war sie am Hof, wenn sie ein Haus in der Stadt hatte, in dem sie leben konnte? Er hoffte, er würde es bald herausfinden.

An diesem Abend kam ein Page in den Destillierraum. Er war viel kleiner und anscheinend auch jünger als die anderen Knaben, die um den Palast Posten bezogen hatten. Sie erledigten Botengänge, während sie die Regeln und Vorschriften lernten, die sie kennen mussten, um in den Dienst der Königin treten zu können. Der Junge sah recht verängstigt aus, er war es nicht gewohnt, in den Gefilden der Bediensteten zu sein, weit weg von den Gemächern und Galerien des Palastes, in denen er sich für gewöhnlich aufhielt. Tom lächelte, damit der Kleine sich entspannte, und der Junge blickte zu Hugh hinüber, der wohl das Wort an ihn gerichtet hatte. Der Page hielt einen Brief hoch, der mit Wachs versiegelt war, und antwortete ihm. Tom sah sein Gesicht nur im Profil, deshalb war es schwer, seine Lippen zu lesen, doch Tom erkannte das Wort »Lutton« und trat vor, als Hugh auf ihn zeigte.

Der Page verbeugte sich und überreichte mit ernster Miene den Brief, und mit einem ebenso feierlichen Gesicht verbeugte sich Tom ebenfalls. Der Knabe zitterte ein wenig, als hätte er Angst, und Tom fragte sich, was für schreckliche Geschichten inzwischen über ihn die Runde machten. Wahrscheinlich würde es nicht mehr lange dauern, bis er verjagt wurde; das war immer so. Man würde seine Behinderung mit dem Teufel oder mit Hexerei in Verbindung bringen, jemand würde krank werden und Tom als Schuldigen verdammen, und dann würde er des Hofs verwiesen. Die alte Geschichte. Der Page drehte sich um und stürzte davon, ohne noch einmal zurückzuschauen.

Tom riss den Brief auf und überflog ihn rasch.

Ich habe ein Haus in der Cordwainer Street. Ich kann es besser erklären, wenn wir dort sind. Ich werde heute Abend dorthin gehen; die Königin hat mir die Erlaubnis erteilt, dass ich dem Hof drei Tage fernbleiben darf. Bitte, komm morgen Abend, wenn du kannst, dann können wir reden.

Tom steckte den Brief in die Tasche seines Wamses. Er hatte keine Ahnung, wo diese Straße war, Hugh jedoch war in der Stadt aufgewachsen und würde es bestimmt wissen. Allerdings wollte er nicht, dass sein Freund erfuhr, weshalb er danach fragte; dieses Rendezvous war ebenso gefährlich wie all das, was Walsingham von ihm verlangte.

Tom schlug sich auf den Schenkel. Natürlich! So würde er herausfinden, wo er hinmusste. Er würde Hugh gegenüber so tun, als hätte er einen weiteren Spezialauftrag, und ihn dann ganz offen fragen, ob er eine Karte zeichnen konnte. Hugh würde annehmen, dass der Brief von Walsingham stammte, und keine Fragen stellen. Also nahm Tom seine Wachstafel, ging zu Hugh und erklärte ihm seine Notlage.

Wie vermutet, kannte Hugh den Weg, und am folgenden Tag verließ Tom kurz vor Sonnenuntergang mit einer sorgfältig gezeichneten Karte in der Tasche den Palast und eilte hinunter zum Anleger, wo einige kleine Boote auf dem Wasser schaukelten und darauf warteten, Abgesandte des Hofes zu ihren Geschäften in der Stadt zu bringen. Es war für die Jahreszeit recht warm und so ruhig, als würde die Welt erwartungsvoll den Atem anhalten, die Zeit schien stillzustehen. Die Sonne versank gerade am Horizont, erleuchtete mit ihren letzten Strahlen die Gebäude der Stadt in der Ferne, vor allem die Kirchtürme, die sich in den Himmel erhoben, als stünden sie in Flammen.

Tom hielt ein Stück Papier in der Hand, auf dem er die Adresse notiert hatte; er wollte Isabels Brief nicht bei sich tragen, niemand sollte lesen können, was sie sonst noch geschrieben hatte. Einer der wartenden Männer nickte ihm zu und stieg die glitschigen Stufen zum dunklen Wasser hinunter, das seitlich gegen den Anleger schwappte. Tom folgte ihm und hüpfte in die kleine Jolle, sodass sie anfing zu schaukeln. Rasch setzte er sich, und sie ruderten flussaufwärts, mit der einsetzenden Flut. Mitten auf dem Fluss war es windig, und Tom zog sich seine Samtkappe tiefer ins Gesicht. Der Bootsführer war alt und konzentrierte sich auf seine Arbeit, deshalb versuchte er auch nicht, sich mit Tom zu unterhalten. Was Tom nur recht war, blieb ihm doch so der Hinweis auf sein Handicap erspart.

Hugh hatte eine detaillierte Karte gezeichnet, und es dauerte nicht lange, bis Tom das Haus gefunden hatte. Als er dort ankam, überlegte er, ob er angesichts seiner schlichten, abgetragenen Kleidung einen Hintereingang suchen sollte, doch er war von der Dame des Hauses eingeladen worden, deshalb straffte er die Schultern, ging zur Vordertür und klopfte laut und vernehmlich an.

Der Bedienstete, der ihm aufmachte, sah alles andere als begeistert aus und winkte ihn fort. Tom blieb stehen, wo er war, und fragte sich, wie er dem Lakaien erklären sollte, dass Isabel ihn erwartete. Doch zum Glück tauchte sie im Hausflur auf, und der Lakai trat sofort beiseite, um Tom eintreten zu lassen. Seine herablassende Miene jedoch verschwand nicht.

Der Eingangsbereich war groß und dunkel, ein langer Raum, fast so breit wie das gesamte Erdgeschoss. Die Täfelung war mit Reliefs versehen und reflektierte das Licht der zahlreichen Kerzen, die dort brannten, und des Feuers, das in dem breiten Kamin aus glatten Steinen flackerte. Zwischen den Deckenbalken befanden sich Stuckrippen, das Bossenwerk war an den Schnittstellen mit roten Tudor-Rosen verziert, die sich in den gemusterten Stuckfriesen oben an den Wänden wiederholten. An der Wand standen mehrere Bänke und eine Truhe, am Feuer zwei Stühle, und Isabel bedeutete Tom, sich zu setzen, während sie zwei Becher füllte. Tom nippte nervös an dem süßen Wein. In der anderen Ecke des Raumes saß eine Magd und nähte, den Kopf tief über ihre Arbeit gebeugt.

»Das ist mein Haus.« Isabel sprach langsam, ihr Gesicht wurde seitlich vom Feuer erleuchtet – um wie vieles leichter war es doch hier, ihr Gesicht zu sehen. Ihre dunklen Lippen schimmerten vom Wein, als sie zu erzählen begann. »Ich war mit einem Höfling verheiratet, doch er ist sechs Monate nach unserer Hochzeit gestorben. Er war älter als ich und wurde krank. Nun gehört das Haus mir, auch wenn die Königin angeordnet hat, dass ich am Hof bleibe. Ich war bereits ihre Hofdame, als ich meinem verstorbenen Mann, Sir Geoffrey

Downes, aufgefallen bin und er um meine Hand angehalten hat. Meine Eltern sind tot, deshalb gab es niemanden, der Einspruch erheben konnte. Abgesehen von mir natürlich, doch ich hatte in dieser Angelegenheit nichts mitzureden. Und dann starb er innerhalb von Monaten, aber als Witwe habe ich ein wenig Unabhängigkeit, und zum Glück war er sehr reich. Sein Sohn aus erster Ehe hat den Landsitz und den Titel geerbt, aber im Testament meines Mannes wurde mir dieses Haus zugesprochen. Deshalb habe ich jetzt eine Zufluchtsstätte, wenn mir die Hektik und der Lärm bei Hofe zu viel werden, und das gefällt mir gut.«

Tom konnte das alles kaum verarbeiten. Er wusste, dass man adliger Abstammung sein musste, um eine Hofdame der Königin zu werden, doch sie hatte es mit diesem Londoner Stadthaus zu unabhängigem Reichtum gebracht. Und was war er? Ein armer Apothekergehilfe, der nicht mal hören konnte, was sie zu ihm sagte; der keine Ahnung hatte, wie ihre Stimme klang – was sich auch niemals ändern würde. Er konnte sich nicht vorstellen, weshalb sie sich von ihm angezogen fühlte, aber um nichts in der Welt wollte er sie verlieren. Sein Herz war wie gebannt.

»Das Haus ist wunderschön«, schrieb er auf seine Tafel. »Ich wusste nicht, dass Ihr all das besitzt oder dass Ihr einst verheiratet wart.«

»Das spielt jetzt keine Rolle mehr«, sagte sie schulterzuckend. »Aber es ist viel einfacher, wenn wir uns hier treffen, anstatt im Palast herumzuschleichen, stets in der Angst, entdeckt zu werden. Ich kann nicht oft hier sein, weil die Königin sonst Verdacht schöpfen würde, aber wenn ich sage, ich habe hier Dinge zu erledigen, ist sie für gewöhnlich einverstanden und erlaubt, dass ich für ein paar Tage oder eine Woche dem Hof fernbleibe. Dieses Mal hat sie mir nur drei Tage gestattet, da wir uns am Freitag für ein paar Wochen nach Westminster begeben.«

Tom sank das Herz. Er und Hugh würden wohl kaum im Gefolge der Königin mitreisen, da diese ihren Leibarzt mitnahm und falls notwendig die dortigen Apotheker konsultieren würde. Er würde Isabel lange nicht sehen können, und der Gedanke erfüllte ihn mit Trauer. Seine Gefühle spiegelten sich auf seinem Gesicht wider und blieben Isabel nicht verborgen.

»Komm am Mittwochabend wieder«, schlug sie vor, »ehe ich am Donnerstag an den Hof zurückkehre, um bei den Reisevorbereitungen zu helfen. Wir können uns dann besser kennenlernen, und wenn ich aus Westminster zurückkehre, werde ich wieder um Erlaubnis bitten, hierherzukommen. Ich würde gern mehr über dich wissen, Tom Lutton, ich bin mir sicher, dass du viel zu erzählen hast.« Sie lächelte ihn so zärtlich an, dass sich sein Inneres vor Verlangen zusammenzog. Er hatte noch nie jemand so Schönes gesehen, ihre Gesichtszüge waren so fein, ihre Haut wie Rosenblätter. Nichts wollte er lieber, als hier in diesem Haus mit ihr zu sein. Die Folgen, die eine Entdeckung dieser heimlichen Treffen nach sich ziehen würde, waren ihm gleichgültig. Er fühlte sich wie im Paradies und betete zu Gott, dass dieser ihn dessen würdig erachtete. Das alles war zu schön, um wahr zu sein, und meist passierte dann etwas, das alles verdarb. Er schauderte, und in seinem Nacken prickelte es Unheil verkündend. Etwas braute sich zusammen, da war er sich sicher.

28

Juli 2021

Mathilde wurde von einem Klopfen an der Haustür geweckt. Sie richtete sich müde auf und wollte sich gerade auf den Weg machen, um nachzusehen, da klopfte es schon wieder, dieses Mal am üblicheren Eingang, der Hintertür.

»Ja, Moment«, rief sie, während sie sich hastig ihre Jogginghose überstreifte. Sie lief barfuß über die alten Küchenfliesen und hielt dabei nach dem Kätzchen Ausschau, doch es war nirgends zu sehen. Die beiden Untertassen waren jedoch leer.

Durch das schmutzige Fenster der Hintertür erkannte sie sofort Olivers inzwischen vertraute Silhouette.

»Was machst du hier?«, fragte sie, während sie die Tür ein wenig öffnete. Sie zog ihn am Ärmel durch den schmalen Spalt herein, ehe sie die Tür hinter ihm zuschlug. Wie weich sich sein verblasstes, ausgewaschenes Jeanshemd anfühlte.

»Nun, wenn das kein überaus herzliches Willkommen ist«, sagte er und zwinkerte ihr zu. Mathilde verstand die Ironie nicht und sah ihn stirnrunzelnd an, während sie ihn in die

Küche winkte und auch da die Tür hinter ihnen schloss. Oliver sah sich um, alle Türen, die sonst offen standen, waren nun geschlossen.

»Stimmt was nicht?«, fragte er. »Warum sind alle Türen zu? Hast du oben einen Mann versteckt?« Sein Tonfall klang jetzt nicht mehr so scherzhaft.

»Eh, *stupide.*« Sie verdrehte die Augen. »Ein Kätzchen ist hier drin. Ich habe es gestern gefunden und will nicht, dass es abhaut.«

»Wie meinst du das, du hast es gefunden?«

»Es ist …«, sie hielt inne, während sie nach dem Wort suchte, »… *sauvage*. Wild.«

»Oh, ungezähmt? Bist du sicher?«

»Ja, bin ich.« Sie schob die Ärmel ihres Langarm-Shirts hoch, um ihm die vielen Kratzer auf ihren Unterarmen zu zeigen.

»Autsch. Da hast du wohl recht. Aber wo ist es jetzt?«

»Ich weiß es nicht, aber die Türen waren heute Nacht alle zu, deshalb muss es hier irgendwo sein. Und das Essen, das ich ihm hingestellt habe, ist weg.« Sie zeigte auf die leeren Untertassen. »Vielleicht hat es sich wieder unter dem Kühlschrank versteckt?«

Sie ließ sich auf die Knie hinab und linste in den dunklen Spalt. Oliver gesellte sich zu ihr, schaltete die Taschenlampenfunktion an seinem Handy ein und leuchtete damit über den staubbedeckten Boden. Ganz hinten, bedeckt von Staubflocken, kauerte das Kätzchen, seine Augen leuchteten im Lichtschein, während es sie beobachtete.

»Hey, Shadow, Miezekätzchen, komm her«, säuselte Mathilde und wackelte mit den Fingern.

»Shadow?«

»Ja. Es ist schwarz, deshalb … Shadow.«

»Hör mal, es wird nicht rauskommen, wenn wir es hier anstarren und ihm mit der Taschenlampe im Gesicht herumfuchteln. Du brauchst die richtige Ausstattung für ein Kätzchen. Geh dich anziehen, dann suchen wir eine Zoohandlung.« Oliver stand auf, öffnete die Tür zum Flur und bedeutete ihr, nach oben zu gehen. »Ich werfe derweil noch mal einen kurzen Blick auf dein Triptychon«, sagte er, während er die Tür hinter sich zumachte und durch den Flur Richtung Esszimmer verschwand.

Dort fand Mathilde ihn, als sie zwanzig Minuten später wieder herunterkam, die nassen Haare zu einem Dutt geschlungen, ihre hohen Wangenknochen gut sichtbar und ausnahmsweise nicht hinter einem Vorhang aus Haaren verborgen. Sie merkte nicht, dass Oliver sie anerkennend von der Seite musterte, als sie sich neben ihn vor das Gemälde stellte.

»Hast du neue Informationen darüber?«, fragte sie.

»Noch nicht«, erwiderte er, »aber ich bin hergekommen, weil ich ein wenig weiterputzen wollte. Tut mir leid, ich hätte vorher anrufen sollen, aber ich habe unerwartet einen Tag frei und wollte herkommen, deshalb habe ich mich, ohne groß nachzudenken, ins Auto gesetzt. Hattest du eigentlich noch mehr seltsame Träume oder Visionen?« Mathilde nickte langsam.

»Das hier.« Sie deutete auf einen dunklen Raum, der voller Menschen zu sein schien. »Ich war dort. Es war heiß und überfüllt und roch nach Bier. Und nach Menschen.« Sie rümpfte die Nase bei der Erinnerung, dann beschrieb sie den Rest der Szene, den Austausch, den sie beobachtet hatte.

»Wie seltsam, es scheint tatsächlich, als würdest du von jeder Szene träumen. Bestimmt könnte ein Psychologe eine rationale Erklärung dafür liefern. Vielleicht wirkt irgendeine suggestive Kraft auf dich ein, wenn du das Gemälde betrachtest.«

Mathilde stimmte ihm zu, während sie vergebens versuchte, ihren Blick davon abzuhalten, zu der Feuersbrunst auf dem letzten Paneel zu wandern, die schieres Entsetzen in ihr auslöste. Davon brauchte sie nicht zu träumen, ihre Erinnerungen waren nur allzu real; und wenn sie zuließe, dass sie wieder zu viel Macht über sie bekämen ... dann würde ihre Welt in eine Million Scherben zerspringen.

Olivers Mini war innen makellos sauber, und Mathilde atmete lautlos aus, erleichtert, dass sie nicht ihren Van genommen hatten, dessen vorderer Teil einem Abfalleimer glich. Ab und zu machte sie dort ein bisschen sauber, aber nur, wenn der Schmutz, der von ihren Stiefeln abfiel, zusammen mit den Krümeln der Sandwichs und Chips, die sie unterwegs aß, selbst für ihre lächerlichen Standards zu viel wurde. Sie wusste nicht, warum, doch sie wollte nicht, dass Oliver ihre schlechten Angewohnheiten sah.

Während Oliver auf dem Parkplatz eines riesigen Tierfachmarkts vor den Toren der Stadt rückwärts einparkte, legte er seinen starken gebräunten Unterarm, dessen Ärmel hochgekrempelt waren, um ihren Sitz. Mathilde stieg der Hauch eines moschusartigen Aftershaves in die Nase, als er den Kopf drehte, und sie spürte, wie es in ihrem Bauch prickelte. Ihr wurde heiß. Sobald er die Handbremse angezogen hatte, löste sie ihren Gurt und sprang aus dem Wagen, der ihr plötzlich viel zu eng vorkam. Falls es Oliver aufgefallen war, ließ er sich jedenfalls nichts anmerken.

»Gut, dann sorgen wir mal für Shadow.« Er holte einen Einkaufswagen und steuerte auf den hinteren Teil des Ladens zu, wo ein riesiges Foto von einem Kätzchen von der Decke baumelte. Mathilde folgte ihm.

Sie dachte an ihr schmales Budget und entschied sich gegen ein spezielles Körbchen, doch nachdem sie Fressnäpfe und einen Karton mit Tütenfutter in den Wagen gelegt hatten, blieben sie bei den Spielzeugen stehen, und sie grinste beim Anblick der bunten Vielfalt. Es dauerte ein wenig, bis Oliver ihr erklärt hatte, was Katzenminze war, aber mithilfe eines Onlineübersetzungsprogramms auf dem Handy verstand sie es schließlich und fügte dem Wagen noch eine Maus, die damit gefüllt war, und eine flauschige Schlange, die am Ende eines Stöckchens befestigt war, hinzu, mit dem sie das Kätzchen vielleicht unter dem Kühlschrank hervorlocken konnten.

Sobald sie ihre Einkäufe hinten im Wagen verstaut hatten, schlug Oliver vor, dass sie im Supermarkt nebenan ein improvisiertes Picknick zusammenstellten und gemeinsam zu Mittag aßen.

»Dann aber schnell«, stimmte Mathilde zu, »Shadow ist doch allein zu Hause.«

Oliver fuhr zu einem Picknickbereich an einem flachen Fluss, wo sie sich an einen Tisch setzten und über das Essen hermachten. Das Gewitter am Vortag hatte die Luft nicht abgekühlt, die Sonne über ihnen sickerte durch die Birken und warf ein Muster aus tanzenden Schatten auf den Boden. Bienen flogen summend zwischen den Brennnesselblüten hin und her. Am anderen Flussufer stand ein Reiher, eine stille, wie versteinerte Statue, die das Wasser beobachtete.

»Erzähl mir etwas aus deiner Kindheit«, sagte Oliver. »Wie war sie so?«

Mathilde beobachtete lange Zeit den Reiher, bevor sie antwortete. »Ich hatte oft Angst. Und es war ermüdend, die Erwachsene zu spielen, wo ich doch nur ein Kind war. Jetzt fühlt es sich seltsam an, so lange an einem Ort zu sein, wo ich es doch gewohnt bin, immer umherzuziehen.«

»Und als du ein Kind warst? Du hast doch bestimmt eine Zeit lang in einem Haus gewohnt, als du noch zur Schule gingst?«

»Häuser, Wohnwagen, Schuppen – wir haben eigentlich überall gewohnt, wo wir Schutz finden konnten. Nirgends sind wir lang geblieben, deshalb ist meine Schulbildung ziemlich lückenhaft.« Sie lächelte rasch, ihr üblicher Trick, um Mitleid abzuwenden, sie hasste Mitleid, und ihr entging nie, wenn welches aufkam. Sie erinnerte sich gut daran, welchen Schrecken es in ihr auslöste, wenn sich die Anzeichen dafür verdichteten, dass der psychische Zustand ihrer Mutter wieder ins Wanken geriet. Wenn sie weglief und sich versteckte, oft in Nebengebäuden, wenn sie sich irgendwo verkroch, um den Bomben zu entkommen, die zwar nicht mehr fielen, die sie aber immer noch hören konnte. Das war der Punkt, an dem die Leute anfingen, mit Fingern auf sie und ihre »verrückte« Mutter zu zeigen, und Mathilde wusste, dass es an der Zeit war weiterzuziehen.

»Gab es nur dich und deine Mum? Keine Geschwister?«

»Nur uns beide. Ich hatte mir immer einen Bruder oder eine Schwester gewünscht. Jemanden, der mir half, die Bürde zu tragen. Und erst jetzt habe ich erfahren, dass ich eine Schwester habe und einen Vater hatte, der nach mir gesucht hat. Die das Gewicht von meinen Schultern hätten nehmen können. Meine Kindheit wäre ganz anders verlaufen. Welten von dem entfernt, was war, und meine Mutter hätte vielleicht die Hilfe bekommen, die sie so dringend gebraucht hätte.« Mathilde strich mit den Seiten ihrer Schuhe über den Boden, scharrte eine Mulde in die Erde, während sie sprach. »Was ich fragen wollte«, lenkte sie das Gespräch jetzt von sich selbst ab, »du hast erwähnt, dass du Brüder hast?«

»Ja, zwei. Sie sind Zwillinge: Simon und Miles. Sie sind etwas jünger als ich. Meine Eltern haben lange erfolglos versucht, ein eigenes Kind zu bekommen, deshalb haben sie mich adoptiert, als ich noch ein Baby war. Da waren sie schon Ende dreißig. Kaum war die Tinte auf der Adoptionsurkunde getrocknet, entdeckte meine Mutter, dass sie schwanger war. Wer hätte das gedacht? Und plötzlich tobten drei kleine Jungs herum.« Er grinste.

»Fragst du dich je, wer deine biologischen Eltern waren?«

»Als ich Anfang zwanzig war, habe ich nachgeforscht und sie auch gefunden, aber sie waren nicht mal nach all den Jahren besonders interessiert. Beide hatten viele Probleme, und ich habe Glück gehabt, dass ich von meinen Eltern adoptiert wurde. Unser beider Leben scheint mit einer Art Flucht begonnen zu haben, was?« So hatte Mathilde das noch gar nicht betrachtet, aber sie nickte langsam.

Dann sprang sie plötzlich auf und klopfte sich die Jeans ab. »Wollen wir gehen? Ich will zurück zu Shadow.« Sie lächelte rasch, wie um die abrupte Beendigung ihres Gesprächs abzufedern.

Oliver stand ebenfalls auf und fing an, die Überreste ihres Picknicks einzusammeln, wobei er seinen besorgten Blick nicht von ihr abwandte. Sie spürte, wie er an den Rollläden rüttelte, die sie heruntergelassen hatte, doch ihre Gefühle waren so tief verschüttet, dass nicht mal sie selbst sie wiederfinden konnte. Selbst wenn sie es gewollt hätte.

Als sie vor Lutton Hall vorfuhren, entdeckten sie, dass Rachel und Fleur bereits nach Hause gekommen waren, und Mathilde hoffte, dass sie das Kätzchen nicht aufgescheucht hatten. Sie überließ es Oliver, die Einkäufe hereinzutragen, während sie ins Haus rannte, dass ihre Schritte auf dem Holzboden im leeren Vorraum nur so hallten.

Die Küchentür war immer noch geschlossen, und als sie eintrat, fand sie Fleur auf allen vieren auf dem Boden vor. Sie machte ein Geräusch, das wie ein lockendes Miauen klang, während Rachel gerade Lebensmittel aus mehreren Einkaufstüten einräumte.

Rachel lächelte. »War das ein Scherz mit der Katze? Fleur versucht schon seit einer Viertelstunde, sie zu finden, aber sie hat sich nicht gezeigt oder irgendeinen Laut von sich gegeben.« Mathilde schüttelte den Kopf, ihr Herz schlug schneller. War das Kätzchen gestorben, während sie weg war und ihre Zeit mit einem Picknick vergeudet hatte? Das Wasser in der Untertasse war verschwunden. Sie kniete sich neben dem Kühlschrank hin und leuchtete mit der Handytaschenlampe darunter. Als die vertrauten blauen Augen sie anstarrten, seufzte sie vor Erleichterung. Plötzlich spürte sie neben sich eine Bewegung, und Fleurs kleines Gesicht quetschte sich neben ihres, um ebenfalls unter den Kühlschrank zu schauen.

Mathilde roch ihr Erdbeershampoo, spürte, wie flaumige Locken ihr Gesicht streiften, und widerstand dem Bedürfnis, das kleine Mädchen in den Arm zu nehmen und an sich zu ziehen. Noch nie zuvor hatte sie für jemanden so empfunden wie für diese beiden Menschen, die die gleiche DNA hatten wie sie. Die Kleine erweckte eine Art Beschützerinstinkt in ihr – etwas, das sie nicht kannte und das ihr vollkommen fremd war.

»Sieh mal, da ist es.« Ihre Stimme klang rau, deshalb räusperte sie sich. »Ich habe es Shadow genannt, weil es schwarz ist und sich gern da unten, wo es dunkel ist, versteckt.«

Hinter ihnen ging die Tür auf, und Oliver stolperte mit all dem Katzenzubehör aus der Zoohandlung herein.

»Reicht das auch wirklich?« Rachel lachte, als sie es ihm abnahm. »Wo genau hast du dieses Kätzchen eigentlich gefunden?«

»Ich bin gestern spazieren gegangen.« Mathilde setzte sich auf ihre Fersen zurück und berichtete von dem Gewitter und wie sie in dem Schuppen Unterschlupf gefunden hatte. »Es war so abgemagert, deshalb habe ich ihm etwas zu fressen gegeben. Und ich glaube, jetzt gehört es mir. Es kann bei mir im Van wohnen.«

»Hm«, machte Rachel zweifelnd, »aber du wirst es nicht aufs europäische Festland mitnehmen können, dafür braucht es nämlich jede Menge Impfungen und einen Heimtierausweis.«

»Wie auch immer.« Mathilde machte eine Handbewegung, als wollte sie Rachels Bedenken fortwischen. »Die Impfungen braucht es, ja, aber ich werde es verstecken, dann merkt niemand, dass ich es dabeihabe.« Ihr entging, dass Rachel

Oliver ansah und dabei eine Augenbraue hochzog, ehe sie das Thema fallen ließ.

»Kommt es heraus, damit ich mit ihm spielen kann?«, fragte Fleur, das Gesicht noch immer an den Boden gepresst.

»Nicht, wenn es wild ist«, warnte ihre Mutter sie. »Dann wird es dich nämlich kratzen. Komm, setz dich an den Tisch und iss was. Wenn es rauskommt, musst du es in Ruhe lassen, verstanden?« Fleur nickte, wenn auch schmollend.

»Wenn es sich erst mal an alle gewöhnt hat, kannst du vielleicht mit ihm spielen«, tröstete Oliver sie.

Mathilde schüttete eine Tüte Futter in einen der neuen Näpfe und Oliver etwas Wasser in den anderen. Dann packten sie die übrigen Einkäufe aus und stellten ein Katzenklo auf. Mathilde sah, wie Rachel angewidert die Nase rümpfte und sich abwandte.

Binnen Minuten kam Shadow aus seinem Versteck gekrochen, und während sie alle den Atem anhielten, beugte er sich über sein Futter und begann zu fressen.

»Ooooh«, flüsterte Fleur, »Mummy, kann ich ein Kätzchen bekommen?«

»Nein, kannst du nicht.« Rachel sah Mathilde finster an, was die aber gar nicht mitbekam, war sie doch zu sehr darin vertieft, das winzige Tierchen zu beobachten, dessen schwarzes Fell mit Flocken von jahrealtem Staub bedeckt war.

Nachdem Shadow zu Ende gefressen und etwas Wasser getrunken hatte, entfernte er sich vorsichtig ein wenig von seinem Versteck, um seine neue Umgebung zu erkunden. Langsam griff Mathilde nach einem seiner neuen Katzenminzespielzeuge und schob es ihm hin, wobei sie sich bemühte, keine hastigen Bewegungen zu machen. Sie wollte nicht, dass er wieder zurück in den Schutz der Dunkelheit unter dem Kühlschrank verschwand. Als Shadow sah, dass sich das Spielzeug ein wenig bewegte, stürzte er sich darauf. Fleur kicherte begeistert.

»Ich glaube, wir sollten ihn jetzt alle ignorieren«, sagte Rachel. »Dann gewöhnt er sich besser an uns. Ich fange gleich mit Kochen an. Es gibt Pasta zum Abendessen. Möchte jemand von euch mitessen?« Sie blickte Mathilde und Oliver an.

»Ich nicht, danke«, erwiderte Oliver. »Ich muss jetzt wirklich nach Hause. Vielleicht melden sich in den nächsten Tagen ein paar Kollegen aus London wegen des Triptychons. Ich rufe euch dann an.« Er wuschelte Fleur über die Haare und bedachte Rachel mit einem flüchtigen Lächeln, dann machte er sich auf den Weg zur Haustür. Mathilde folgte ihm.

»Danke für deine Hilfe heute«, sagte sie. »Und für das Picknick.«

»Es hat Spaß gemacht.« Er lächelte sie an, um seine Augen bildeten sich so viele Fältchen, dass sie fast verschwanden. Er war so offen. Sie konnte sich nicht vorstellen, so zu sein, sich zu erlauben, so frei ihre Gefühle zu zeigen. »Und danke, dass du mit mir über deine Vergangenheit gesprochen hast. Das war bestimmt nicht einfach.«

»Halb so schlimm.« Sie zuckte mit den Schultern. »Wie du schon sagtest, es ist Vergangenheit.« Sie senkte den Blick und trat gegen ein Unkraut, das vor der Türschwelle wucherte.

»Dann ist es vielleicht an der Zeit, dir davon nicht mehr die Zukunft verdunkeln zu lassen?« Er legte einen Finger unter ihr Kinn und hob es ein wenig an, sodass sie ihm in die Augen sehen musste. Mit gerunzelter Stirn wartete er darauf, dass sie etwas erwiderte. Sie lächelte kurz, schüttelte den Kopf und blickte wieder zu Boden. Er neigte den Kopf, und seine Lippen streiften sanft ihren Scheitel, dann wandte er sich seinem Auto zu und stieg ein.

Sie ging zurück in den Vorraum und schloss die Tür. Kurz darauf hörte sie, wie der Motor angelassen wurde und er wegfuhr.

»Auf Wiedersehen«, sagte sie leise. Zu spät.

29

Oktober 1584

Da er Isabel eine Weile nicht besuchen konnte, griff Tom zu seinen neuen Farben und fügte einige seiner Eindrücke von London hinzu. Er überlegte hin und her, ob er Throckmortons Hinrichtung dokumentieren sollte, aber dieser Tag stellte eine wichtige Episode in seiner Einführung in die Stadt und seine geheime Arbeit für Walsingham dar. Sie zeigte, welche Folgen die Machenschaften von Spionen haben konnten. Er malte die dicht gedrängten Stadthäuser, die dunklen Schatten in den verwinkelten Gassen, die Wäsche, die zum Trocknen hoch in die Fenster gehängt wurde. Er malte die Menschen. So viele Londoner lebten in diesen Häusern, ihre Welten waren miteinander verwoben, während sie versuchten, in dem Dasein, das ihnen beschert war, zu überleben. Die Lehrlinge auf den Straßen, die andere fast umrannten, die Frauen und ihre hungrigen Kinder. Was wussten sie von den Ränken, die geschmiedet wurden, um ihre Königin zu ermorden, wenn sie Tag für Tag darum kämpfen mussten, ihre Familie am Leben zu erhalten?

Seine Gedanken waren düster und trostlos, und er bemühte sich, sein Bild ein wenig aufzuhellen, indem er um die Szenen herum Vanilleblumen und Laubwerk als Dekoration malte.

Er skizzierte auch die vielen Pflanzen, die er und Hugh inzwischen in ihrem erweiterten Kräutergarten anpflanzten. Neben den üblichen Kräutern, die sie für ihre Arzneien brauchten, wuchsen dort Safrankrokusse, die sie im späten Frühling gepflanzt hatten und die bald blühen würden. Von ihnen brauchte er nicht noch mehr zu malen, auf dem linken Paneel des Triptychons waren bereits überall Abbildungen der kleinen lilafarbenen Blumen verstreut. Eine seiner frühesten Erinnerungen bestand in den blühenden Feldern um sein großartiges Zuhause in Norfolk, die in der sanften Brise wie Wellen auf dem Meer wogten, die Herbstsonne warm auf seinem Gesicht. Auch wenn seine Adoptivmutter nach ihrer verzweifelten Flucht vor den Soldaten des Königs das Gewürz in Frankreich weiterhin anbaute, geschah dies nicht mehr in so großer Menge, und bei der Ernte war sie allein auf ihre Kinder und Freunde angewiesen. Eine wahre Knochenarbeit. Doch der scharfe, metallische Duft des Safrans hatte sich ihm für immer eingeprägt, und er freute sich darauf, seinen eigenen zu ernten.

Die Vanillepflanzen, die er anbaute, trugen jedoch leider keine Früchte. Trotz ihrer exquisiten, feinen Blüten brachten sie keine Schoten mit Samen hervor, und wieder einmal suchte er in den Lagerhäusern am Fluss nach Händlern, deren Schiffe Vanille aus Venedig oder Calais mitgebracht hatten.

Schon bald wurde Tom wieder in Walsinghams Dienstgemächer im Palast gerufen. Er konnte sich eines kleinen Anflugs von Stolz darüber, dass er der Königin auf diese Weise dienen durfte, nicht erwehren, doch er war in Sorge, wohin Walsingham ihn wohl dieses Mal schicken und welchen Gefahren er am Ende ausgesetzt sein würde. Die Aufträge, die er für ihn erledigte, waren riskant, und er hegte keine Zweifel, dass Walsingham ihn, ohne mit der Wimper zu zucken, opfern würde.

Als er die inzwischen vertrauten Gemächer betrat, fand er den Mann allein und schreibend an seinem Schreibtisch vor. Tom verbeugte sich tief, richtete sich dann wieder auf und wartete auf Anweisungen. Ohne den Kopf zu heben, kritzelte Walsingham wie rasend weiter, seine Feder wanderte in überraschendem Tempo zum Tintenfass und wieder zurück zum Pergament. Er deutete über seine Schulter hinweg zu dem mit Kissen gepolsterten Sitz am Feuer hin, und Tom ging hinüber und setzte sich vorsichtig. In dieser prachtvollen Umgebung fühlte er sich in seinen schäbigen Kleidern und seiner Apothekerschürze stets unbehaglich.

Das Zimmer war hell und warm, während draußen finstere graue Wolken hin und wieder einen Regenguss gegen das Fenster warfen, als würden sie Einlass begehren, doch das schlechte Wetter kam gegen die zahlreichen Bienenwachskerzen, die hier brannten, nicht an. Wer brauchte schon Sonnenlicht, wenn er so viel Kerzenschein haben konnte? Hier hingen weniger Bilder und Wandteppiche als in anderen Teilen des Palasts. Es gab nur wenige Möbel, aber eine Wand wurde vollständig von einer langen, dunklen, kunstvoll geschnitzten Truhe aus dickem Eichenholz eingenommen, die mit einem Fries aus geschnitzten Tieren verziert war. Sein Haus in der Seething Lane war üppiger ausgestattet, vielleicht hatte seine Frau Ursula darauf bestanden. Hier hingegen bedurfte es nichts als der schlichten, polierten Täfelung, die im Feuerschein schimmerte. Tom beobachtete, wie eine kleine graue Maus mit winzigen rosa Pfoten und rosa Schwanz an der gegenüberliegenden Wand hin und her rannte und die Menschen im Raum ignorierte.

Walsingham beendete seinen Brief, schüttete Sand aus einem silbernen Streuer über die Tinte, damit sie trocknete, bevor er den Brief versiegelte. Wachs tropfte auf seinen Schreibtisch, als er den Wachsblock von der Kerze nahm, über deren Flamme er es geschmolzen hatte. Er tropfte etwas davon auf das Pergament, ehe er sein Siegel hineinpresste. Ein junger Page erschien, derselbe kleine Junge, den Tom schon einmal gesehen hatte, und sein Blick huschte zwischen den beiden Männern hin und her. Mit gekrümmten Schultern näherte er sich und nahm steif den Brief an sich. Dabei nickte er so heftig, dass es aussah, als würde ihm gleich der Kopf abfallen. Wahrscheinlich hatte er Angst vor dem, was passieren würde, wenn er den Anordnungen seines Meisters nicht sofort Folge leistete, deshalb schnappte er sich den Brief, verbeugte sich und ging rückwärts zur Tür hinaus. Tom wollte ihm ein tröstendes Lächeln zuwerfen, doch der Junge hatte den Blick zu Boden gesenkt. Tom sah zu Walsingham hinüber, der ihn seinerseits ansah und darauf wartete, dass Tom Blickkontakt aufnahm.

»Tom, warum kommst du in diesen grässlichen alten Lumpen hierher?«, sagte er langsam. »Wenn du nach oben in die Prunkgemächer kommst, solltest du dich gepflegter kleiden. Stell dir vor, du begegnest der Königin, wenn sie durch den

Flur geht! Sie wird glauben, dass du ein Bettler bist, der in den Palast eingebrochen ist.«

Tom wusste nicht, was er darauf sagen sollte. Die Livree, die man ihm geliehen hatte, war so unerklärlicherweise aus seiner Kammer verschwunden, wie sie dort aufgetaucht war, deshalb hatte er nur seine geflickten alten Kleider. Aus diesem Grund achtete er ja auch stets darauf, seine Schürze zu tragen. Vielleicht hätte er sie doch ausziehen sollen, aber als er gerufen wurde, hatte er nur noch daran denken können, so schnell wie möglich nach oben zu eilen, auch weil immer die winzige Chance bestand, in diesem Teil des Palasts Isabel über den Weg zu laufen. Er vermutete zwar, dass sie noch immer in Westminster weilte, doch er hoffte, dass sie bald nach Hause käme.

»Hast du nichts Ordentlicheres?«, fragte Walsingham nach einer kleinen Pause, als hätte er darauf gewartet, dass Tom irgendetwas antwortete, ehe ihm wieder einfiel, dass er das nicht konnte, zumindest nicht ohne jede Menge Zeichensprache, die Walsingham vermutlich nicht verstand. Tom schüttelte den Kopf. Ja- und Nein-Fragen waren so viel einfacher. Walsingham runzelte die Stirn, öffnete den Mund und klappte ihn wieder zu. Dann ging er zu einer Tür in der Täfelung hinter ihm, verschwand dahinter und kam ein paar Minuten später mit einer Kniehose aus hellem Wollstoff, einem adretten blauen Walkstoffmantel und einer Kappe zurück, die in sehr viel besserem Zustand war als die, die Tom aufhatte. An einer Seite der Kopfbedeckung steckte noch immer eine kecke Feder.

»Die sollten dir passen«, sagte Walsingham. »Ich habe sie von jemandem, der sich der Königin gegenüber nicht so betrug, wie er sollte. Dort, wo er hingegangen ist, braucht er sie nicht mehr.«

Tom schauderte. Er konnte sich gut vorstellen, wohin derjenige gegangen war, aber er freute sich über die eleganten Kleider, die er sich mit seinem Apothekergehilfenlohn niemals hätte leisten können.

»Ich will, dass du heute Abend jemanden triffst«, fuhr Walsingham fort, während er nach der Wachstafel griff, die er immer bereithielt, wenn er mit Tom redete. Er nahm eine stumpfe Feder, kritzelte einen Namen und drehte die Tafel um, um ihn Tom zu zeigen: Kit Marlowe. Tom zuckte mit den Schultern. Sollte er diesen Mann kennen? »Er ist Student in Christchurch«, fuhr Walsingham fort. »Und er hat ein paar nützliche Freunde am Theater. Sie beobachten einige von Maria Stuarts Spionen, und wir müssen mehr in Erfahrung bringen. Ich hoffe herauszufinden, welche Geheimnisse sie bergen, aber ich will, dass du verstehst, was meine Spione nicht hören, indem du ihre Lippen liest. Es sind die Männer im Schatten, über die wir Bescheid wissen müssen. Denn dort liegt die Wahrheit.«

Tom nickte. »Christchurch« kannte er nicht, aber ansonsten hatte er verstanden, was man ihm gesagt hatte. Er breitete die Arme aus und zog die Augenbrauen fragend nach oben. Er musste wissen, wo er diesen Kit Marlowe treffen würde. Walsingham nahm ein Stück Papier, tauchte seine Feder ins Tintenfass und schrieb »Bell Inn« darauf, dazu eine Uhrzeit. Er reichte Tom das Papier, der es sich ansah und nickte.

»Zieh deine neuen Kleider an.« Walsingham deutete auf das Bündel in Toms Schoß, und dieser begriff, dass dies das Zeichen war, dass er gehen konnte. Er stand auf, verbeugte sich tief und verließ das Zimmer auf die gleiche Weise wie der Page zwanzig Minuten zuvor. Kurz bevor er die Tür hinter sich zuzog, blickte er sich noch einmal um. Walsingham schrieb an einem Dokument und hatte Tom bereits vergessen.

30

Oktober 1584

Am Abend, kurz bevor er Kit Marlowe treffen sollte, nahm sich Tom etwas Brot, Käse und Feigen und aß rasch in seiner Kammer. Das musste reichen, da er keine Zeit hatte, wie sonst mit den anderen Dienern zu Abend zu essen. Auf den beiden riesigen Feuern in der Küche brodelte Eintopf in großen schwarzen Töpfen, der ausnahmsweise nach Wild roch. Tom lief das Wasser im Mund zusammen, und er bedauerte, dass er ihn verpassen würde, doch er durfte nichts tun, was Walsinghams Pläne durchkreuzte.

Er zog seine neuen Kleider an und strich mit den Fingern über das Paar neue Stiefel, deren Leder auf Hochglanz poliert war. Sie waren zusammen mit zwei neuen Hemden mit schlichter Schwarzstickerei um den Kragen auf seinem Bett aufgetaucht. Die Hemden waren weit weniger geflickt als seine eigenen und bestanden aus feinem Batist, weicher als der Leinenstoff, an den er gewöhnt war. Sie waren von besserer Qualität als alles, was Tom getragen hatte, seit er ein kleines Kind war, und fühlten sich kühl und glatt auf seiner Haut an.

Tom untersuchte sie sorgfältig, vor allem auf verräterische Blutspuren. Er hatte den Verdacht, dass Walsingham diese zusätzlichen Kleidungsstücke aus derselben Quelle hatte wie seinen neuen blauen Mantel, und machte sich Gedanken darüber, wo sie wohl zum letzten Mal getragen worden waren. Sie rochen jedoch frisch und hatten keine unangenehmen Flecken.

Als er vollständig angezogen war, fühlte er sich so elegant wie noch nie. Er schlüpfte aus der Seitentür, um zum Anleger hinunterzugehen und ein Boot zu finden, das ihn flussaufwärts brachte. Es amüsierte ihn, dass ihn die Wachtposten nicht nur nicht anhielten, sondern obendrein auch noch den Kopf neigten, weil sie ihn für einen Gentleman des Hofes hielten. Kleider machen Leute, merkte er, deshalb trug er den Kopf höher und schritt auf eine Ansammlung kleiner Boote zu, die auf dem bewegten Wasser der Themse schaukelten. Er musste zwar nur eine halbe Meile zurücklegen, doch der Ruderer kämpfte gegen den Strom, und das Wasser in der Mitte des Flusses war rau. Er fluchte und schwitzte, während er, so stark er konnte, die Ruder durchzog, und langsam näherten sie sich der Drinkwater Wharf, wo Tom vorsichtig die rutschigen Stufen hinaufstieg, die von schleimigen dunkelgrünen Algen bedeckt waren. Auf keinen Fall wollte er seine neuen Kleider ruinieren.

Als er auf dem Kai angelangt war, ging er durch eine Gasse zur Pudding Lane und dann weiter zur Eastcheap. Hier befanden sich die Metzger und Schlachthäuser der Stadt, und Tom stieg ein metallischer, eisenartiger Geruch in die Nase. Vor jedem Gebäude hingen Gerippe und Fleischstücke, als würden sie bereits vor dem Feuer, für das sie bestimmt waren, auf Bratspießen stecken. Dickes, dunkles Blut gerann in Pfützen zwischen den Pflastersteinen.

Endlich fand er The Bell Inn Theatre und entdeckte einen Mann, der draußen Fässer umherrollte. Er hob die Hand, um dessen Aufmerksamkeit zu erlangen, und zeigte ihm das Stück Papier, auf das Walsingham Marlowes Namen geschrieben hatte. Der Mann nickte und deutete auf eine kleine Tür, die in der dunklen Mauer kaum zu sehen war. Ehe er weiter das Bier umräumte, sagte er noch etwas, wandte sich aber ab, bevor er zu Ende gesprochen hatte, sodass Tom es nicht verstand. Tom ging zu der Tür hinüber, hob die Hand und hielt dann inne. Der alte Tom – der wahre Tom – würde anklopfen und warten, bis ihm jemand öffnete. Aber was würde der neue tun? Er wäre selbstsicherer und würde nicht darauf warten, bis ihn jemand hereinbat. Zum ersten Mal in seinem Leben kam er sich ein klein wenig gleichrangig vor, und das fühlte sich gut an. Er klopfte an die Tür, schob den Riegel zurück und betrat einen dunklen Korridor.

Am Ende des Korridors befand sich eine Tür, die von einer einzelnen Kerze in einem Wandleuchter daneben erhellt wurde. Als er sich ihr näherte, flog sie auf. Im Türrahmen erschien ein Mann, der Tom anstarrte. Er wirkte überrascht, jemanden dort anzutreffen. Tom sah, dass er die Lippen bewegte, doch im dämmrigen Licht war es unmöglich, sie zu lesen. Er griff in die Tasche und holte die Nachricht heraus, die Walsingham ihm mitgegeben hatte. Der Mann hatte sich umgedreht, um mit jemandem hinter ihm zu sprechen, deshalb näherte sich Tom langsam und hielt ihm den Brief hin, in der Hoffnung, dass er nicht gleich von einem Schwert durchbohrt werden würde.

Er wartete, bis der andere das Siegel gebrochen und den Inhalt des Schreibens gelesen hatte. Sofort änderte sich das Benehmen des Mannes; ein Lächeln breitete sich auf seinem Gesicht aus, und er wirkte gleich viel freundlicher und herzlicher. Er trat beiseite und bat Tom mit einem Kopfnicken herein. Dann deutete er auf sich selbst und formte »Kit Marlowe« mit den Lippen; Tom war eine solche Behandlung nicht gewohnt und fragte sich, was Walsingham wohl über ihn gesagt hatte.

Im Raum war es zum Glück heller als in dem Korridor; die Decke war hoch, und dicke Kerzen in hohen, gedrehten Wandhaltern aus Metall beleuchteten eine Gruppe von Männern, von denen einige Papiere in der Hand hielten. Das Feuer im Kamin war heruntergebrannt, und der Gentleman, der ihn eingelassen hatte, nahm ein Holzscheit und warf es hinein, dass die Funken nur so den Kamin hinauf und über die Feuerstelle stoben, die bereits von einer dicken Schicht samtig grauer Asche bedeckt war.

Tom beobachtete, wie der Mann erklärte, wer er war. In dem hell erleuchteten Raum war es viel einfacher, seine Lippen zu lesen, und er erkannte seinen eigenen Namen, Sir Francis Walsingham und die Worte »kann weder hören noch sprechen« – was er sehr oft von Lippen ablas – sowie »hilft uns bei unseren Verpflichtungen gegenüber der Königin«. Worin diese Verpflichtungen bestanden, wusste er; da Walsingham ihn hierhergeschickt hatte, war dies ein Spionageauftrag, und die anderen Männer waren offenbar Teil seines Spionagerings. Und der war groß, wie Tom allmählich klar wurde.

Die Männer wandten ihm ihre Gesichter zu. »Du kannst

uns also überhaupt nicht hören?«, fragte einer von ihnen. Tom lächelte und schüttelte den Kopf.

»Was?« Ein anderer stand langsam auf und trat Tom gegenüber. Er hatte das rote Gesicht von jemandem, der gerne viel trank. Er war klein und dünn und hatte lange Arme, die vor- und zurückbaumelten, wenn er sich bewegte, wobei er seine Finger seltsam krümmte und wieder streckte. »Wenn du nicht hören kannst, wir kannst du dann seine Frage beantworten?« Sein Atem stank, seine verfaulten Zähne steckten in bleichem, geschwollenem Zahnfleisch; er kam Tom mit dem Gesicht ganz nahe, sodass dieser einen Schritt zurückweichen musste und sich der Tisch hinter ihm in seine Schenkel drückte. Kit musste wohl etwas zu dem Mann gesagt haben, denn der wandte den Kopf zur Seite, trat einen Schritt zurück und hob entschuldigend die Hände.

»Du kannst alles, was ich sage, von meinen Lippen ablesen?«, fragte er und deutete auf seinen Mund. Dann schlug er Tom so kräftig auf den Rücken, dass es sich anfühlte, als hätte ihn eine Schaufel getroffen. Kit hatte sich so hingestellt, dass Tom mitbekam, was er sagte, während er dem Mann, den er Richard nannte, erklärte, wie Tom von den Lippen ablas.

Tom war ganz verlegen, als sich alle Blicke auf ihn richteten. Er sah von einem zum anderen, um ihre Reaktion einzuschätzen. Nach und nach lächelten alle und nickten. Sie wandten sich Kit zu, während dieser erklärte, weshalb Walsingham Tom zu ihnen geschickt hatte, und er beobachtete sie aufmerksam, als der Grund klar wurde. Bei den Männern handelte es sich ausnahmslos um Getreue der Königin: eine Theatergruppe, die vor der Königin auftrat, aber auch Tourneen durch die Grafschaften unternahm. Wer würde sich besser eignen als ein stummer Spion, sie zu begleiten und gewisse Gentlemen zu beobachten, die im Verdacht standen, Maria Stuart zu dienen? Die Männer sahen ihn nun in einem ganz neuen Licht und zollten ihm Anerkennung. Sie lächelten ihn an, weil sie begriffen, dass er einer von ihnen war; jemand, der verschiedene Rollen spielte.

Kit ging mit ihm durch den Raum und stellte alle vor. Tom war überrascht, dass Richard der Clown der Truppe war, und dieser bewies es sofort, indem er Rückwärtsrollen durch den Raum vollführte, bis er auf der anderen Seite gegen eine Bank krachte. Tom konnte sich Namen und Gesichter gut merken, und schon bald wusste er, wie alle hießen. Kit reichte ihm einen Becher Bier und bedeutete ihm, sich zu ihnen zu setzen. Alle rückten ihre Stühle umher, damit er Platz in dem Kreis fand.

»Wir gehen auf Reisen«, erklärte Kit und zeigte auf eine Karte, die auf einem Tisch vor ihm lag. »Wir müssen auf Walsinghams Geheiß verschiedene Orte abklappern.« Er zeigte auf mehrere Dörfer in Staffordshire und Shropshire. Sie lagen ganz in der Nähe von Maria Stuarts Kerker. »Einige dieser Häuser waren früher katholisch, und man hegt den Verdacht, dass sie es vielleicht auch heute noch sind. Während wir auftreten, kannst du, Tom, Leute beobachten und von ihren Lippen ablesen, was sie sagen, damit wir herausfinden, was für einen Verrat sie planen.«

Tom fragte sich, wie lange er wohl unterwegs sein würde. Hugh wäre nicht begeistert davon, er brauchte Toms Hilfe im Destillierraum. Es setzte schon Klagen und eine finstere Miene, weil er dauernd zu Walsingham zitiert wurde, obwohl keiner von ihnen in dieser Angelegenheit ein Mitspracherecht hatte. Und was war mit Isabel? Wahrscheinlich wäre er wochenlang fort, vielleicht sogar monatelang, und das Herz tat ihm weh bei dem Gedanken, dass er sie in all der Zeit nicht würde sehen können. Schon sehr bald würde sie aus Westminster zurückkehren. Was, wenn sie ihn vergaß? Er wünschte sich inständig, dass sie genauso für ihn empfand wie er für sie, auch wenn sie sich bisher nur wenige Male allein hatten treffen können. Doch durfte er wirklich hoffen, dass ein niederer Apothekergehilfe, der weder hören noch sprechen konnte, einer der Hofdamen der Königin näherkommen – oder sie gar heiraten – konnte? Als Witwe hatte sie mehr Freiheiten, zu ehelichen, wen sie beliebte, aber vermutlich würde sie doch einen der Höflinge im Dunstkreis der Königin auserwählen? Bestimmt gab es eine Fülle von Edelmännern, die ihr den Hof machten. Reiche, gebildete Gentlemen mit Geld und Ansehen.

Die Runde löste sich auf, nachdem eine Route gen Norden festgelegt worden war, und Kit wies Tom an, in der folgenden Woche wieder ins Theater zu kommen. Er erklärte Tom, dass er ein Pferd für ihn besorgen würde, wofür Tom sehr dankbar war, denn er war zu Fuß durch Frankreich und Belgien gereist und nicht erpicht darauf, eine solche Wanderung noch einmal auf sich zu nehmen. Seine Füße waren inzwischen weich geworden, und er wollte seine neuen Stiefel nicht ruinieren.

Nachdem er seinen neuen Bekanntschaften zugewunken und das Gebäude verlassen hatte, ging Tom zum Anleger zurück. Er hatte es nicht eilig, denn Hugh hatte keine Ahnung, wann er ihn zurückerwarten konnte, und einem Impuls folgend machte er einen Umweg über die Cheapside, bis er zur Royal Exchange gelangte. Von flämischen Arbeitern aus blassgrauem Stein, Schiefer und Glas errichtet, stand sie zwischen anderen Gebäuden, ganz oben schimmerte der herrliche goldene Grashüpfer. Als er bei seiner Ankunft zum ersten Mal durch London spaziert war, hatte er ihn gesehen und gleich gewusst, dass er ihn wieder aufsuchen musste. Es war eine riskante Strategie, aber er hatte nichts zu verlieren und alles zu gewinnen. Absolut alles.

Im Gebäude blieb er einen Moment lang im Gewühl stehen, um alles in sich aufzunehmen. In einem Hof mit Arkadengängen boten zahlreiche Kaufleute ihre Waren feil, er sah Seide und Samt in kräftigen Farben aufblitzen, während die Stoffhändler ihren Geschäften nachgingen. Gold und Güter wechselten die Besitzer. Oben auf einer Galerie wurden Bücher, Vogelkäfige, Rüstungen und Arzneien gegen alle Krankheiten des Lebens angeboten. Der Geruch von süßem zerstoßenem Flohkraut wehte herüber. Er kam zu einer kleinen Goldschmiedewerkstatt und trat ein. Der Umgang mit Ladeninhabern war ihm zuwider, das übliche Geplänkel und die Diskussionen verwirrten ihn, doch dieses Mal hatte er keine andere Wahl. Der Mann sprach ihn an, als er eintrat, doch Tom entging, was er sagte, weil er sich in dem kleinen Raum umsah, der mit Krimskrams aller Art und Edelsteinen vollgestopft war. Auf einem Samtkissen lag ein goldenes Halsgeschmeide mit Rubinen. Es sah so gewaltig aus, dass Tom sich fragte, ob eine Lady es überhaupt um den Hals tragen und dabei noch aufrecht stehen konnte. Dann stach ihm ein kleines Medaillon an einer langen Kette ins Auge. Es bestand aus filigran durchbrochenem Gold. Ob er es sich wohl leisten konnte? Unter seiner Kleidung hatte er seinen Kordelzugbeutel versteckt. Er hatte ihn so um den Körper geschnürt, dass er unter seinem Arm direkt auf der Haut lag. Unter seinem Hemd war er nicht sichtbar, deshalb würde er hoffentlich nicht gefunden werden, wenn er Räubern zum Opfer fiele. Außerdem traute er den anderen Dienern im Palast nicht über den Weg, deshalb trug er den Beutel stets bei sich.

Tom deutete auf das Medaillon; der Goldschmied nahm es aus der hölzernen Auslage und legte es vor ihm auf die Theke. Er wusste, dass er wegen des blauen Mantels und der eleganten Kleider, die Walsingham ihm geschenkt hatte, höflicher bedient wurde, als wenn er in seinem üblichen Aufzug erschienen wäre. Er nahm das Medaillon und betrachtete es eingehend, strich mit den Fingerspitzen über die komplizierte Filigranarbeit. Während er es weglegte, zog er die Augenbrauen nach oben, in der Hoffnung, der Mann würde verstehen, dass er den Preis erfahren wollte. Dabei tat er so, als würde er etwas schreiben, und deutete dann kopfschüttelnd auf seine Ohren. Normalerweise reichte das, um mitzuteilen, dass er die Antwort nicht hören konnte, und tatsächlich kramte der Ladenbesitzer unter der Theke nach einem Fetzen Papier und einer Feder und schrieb fünf Gold-Angel darauf. Das war doppelt so viel, wie Tom erwartet hatte, doch er wusste, dass selbst in der viel gepriesenen Royal Exchange feilschen möglich war.

Er schüttelte den Kopf, strich die Zahl durch und schrieb auf, was er bereit war zu zahlen. Der Goldschmied zog ein finsteres Gesicht und schrieb eine andere Zahl auf. So gingen Papier und Feder noch zwei Minuten hin und her, bis sie zu einem Betrag gelangten, mit dem beide glücklich waren. Tom überreichte dem anderen sein Erspartes und steckte das Medaillon ein. Es lag kühl auf seiner Haut und klopfte sanft dagegen, als er durch die Straßen und Gassen ging, hinunter zum Fluss, wo die Boote darauf warteten, ihre Passagiere flussabwärts zu bringen. In seinem Kopf nahm allmählich ein Plan Gestalt an. Eine Möglichkeit herauszufinden, ob Isabel das Gleiche für ihn empfand und ob es für sie beide eine Zukunft geben konnte. Es war waghalsig, und vielleicht ruinierte er alles zwischen ihnen, doch er musste es versuchen. Ansonsten würde er es nie erfahren.

31

Juli 2021

Mathilde stand mit zusammengezogenen Augenbrauen vor dem Triptychon. Die Anziehungskraft, die davon ausging, wurde stärker, schlug sie in ihren Bann, und doch war sie keinen Schritt weitergekommen zu verstehen, was es von ihr wollte. Der Stil ähnelte Boschs und war doch sehr viel grober; sicherlich hätte nicht einmal einer seiner Schüler etwas so gemalt wie das hier. Doch die kleinen Szenen, die darauf abgebildet waren, hingen eindeutig miteinander zusammen, da in verschiedenen Szenen dieselben Menschen erschienen. Es musste jemandes Lebensgeschichte sein.

Sie ging langsam um das Gemälde herum, bis sie den Rahmen von hinten sah. Natürlich war er von hinten viel grober. Schlichtes, helles Holz mit rauer Oberfläche. Oliver hatte ihr einen groben Stammbaum der Tudors aufgezeichnet, deshalb wusste sie genau, wie alt dieses Gemälde war. Sie wusste, welcher Ära dies in Frankreich entsprach, und war kurz auf die Tudors gestoßen, als sie alles über Katharina von Medici und die Bartholomäusnacht gelesen hatte.

Es waren zu beiden Seiten des Ärmelkanals blutige Zeiten gewesen.

Eine Ecke der Rahmenrückwand stand ein wenig ab, und Mathilde schalt sich, dass sie so grob mit ihm umgegangen war, als sie das Gemälde von der Kapellenwand abgetrennt hatte. Vielleicht hatte sie die Ecke mit dem Zimmermannshammer erwischt. Sie presste leicht ihren Handballen darauf, um sie wieder an ihren Platz zu drücken, doch sie sprang noch weiter heraus, und Mathilde fluchte leise.

Sie beugte sich vor und spähte in die winzige Öffnung. Ob sie wohl sehen konnte, wie die Rückseite der eigentlichen Paneele aussah? Sobald Oliver die Öffnung auf der Rückseite sähe, würde er wollen, dass sie professionell geschlossen würde, um die Unversehrtheit des Triptychons zu gewährleisten. Jetzt war womöglich ihre einzige Chance, denn er wollte später noch vorbeikommen.

Sie kniff ein Auge zu und drückte, so nahe es ging, ohne das Ganze umzustoßen, das Gesicht daran. Der Schatten ihres Kopfes verdunkelte die Öffnung und machte es unmöglich, etwas zu sehen, deshalb zog sie ihr Handy aus der Gesäßtasche ihrer Jeans, schaltete die Taschenlampenfunktion ein und leuchtete hinein. Wie Oliver bereits angedeutet hatte, war das Holz nicht gerade von bester Qualität. Ihr Blick blieb an etwas hängen, das sich ein Stück unter der Öffnung befand. Es sah aus wie ein Fetzen hellen Stoffs oder ein Stück Papier.

Sie quetschte die Finger durch die Öffnung, streckte zwei davon wie eine Zange nach vorne, um es zu erreichen, doch es war zu weit unten, als wäre es heruntergerutscht, als das Triptychon bewegt worden war. Sie würde eine Art Pinzette brauchen, deshalb zog sie die Finger wieder heraus und überlegte, wo sie so etwas finden konnte. Dann fiel ihr die lange, schmale Zange in ihrem Van ein. Sie rannte hinaus und stöberte in ihrem Werkzeugkasten herum, bis sie sie fand.

Wieder im Haus schob sie die Zange zwischen Rahmen und Gemälde und holte den Fetzen problemlos heraus. Es handelte sich tatsächlich um ein Stück Papier, das so unglaublich dünn war, dass Mathilde den Atem anhielt, weil sie befürchtete, es könnte allein vom Ausatmen davonschweben. Sie riss die Staubabdeckung vom anderen Ende des Tisches und legte es auf die glänzende Schelllackoberfläche.

Das Papier schien gefaltet zu sein, eine braune Linie hatte sich inzwischen in der Mitte eingegraben. Mathilde wollte es nicht ohne Baumwollhandschuhe anfassen – Oliver zog immer welche an, wenn er das Gemälde berührte, und dieser Gegenstand war sehr viel zerbrechlicher. Sie ging ganz nah ran, konnte aber nicht entziffern, was dort stand, denn es war im Laufe der Jahre völlig ausgeblichen. Auf der anderen Seite des Zimmers flatterten die Vorhänge ein wenig, obwohl die Fenster geschlossen waren. Mathilde nahm ihr Handy, das immer noch auf Taschenlampenfunktion eingestellt war, von dem Stuhl, auf dem sie es abgelegt hatte, und rief Oliver an, um ihm von ihrer Entdeckung zu erzählen.

Sie war enttäuscht, als die Mailbox anging, und in ihrer Aufregung fielen ihr die passenden englischen Worte nicht ein, sodass die Nachricht von ihrem Fund am Ende in einem Gemisch aus Englisch und Französisch aus ihr heraussprudelte. Sie hoffte, er konnte mit ihrer Benutzung von *»caché«* etwas anfangen. Dann ging sie in die Küche, um Rachel zu suchen und ihr die Neuigkeiten zu berichten.

Rachel war ebenso aufgeregt wie Mathilde, wenn sie auch

witzelte, es handle sich vermutlich um einen Einkaufszettel aus dem sechzehnten Jahrhundert.

Oliver rief Mathilde eine Stunde später zurück. »Das könnte der Hinweis sein, nach dem wir gesucht haben«, sagte er, und sie vereinbarten, dass er gegen vierzehn Uhr vorbeikommen würde. »Vielleicht erfahren wir nun, weshalb ein Kunstwerk wie dieses in der Kapelle versteckt wurde.«

Mathilde war froh, dass er das ebenso spannend fand wie sie, und als ihr bewusst wurde, dass sie noch mindestens zwei Stunden auf ihn warten musste, entschied sie sich, in den Garten zu gehen, um sich ein wenig abzulenken. Sie hatte vor, ein Beet anzulegen, in das sie ihre Kräuter pflanzen wollte. Nur hier im Garten schien ihr die subtile, unterdrückte Erwartung, die sich schleichend in der Halle ausbreitete, nichts anhaben zu können.

Als sie den Kopf durch die Wohnzimmertür streckte, um Rachel mitzuteilen, dass sie in den Garten ging, sprang ihre Schwester auf.

»Warte kurz«, sagte sie, »ich wollte dir doch noch zeigen, wo Dads Werkzeuge sind.« Mathilde freute sich und folgte ihr ums Haus herum zu einem baufälligen Holzschuppen. Sie öffneten die Tür und traten ein. Mathilde atmete tief den Geruch von warmem Holzschutzmittel und trockener Erde ein, den die Arbeitsgeräte vor ihr noch immer verströmten. Mit den Fingern strich sie über den Griff eines Spatens, der vom vielen Benutzen ganz glatt poliert war. Eine warme Brise strich ihr über das Gesicht.

»Sie sind etwas ganz Besonderes«, flüsterte sie, überzeugt, dass nicht Rachel hinter ihr stehen würde, wenn sie sich jetzt umdrehte, sondern ihr Vater.

»Benutze sie ruhig«, sagte Rachel, während sie Mathilde den Arm um die Schulter legte und sie drückte. »Er würde sich bestimmt freuen, wenn er wüsste, dass du gern mit ihnen arbeitest.« Lächelnd lehnte sich Mathilde kurz an Rachels Schulter, ehe sie den Spaten nahm und durch den Garten zu der Stelle in der Ecke ging, die sie für das Beet vorgesehen hatte. Ja, es war an der Zeit, ihre Kräuter aus ihren Töpfen in die Erde zu verpflanzen – es wäre ein Hauch von Beständigkeit.

Umgeben von Gebüsch und Stauden, die ihr Vater angepflanzt hatte, spürte sie hier eine Verbindung zu ihrer Vergangenheit wie nirgends sonst. Er hatte diesen Boden umgegraben, die Erde gewendet; und vor ihm sein Vater und weiß der Himmel wie viele ihrer Vorfahren davor. Sie hatten sich die fruchtbare Erde durch die Finger rieseln lassen, ihren Geruch tief eingeatmet, ihr Potenzial, ihre Kraft gekannt. Rachel erzählte ihr von ihren inzwischen verstorbenen Verwandten, aber viel mehr als bloße Daten und Fakten wusste sie auch nicht; Staub unter der Erde des Friedhofs, den sie besucht hatte. Mathilde wollte aber etwas über ihre Gewohnheiten und Eigenheiten erfahren, über die Ticks, all das, was ihre Persönlichkeit ausgemacht hatte. Vor allem natürlich mehr über ihren Vater. Was hatte er sich im Fernsehen angeschaut? Hatte er eine Zeitung gelesen? Hatte er darauf bestanden, jede Mahlzeit am Tisch einzunehmen? Das waren die Details, die sie gern erfahren würde, um sich wirklich ein Bild von ihm machen zu können. Sie musste anfangen, mehr Fragen zu stellen, aber das ginge nur, wenn sie sich Rachel gegenüber öffnen würde.

Sie stieß den Spaten in den feuchten Boden und begann umzugraben, während sie überlegte, was sie als Nächstes pflanzen würde. Ein Rotkehlchen landete vor ihr auf dem Boden, den Kopf schräg gelegt, Ausschau nach Regenwürmern und anderem haltend, das Mathilde zutage fördern würde. Mathilde lächelte, Ruhe legte sich wie ein Umhang über ihre Schultern, und einen Moment lang hatte sie das Gefühl, schon einmal hier gewesen zu sein. Die Geister ihrer Vorfahren scharten sich um sie, ihr Atem kitzelte in ihrem Nacken.

Als es Zeit wurde, ging sie zurück ins Haus, wusch sich die Hände, aß hastig zu Mittag und wartete dann auf Oliver. Das Stück Papier hatte sie auf dem Tisch liegen lassen – was vermutlich ziemlich dumm gewesen war, angesichts der Tatsache, dass im Haus eine Fünfjährige herumtobte. Rasch ging sie ins Esszimmer, um nachzusehen, ob es noch da war. Zum Glück lag der dünne, hauchzarte Fetzen noch auf dem Tisch, beinahe durchsichtig wie ein totes Blatt. Sie setzte sich auf die Armlehne eines Sessels, der neben dem Fenster stand, und hielt nach Oliver Ausschau. Gleichzeitig ließ sie das möglicherweise wertvolle Dokument nicht aus den Augen.

Um zehn nach zwei fuhr sein Auto langsam die Auffahrt herauf. Dort gab es eine Reihe von Schlaglöchern, und Mathilde zuckte jedes Mal zusammen, wenn ein Reifen darin versank und ihr Wagen sich zur Seite neigte. In ihrem Van hatte Mathilde sie kaum bemerkt, er taugte auch für raueres Gelände. Oliver hatte sich nur zehn Minuten verspätet, aber sie war schon nervös geworden, befürchtete, er würde vielleicht doch nicht kommen. Während die Minuten sich wie Stunden zogen, hatte sie mit den Fingern frustriert auf der Armlehne herumgetrommelt. Fleur mochte Oliver und freute sich auf seinen Besuch, vor allem weil er oft Süßigkeiten in der Tasche hatte. Sie war von einem Fuß auf den anderen gehüpft, war vorne im Haus herumgerannt und hatte voller Vorfreude aus den Fenstern des Salons gespäht.

Als er an die Tür klopfte, erreichte Fleur noch vor Mathilde die Haustür, stellte sich auf Zehenspitzen und griff nach dem Riegel. Mit einem breiten Grinsen auf dem Gesicht öffnete sie.

»Wir haben schon nach dir Ausschau gehalten«, sagte sie, während sie beiseitetrat, um ihn einzulassen. Mathilde spürte, wie sie vor Verlegenheit rot wurde. Das stimmte zwar, aber sie wollte nicht, dass Oliver das wusste. Manchmal sollten Fünfjährige einfach die Klappe halten, dachte sie bei sich.

Nachdem Oliver eine Packung Jelly Beans aus der Tasche gezaubert und zu Fleur gesagt hatte, sie solle sie Rachel bringen, folgte er Mathilde ins Esszimmer. Er zog zwei Paar nagelneue Handschuhe heraus und reichte ihr eines davon. Sie zogen sie beide an und gingen zum Triptychon hinüber.

»Also, was hast du gefunden? Ich hab deine Nachricht nicht so richtig verstanden. Es würde helfen, wenn du nur eine Sprache verwendest anstatt zwei.« Seine Augen funkelten, während er das sagte, und sie wusste, dass er sie aufzog, nicht kritisierte.

»Hier hinten.« Mathilde zeigte auf die Lücke zwischen Rahmen und Rückwand. »Siehst du den Spalt da? Ich glaube, das habe ich angerichtet, als ich das Ganze von der Wand in der Kapelle abgenommen habe. Aber dann habe ich mir überlegt, wie ich es wieder zusammennageln kann …« Sie brach ab, als Olivers Hand hervorschoss und sie am Arm packte.

»Bitte, sag mir jetzt nicht, dass du Nägel da reingeschlagen hast!« Er sah völlig entsetzt aus. Bevor sie antworten konnte, kam Rachel mit einem Tablett herein, auf dem drei Tassen mit dampfendem Kaffee standen.

»Oliver, du solltest wirklich aufhören, Fleur Süßigkeiten zu kaufen«, tadelte sie ihn, während sie das Tablett vorsichtig auf dem zierlichen Beistelltisch abstellte, dessen Beine furchtbar zerbrechlich wirkten. Es war ein Wunder, dass er das Gewicht der Tassen tragen konnte. »Trotzdem danke. Sie ist überglücklich, weil sie eine Handvoll Jelly Beans bekommen hat und mit ihrem Spielzeugzoo spielen darf, deshalb habe ich mich verdrückt, um zu sehen, was ihr zwei hier so macht. Wo ist dieses Papier, das du gefunden hast, Mathilde?«

Mathilde ging zum Ende des Tisches und zeigte darauf. »Ich will es nicht anfassen«, erklärte sie, »weil es so alt und fragil aussieht. Die Schrift ist winzig und verblasst, aber es könnte vielleicht ein Brief sein, oder?«

Oliver nahm sein Okular heraus und beugte sich darüber. »Ich bin mir nicht sicher, ob das Englisch ist«, sagte er. Selbst sein Atem brachte das Papier dazu, ein wenig zu flattern, deshalb richtete er sich auf, bevor er fortfuhr. »Es sieht fast aus wie Steno.« Rachel nickte, doch Mathilde sah ihn fragend an und zuckte mit den Schultern. Ihr Englisch wurde zwar immer besser, aber es gab immer noch Wörter, die sie nicht verstand. Mit hochgezogenen Augenbrauen blickte sie von einem zum anderen und wartete auf eine Übersetzung.

»Schau«, sagte Rachel und hielt ihr das Handy hin, auf dem sie ein Foto aufgerufen hatte, das einen in Steno geschriebenen Textabschnitt mit all seinen Schnörkeln und Linien zeigte.

»Das sieht aus, als wäre ein Insekt durch Tinte gelaufen und hätte dann auf dem Papier getanzt«, rief Mathilde. »Wie kann das irgendjemand verstehen?«

»Wenn man es gelernt hat, ist das nicht so schwierig«, erklärte Oliver, »und es geht sehr viel schneller, als wenn man die Wörter ausschreibt, deshalb haben es in früheren Zeiten Sekretärinnen und Sekretäre benutzt, um sich Notizen zu machen und das Ganze später abzutippen. Es ist wie eine Art Code, kann man sagen.« Er verstummte und wirkte plötzlich völlig in Gedanken versunken. »Ein Code. Natürlich. Natürlich!« Rachel und Mathilde sahen einander verwirrt an. »Ich glaube, es ist eine Geheimschrift. Wir müssen einfach nur dahinterkommen, was da steht: Wir müssen den Code knacken.«

»Und dann wissen wir, wo die Familienjuwelen und das Gold sind?« Rachel legte den Kopf schräg.

»Fehlen sie denn?«, erwiderte Oliver, der nicht so recht wusste, ob das ein Witz gewesen war oder nicht.

»Nicht dass ich wüsste.« Auf ihrem Gesicht breitete sich ein Lächeln aus. »Aber es wäre trotzdem schön, so was zu finden. Warum sollte jemand etwas in einem Code notieren und dann hinter dem Gemälde verstecken? Wenn wir das Bild nun gar nicht gefunden hätten? Der Zettel wäre vielleicht niemals entdeckt worden. Und jetzt können wir ihn nicht mal entziffern. Das scheint reine Zeitverschwendung zu sein.«

»Vielleicht sollte ihn niemand finden«, gab Oliver zu bedenken. »Wenn er so alt ist wie dieses Gemälde, aus dem sechzehnten Jahrhundert, dann ist der Code vielleicht unmöglich zu knacken. Damals hat man Informationen in kodierten Buchstaben übermittelt, so haben sie auch den Mord an Monarchen wie Königin Elizabeth geplant oder den Gunpowder-Plot.«

Wieder sah sich Mathilde auf verlorenem Posten, als Oliver und Rachel in eine lebhafte Diskussion über den fünften November und das Feuerwerk verfielen. Sie versuchte, die beiden auszublenden, während sie das Papier studierte. Oliver hatte sein Okular daneben auf den Tisch gelegt, und sie hielt es sich ans Gesicht, um sich die Notiz oder den Brief genauer anzusehen. Das Metall der Lupe war noch warm, weil Oliver sie sich vors Auge geklemmt hatte, und Mathilde gefiel, wie es sich auf ihrer Haut anfühlte.

»Da ist noch etwas anderes, sieh mal.« Sie stand auf und reichte Oliver das Okular, dann trat sie zurück, damit er das Stück Papier aus der Nähe betrachten konnte. »Zwischen den Steno-Zeilen sind ganz blasse braune Buchstaben zu erkennen, als wäre ein zweites Dokument auf demselben Stück Papier.«

»Oh, mein Gott.« Oliver beugte sich tiefer über das Papier, die Hände auf beiden Seiten des Dokuments aufgestützt, den Kopf gesenkt.

»Was ist los?«, fragte Rachel. Mathilde spürte Panik in ihrer Brust aufsteigen, als er weiterhin schwieg.

»Oliver?«, sagte sie.

»Wir erkennen zwei verschiedene Schriftzeilen, weil es ein Palimpsest ist, das heißt, das Pergament wurde gereinigt, damit man es wiederverwenden kann. Hier ist das aber nicht so sauber gelungen. Zwischen den Zeilen des Codes wurde etwas hinzugefügt, es ist sehr blass, möglicherweise wurde es mit einer Art Geheimtinte geschrieben, die im Laufe der

Jahre etwas erkennbarer wurde. Wir müssen es jemandem geben, der das für uns erforschen kann. Ich kenne einen Kollegen in Oxford, der vielleicht helfen kann. Ich rufe ihn sofort an.«

»Muss das sein?«, fragte Mathilde. »Ich weiß nicht so recht, ob ich will, dass noch jemand anderes miteinbezogen wird. Es war hier versteckt und ist so mit diesem Haus und mit einer Person, die einst hier gelebt hat, verbunden. Ich glaube, wer immer das war, will, dass wir – dass ich herausfinde, was er mir sagen will.« Zum ersten Mal hatte sie auch vor Rachel zugegeben, dass sie Kräfte aus der Vergangenheit wahrnahm, die versuchten, Kontakt zu ihr aufzunehmen. »Können wir es nicht selbst untersuchen? Dazu werde ich allerdings deine Hilfe brauchen«, räumte sie an Oliver gewandt ein. Dabei war ihr nicht bewusst, wie sehr sich ihr Gesicht veränderte, wenn sie mit ihm sprach, ihre Begeisterung ließ es aufleuchten und wischte die schwelende Trauer fort, die er so oft darin sah.

»Tut mir leid.« Er griff nach ihrer Hand. »Das ist zu kompliziert, als dass ich es bewältigen könnte. Du brauchst einen Experten auf diesem Gebiet. Ich bin nur ein einfacher Kunsthistoriker, und hier ist ein Spezialist gefragt.«

Sie legten das Papier in eine dunkle samtige Mappe, die Oliver mitgebracht hatte, und gingen in die Küche, um ihre nächsten Schritte zu besprechen. Mathilde hörte nur halb zu, weil sie spürte, wie sich die Fäden, die sie an das Triptychon und an Lutton Hall banden, strafften – feine Seidenschnüre, die sich um sämtliche Fasern ihres Körpers zu legen schienen.

32

Oktober 1584

Tom fragte sich, wie er Isabel eine Botschaft zukommen lassen konnte, um ihr mitzuteilen, dass er sie sehen musste. Er war immer darauf angewiesen, dass sie ein Treffen vorschlug, und da er gehört hatte, dass die Königin und ihr Gefolge aus Westminster zurückgekehrt waren, fand er sich jeden Morgen kurz nach Beginn der Dämmerung im Irrgarten ein, in der Hoffnung, dass sie auch kommen würde.

Am Tag bevor er gen Norden aufbrechen sollte, schlüpfte Tom wie üblich zur Seitentür hinaus und schlich an der Wand entlang. Und da entdeckte er zu seiner Überraschung und Freude den grünen Reiseumhang und das Gesicht, das er kannte und liebte. Die kühle, herbstliche Morgenluft prickelte auf seiner Haut, während er zu ihr hinübereilte. Auf ihrem Gesicht breitete sich ein strahlendes Lächeln aus, und ihre Augen funkelten vor Freude, als sie ihn sah. Ohne zweimal zu überlegen, schlang er die Arme um sie und zog sie an sich. Wenn sie seine Zuneigung zurückweisen würde, wusste er, dass all sein Hoffen vergebens gewesen war. Doch dieses Risiko war er bereit einzugehen.

Zu seiner Erleichterung spürte er, wie sich ihre Arme um seine Taille schlangen, während sie sich an ihn schmiegte. Ihre Wärme sickerte durch ihren Umhang und ihr Kleid in ihn ein, in seinen Körper, sein Herz, ins Zentrum seines Daseins. Ihre Brust hob und senkte sich langsam, mit jedem Atemzug. Sie blickte zu ihm auf, das Grübchen neben ihrem Mund lud dazu ein, geküsst zu werden.

»Ich habe dich vermisst«, sagte sie. Er nickte, deutete auf sich selbst und machte ein trauriges Gesicht. Sie kicherte, was sie beide wie ein Beben durchlief. Doch nun musste er ihr die schlechte Nachricht überbringen. Mit jeder Menge Zeichen und Herumfuchteln schaffte er es, ihr zu erklären, dass er mit den Männern der Königin weggehen und durch die nördlichen Grafschaften reisen musste. »Walsingham?«, formte sie mit den Lippen, und er nickte. Er wusste, dass ihr klar war, dass er keine andere Wahl hatte, dass er sich Walsinghams Anordnung nicht widersetzen konnte. Dennoch freute er sich, als er ihre enttäuschte Miene sah. Dies war der Moment, in dem er ihr seine Gefühle offenbaren musste.

Er hob ihr Kinn ein wenig an, sodass sich ihre Blicke trafen, und zeigte zuerst auf sein Herz und dann auf sie. Ihre Augen weiteten sich, und er wusste, dass sie verstanden hatte, was er empfand. Sie nickte langsam und zeigte auf sich selbst; sein Herz schlug so heftig, dass er sich fragte, ob sie es hören konnte. Er senkte seine Arme, trat einen kleinen Schritt zurück und griff in seine Tasche, um das Medaillon herauszuholen. Bestimmt würde sie merken, dass es ein Verlobungsgeschenk sein sollte, aber würde sie es auch akzeptieren? Er hielt den Atem an. Vielleicht mochte sie ihn, liebte ihn sogar, doch das bestimmte nicht, wen sie letztendlich zum Manne wählen würde.

Ihre Hand flog zu ihrem Mund, als sie das Medaillon sah. Tom hob es behutsam über ihre Leinenhaube und ihr Gewand. Die lange Kette reichte ihr bis zur Taille, und während sie sich beeilte, die steife schneeweiße Leinenkrause von ihrem Hals wegzuziehen, um das Medaillon so gut es ging unter ihren Gewändern zu verstecken, lächelte er bei dem Gedanken, dass sein Verlobungsgeschenk nun auf ihrer Haut lag. Verborgen vor neugierigen Blicken. Er hoffte, dass sie die Bedeutung seines Geschenks verstanden hatte, doch als sie sich die Hand aufs Herz legte, war er sich dessen sicher.

Eine Bewegung am anderen Ende des Gartens, wo er zum Fluss hin abfiel, alarmierte Tom. Womöglich waren sie nicht mehr allein. Nun, da die Sonne langsam aufging, konnten sie leicht gesehen werden. Ihre Strahlen tauchten den ganzen Garten in geschmolzenes Gold, das sich im stillen, ruhigen Wasser des Flusses spiegelte.

»Ich werde dir schreiben«, versprach Isabel. Tom nickte und zeigte auf sich, womit er sagen wollte, dass er ebenfalls versuchen würde, Kontakt zu halten. Auch wenn er nicht so recht wusste, was er ihr erzählen dürfte, angesichts dessen, dass seine Spionagetätigkeit ein tödliches Geheimnis war. Und zwar buchstäblich. Er riskierte sein Leben dabei – ein Leben, das bis zu diesem Moment für niemanden von Bedeutung gewesen war; aber jetzt vielleicht doch.

Isabel drehte sich um und eilte zurück zu der Tür, durch die sie sich stets herausschlich. Tom sah ihr nach, ließ sie nicht aus den Augen, prägte sich jeden Zentimeter ihres Körpers ein, bis sie außer Sicht war. Selbst als sie verschwunden war, starrte er weiterhin auf die Stelle, an der er sie zuletzt gesehen hatte, als wäre der Umriss ihres Körpers dort immer noch zu erkennen, eingeprägt in den Rahmen der Zeit. Würde sie auf ihn warten? Wahrscheinlich würde er monatelang wegbleiben, und sie war täglich von galanten, gut aussehenden Höflingen umgeben, die ihr so viel mehr zu bieten hatten als er. Die ihr romantische Worte ins Ohr flüstern konnten, anstatt mit den Armen zu wedeln, um zu kommunizieren. Sein Herz würde brechen, wenn er sie verlieren würde. Langsam und nachdenklich drehte er sich um und ging in seine Kammer zurück, um für die lange Reise zu packen. Er fragte sich, wohin ihn sein Nomadenleben als Nächstes führen und ob er jemals in den Palast und zu Isabel zurückkehren würde.

33

Oktober 1584

Wie angewiesen, ging Tom am folgenden Tag mit seinen Habseligkeiten, die in zwei ledernen Gepäcktaschen verstaut waren, zum Theater. Neben den neuen, schöneren Kleidern trug er auch viele Papierumschläge mit den am häufigsten verwendeten Kräutern bei sich. Er hatte Tiegel mit Wundsalben dabei, die nach langen Tagen im Sattel bestimmt benötigt werden würden.

Kit und zwei andere aus der Truppe erwarteten ihn bereits. Die übrigen würden hinter Holborn zu ihnen stoßen. Kit musterte Tom von oben bis unten und schien wenig erfreut über seine Alltagskleidung. Er nahm Toms Taschen, öffnete sie, reichte Tom seinen blauen Mantel und bedeutete ihm, dass er ihn anziehen solle.

Sobald Tom den eleganteren, modischen Mantel anhatte, konnte er nicht leugnen, dass er damit aufrechter und selbstbewusster daherkam. Er fiel damit auf, was er sonst immer tunlichst vermieden hatte, und doch gefiel ihm, wie er sich dadurch fühlte.

»So ist es besser«, sagte Kit. Dann mimte er Tom in seinem alten Wams, mit hängenden Schultern – einen Mann, der sich hinter seinem eigenen Schatten versteckte –, und dann den Tom in seinem blauen Mantel, mit durchgedrückten Schultern. Kit stolzierte sogar ein wenig, und Tom lächelte, obschon er sich sicher war, niemals so zu gehen. »Kleider machen Leute«, sagte Kit. Er lächelte, und bevor er sich wieder den geduldig wartenden Pferden zuwandte, sah Tom, wie Kit den Satz über die Kleider noch ein paarmal für sich selbst wiederholte und dabei langsam nickte.

Sie stiegen auf und ritten Richtung Newgate davon. Es war lange her, seit Tom auf einem Pferd gesessen hatte. Doch als Kind war er oft ohne Sattel über Frankreichs Wiesen geritten, deshalb passte er sich schnell dem Rhythmus der Bewegung unter ihm an. Als sie in einen leichten Galopp fielen, fand das Trommeln der Pferdehufe in seinem Körper Widerhall; er hob den Kopf und spürte den frischen Wind im Gesicht, der ihm durch die Haare wehte. Er nahm den intensiven Duft nasser, unter den Pferdehufen zermalmter Pflanzen wahr und erinnerte sich daran, wie sehr er es liebte, Teil der Natur und der Landschaft zu sein. Er wusste, dass er großes Glück gehabt hatte, eine so angesehene Arbeit im Palast gefunden zu haben – aber dort hatte er nur den Kräutergarten und vermisste das weite Land, von dem er nun umgeben war.

Der Ritt zu ihrem ersten Engagement in Oxford setzte sich allerdings nicht so glücklich und heiter fort, wie er begonnen hatte. Nachdem der Rest der Truppe zu ihnen gestoßen war, zogen sich am Horizont dunkle Wolken zusammen, und schon bald begann es heftig und anhaltend zu regnen. Es tropfte von den Bäumen und in Toms Nacken. Rinnsale flossen aus seinem durchnässten Haar über sein Gesicht und tropften von seinem Kinn. Die Pferde gingen im Schritt, und selbst sie wirkten trostlos, während sie sich den Weg um Pfützen herum durch den Schlamm bahnten. Tom tätschelte seiner Stute aufmunternd den Hals, war sich aber nicht sicher, ob es etwas half. John Singers Pferd war in eine tiefe Furche getreten und lahmte jetzt, deshalb saß John nun hinter Kit im Sattel und führte sein Pferd, das den Kopf hängen ließ, hinter sich her. Sie ritten durch kleine Dörfer, die Häuser standen zusammengedrängt um den Anger, auf dem Vieh graste. Der Rauch aus den Schornsteinen wurde vom Wind davongetragen. Tom war sehr erleichtert, als sie nach einigen Tagen, die nur von Aufenthalten in rauen, ungemütlichen Gasthäusern unterbrochen wurden, endlich an ihrem ersten Spielort ankamen.

Kit hatte ihnen bereits erklärt, dass ihr Gastgeber im Verdacht stand, den Katholizismus zu praktizieren und ein Anhänger der Königin von Schottland zu sein, deshalb sollte Tom auf alles achten, was gesprochen wurde. Die anderen Männer würden für Ablenkung sorgen, während Tom hoffentlich herausfand, was gegebenenfalls nicht stimmte. Niemand würde ihn verdächtigen, und als Tarnung sollte er sich als Diener der Truppe ausgeben. Trübsinnig tauschte Tom seinen guten Mantel wieder gegen sein altes Wams ein – zurück in die Stellung, die er gewohnt war. Genau wie Kit vorgeführt hatte, spürte er, wie er gleich seine Schultern hängen ließ.

Die Unterhaltung durch die Schauspieler wurde mit Wohlwollen aufgenommen, und die Familie und die Gäste, die gekommen waren, um die Aufführung zu sehen, wurden im Laufe des Abends immer betrunkener und gesprächiger.

Tom stand neben der Bühne und tat, als würde er mit den Requisiten und Kostümen helfen – die perfekte Position, um das Publikum zu beobachten. Er war ihrem Gastgeber bereits vorgestellt worden, der ihn alsbald ignorierte, kaum dass er herausgefunden hatte, dass Tom ein einfacher Diener war, obendrein auch noch taub. Genau wie Walsingham prophezeit hatte, war Tom mehr oder weniger unsichtbar.

In einem besonders rauen und frivolen Moment des Stücks, als die ganze Menge einschließlich der Ladys lachte und jubelte, sah Tom, wie sich ihr Gastgeber an seinen Nachbarn wandte und ganz eindeutig sagte: »Wir haben einen Jesuitenpriester hier, der morgen früh die Messe lesen wird. Ihr und Eure Gattin seid herzlich willkommen.« Sein Gesprächspartner zog die Augenbrauen hoch.

»Ihr solltet vorsichtig sein«, erwiderte er. »Es sind Fremde unter uns.« Sein Blick flackerte zu den Schauspielern, während Tom eilig den Umhang zusammenlegte, der von der Bühne geworfen worden war. Er spürte, wie seine Wangen brannten, als die beiden Männer zu ihm herübersahen. Dann wandten sie den Blick wieder ab, und Tom fuhr mit seinen Beobachtungen fort.

»Schon gut«, sagte ihr Gastgeber. »Bei all dem Lärm können uns die Männer nicht hören, das reicht ja aus, um Tote aufzuerwecken! Und ihr Diener ist taub, deshalb kann er uns auch nicht hören. Wir können uns also völlig gefahrlos unterhalten.«

»Lebt der Priester hier?«, fragte der Mann, während er ein Stück Brot zerbröselte, das beim Abendessen übrig geblieben war, und die Krumen auf dem Tisch verteilte. »Ihr werdet gehenkt werden, wenn jemand dahinterkommt.«

»Ich könnte noch wegen sehr viel mehr hingerichtet werden«, kam die Antwort. »Aber ja, Bruder John lebt im Westturm. Unter der Treppe, die hinauf zum Turmzimmer führt, befindet sich ein Priesterloch. Vor sechs Monaten mussten wir ihn dort verstecken, als der Earl of Leicester zu Besuch kam.«

»Und habt Ihr Nachricht von den Spaniern? Gibt es schon Neuigkeiten darüber, wie wir die wahre Königin auf den Thron erheben und diese Usurpatorin, die uneheliche Tochter des verblichenen Königs, stürzen können?«

»Noch nicht, aber ich glaube, das wird nicht mehr lange dauern. Und niemand wird einen Verdacht hegen.«

Doch, wird man, dachte Tom bei sich, während er den gefalteten Umhang in die Requisitentasche legte. Er fragte sich, was man in diesem Haushalt sonst noch im Schilde führte, doch er war sich sicher, dass Walsingham Mittel und Wege kannte, dies herauszufinden. Auf dem Weg zu einem Lagerhaus an den Docks hatte Tom zu seinem großen Pech noch einmal gesehen, wie ein Mann gehenkt worden war, obwohl er sich bemüht hatte, so etwas zu vermeiden, nachdem er Throckmorton hatte sterben sehen. Der Mann war mehr als nur einmal auf der Folterbank gewesen und konnte nicht mal stehen, weil man ihm so viele Knochen gebrochen hatte, deshalb wurde er wie ein Sack hinter einem Pferd hergeschleift. Tom hatte sich damals der Magen umgedreht, und nun fragte er sich einen Moment lang, ob er überhaupt melden sollte, was er gerade herausgefunden hatte, doch dann rief er sich ins Gedächtnis, dass seine oberste Loyalität der Königin gelten musste. Immerhin befand sich seine große Liebe Isabel in ihrem Gefolge, und letztendlich ging die Sicherheit Ihrer Majestät über alles.

Sehr viel später an diesem Abend saß Tom endlich in der Scheune auf der Pritsche, die man ihm als Schlafplatz zugewiesen hatte; die Schauspieler übernachteten auf dem Dachboden des Hauses. Die Scheune bot ihm nicht die Behaglichkeit, an die er sich gewöhnt hatte. Durch das Fenster fiel sehr wenig Licht ein, dennoch holte er das Buch heraus, das Walsingham ihm gegeben hatte. Er schob zwei Finger zwischen Buchrücken und Seiten und zog ein dünnes Blatt Papier heraus, das er eigens für diesen Zweck dort versteckt hatte. Lediglich im Schein eines Kerzenstummels, dessen Flamme in der Zugluft, die unter der Tür hindurchwehte, flackerte, schrieb er einen verschlüsselten Brief an Walsingham. Die Botschaft, die er, wie angewiesen, wieder im Buch versteckte, wollte er im nächsten Wirtshaus, zu dem sie gelangten, nach London schicken. Nachdem er seine offiziellen Geschäfte erledigt hatte, schrieb er rasch ein paar Zeilen an Isabel, in der Hoffnung, dass sie sicher zu ihr gelangten. Wenn sie zusammen mit dem anderen Brief ankämen, war es sehr wahrscheinlich, dass Walsingham sie abfing und womöglich nicht weitergab, deshalb achtete Tom darauf, das Medaillon nicht zu erwähnen – sein Verlobungsgeschenk, das sie von ihm angenommen hatte.

Die Reise durch die Grafschaften dauerte insgesamt zehn Wochen, und sie kehrten erst kurz vor Weihnachten nach London zurück. Inzwischen war es kälter geworden, und als sie die letzten paar Meilen ritten, spürte Tom, wie sich in seinem Bart winzige Eiszapfen bildeten und gegen seine trockenen Lippen klopften. Vor zwei Wochen war ihm die wohltuende Salbe ausgegangen, wie alle anderen Arzneien auch. Seit seine Kollegen mitbekommen hatten, dass er sich mit solchen Dingen auskannte und Medizin mit sich führte, kamen sie ständig mit irgendwelchen Gebrechen und Schmerzen zu ihm – vor allem nach durchzechten Nächten.

Die Reise war nach den anfangs gesammelten Informationen weitgehend unergiebig geblieben, abgesehen von einem der letzten Häuser, die sie besucht hatten, wo jemand zu Gast gewesen war, den Tom sofort wiedererkannte. Kits Körpersprache sagte ihm, dass auch er ihn kannte. Und tatsächlich sah Kit Tom an und machte eine kaum merkliche Kopfbewegung zu dem Mann hin. Tom antwortete mit einem leichten Nicken, kaum mehr als ein Zucken, um ihm zu bedeuten, dass er verstanden hatte. Er hoffte fieberhaft, dass dieser ihn nicht wiedererkannte, denn es war William Parry, jener Mann, den er bei seinem ersten Auftrag im Magpie beobachtet hatte. Dass Parry bei einer berühmten katholischen Familie zu Besuch war, würde Walsingham nicht gefallen. Tom beschloss, diese wesentliche Information persönlich zu überbringen.

Auf der Rückreise der Truppe nach London machte sich Tom Sorgen, weil er in der ganzen Zeit seiner Abwesenheit keinen einzigen Brief von Isabel erhalten hatte. Da sie dauernd unterwegs gewesen waren, hatte sich die Nachsendung von Briefen schwierig gestaltet, und mehr als nur einer der Schauspieler hatte sich darüber beklagt, keine Briefe von zu Hause zu erhalten. Dennoch stieg Tom schließlich mit einem Gefühl der Verzagtheit, was ihn wohl erwarten mochte, am Torhaus des Palastes aus dem Boot. Langsam ging er mit seinen Gepäcktaschen zur Seitentür, die in den Destillierraum und zu seinem Zuhause führte.

34

Juli 2021

Mit einem Ruck setzte sich Mathilde im Bett auf und schnappte hörbar nach Luft. Sie tastete hektisch nach der Lampe und schaltete das Licht ein. Dann sah sie sich im Zimmer um, in der Erwartung, irgendwas sei anders, aber alles war genau so, wie als sie zu Bett gegangen war. Ihre Kleider waren nachlässig über einen Stuhl geworfen, die Jeans lag dort, wo sie sie ausgezogen hatte, auf dem Boden, und die Zeitschrift, in der sie vor dem Einschlafen geblättert hatte, lag neben ihr auf dem Bett.

Sie hatte einen weiteren verstörenden Traum gehabt, und während sie sich mit feuchten Händen an der Bettdecke festklammerte, wartete sie einen Moment ab, bis ihr Herz wieder in normaler Geschwindigkeit schlug. Langsam legte sie sich wieder hin, ließ die Lampe allerdings brennen. Die Träume schienen klarer zu werden, doch sie verstand immer noch nicht, worum es eigentlich ging. Außer dass sie mit dem Triptychon zusammenhingen und die Atmosphäre von drohendem Unheil und Intrigen immer stärker wurde.

Und der unterschwellige Schrecken. Mathilde fragte sich, ob sie auch etwas mit dem Brief, den sie gefunden hatte, zu tun hatten. Der erste Teil des Traumes war am lebhaftesten gewesen.

Sie stand fröstelnd in einem Garten, in dem es nach Lavendel und Rosen duftete. Es war noch kaum hell, die nächtlichen Wolken verzogen sich gerade, gaben den Tag frei, bald würde er sich in der Morgensonne entfalten, deren Strahlen würden durch die Wolkendecke dringen und den Himmel mit goldenen Fäden durchwirken. Sie lehnte sich an eine Wand, deren helle Steine sich feucht und rau anfühlten. Ihre Hände waren kalt, deshalb schob sie sie in die Achselhöhlen, um sie aufzuwärmen.

Sie behielt die Ecke des Gebäudes im Auge, und schließlich wurde ihre Geduld belohnt, als eine junge Frau in Sicht kam und an der Wand entlangging, bis sie vor Mathilde stand. Die Frau schenkte ihr ein wunderschönes Lächeln, das ihr Gesicht so erstrahlen ließ, als wollte sie mit der Sonne wetteifern. In ihrem Blick lag Wärme. Sie fing an zu sprechen, aber wie immer konnte Mathilde nichts hören; und dennoch verstand sie irgendwie, dass die Frau es bedauerte, dass Mathilde weggehen musste.

Mathilde griff in ihre Tasche, ihre Hand schloss sich dort um etwas Kaltes, Metallisches. Sie zog es heraus und hielt es der Frau hin, die die Hand vor den Mund schlug und die Augen aufriss. Dann lächelte sie und fragte: »Für mich?« Mathilde nickte und hob die lange Kette, an der ein goldenes Medaillon hing, über den Kopf der Frau. Diese steckte das Schmuckstück rasch unter den feinen Batist, der ihren anmutigen Hals umschmeichelte, und es verschwand außer Sicht.

Sie zog und zerrte von außen an ihrem Mieder, das eng um ihren Oberkörper geschnürt war, bis sie das Medaillon an ihrem Körper hinabgeschoben hatte. Dann klopfte sich die Frau auf den Bauch, wo es nun offensichtlich eingezwängt war, eine kleine Beule unter dem steifen, reich bestickten Samt ihres Gewands. Sie griff nach Mathildes Händen und sagte etwas, das sie nicht verstand, doch sie spürte die weichen, kalten Lippen auf ihren, und dann war sie plötzlich in ihrem Bett aufgewacht, mit hämmerndem Herzen und dem Gefühl kalter Haut auf ihrer eigenen.

Mathilde sah auf ihre weichen Hände mit den langen schmalen Fingern hinunter. Sie hatten das Medaillon aus dem Schreibtisch ihres Vaters gehalten, das auf dem Brett, hinter dem das Triptychon versteckt gewesen war, abgebildet war. Wer immer in ihren Träumen herumspukte, versuchte, ihr etwas mitzuteilen, ein Geheimnis zu erklären. Wenn sie es doch nur verstehen könnte! Wer war dieser Mann, der sie in ihren Träumen war?

Die Augen noch immer weit offen, fragte sie sich, was ihr an diesem Traum so vertraut vorkam. Die Kulisse bestimmt nicht, und die Frau auch nicht.

Sie hatte gerade geträumt, wie der Maler des Triptychons ein Medaillon – ihr Medaillon – der jungen Frau geschenkt hatte. Nun war sie sich sicher, dass die Person, von der sie träumte – der Mann, zu dem sie nachts wurde –, der Künstler war, der das Triptychon gemalt hatte. Das Triptychon, das aus irgendwelchen Gründen, die sie noch in Erfahrung bringen musste, in der Kapelle versteckt worden war. Sie spürte, wie das Gemälde das Wesen dieses Mannes verinnerlicht hatte und nun ausstrahlte, so als habe der Mann nur auf

Mathilde gewartet, um ihr seine Geschichte zu erzählen. Er hatte sie mithilfe des Medaillons zu dem Gemälde und nun zu dem versteckten Zettel geführt. Aber warum gerade sie? Was wollte er ihr sagen, und weshalb hatte er so lange damit gewartet?

35

Dezember 1584

Die Weihnachtsvorbereitungen waren in vollem Gange, und sobald Tom den Destillierraum betrat, stürzte er sich sofort in die Arbeit. Wie vermutet, war Hugh alles andere als begeistert darüber gewesen, dass er so viele Wochen ohne seinen Gehilfen hatte auskommen müssen, deshalb übernahm Tom letztendlich fast alle schweren körperlichen Arbeiten, während Hugh sich selbst die Aufgaben zuteilwerden ließ, die man am Kamin sitzend erledigen konnte. Außerdem schickte er Tom mehrmals am Tag Holz holen, damit der Raum immer gut beheizt war. Tom befand sich in keiner Position, in der er sich hätte beschweren können, und da er die Hoffnung hegte, einen Blick auf Isabel zu erhaschen, machte es ihm auch nichts aus, dass er oft draußen war. Häufig ging er auch in den Garten, um von den winterharten Kräutern zu pflücken, auf denen nun strenger weißer Frost lag. Auch der Boden war hart und unnachgiebig. Er untersuchte die Vanillepflanzen, die trotz der winterlichen Temperaturen draußen gelassen worden waren; sie wirkten so gut wie abgestorben, deshalb holte Tom sie in den Destillierraum und betete, dass sie noch gerettet werden konnten.

Nachdem er das Fasten im Advent und die unvermeidliche dicke Suppe, der gelegentlich, wenn man Glück hatte, etwas Fisch zugesetzt wurde, überstanden hatte, wachte Tom am Weihnachtsmorgen in seiner Kammer auf, die wie immer dunkel und düster war. Er stieg von seiner Pritsche, zog sich die Decken um die Schultern und ging zum Fenster, sein Atem bildete kleine frostige Wölkchen vor seinem Gesicht. Wie erwartet, bedeckte eine dicke Schneeschicht den Boden und die Fensterbank. Es war noch zu dunkel, um die unfreundlichen grauen Wolken zu sehen, doch Tom wusste, dass sie über der glitzernden weißen Landschaft am Himmel hingen. Weiße Flocken fielen, der Wind wirbelte sie auf und blies sie zu Schneewehen, die sich bereits vor Wänden und Hecken auftürmten. Es sah nicht so aus, als würde es bald aufhören zu schneien. Tom fröstelte. Solange dieses Wetter andauerte, würde es keine Treffen mit Isabel geben, ihre Fußabdrücke würden sie sofort verraten.

Froh über sein warmes Winterwams, das mit einer dicken Schicht Flanell gefüttert war, zog er dieses über seine übrigen Kleider – Hemd und Hose hatte er in der Nacht anbehalten. Er ging nach nebenan und nahm den Blasebalg, um der schwachen Glut im Kamin wieder Leben einzuhauchen. Ein wenig Reisig warf er ebenfalls darauf. Schon bald prasselte ein Feuer, und Tom räumte ein paar Behältnisse auf der Werkbank auf. Dann ging er ziellos umher, weil er nicht wusste, womit er sich beschäftigen sollte. Hugh und er hatten hart gearbeitet – vor allem er selbst –, um dafür zu sorgen, dass ein Medizinvorrat für die Weihnachts- und Neujahrsfeiern vorhanden war. Vor allem gegen Magenbeschwerden und Zahnschmerzen; erfahrungsgemäß war die Nachfrage nach diesen Arzneien groß. In den nächsten zwölf Tagen würde er hoffentlich wenig oder gar keine Arbeit haben, während die Feste ausgelassener wurden, und dann gab es auch noch jede Menge köstlicher Speisen. Bei dem Gedanken daran lief ihm das Wasser im Mund zusammen. Seit Tagen schon roch er die warmen, scharfen Gewürze und das gebratene Fleisch, das heiße Fett, das ins Feuer troff und einen köstlichen Duft in den Räumen der Dienstboten verbreitete.

Nun kam auch Hugh, er war noch dabei, sich anzuziehen, und blies sich in die Hände, bevor er sie ans Feuer hielt. Tom zog die Augenbrauen hoch und ging zu einem Tiegel mit Ingwer- und Rosmarinsalbe, die sie für Frostbeulen bereithielten, und Hughs Schultern bebten vor Lachen. Anscheinend hatte die Aussicht auf die Festlichkeiten den Groll seines Meisters über Toms lange Abwesenheit aus dem Destillierraum endlich vertrieben. Die beiden Männer folgten den anderen Bediensteten, die an den Feiertagen auch nicht arbeiten mussten, über den Hof in den großen Saal, wo sie an einer langen Tafel aus aufgebockten Tischplatten gemeinsam speisen würden. Tom spürte, wie ihm das Herz in der Brust hämmerte. Dies wäre die beste Chance, Isabel zu Gesicht zu bekommen, wenn auch nur aus der Ferne. Nachdem sie so viele Wochen keinen Kontakt gehabt hatten, wusste er nicht, ob sie noch etwas für ihn empfand, und er verging beinahe vor Angst, es herauszufinden.

Er musste jedoch nicht lange warten, denn das Festmahl wurde schon bald unterbrochen, als sich alle plötzlich erhoben, um sich zu verbeugen beziehungsweise einen Knicks zu machen, was das Herannahen der Königin ankündigte. Tom spürte das Vibrieren der Trompeten, hatte sie aber nicht so schnell wie die anderen wahrgenommen, deshalb erhob er sich nun eilig von seiner Bank, in der Hoffnung, nicht ertappt worden zu sein.

Nachdem sie fünf Minuten knicksend oder sich tief verbeugend verharrt hatten, erhoben sich schließlich alle wieder und nahmen ihre Plätze ein. Tom tat es ihnen nach. Sofort schweifte sein Blick über die Gruppe, die am vorderen Tisch Platz genommen hatte. Leicester saß auf seinem üblichen Platz neben der Königin, Burghley auf ihrer anderen Seite. Während Tom sich weiter umsah, entdeckte er auch Walsingham.

Schließlich fanden seine Augen, was er gesucht hatte, ganz in der Nähe des Kamins. Er sah, dass sie ebenfalls in die Menge spähte, doch es waren so viele Menschen da, und er konnte die Aufmerksamkeit nicht auf sich lenken, ohne zu riskieren, dass jemand anderes es mitbekam. Er heftete seinen Blick auf sie, sog ihre Schönheit in sich auf, wie ein verdurstender Mann einen Schluck Wasser. Ihr Gesicht war rosig, sie trug ein warmes Gewand, das aus dunkelgrünem Walkstoff zu bestehen schien. Die weißen Ärmel bildeten einen Kontrast dazu und waren mit passenden grünen Bändern geschnürt. Den Kamin schmückten Efeugirlanden und glänzende Stechpalmenzweige, an denen rote Beeren hingen. Ein riesiger Julklotz prasselte darin, und die tanzenden Flammen hoben den Umriss ihres Gesichts deutlich hervor und unterstrichen noch ihre Schönheit. Auf ihrem Hinterkopf saß eine kleine Kapuze, sodass ihr Haar gut sichtbar ihr Gesicht umrahmte.

Tom hatte gerade die Hoffnung verloren, Kontakt mit ihr aufnehmen zu können, da spürte er ihren brennenden Blick auf der Haut, und sie sahen sich über all die Menschen im Saal hinweg an. Es war, als wären sie plötzlich allein auf der Welt. Auf der Bank drückten sich andere Leiber an Tom, und ein unangenehmer Geruch lag in der Luft, unvermeidbar, wenn sich so viele Menschen auf engem Raum versammelt hatten. Gaukler tanzten durch den Saal, trieben ihre Späße mit den Leuten, während diese ihnen amüsiert zusahen. Der süße Geschmack der kandierten Pflaumen, die er gegessen hatte, die vom Sirup klebrigen Fingerspitzen – nichts von dem bekam er noch mit, alles trat in den Hintergrund.

Tom wollte keinesfalls auffallen, doch er konnte nicht verhindern, dass sich ein strahlendes Lächeln auf seinem Gesicht ausbreitete, als sich ihre Blicke trafen. Isabel sah sich rasch um, überprüfte, ob jemand sie beobachtete, und lächelte dann zurück. Es war, als würde die Sonne mit all ihrer Strahlkraft den Raum erhellen und als hätten sich die wirbelnden Schneeflocken und die grauen Wolken draußen in Luft aufgelöst. Dann hob sie die Hand zur Halskrause ihres Kleides und strich mit den Fingern darüber. Tom bemerkte das kurze Aufblitzen einer Goldkette, das sofort wieder verschwand, und spürte, wie ihm ein Stein vom Herzen fiel. Erleichterung durchflutete ihn. Sie war immer noch die Seine, da war er sich jetzt sicher; sie trug ihre Verlobungskette. Was immer in den letzten Monaten mit irgendwelchen Briefen passiert war, spielte jetzt keine Rolle mehr.

Am liebsten wäre er zum vorderen Tisch gestürmt und hätte sie in seine Arme gerissen, doch er wusste, dass dies der rascheste Weg gewesen wäre, von den Weihnachtsfeierlichkeiten ausgeschlossen zu werden und vermutlich auch seine Arbeit und sein Zuhause zu verlieren. So etwas Törichtes durfte er nicht riskieren. Wie, fragte er sich, konnte er ein Treffen arrangieren, wenn der Schnee draußen so hoch lag? Er musste wohl warten, bis Isabel Kontakt aufnähme, und er hoffte, dies würde nicht allzu lange dauern.

Der Rest des Weihnachtstags ging ungefähr genauso weiter, wie er am Morgen begonnen hatte. Der Julklotz brannte im Kamin, und es gab noch mehr Musik und Tanz. Tom fühlte, wie die Musik alles in Schwingung versetzte, allerdings konnte er nicht mittanzen, weil er keine Ahnung vom Rhythmus hatte. Stattdessen genoss er das Marzipan und die in Honig getränkten Nüsse, die hin und wieder auf Tellern gebracht wurden, und trank von dem starken Ale, das herumgereicht wurde. Als die Leute allmählich anfingen zu schwanken, konnte er kaum noch die Augen offen halten, und nach all dem Bier, das er getrunken hatte, war er selbst nicht besonders sicher auf den Füßen, als er zurück in seine Kammer stolperte.

Im Destillierraum war es fast dunkel, nur die restliche Glut im Kamin spendete ein wenig Licht, als er eintrat und sich an Möbelstücken festhielt, um seinen zitternden Knien Halt zu geben. Sofort wusste er, dass er nicht allein im Raum war. Der süße Duft nach Lavendel kitzelte ihn in der Nase, und er spürte seine Wärme durch die Luft wabern. Da war noch jemand. Er sah, wie sich die Schatten bewegten, als sie aus der dunklen Ecke trat, in der sie gewartet hatte. Sie schlang ihm die Arme, die immer noch in dem glatten Wollstoff steckten, um den Hals und presste ihren Körper an den seinen, während er ihren Duft einatmete, mit seiner starken Hand ihren

Kopf an seine Brust drückte und ihr die andere auf den Rücken legte. Nie wieder wollte er sie loslassen. Er spürte, wie ihr Herz an seinem schlug und sich ihre Brust beim Atmen hob und senkte. Da beugte er sich vor und küsste sie, versank in ihr und wollte sich nie wieder bewegen.

Schließlich trat sie zurück, nahm einen Holzspan aus einem Topf, entzündete ihn in der verlöschenden Glut und damit schließlich eine Kerze. Das Licht fiel von unten auf ihr Gesicht, tanzte über ihre feinen Züge, wobei ihre Augen weiterhin im Dunkeln lagen. Doch so konnte er ihre Lippen umso besser sehen, die tiefrosa waren und geschwollen von seinem Kuss.

»Ich habe dich vermisst«, sagte sie. »Ich konnte nicht herausfinden, wo du dich aufhieltst, ohne die Aufmerksamkeit auf uns zu ziehen.« Tom war erleichtert. Nun wusste er, dass sie zumindest versucht hatte, in Kontakt zu bleiben.

»Ich habe dich auch vermisst.« Seine Mimik war plump, und er wünschte, er hätte sich beim Bier mehr beherrscht, doch sie schien ihn trotzdem zu verstehen.

»Ich trage immer noch dein Medaillon.« Sie zog es aus ihrem Kragen. »Ganz nah an meinem Herzen.« Tom lächelte und nickte, legte sich die Hand aufs Herz und dann auf ihres. Sie legte ihre kleine Hand auf seine.

»Ich weiß, dass unsere Leben nicht denselben Weg genommen haben und dass es für jemanden meines Ranges für undenkbar erachtet wird, jemanden deines Ranges zu lieben. Aber ich werde alles riskieren, damit wir zusammen sein können. Ich wünsche mir nichts sehnlicher, als für immer bei dir zu sein. Und, so Gott will, eine Familie mit dir zu haben.«

Tom starrte auf sie hinunter, hatte er womöglich ihre Lippen falsch gelesen? Dass sie sich wünschte, wonach er selbst sich auch so sehr sehnte, war mehr, als er zu hoffen gewagt hatte. Er nahm ihre Hände, küsste sie zärtlich und hielt sie an sein Herz.

»Ich kann den Hof über Weihnachten nicht verlassen«, erklärte sie. »Aber kannst du nach Dreikönig in mein Haus kommen? So kann es nicht weitergehen, wir müssen etwas unternehmen.« Tom wusste nicht, was sie vorhatte, glaubte aber, ungefähr zu verstehen, was sie meinte. Oder doch nicht? Redete sie etwa von Heirat? Das war mehr – so viel mehr –, als er sich je ausgemalt hatte.

»Ich schicke dir eine Nachricht, wann du kommen kannst«, sagte sie. Er nickte und beugte sich noch einmal zu ihr, um sie ein letztes Mal zu küssen. Dann war sie weg, verschwand durch den Korridor, bis die Dunkelheit sie verschluckte.

Sosehr Tom die Feierlichkeiten auch genoss – die zwölf Weihnachtstage und das Spektakel zur Jahreswende im königlichen Palast –, zogen sie sich für ihn doch in die Länge. Essen und Bier schmeckten allmählich bitter, und er wartete ungeduldig darauf, dass der Alltag wieder zurückkehrte, damit er sich endlich wieder mit Isabel treffen konnte. Wie vorhergesehen, hatte er jede Menge Pülverchen gegen Magenverstimmungen ausgegeben, um die Folgen der Gelage zu lindern. Die Königin war dafür bekannt, zu essen wie ein Spatz, doch sie verlangte wieder ein Mittel gegen Zahnschmerzen, nachdem sie zu viel Marzipan zu sich genommen hatte. Dazu wünschte sie Schlaftränke, weil die pulsierenden Zahnschmerzen sie des Nachts lange wach hielten. Der Vanillevorrat ging auch zur Neige, inzwischen verwandten sie das Gewürz nur noch für die Arzneien, die für die Königin vorgesehen waren. Es war noch lang bis zum Frühling, wenn das Wetter es wieder zuließ, dass Schiffe aus Venedig und Antwerpen mit Nachschub zurückkehren konnten. Tom wünschte, er könnte mit seinen Vanillepflanzen die kostbaren Schoten selbst anbauen, doch bisher hatte er damit kein Glück gehabt und musste hoffen, dass wärmeres Wetter die Pflanzen dazu bringen würde, Früchte zu tragen. Wenigstens hatte er sie retten können, indem er sie in den warmen Destillierraum geholt hatte.

Die Botschaft, auf die er wartete, kam schließlich Mitte Januar, als der Schnee auch schon teilweise wieder schmolz. Isabel hatte endlich die Erlaubnis erhalten, in ihr Haus zurückzukehren, und schickte eine Nachricht in den Destillierraum, in der sie Tom darum bat, noch am selben Tag, oder eben sobald es ihm möglich wäre, zu ihr zu kommen.

Tom war besorgt wegen der Dringlichkeit, die aus ihren Worten sprach. Bestimmt wäre Hugh nicht damit einverstanden, dass er die Arbeit verließ, während sie so viel zu tun hatten, die an den Festtagen aufgebrauchten Arzneien zu ersetzen, doch Tom war entschlossen, so bald wie möglich in die Cordwainer Street zu gehen.

Hugh hatte gesehen, wie er den Brief rasch las und ihn dann in seine Tasche steckte. Am Nachmittag verschwand Tom in seiner Kammer und kam mit seinem blauen Mantel zurück. Schweigend zuckte er mit den Schultern, um sich zu entschuldigen, und deutete an, dass Walsingham ihn wieder gerufen habe. Hugh reagierte kaum, und Tom hatte ein schlechtes Gewissen, weil er seinen Freund anlog. Doch er konnte nicht anders, er musste Isabel unbedingt sehen.

Am Anleger warteten ein paar Boote, die Ruderer standen beisammen, rauchten ihre Tonpfeifen und stampften mit den Füßen, um sich warm zu halten. Tom hielt ein Stück Papier hoch, auf dem stand, zu welchem Dock er gebracht werden wollte, und sprang in ein Boot. Die meisten der Ruderer kannten ihn schon, und einer von ihnen löste sich aus der Gruppe, kletterte ebenfalls ins Boot und ruderte mit Tom zur Flussmitte hinaus.

Das Wetter war recht schön, aber die Sonne, die von einem verwaschenen, beinahe weißen Himmel schien, spendete keine Wärme. Das war zwar besser als die hässlichen gelblichen Wolken, aus denen es unablässig schneite, doch die Luft, die Tom atmete, war noch immer eisig, blieb ihm in der Kehle stecken und versengte seine Ohrläppchen, während sie sich langsam durch ruhiges Wasser bewegten, in dem sich der Himmel widerspiegelte. In seiner Hast, Isabel zu sehen, hatte Tom seine Kappe vergessen.

Als er bei Isabels Haus ankam, riss diese mit einem strahlenden Lächeln die Tür auf; offenbar hatte sie schon auf ihn gewartet. Sie beugte sich vor, zog ihn in den warmen Vorraum und presste ihre Lippen auf seine. Dann sprang sie zurück und rief: »Du bist so kalt!« Tom nickte und ging mit ihr zum Feuer, wo er sich setzte und sie auf seinen Schoß zog. Er war im siebten Himmel und wäre am liebsten für immer so geblieben, doch Isabel hatte andere Pläne.

»Wir müssen reden«, sagte sie. Er hob die Augenbrauen und wartete darauf, dass sie fortfuhr. »Ich will heiraten und eine Familie haben. Es ist mein größter Wunsch, dass Kinder durchs Haus toben und ein Gatte an meiner Seite ist.« Tom zog sie an sich und küsste sie auf den Scheitel, dann nahm er ihr Gesicht in seine Hände. Er deutete auf sich selbst und nickte zustimmend. Das war auch alles, was er wollte.

»Wir können so nicht weitermachen.« Toms Herz sank. Hatte sie ihn herzitiert, nur um ihm zu sagen, dass ihre seltsame heimliche Beziehung nun ein Ende hatte? Aber das hätte sie ihm schließlich auch in einem Brief mitteilen können. Er wollte aufstehen, sie wieder auf die Füße stellen, doch sie wehrte sich und hob die Hand, damit er sitzen blieb. »Warte«, sagte sie, »bis ich fertig bin mit dem, was ich zu sagen habe. Ich liebe dich, Tom Lutton, und ich will den Rest meines Lebens mit dir verbringen. Das können wir aber nur, wenn wir verheiratet sind. Die Königin wird erzürnt sein, wenn sie herausfindet, dass wir ohne ihre Erlaubnis geheiratet haben, aber ich bin bereit, dieses Risiko auf mich zu nehmen. Bist du es auch?«

Tom war erstaunt über das, was er von ihren Lippen ablas, er hatte sie doch nicht falsch verstanden? Schließlich nickte er langsam, begann zu lachen und stand mit ihr in den Armen auf, um sie herumzuwirbeln, dass ihre Füße nur so um seinen Körper herumflogen. Er spürte, wie sie an seiner Brust vor Lachen kreischte.

Schließlich stellte er sie zurück auf den Boden, und sie blieben beide einen Moment stehen, bis sich der Raum nicht mehr um sie drehte. Dann ging sie zu einem Sekretär in der Ecke und zog einen Stapel Papiere heraus.

»Ich habe den Priester von St Mary Aldermary gebeten, das Aufgebot für uns zu bestellen. Wir können morgen heiraten. Kannst du morgen früh um zehn an der Kirche sein?«

Tom nickte begeistert, natürlich würde er kommen! Allerdings müsste er dann Hugh die nächsten vierundzwanzig Stunden meiden, damit er sich keine weitere Lüge ausdenken musste. Isabel nahm ihn an der Hand und führte ihn in den kleinen Salon neben der Haustür, wo ein Mahl und süßer roter Gewürzwein angerichtet waren. Sie setzten sich ans Feuer und fingen an, ihre Zukunft zu planen.

Am Ende war es einfacher, sich am folgenden Morgen aus dem Palast zu schleichen, als Tom befürchtet hatte. Er stand früh auf und zündete ein Feuer an. Dann erledigte er ein paar Arbeiten, die Hugh am vergangenen Abend angefangen hatte, er seihte Arzneien ab und stellte andere zum Festwerden hin. Da keine Spur von seinem Meister zu sehen war, ergriff Tom die Gelegenheit beim Schopfe und hinterließ eine vage Notiz auf seiner Wachstafel, er sei abberufen worden. Dann zog er seinen Mantel an, dachte dieses Mal auch an seine Kappe und eilte zum Anleger hinunter.

Er wartete zusammen mit dem Geistlichen auf den Stufen vor der Kirche, als Isabel um genau zehn Uhr ankam. Er beobachtete, wie energisch sie ausschritt, allein schon ihr Gang drückte aus, dass sie es ernst meinte. Ihre dunklen, glänzenden Locken fielen ihr über den Rücken, und eingeflochten in ihre Zöpfe schimmerten Perlen. Sie trug ein Kleid, das er noch nie zuvor gesehen hatte. Es bestand aus feinem blassgrünem Damast, und an ihrem Gürtel hing ein Sträußchen getrockneter Lavendel. Während sie zum Kirchenportal hinaufschritt, vor dem die Zeremonie stattfinden sollte, ging ihre Kammerzofe mit einem Zweig Rosmarin voraus, an den Bänder geknüpft waren.

Als Isabel neben ihm stand, spürte Tom die Wärme, die ihr Körper ausstrahlte. Er sah ihr in die Augen und versuchte, all die Liebe, die er für sie empfand, in sein Lächeln zu legen. Eine grenzenlose Liebe, die ihn in eine Hochstimmung versetzte, die er nie für möglich gehalten hätte. Trotz all der Gefahren, die seine Arbeit für Walsingham mit sich brachte, würde er ewig dankbar für die Reise sein, die ihn nach London geführt hatte.

Sie wandten sich beide dem Pfarrer zu.

Was immer der Mann sagte, entging Tom, als er sein Gesicht in die plötzlich auffrischende kühle Brise hob, die in sein Haar wehte und in Isabels Röcke fuhr. Er roch den Lavendel, den sie bei sich trug, und ganz schwach auch das Rosenwasser, in dem sie gebadet hatte. Leider konnte er aber auch den Pfarrer riechen – ein absolut widerwärtiger Geruch, den er lieber nicht wahrgenommen hätte. Er bemerkte jede Nuance, während er auf die entscheidende Stelle in der Ansprache wartete: wie der Mann sie vor Gott zu Mann und Frau machte.

Der Geistliche sah ihn an und nickte ein wenig, und da wusste Tom, dass sein Moment gekommen war.

Er umarmte Isabel, dann trat er zurück und nahm ihre Hand in seine. Mit der anderen Hand angelte er in seiner Tasche nach dem Ring, den sie ihm am Vorabend gegeben hatte, und steckte ihn ihr an den Finger, dann legte er sich die Hand aufs Herz und reckte sie daraufhin zum Himmel. Um auszudrücken, dass er bis zum Ende aller Tage bei ihr bleiben würde, legte er die Zeigefinger auf seine Augenlider und schloss sie damit. Schließlich tat er, als würde er mit den Fersen ein Loch graben und die Totenglocke läuten.

Er schlug die Augen wieder auf und sah sie an, in ihren Augen glitzerten nun Tränen. Sie umfasste sein Gesicht mit beiden Händen, der kalte Ehering lag an seiner Wange; dann stellte sie sich auf Zehenspitzen und küsste ihn. Der Priester drehte sich zur Kirchentür um und führte sie beide zum Gottesdienst hinein.

36

Juli 2021

Mathilde versuchte, Rachel ihren Traum von dem Medaillon zu erklären, doch schon bald merkte sie, dass ihre Schwester nicht so richtig bei der Sache war.

»Ich war die halbe Nacht wach, weil ich solche Zahnschmerzen habe«, jammerte sie und hielt sich die Hand an die Wange. »Es ist wie ein Hämmern in meinem Kiefer. Das ist echt eine Tortur. Ich habe schon Paracetamol eingenommen, und es hat nichts genützt.«

»Ich habe ein Mittel dagegen«, bot Mathilde an. »Eine Tinktur, die du dir dort, wo es wehtut, auf den Gaumen streichst. Das hilft wirklich gut.«

»Ich würde alles ausprobieren«, erwiderte Rachel und verzog missmutig das Gesicht. »Ich muss wohl meinen Zahnarzt anrufen, sobald er aufmacht. Falls er mir für heute einen Termin geben kann, könntest du dann bitte auf Fleur aufpassen? Ich muss dann nämlich rüber nach Peterborough und wieder zurück, und sie würde im Auto nur quengeln. Ich glaube, das halte ich heute nicht aus.«

»Natürlich, kein Problem. Wir werden viel Spaß miteinander haben, ja?« Sie sah Fleur an, die mit feierlichem Gesichtsausdruck nickte.

»Können wir dann mit deiner Kamera raus?«, fragte sie, und Mathilde stimmte zu. Dann ließ sie Mutter und Tochter am Tisch zurück und ging hinaus zu ihrem Van, um das Fläschchen mit der Tinktur zu holen, deren Zubereitung ihre Mutter sie gelehrt hatte. Es handelte sich dabei um eine Art Instantbetäubung mit Thymian und Nelken, um die Schmerzen zu lindern. Sie fügte dem Ganzen ein wenig Vanille hinzu, um den bitteren Geschmack abzumildern.

»Das funktioniert wirklich gut«, sagte Rachel später zu Mathilde, die Hand immer noch auf der Wange. »Ich habe für heute Nachmittag einen Termin bekommen, ich werde erst nach dem Tee wieder hier sein. Ist das okay? Ich kann etwas kochen und in den Kühlschrank stellen, wenn du magst. Hinterher will ich auch noch kurz bei Andrew vorbeischauen. Ich weiß, dass das dreist von mir ist, wenn du auf Fleur aufpasst, aber der Zahnarzt ist nur fünf Minuten von zu Hause entfernt.«

»Schon gut«, versicherte ihr Mathilde. »Ich kann Fleur etwas zum Abendessen machen.«

Um eins standen sie in der Auffahrt und winkten Rachel nach, Fleur hielt Mathildes Hand fest. Mathilde hoffte, dass die Kleine das Hämmern ihres Herzens nicht hörte, das durch ihren ganzen Körper pulsierte. Noch nie in ihrem Leben war sie für einen anderen Menschen verantwortlich gewesen, und jetzt gleich für mehrere Stunden. Selbst die Verantwortung für Shadow empfand sie als riesig und beängstigend, und dabei war das Kätzchen schon ziemlich selbstständig, streunte inzwischen im Haus umher und tauchte nur in der Küche auf, wenn es fressen oder spielen wollte.

»Können wir jetzt mit der Kamera rausgehen?«, fragte Fleur.

»Später«, erwiderte Mathilde. »Heute ist ein sonniger Tag, deshalb sollte die Nacht klar sein, und es ist Vollmond. Lass uns dann rausgehen und Fotos machen, ja?« Ihr war eine Idee gekommen, als sie am Sumpf vorbeigegangen war, und sie drückte sich selbst die Daumen, dass sie sie würde umsetzen können.

»Okay«, stimmte das kleine Mädchen zu. Dann hüpfte Fleur zurück ins Wohnzimmer, um mit einer Mondrakete und einem Plastikschweinchen zu spielen. Dieses Babysitting ist vielleicht doch leichter, als ich es mir vorgestellt hatte, dachte Mathilde, während sie ihr folgte.

Doch schon bald schwand Fleurs Geduld, und Mathilde musste mehrere Stunden lang für Unterhaltung sorgen, bevor es Zeit fürs Abendessen war. Sie wollte Oliver noch von ihrem Traum erzählen und dass ihr inzwischen klar geworden war, dass es einen Zusammenhang zwischen dem Triptychon und dem Medaillon gab. Und dass beides mit dem Mann zu tun hatte, der sie in diesen Träumen war. Allerdings wollte Oliver sich heute mit einem auf die Tudor-Zeit spezialisierten Historiker treffen, um über das Gemälde zu sprechen und über die Notiz, die sie gefunden hatte. Und tatsächlich war sein Handy ausgeschaltet. Sie hinterließ ihm eine Sprachnachricht, in der sie herumstotterte und nach Worten suchte, aber schließlich gab sie auf und beendete den Anruf mit einer Reihe gemurmelter französischer Kraftausdrücke. Er würde sie zurückrufen, da war sie sich sicher.

Nach einem Abendessen bestehend aus Omelett und Kartoffelwaffeln mit Joghurt als Nachtisch, gähnte Fleur, und Mathilde fragte sich, ob ihre Idee so klug gewesen war, das Kind auch nach seiner üblichen Schlafenszeit noch wach zu halten. Doch wenn sie es richtig eingeschätzt hatte, würden sie heute Nacht nicht weit vom Haus entfernt ein wunderbares Phänomen erleben, und das wollte sie mit ihrer Nichte teilen, zu der die Verbindung immer stärker wurde; ein Band zwischen ihr und der Vergangenheit ... und der Zukunft.

Draußen brach allmählich die Dunkelheit herein. Sie riefen Rachel an, und Fleur redete mit ihr und Andrew. Rachel versprach, dass sie demnächst losfahren würde, während Mathilde ihr versicherte, dass Fleur bald zu Bett gehen würde. Dabei tat sie dem kleinen Mädchen gegenüber, als würde sie gähnen, und legte den Finger an die Lippen. Fleur kicherte und schlug die Hände vor den Mund.

»Muss ich wirklich schon schlafen gehen?«, fragte sie, als Mathilde aufgelegt hatte. »Du hast gesagt, wir gehen mit der Kamera raus, aber jetzt ist es dunkel.« Ihre Lippen bebten, und Tränen traten ihr in die Augen.

»Jetzt ist die beste Zeit rauszugehen«, erklärte Mathilde. »Zieh dir schnell deine Turnschuhe und einen Pullover an, die Nacht ist kühl.«

Mit einem aufgeregten Jauchzen rannte Fleur nach oben, und Mathilde zog ihre Stiefel an und tauschte das Objektiv an der Kamera gegen ein besonders lichtstarkes.

»Du bleibst hier«, sagte sie zu Shadow, der einen Buckel machte und um ihre Beine herumstrich. »Wir kommen bald wieder zurück.«

Der Boden draußen war feucht vom nächtlichen Tau, doch wie erwartet war die Nacht klar, und der Mond schien hell: perfekte Bedingungen. Bei ihrem Van blieben sie stehen, um eine große Taschenlampe herauszuholen, dann gingen sie weiter über den überwucherten Rasen, wobei Fleur Mathildes Hand festhielt. Das kleine Mädchen zeigte auf Nachtfalter, die im Strahl der Taschenlampe tanzten, und beobachtete die Fledermäuse, die über ihren Köpfen umherschossen.

Irgendwann blieb Mathilde stehen und deutete auf eine Eule, die zu ihrer Linken still und leise tief über ein Feld flog, ihre langsamen, gleichmäßigen Bewegungen täuschten darüber hinweg, dass sie mit ihren dunklen Augen den Boden unter ihr permanent nach Beute absuchte.

Schließlich erreichten sie ihr Ziel, und Mathilde kauerte sich ins hohe Gras. Fleur tat es ihr sofort nach und verschwand fast darin.

»Wir sind hergekommen, um Feen zu sehen«, flüsterte Mathilde. »Deshalb müssen wir sehr leise sein.« Fleurs Augen wurden groß und rund, während sie ihre Tante anstarrte und stumm nickte. »Behalt das Schilfrohr da vorne im Auge«, sagte Mathilde und hoffte inständig, dass etwas passierte. Selbst unter diesen perfekten Bedingungen war es Glückssache.

Fast fünf Minuten lang saßen sie still da. Fleurs Geduld schwand bereits, und sie fing an, mit den Füßen zu scharren. Doch dann war es so weit, zuerst sah Mathilde eins, dann noch eins, gefolgt von weiteren.

»Sieh mal.« Sie zeigte auf die blauen Lichter, die vor ihnen über dem Sumpf schwebten. »Das sind Feen. *Fee.* Kannst du sie sehen?« Sie hätte nicht zu fragen brauchen, denn das kleine Mädchen gab ein gehauchtes »Ooooh« von sich, als die Lichter allmählich auftauchten. Mathilde stellte ihre Kamera ein und schoss mehrere Fotos von den Irrlichtern, die wie Wesen aus einer anderen Welt vor ihnen tanzten. Sie bezeichnete diese Erscheinungen lieber als Feen anstatt als Irrlichter. Folklore war oft so morbide.

Behutsam schwenkte sie die Kamera, um das Motiv zu fotografieren, um das es ihr eigentlich ging: den erstaunten Blick des Mädchens, während es sich das Spektakel ansah, seine Gesichtszüge, die sich im Licht des bleichen bläulichen Mondscheins abzeichneten. Überrascht von ihren Gefühlen, spürte Mathilde, wie ihr Herz einen Sprung machte angesichts der Liebe, die sie zu diesem kleinen Mädchen empfand. Sie hatte so viele Jahre, in denen sie Teil dieser Familie hätte sein können, verpasst, aber jetzt musste sie das alles mit beiden Händen festhalten. Ihr Vater hatte ihr mehr als nur ein Haus vererbt, er hatte ihr die Chance auf ein Leben geschenkt.

Schließlich wurde ihnen auf dem feuchten Untergrund kalt, und Mathilde schlug vor, zurück ins Haus zu gehen und eine heiße Schokolade zu trinken.

»Mit Sahne und Marshmallows?« Fleurs Aufmerksamkeit richtete sich sofort auf das Getränk, vergessen waren die Feen. Dem Schein der Taschenlampe folgend, ging sie mit Mathilde zurück zum Haus. Mathilde blickte auf das begeisterte, vertrauensvolle Gesicht hinunter, das ihrem zugewandt war. Würde sie dieses kleine Mädchen je verlassen können? Ein weiteres Band wand sich um ihr Herz und verknüpfte sie mit dem Haus, mit ihrer Familie.

»Ich weiß nicht. Wenn wir welche finden, dann ja«, stimmte sie zu.

Sie hatten beide schon ihren Schlafanzug an und tranken ihre heiße Schokolade mit Sahne, aber leider ohne Marshmallows, als sie das Geräusch von Autoreifen auf Kies hörten. Dann kam Rachel zur Hintertür herein.

»Du solltest längst im Bett sein, junge Dame!«, rief sie, kaum dass sie die Küche betreten hatte. Sie drückte Fleur einen Kuss auf den Scheitel und funkelte Mathilde über den Tisch hinweg an. »Ich dachte, ihr wart kurz davor, schlafen zu gehen, als wir telefoniert haben, und das ist schon vier Stunden her!«

»Wir haben im Dunkeln nach Feen gesucht! Wir haben jede Menge davon gefunden«, erzählte ihr Fleur aufgeregt.

»Jetzt musst du aber rasch ins Bett.« Rachel war unerbittlich, als sie Fleur die Treppe hinaufführte. Mathilde blieb mit dem Gefühl zurück, gleich eine Standpauke von ihrer Schwester zu erhalten. Ob sie sich wohl auch nach oben schleichen sollte, bevor Rachel wieder in die Küche zurückkam? Das hat keinen Sinn, gestand sie sich selbst ein. Wenn sie heute Abend keine Gardinenpredigt bekäme, dann eben morgen früh. Sie hob Shadow vom Boden auf und grub ihre Nase in sein weiches schwarzes Fell.

»Echt jetzt, ich dachte, du wärst vernünftiger.« Rachel verdrehte die Augen, als sie wieder heruntergekommen war. »Was hast du dir dabei gedacht, mit meiner Tochter im Dunkeln umherzuwandern? Jetzt wird sie das immer tun wollen, und ich habe keine Lust, in die Nähe des Sumpfs zu gehen, vom Schlamm aufgesaugt und nie mehr gefunden zu werden.«

»Es war ein Abenteuer mit ihrer Tante.« Als sie die Worte aussprach, musste Mathilde lächeln, bestätigten sie doch eine

Beziehung, die sie für sich nie für möglich gehalten hätte. »Und ich weiß genau, wo der Sumpf anfängt, wir waren nie in Gefahr. Wir haben die Sumpfgase beobachtet, in Frankreich werden sie *fey* genannt. Ich habe ihr erzählt, dass es sich um Feen handelt. Und ich wollte ein paar Fotos von ihr im Mondlicht machen. Ich wusste, dass sie sich freuen würde, die Feen zu sehen, und hoffte, dass sie lang genug stillhalten würde, damit ich ein paar Bilder von ihr schießen kann.« Sie griff nach ihrer Kamera, die auf dem Tisch lag, und scrollte auf dem kleinen Display durch die Fotos, die sie heute Abend gemacht hatte. Die Bilder waren sehr gut gelungen, das musste sie selbst zugeben, sie gefielen ihr wirklich. Sie ging zu Rachel hinüber und beugte sich vor, um sie ihr zu zeigen.

»Wow«, keuchte Rachel. »Sie sind wunderschön. Die schönsten Fotos, die ich je von ihr gesehen habe. Du hast die Gefühle auf ihrem Gesicht perfekt eingefangen. Sie sieht so unschuldig aus und hat so staunende Augen. Sie sind unglaublich.«

»Ja, ich finde sie auch gut«, stimmte Mathilde zu, während sie zur Spüle ging und ihre Tasse auswusch.

»Trotzdem verzeih ich dir nicht, dass du sie so lange wach gehalten hast«, sagte Rachel. »Morgen wird sie unausstehlich sein.« Doch sie lächelte dabei, und Mathilde zuckte mit den Schultern und nickte.

Mathilde war auf dem Weg ins Bett schon halb zur Tür hinaus, als ihr plötzlich Rachels Zahnschmerzen wieder einfielen. Sie fragte ihre Schwester, wie es ihr ginge. Rachel schnitt eine Grimasse.

»Ich habe eine Füllung bekommen, und jetzt, wo die Betäubung nachlässt, tut es wieder weh. Ist von der Tinktur noch was da?«, fragte sie. Geschmeichelt, dass sie ihre pharmazeutischen Fähigkeiten erfolgreich einsetzen konnte, reichte Mathilde ihr das Fläschchen. Dann wünschte sie eine gute Nacht und ging auf ihr Zimmer.

Bevor sie sich zum Schlafen hinlegte, schaute sie auf ihr Handy und fand eine Nachricht von Oliver, der sich entschuldigte, weil er ihren Anruf verpasst hatte. Er versprach, sie am nächsten Morgen zurückzurufen. Binnen Sekunden schlief Mathilde mit einem Lächeln auf dem Gesicht ein, ihr Kopf war leer und bot jede Menge Raum für Träume, die sich in ihr Unterbewusstsein schlängeln konnten.

37

Januar 1585

Die Woche nach ihrer Hochzeit war reine Glückseligkeit. Sie versteckten sich in Isabels Haus und sahen niemanden außer ihrer Zofe Anne und den wenigen Bediensteten, die Isabel beschäftigte. Keiner von ihnen schien begeistert zu sein von ihrem neuen Herrn, und sie gaben sich keine besondere Mühe, ihre Geringschätzung ob seiner offensichtlich bescheidenen Herkunft zu verbergen. Tom hatte einen Boten zu Hugh geschickt, der ihm ausrichten sollte, dass er sich nicht wohlfühle und keine Krankheiten in den Palast einschleppen wolle. Sein Meister war froh, dass er wegblieb, denn jegliche Krankheit brachte zusätzliche Arbeit mit sich, sollte sie sich unter den Palastbewohnern ausbreiten.

Sie verbrachten ihre Tage damit, im Garten zu lustwandeln, und Tom plante, seinen eigenen Kräutergarten anzulegen, der es mit dem in Greenwich aufnehmen konnte. Nachdem er den Großteil seines Lebens unterwegs gewesen war, wurde ihm plötzlich klar, dass er hier endlich Wurzeln schlagen konnte, genau wie die Pflanzen, die er so gern anbaute. Seine Vanillepflanzen würde er auch hierherbringen.

Nachts lagen sie im Bett – einem Himmelbett mit üppigen Schnitzereien und das bequemste Nachtlager, das Tom je gehabt hatte – und liebten sich hinter zugezogenen Vorhängen. Tom mochte zwar keine Worte haben, die er ihr ins Ohr flüstern konnte, doch er fand genügend andere Arten, ihr seine Liebe zu zeigen. Er genoss es, ihr sinnliche Erlebnisse zu bescheren, die sie nicht für möglich gehalten hätte. Tom war entschlossen, so viel Zeit wie möglich mit Isabel in ihrem Haus zu verbringen, auch wenn er seine Arbeit für die Königin wiederaufnehmen musste – allein schon, um in diesem Bett zu liegen. Er empfand eine Zufriedenheit, wie er sie noch nie zuvor erlebt hatte.

Schon von klein auf hatte ihn die Angst verfolgt, die Menschen zu verlieren, die er liebte; hatte er befürchtet, nicht sicher zu sein, nirgendwohin zu gehören. Er war nie über die Tatsache hinweggekommen, dass er mit den Menschen, die für ihn seine Familie waren, gar nicht leiblich verwandt war. Dass er irgendwo da draußen eine richtige Mutter und einen richtigen Vater hatte und womöglich sogar Geschwister und weitere Verwandtschaft: Cousinen und Cousins, Tanten und Onkel – die er aber nicht kannte. Er gehörte nirgendwohin, und nachdem sein Vater – sein Adoptivvater – getötet worden war und sie nach Frankreich fliehen mussten, hatte er sich nie wieder sicher gefühlt. Obwohl sie sich in einem behaglichen Bauernhaus niedergelassen hatten und seine Adoptivmutter mit ihrem Safran so viel Geld verdient hatte, dass sie ein ruhiges, zufriedenes Leben führen konnten, hatten ihn die Angst und das Gefühl von Heimatlosigkeit nie losgelassen.

Mit vierzehn hatte er bei dem Apotheker im Dorf eine Lehre begonnen, doch der konnte Tom nichts mehr beibringen, er wusste schon alles von seiner Mutter, deren Leidenschaft neben dem Safrananbau der Herstellung von Arzneien gegolten hatte. Sie hatte Zeichnungen für ihn angefertigt, anhand derer sie ihm von ihrer eigenen Kindheit erzählte und wie die Mönche in der Nähe ihres Zuhauses ihr alles beigebracht hatten. Tom hatte sich aufgemacht nach Paris, dann nach Antwerpen, immer auf der Suche nach einem Ort, an dem er zur Ruhe kommen, der sich wie ein Zuhause anfühlen würde. Einem Ort, wo er Teil seiner eigenen Familie sein konnte. Als er in Frankreich an Bord gegangen war, hatte er sich vorgestellt, nach Norfolk zu reisen, um nach der Familie zu suchen, die ihn vor all den Jahren verloren oder verlassen hatte, doch dann war er in London gelandet und hatte jetzt eine Frau und ein glückliches Leben. Seine Wurzeln hatte er zwar nicht gefunden, doch er war mehr als zufrieden mit dem, was er jetzt hatte.

Weder Tom noch Isabel hätten die Reaktion erwartet, die auf ihre Eheschließung erfolgte, als sie an den Palast zurückkehrten. Isabel hatte ihn gebeten, zu niemandem ein Wort über ihre Hochzeit zu verlieren, bevor sie die Königin in Kenntnis gesetzt hätte. Sie war nicht gerade erpicht auf dieses Gespräch, bezweifelte sie doch, dass Ihre Majestät der Wahl ihres Gatten zugestimmt hätte, wenn sie sie zuvor um Erlaubnis gefragt hätte. Auch wenn sie als Witwe theoretisch ihre eigene Wahl treffen durfte – immerhin hatte sie beim ersten Mal den Mann genommen, der für sie ausgewählt worden war –, galt dies nicht für jemanden, der sich im

Dunstkreis Ihrer Majestät bewegte. Da Königin Elizabeth selbst nicht heiraten wollte, genoss sie es bestimmt, sich in die Verlobungen aller anderen einzumischen. Deshalb hatte Isabel ihr Medaillon auch stets gut verborgen.

Die erste Ahnung davon, dass etwas ganz und gar nicht stimmte, bekam Tom kurz vor der Abendessenszeit, als ein junger Page keuchend und mit rotem Gesicht in den Destillierraum gerannt kam und ihm zu erklären versuchte, was los war. Tom beobachtete seinen Mund, versuchte, seine Lippen zu lesen, doch weil der Page so atemlos war und sich seine Brust hob und senkte, war Tom verwirrt und begriff nicht, was der Junge meinte. Er wandte sich an Hugh, der beim Zerstoßen von Galläpfeln im Mörser innehielt, und wartete auf eine Erklärung.

Hugh hörte ein paar Minuten mit schräg gelegtem Kopf zu und wandte sich dann mit offenem Mund und hochgezogenen Augenbrauen an Tom.

»Als du nach Dreikönig weg warst, hast du da geheiratet?« Tom spürte, wie sein Herz anfing zu jagen. Ihm brach der kalte Schweiß aus, während er vor Angst schauderte. Er nickte langsam, betrachtete aufmerksam Hughs Gesicht, damit ihm keine Zeichen oder Nuancen entgingen.

»In den Prunkgemächern herrscht Tumult, und die Königin will dich sofort da oben sehen. An deiner Stelle würde ich mich umziehen, und zwar schnell.« Er zeigte auf Toms Schürze und seine Kniehose, auf denen Spritzer von Tinte zu sehen waren. Tom zog sich die Schürze aus, warf sie auf einen Schemel und rannte in seine Kammer, um seine beste helle Hose und seinen blauen Mantel anzuziehen. Während er sich die vom Aufbewahren in der Truhe zerknitterten

Kleider glatt strich, rannte er zurück, wo der Page von einem Fuß auf den anderen trat, so eilig hatte er es, mit Tom zurück nach oben zu gehen. Hugh packte Tom am Arm, als er an ihm vorbeikam.

»Warte«, sagte er. »Wen hast du geheiratet, wenn die Königin dich sehen will?« Tom lächelte, trotz seiner Sorgen leuchtete Stolz in seinen Augen auf. Er nahm die Wachstafel, schrieb *Lady Isabel* darauf und zeigte sie Hugh.

»Eine der Hofdamen?«, fragte Hugh entgeistert. »Du Narr! Schon heute Abend wirst du im Kerker sitzen, lass dir das gesagt sein.« Bei dem Gedanken, in einer dunklen, armseligen Umgebung dahinvegetieren zu müssen, wo Sehen für ihn doch so wichtig war, um kommunizieren zu können, sank Toms Herz noch tiefer. Doch solange Isabel in Sicherheit war, würde er gern in den Kerker gehen. Er drehte sich um und folgte dem Pagen nach oben.

Ausnahmsweise war Tom erleichtert, dass er die Stimmen im Kabinettszimmer nicht verstehen konnte. Er merkte sofort, dass dort Chaos herrschte. Menschen mit erhitzten Gesichtern eilten aufgeregt hin und her, und mittendrin stand die Königin. Ihr sonst so blasses Gesicht hatte eine ungesunde rote Farbe angenommen, die sich mit dem Orange ihrer Haare biss. Sie fuchtelte mit den Armen, und ihr Mund schien zu einem permanenten Schrei aufgerissen, während kleine Speicheltröpfchen in alle Richtungen stoben. Tom sah, wie Burghley sich verstohlen das Wams abwischte. Dann suchte er den Saal nach Isabel ab, entdeckte aber keine Spur von ihr. Die Hofdamen kauerten alle in einer Ecke, ihre Näharbeiten und eine Laute hatten sie auf dem Boden zurückgelassen, als sie vor dem Zorn ihrer Königin geflüchtet waren.

Weitere Gegenstände waren über den Boden verstreut, als hätte sie jemand in einem Wutanfall umhergeschleudert.

Tom machte eine tiefe Verbeugung, in der Hoffnung, sie hätte ihn nicht bemerkt, doch er hatte Pech. Er heftete seinen Blick fest auf seine Schuhe, die immer noch matschverschmiert von seinem morgendlichen Erntestreifzug durch den Kräutergarten waren. Nun wünschte er, er wäre da draußen bei den Pflanzen, in diesem Refugium der Ruhe. Schließlich versetzte ihm jemand einen Stoß in den Rücken; er musste einen Schritt vortreten, um nicht zu stürzen, und richtete sich wieder auf.

Die Königin saß inzwischen auf ihrem Thron, und er beobachtete, wie die meisten Bediensteten und Hofdamen hinauseilten. Ein weiterer Stoß, und er landete direkt vor ihr und ließ sich auf ein Knie sinken. Er wusste nicht so recht, was los war, war jedoch sicher, dass es nichts Gutes verhieß, und ein wenig zusätzliche Unterwürfigkeit konnte nicht schaden. Andererseits zweifelte er daran. Eine Bewegung zu seiner Linken ließ ihn den Kopf drehen, und er erkannte den Saum von Isabels Kleid. Langsam richtete er sich wieder auf, bis er ihr Gesicht sehen konnte. Es war tränenüberströmt, ihre Augen rot und verquollen. Er spürte das Blut in seinen Adern rauschen und wollte schon einen Schritt auf sie zumachen. Doch da erst bemerkte er die königlichen Wachen, die bei ihnen standen, und ein Arm schoss hervor, um ihn aufzuhalten. Inzwischen war er völlig verwirrt. Isabel hatte den Blick fest auf die Königin geheftet, und er tat es ihr nach.

Zuerst war es schwer zu verstehen, was gesagt – beziehungsweise gebrüllt – wurde, und als die Königin sein verständnisloses Gesicht sah, wandte sie sich an Burghley, der ihren Tobsuchtsanfall in Worte übersetzte, die Tom von seinen Lippen ablesen konnte. Es dauerte nicht lange, bis er das Ausmaß der Schwierigkeiten begriff, in denen sie steckten. Obwohl Isabel als Witwe das Recht hatte, wen auch immer zu heiraten, wann immer sie wollte, billigte die Königin, genau wie Isabel prophezeit hatte, ihre Eheschließung nicht. Sie war außer sich, dass Isabel ohne ihre Erlaubnis geheiratet hatte, vor allem weil er es war, Tom, der einfache Apothekergehilfe, den sich Isabel auserkoren hatte. Er war immer noch ein Diener, trotz der Aufträge, die er für Walsingham erledigte.

Die Königin richtete ihren Zorn auf Isabel, und Tom fand es einfacher, seiner Frau von den Lippen abzulesen, die unter Tränen von ihren heimlichen Treffen im Garten berichtete. Sie flehte die Königin an, ihnen zu vergeben, beteuerte, ihnen sei nicht bewusst gewesen, etwas Falsches zu tun, und wie sehr sie sich liebten, doch all ihr Flehen war vergebens. Zwei der Wachen traten vor, packten Isabel an den Armen und schleiften sie rückwärts aus dem Saal. Instinktiv wollte Tom sie aufhalten, doch sofort ergriffen auch ihn starke Hände, groß wie Schaufelblätter, die dafür sorgten, dass er ihr nicht folgen konnte. Er wandte sich wieder an Burghley.

»Lady Isabel wird in den Tower gebracht«, erklärte der. »Sie hat Glück, dass es nicht Newgate ist. Dort wird sie bleiben, bis die Königin beschließt, dass sie genug bestraft ist; sollte das je der Fall sein. Du wirst in den Kerker von Poultry Corner geworfen.« Sein Gesicht blieb ausdruckslos, während er das sagte. Tom blickte zur Königin und dachte verzweifelt darüber nach, wie er sie dazu überreden konnte, Isabel freizulassen, doch nicht genug, dass seine Hände festgehalten wurden und Elizabeth nur einen Punkt an der Wand hinter seinem Kopf anstarrte, wurde er jetzt auch noch von den Wachen grob aus dem Saal gezerrt. Ihre Finger gruben sich schmerzhaft in seine Arme. Einen der Wachmänner kannte er. Erst vor einem Monat war er in den Destillierraum gekommen und hatte um Toms inzwischen berühmte Tinktur gegen Zahnschmerzen gebettelt. Und jetzt behandelte er ihn wie einen Schwerverbrecher!

Sobald sie draußen waren, erlaubten sie Tom, sich aufzurichten. Dann gingen sie mit ihm die Treppe zum Anleger hinunter, wo bereits ein Boot wartete. Tom blickte flussauf- und flussabwärts, auf der Suche nach Isabel, damit er ihr einen stummen Liebesgruß, eine Ermutigung zukommen lassen konnte, doch er konnte sie nirgends entdecken. Dichter Nebel war aufgekommen, er lag wie eine schwere feuchte Decke über dem zinngrauen Wasser und hüllte Tom in eine beklemmende Umarmung. Das alles war so trostlos, wie er sich fühlte. Und er konnte nicht mal nach ihr rufen!

Er wurde in das Boot verfrachtet und von den Wachen begleitet; der mit den Zahnschmerzen war nicht dabei. Dann fuhren sie auf den Fluss hinaus. Normalerweise konnte Tom den Bootsfahrten inzwischen etwas abgewinnen; das Gefühl des Windes auf seinem Gesicht, das kalte Wasser der Themse, durch das er seine Finger gleiten ließ, die geschmeidigen, gleichmäßigen Bewegungen des Ruderers. Heute jedoch saß er in seiner Stille da, aufrecht, mit vor Angst fast zerspringendem Herzen. Er spürte das Vibrieren, als die Wachen sich hinter ihm unterhielten, und sah, dass der Bootsmann »das würde ich auch nicht wollen« sagte. Was würde er auch nicht wollen? In den Kerker gehen? Wer wollte das schon? Jeder wusste, wie solche Orte aussahen. Er hoffte inständig, dass Isabel ein annehmbares Quartier im Tower bekäme.

Schon bald legten sie an einigen schleimigen, widerlich stinkenden grünen Stufen an, und Tom versuchte, sie zu erklimmen, ohne den Halt zu verlieren und in den Fluss zu fallen. Er war sich ziemlich sicher, dass sich weder die Wachen noch der Bootsmann die Mühe machen würden, ihn wieder herauszufischen. Er hielt sich an der kalten Mauer daneben fest, ihre Steine fühlten sich rau und scharf unter seinen Händen an, und stieg vorsichtig hinauf. Bei jedem Schritt spürte er den heißen Atem der Wache im Nacken, und sobald sie oben auf dem Anleger waren, wurde Tom durch die dunklen Straßen der Stadt geschleift, umgeben von rabenschwarzer Nacht, bis sie Poultry Corner erreichten. Dort wurde er durch das Torhaus eines stattlichen Backsteingebäudes gestoßen. Es sah dunkel und bedrückend aus, und Tom spürte, wie sich die Geister der ehemaligen Gefangenen um ihn versammelten, um ihn in der Hölle willkommen zu heißen.

Dann ging es mehrere steile Treppen nach unten, bis er das Gefühl hatte, in die Tiefen des Hades hinabgestiegen zu sein. Nur dass es dort nicht heiß und feurig war, sondern bitterkalt und feucht, der Geruch der Themse und der Gestank nach Rattenurin vermischten sich beißend in seiner Nase. Außerdem war es dunkel; es herrschte so tintenschwarze Finsternis, dass er die Hand nicht vor Augen sehen konnte. So tief unter der Erde gab es kein natürliches Licht, und es bestand keine Chance, dass die Wachen ihm eine Kerze dalassen würden. Tom spürte, wie der Boden erbebte, als die Tür mit Wucht hinter ihm zugeschlagen wurde. Er fragte sich, ob außer ihm sonst noch jemand hier war, er konnte ja nicht hören, falls jemand mit ihm redete. Neben ihm bewegte sich etwas, und dann spürte er ein Tier über seine Füße flitzen. Nur eine Ratte. Vermutlich gab es davon jede Menge in diesem Kerker.

Der einzige Weg, herauszufinden, wie der Raum aussah, bestand darin, wie ein Blinder umherzutasten, deshalb ging er mit vor sich ausgestreckten Armen voran, bis er auf eine glitschige Steinwand stieß. Sie war so kalt, dass er zurückzuckte und die Hand am Wams abwischte. Die Wache hatte nicht gezögert, ihm seinen blauen Mantel abzunehmen, und er vermutete, dass er das Kleidungsstück nie wiedersehen würde. Vermutlich würde er es ohnehin nie wieder brauchen, denn zweifellos war er zum Tod am Galgen verurteilt.

Er legte die Fingerspitzen wieder an die Wand und ging einmal um den Raum herum. Er war winzig, schätzungsweise zweieinhalb Meter auf zweieinhalb Meter, und es gab keine Möbel und keine Zellengenossen, nur die vierbeinigen mit dem langen Schwanz. Er rutschte an der Wand hinunter, bis er auf dem Boden saß, wo ein paar alte Strohhalme herumlagen. Ansonsten bestand er aus eiskaltem Stein. Verzweifelt legte Tom den Kopf in die Hände. Wie hatten sie bloß so enden können, in solche Schwierigkeiten geraten – nur weil sie sich liebten? Er bezweifelte, dass er Isabel je wiedersehen würde. All seine Hoffnungen, nach England zu kommen und sich ein Leben aufzubauen, würden höchstwahrscheinlich zusammen mit ihm am Ende eines Seils ihr Leben aushauchen.

38

Juli 2021

»Also, was passiert nun mit diesem Brief oder was es ist? Wie nannte Oliver es noch mal?« Sie waren draußen im Garten, Rachel hatte einen alten Liegestuhl aus Segeltuch gefunden. Nach einigen Minuten Kampf hatte sie es schließlich geschafft, ihn aufzustellen, und ließ sich jetzt mit einer Tasse Kaffee darauf nieder – was der Stuhl mit einem unheilvollen Knarren kommentierte. Mathilde wartete einen Moment, ob ihre Schwester durch den fadenscheinigen Stoff brechen und auf dem Boden landen würde, doch er schien zu halten.

»Das weiß ich nicht mehr, es war kein Wort, das ich auf Englisch kenne. Aber es fängt mit P an«, sagte Mathilde, während sie wieder anfing umzugraben. Sie genoss es, den Kräutergarten zu vergrößern, nachdem sie hinter dem alten Gewächshaus etwas Minze und Salbei gefunden hatte. Sie arbeitete mit den robusten, liebgewonnenen Werkzeugen ihres Vaters, bei denen sich ihre Finger perfekt in die glänzenden, abgenutzten Kerben und Vertiefungen einfügten, die seine Hände erschaffen hatten. Die Abgeschiedenheit, die sie bei ihrer Arbeit in dieser Ecke des Gartens gesucht und gefunden hatte, wurde nun dadurch gestört, dass Rachel hier herumwuselte und mit ihr plauderte. Allerdings war sie sich auch bewusst, dass sie sich neuerdings nicht viel Zeit für ihre Schwester nahm. Sie versuchte sich also an einem Lächeln, von dem sie hoffte, dass es herzlich wirkte, als Rachel mit dem Liegestuhl und zwei Tassen Kaffee aufkreuzte. Wie immer war auch Fleur nicht weit, sie jagte Schmetterlinge und kreischte jedes Mal laut und flatterte mit den Armen, wenn eine Biene sich ihr auf drei Meter näherte.

»Er hat noch einen von seinen Freunden angerufen, glaube ich.« Mathilde nahm einen Schluck von ihrem milchigen Kaffee und verzog das Gesicht. Genau wie sie es von einer Engländerin erwartet hatte, kochte Rachel großartigen Tee, aber ihr Instantkaffee war einfach widerlich. Vielleicht war es an der Zeit, nach Frankreich zurückzukehren, allein schon, um den Koffeinpegel mal wieder ordentlich aufzufrischen. »Er scheint jeden zu kennen, wenn es darum geht, eine Frage zur Kunstgeschichte zu beantworten«, fügte sie mit einem Lächeln hinzu.

»Ja, aber wahrscheinlich handelt es sich dabei um eine kleine Welt«, stimmte Rachel ihr zu, »umso besser für uns. Für dich. Was würde sonst mit diesen Dingen passieren? Ich hätte gar nicht gemerkt, dass es noch eine versteckte Schrift auf dem Zettel gab. Zugegebenermaßen fasziniert mich dieses Triptychon inzwischen auch. Es ist so geheimnisvoll, und die mögliche Verbindung zu unserer Familie ist wie ein Band zwischen uns beiden und ihm.«

»Ich erwarte einen Anruf von Oliver, es würde mich nicht wundern, wenn er noch andere Leute hierherschleift, damit sie es sich ansehen. Ich kann dieses Band ebenfalls spüren. Ich habe Oliver gesagt, dass ich nicht will, dass das Papier von hier fortgebracht wird.« Mathilde stellte ihre Tasse ab und kehrte zu ihrer Schaufel zurück.

Für jemanden, der sich sein ganzes Leben lang absichtlich isoliert hatte, war die schiere Anzahl von Menschen, die sich inzwischen um sie geschart hatten, wie plötzlich aufziehende Wolken am Ende eines heißen Tages. Überaus irritierend. Nach und nach war es ihr gelungen, Rachel und Fleur zu akzeptieren, ja, sie sogar liebzugewinnen, das galt aber nicht für Alice und Jack, die auf Distanz gegangen waren. Sie waren der Beweis dafür, dass Familie nicht immer etwas Gutes war, und wenn Rachel nicht gewesen wäre, hätte Mathilde nach den ersten Anzeichen von Ärger und Auseinandersetzung die nächste Fähre nach Frankreich genommen. Und nun Oliver. Sie musste ein wenig grinsen, als sie an sein schiefes Lächeln dachte, an seine blauen Augen, die so offen und freundlich waren. Sein ganzes Benehmen strahlte Akzeptanz und Güte aus, so anders als die Menschen, die ihr Leben geprägt hatten. Aber sie hatte ja auch noch eine ganze Menge Leben vor sich.

Nachdem Mathilde die Kräuter umgesetzt und noch ein wenig Unkraut gejätet hatte, wusch sie sich die Hände in der Küche. Sie hatte auch ein paar riesige Blätter entdeckt – Rhabarber. Rachel hatte ihr daraufhin erfreut erzählt, dass er sich hervorragend für etwas eignete, das sie »crumble« nannte, und versprochen, ihn zum Nachtisch zu backen. Insgeheim fand Mathilde, dass der Name nach »schwer verdaulich« und »widerlich« klang.

Als sie auf ihr Handy sah, entdeckte sie einen verpassten Anruf von Oliver, und sofort verzog sich ihr Mund zu einem breiten Grinsen. Die Gesichtsmuskeln, von denen sie eine Zeit lang geglaubt hatte, sie wären für immer verkümmert, funktionierten inzwischen wieder voll und ganz. Sie drückte auf Rückruf und hielt sich das Handy ans Ohr. Rachel und Fleur jagten sich gegenseitig im Haus herum, und Mathilde entfernte sich von ihnen in der Hoffnung, dass sie nicht in ihr Gespräch hineinplatzten.

»Hi, Matty.« Die Wärme in seiner Stimme ließ sie vor Freude erröten. Sie würde niemals jemandem erlauben, ihren Namen abzukürzen, aber wenn er es tat, war es irgendwie in Ordnung.

»Hey, ich habe einen Anruf von dir verpasst?«, sagte sie.

»Ich wollte dir nur mitteilen, dass ich mit jemandem von der UEA – der Universität in Norwich – gesprochen habe. Er würde sich den Brief wirklich gern ansehen, vor allem in Anbetracht des Kontexts, in dem er gefunden wurde. Er ist ganz aufgeregt.«

»Kontext?« Sie hatte immer noch Schwierigkeiten mit manchen englischen Wörtern.

»Wo er gefunden wurde. Da das Triptychon elisabethanisch oder in Anbetracht seiner Ähnlichkeit zu Boschs Werken vielleicht noch älter ist, ist dieses seltsame Dokument historisch sehr interessant. Ich habe versprochen, dass wir es ihm nächste Woche bringen. Ist das okay für dich? Wenn es einen historischen Wert hat, wird er die Lorbeeren dafür einheimsen.«

Mathilde hatte keine Ahnung, was es mit diesen Lorbeeren auf sich hatte, aber sie wollte die Aufmerksamkeit nicht auf ihr schlechtes Englisch lenken, auch wenn es sich in den letzten Wochen deutlich verbessert hatte. Sie war so erleichtert, dass es eine Chance gab, herauszufinden, was in dem Brief stand – und, noch wichtiger: warum sie das Gefühl hatte, dass er sie noch mehr mit dem Anwesen verband –, dass sie fast verpasst hätte, was Oliver als Nächstes sagte.

»Ich bin über das verlängerte Wochenende weg, aber vielleicht können wir ihn am Dienstag hinbringen?«

»Ja, das wäre großartig. Vielen Dank.« Sie war enttäuscht, dass sie ihn mehrere Tage nicht sehen würde, wollte sich das aber nicht eingestehen. Er ist einfach nur ein Freund, sagte sie sich. In ein paar Wochen war der Sommer vorbei, und sie würde zu ihrem alten Leben zurückkehren. Wie um sich selbst daran zu erinnern, ging sie hinaus zu ihrem Van, öffnete sämtliche Türen und startete den Motor, um die Batterie aufzuladen. Sie wollte nicht, dass er modrig und feucht würde; er musste jeden Moment startklar sein. Man braucht immer einen Fluchtweg – das hatte ihre Mutter während Mathildes Kindheit wie ein Mantra wiederholt. Nicht dass ihr das letztendlich etwas gebracht hätte.

39

Januar 1585

Tom tat in dieser Nacht kaum ein Auge zu. Tatsächlich hatte er in der unheilvollen Finsternis seiner Zelle keine Ahnung, ob es Nacht oder Tag war. Er machte sich Sorgen um Isabel, hatte ständig ihr gepeinigtes Gesicht vor Augen, den Moment, als sie fortgeschleppt worden war. Keiner von ihnen hatte damit gerechnet, dass ihre Liebe eine solch drastische Strafe nach sich ziehen würde. Irgendwann war er endlich eingedöst. Der Kopf war ihm auf die Brust gesunken, und die Geister all jener armen Teufel, die hier ihre letzten Tage verbringen mussten, versammelten sich um ihn.

Schließlich, als er schon so durstig, seine Kehle so rau war, dass er außer einem warmen Trunk mit Safran und Honig nichts mehr wollte, spürte er einen Luftzug auf dem Gesicht, und er merkte, dass die Tür geöffnet worden war. Das schwache Licht einer Kerze drang herein. Sie wurde vom selben Wächter getragen, der ihn eingeschlossen hatte, und jetzt bückte er sich und schob Tom ein Stück Brot hin, zusammen mit einem Becher Dünnbier. Tom griff nach dem Teller und zog ihn zu sich, dann schwand das Licht, und er saß wieder in der absoluten Finsternis.

Er trank den Becher in einem Zug aus, auch wenn er befürchtete, vielleicht lange Zeit nichts mehr zu trinken zu bekommen. Ausgedörrt, wie er war, konnte er dennoch nicht umhin, das Gesicht zu verziehen, so abgestanden und fade schmeckte das Bier. Er würde um hundert Gold-Angel wetten, dass die Wachen das nicht tranken. Es schmeckte, als würde es direkt aus der Themse stammen.

Das Brot war knochentrocken, aber er brach sich ein paar kleine Brocken davon ab und kaute sie, bis sie sich im Mund auflösten. Wenigstens hatte er so etwas zu tun, doch den nagenden Hunger linderte es nicht. Er hoffte, dass das nur das Frühstück gewesen war und er beim Einschätzen der bisherigen Dauer seiner Haft nicht falschlag; denn dann wäre diese erbärmliche Mahlzeit womöglich sein Abendbrot gewesen.

Würde irgendjemand da draußen daran denken, ihm etwas zu essen zu bringen? Oder Isabel? Er wünschte von ganzem Herzen, dass man sie gut behandelte und eine der anderen Hofdamen dafür sorgte, dass man ihr Essen brachte und etwas Behaglichkeit verschaffte. Er konnte nur darauf vertrauen, dass irgendjemand die Königin davon überzeugte, sie freizulassen, nachdem sie an ihnen beiden ein Exempel statuiert hatte, und dass er und Isabel wieder in die Ruhe der Cordwainer Street zurückkehren konnten. Auch wenn er arm gewesen war und auf seiner Wanderschaft durch Frankreich, Belgien und die Niederlande oft auf der Straße gelebt hatte, an so einem furchtbaren Ort wie diesem war er nie gewesen. Ich bin ziemlich tief gefallen, gestand er sich ein. Hatte er eben noch ein luxuriöses Zuhause und eine schöne, anmutige Frau gehabt, war er nun wieder dort, wo er angefangen hatte. Nein, es war noch viel schlimmer.

Als sich die Tür erneut öffnete, sprang Tom auf. Seit seiner Mahlzeit war weniger als eine Stunde vergangen, deshalb konnte es noch nicht Zeit für eine zweite sein. Würde er nun bestraft werden, gefoltert? Derselbe Kerzenstummel wie zuvor spendete trübes Licht, und der Geruch nach verbranntem Talg bereitete Tom Übelkeit. Die Tür ging weiter auf, und die Wache winkte ihn heraus. Zögernd trat Tom näher, sein Körper war angespannt, die Hände zu Fäusten geballt, weil er mit Schlägen rechnete. Stattdessen trat die Wache jedoch beiseite und zeigte auf den dunklen Korridor vor ihnen. Tom setzte sich in Bewegung, die Knie zitterten ihm, und seine Muskeln waren verkrampft nach den vielen Stunden in dem kleinen, modrigen Raum. Er hielt sich mit einer Hand an der Wand fest, damit er sich orientieren konnte und nicht zusammenbrach.

Nachdem sie langsam eine lange Treppe hinaufgestiegen waren, auf der Tom zweimal gestolpert und fast rückwärts hinuntergefallen wäre, gelangten sie endlich ans Tageslicht, das so gleißend und grell war, dass er sofort die Augen zukneifen musste und nur noch durch einen winzigen Spalt hindurchlinste. Er befand sich im Wachraum, von wo aus der Korridor und die Treppen hinabführten zu den Zellen. Oder zum Schlund der Hölle, dachte Tom bei sich. Der Wachtmeister kratzte mit einer Feder über ein Pergament vor sich und blickte nicht auf, doch Tom schenkte ihm kaum Beachtung, denn in der Ecke stand ein Wachmann in königlicher Uniform und mit entsprechend ernster Miene. Tom hatte keine Ahnung, was so jemand an einem Ort wie diesem zu suchen hatte, und seinem angewiderten Gesichtsausdruck nach zu urteilen, fragte sich dieser gerade dasselbe. Wie es schien, hatte man Tom begnadigt, denn der Wachtmeister unterzeichnete schwungvoll das Pergament und reichte es dem jungen Mann. Die Tür nach draußen schwang auf, und Tom brauchte keine Aufforderung, um hindurchzutreten, hinaus in die frische Luft.

Er atmete tief ein, füllte seine Lungen, als wolle er jede Spur der verdorbenen Luft des Kerkers daraus vertreiben. Lauter Gerüche, die er vor seiner Haft nicht weiter beachtet hatte, bestürmten seine Nase. Von den Händlern und Marktständen drang der Duft von warmen Pasteten und heißen Erbsen herüber, der erdige, ländliche Geruch von Gemüse und süßen Äpfeln. Selbst der Geruch von Pferdeäpfeln – und ein Hauch von der menschlichen Variante – konnte das Lächeln nicht von seinem Gesicht wischen.

Der Wachmann machte eine Kopfbewegung und setzte sich in Bewegung. Tom, der immer noch keine Ahnung hatte, was los war, folgte ihm, wich Frauen und Bediensteten aus, deren Körbe mit warmem Brot gefüllt waren, sodass ihm noch mehr das Wasser im Munde zusammenlief. Er wünschte, der Wachmann würde mehr von Toms Zeichensprache verstehen, denn er hätte wirklich gern gefragt, ob sie wohl etwas zu essen kaufen könnten. Er war so hungrig, dass er fürchtete, ohnmächtig zu werden. Doch sie liefen weiter, er auf immer noch sehr wackligen Beinen, bis sie zum Anleger kamen, wo ein Boot mit dem Wimpel der Königin lag. *Wie anders das Boot ausgesehen hat, das mich gestern in den Kerker brachte*, dachte Tom verblüfft, während er hineinstieg und sich auf die hintere Bank setzte. Mit den Fingern strich er über den dichten, tiefen Flor des purpurnen Samtes, grub sie in den weichen Stoff. Er erinnerte ihn an die Gewänder, die Isabel oft trug. Als sie den Palast erreichten, klopfte sein Herz wie wild bei dem Gedanken, sie könnte dort auf ihn warten. Er sehnte sich nach ihren nach Lavendel duftenden Haaren, wollte seine Lippen auf die glatte Haut ihres Halses drücken.

Sobald das Boot angelegt hatte, sprang der Wachmann, der Tom während der Fahrt keines Blickes gewürdigt hatte, heraus und verschwand über den Rasen im Palast. Tom wusste nicht so recht, wo er hinsollte, und wollte seine Schritte gerade Richtung Destillierraum lenken, als er von einem Pagen aufgehalten wurde. Es war der kleine Junge, der ihn am Tag zuvor zur Königin gebracht hatte, und als er Tom bedeutete, ihm erneut zu folgen, wuchs dessen Euphorie noch weiter. Man würde ihn doch nun bestimmt zu seiner Frau bringen, oder?

Anstatt jedoch zu den Prunkgemächern wurde Tom durch einen anderen Korridor geführt – einen, den er sofort wiedererkannte. Sie würden nicht die Königin aufsuchen, sondern waren auf dem Weg in Walsinghams Schreibzimmer. Er hatte gehofft, Isabel an ihrem rechtmäßigen Platz bei den anderen Hofdamen wiederzusehen. Sein Mut sank. Wann würde er sie denn endlich wieder in die Arme schließen können? Dann schlich sich ein tückischer Gedanke in seinen Kopf: Was, wenn sie immer noch im Tower saß? Auch wenn er sich keinen Reim darauf machen konnte, warum man ihn freiließ und sie vielleicht nicht. Er war der Bedienstete, sie die Hofdame.

Der Page klopfte an die Tür, und beinahe sofort wurde sie aufgerissen. Eine Wache winkte ihn herein. Der Page sah den Mann an und trottete dann in die Richtung davon, aus der sie gekommen waren. Tom blieb keine andere Wahl, als das Zimmer zu betreten und herauszufinden, was als Nächstes auf ihn zukäme. Wahrscheinlich nichts, was ihm gefallen würde.

Walsingham schrieb gerade etwas, und auch wenn ihm sicher nicht entgangen war, dass Tom da stand, ließ er sich nichts anmerken. Tom zitterten immer noch die Knie, und er hätte sich gern gesetzt. Wenn er zusammenbräche, was durchaus im Bereich des Möglichen war, würde ihn vielleicht jemand beachten. Endlich blickte Walsingham auf, als hätte er registriert, dass Tom schon schwankte, und machte eine Kopfbewegung zu einem Stuhl hin. Walsingham rümpfte die Nase und schauderte ein wenig, und insgeheim stimmte Tom ihm zu – er roch wirklich nicht besonders gut. Er heftete den Blick auf Walsinghams Gesicht, um auf keinen Fall zu verpassen, wenn dieser geruhte, das Wort an ihn zu richten. Hoffentlich würde er jetzt endlich erfahren, was eigentlich los war.

»Wie war deine Nacht im Kerker?« Walsinghams kaltes Lächeln erreichte seine Augen nicht, und auch wenn Tom seinen Tonfall nicht hören konnte, konnte er ihn doch sehr genau erraten. Er saß zwar nicht mehr hinter Gittern, doch verziehen hatte man ihm nicht. Er fragte Walsingham mittels Zeichensprache, wo Isabel war, doch der hob die Hand, um ihn zu stoppen.

»Du bist hier, weil du wichtige Aufgaben für mich zu erledigen hast, anstatt faul auf deinem Hintern zu sitzen und nichts zu tun. Ich kann dich nicht entbehren.« Toms Gesicht blieb ausdruckslos, wie versteinert. Warum verriet

Walsingham ihm nicht, wo seine Frau war? Dann kam ihm ein Gedanke, der so schrecklich war, dass ihm das Blut in den Adern gefror. Hatten sie sie umgebracht? Als hätte er Toms Gedanken erraten, fuhr Walsingham fort. »Wenn du tust, was ich dir sage, und nützliche Informationen herbeischaffst, wird Ihre Majestät in Betracht ziehen, Lady Isabel aus dem Tower zu entlassen. Habe ich mich klar ausgedrückt? Du befolgst meine Anweisungen, und vielleicht bekommst du sie an einem Stück zurück.«

Tom atmete langsam aus. Wenigstens lebte sie. Noch. Was immer Walsingham von Tom verlangte, er würde es tun. Er würde alles tun, um dafür zu sorgen, dass seine Frau in Sicherheit war. Er nickte, die Hände im Schoß ineinander verkrallt.

»Ich will, dass du jemanden für mich beschattest. Finde heraus, was er sagt und mit wem er sich trifft. Das sollte nicht schwer sein, du musst dich allerdings den ganzen Tag an seine Fersen heften. Lass ihn nicht aus den Augen und lass ihn nicht merken, dass du da bist. Verstanden?«

Tom nickte. Walsinghams Miene wurde noch finsterer, als hätte sich eine Wolke vor die Sonne geschoben. Das Haar unter einer schwarzen Kappe verborgen, die er tief ins Gesicht gezogen hatte, sah er aus wie die Raben im Tower. Die, die gerade über Isabel wachten.

»Enttäusch mich nicht«, sagte Walsingham überdeutlich und entließ Tom mit einer Geste. Draußen vor der Tür blieb Tom stehen, unsicher, was er als Nächstes tun sollte. Während er so vor sich hin grübelte, erschien von irgendwoher aus Walsinghams Gemächern ein Page, der Tom bedeutete, ihm zu folgen. Tom kam es vor, als würden sie kilometerweit dunkle Korridore entlanggehen, die nur hin und wieder von durch kleine Fenster einfallendem Licht erleuchtet wurden; der Boden war mit süß duftenden Binsen bedeckt – Mädesüß und Lavendel. Tom erinnerte sich an den Gestank seiner Kerkerzelle und spürte, wie ihm Galle hochkam. Würde er diesen Geruch des Todes jemals aus seiner Nase vertreiben können?

40

Februar 1585

Tom war zwar erleichtert, nun frei zu sein, fühlte sich aber elend, weil Isabel noch immer im Tower schmachtete. Ein einziges Mal gelang es ihm, ihr in der Abenddämmerung einen Besuch abzustatten. Er hatte die Wachen bestochen, damit sie ihn zehn Minuten zu ihr hineinließen. Schon der Anblick des Byward Towers, des doppeltürmigen Torhauses, erfüllte ihn mit dunkler Vorahnung, als er darunter hindurchschritt. Trotz seiner großen Liebe zu Isabel fragte er sich inzwischen, ob es wirklich eine so gute Idee gewesen war zu heiraten, wenn man die fürchterlichen Schwierigkeiten bedachte, in die sie diese Entscheidung gebracht hatte. Er folgte einer Wache über den Rasen zu dem aus Backsteinen errichteten Beauchamp Tower, wo er in ihre Zelle geführt wurde. Ihm fiel ein kleiner Stein vom Herzen, als er sah, dass sie es in dem kleinen Raum trotz der alten und ein wenig von den Ratten angenagten Wandteppiche einigermaßen behaglich hatte, allerdings war es kalt. Ein kleines Feuer brannte im Kamin, und Isabel drängte sich zusammen mit dem einzigen Dienstmädchen, das sie mitbringen durfte, davor. Er nahm sie in den Arm, so fest, als wolle er sie nie wieder loslassen, was er am liebsten auch nicht getan hätte. So standen sie einige Minuten in inniger Umarmung. Nachdem sie sich voneinander gelöst hatten, erklärte Isabel, dass sie nur wenige Holzscheite am Tag bekämen und damit haushalten müssten. Tom versicherte ihnen sofort, dass er alles versuchen würde, damit sie mehr bekämen.

Von dem kleinen Fenster aus konnte sie auf die Umgebung schauen: den Rasen unten, die Kapelle und den riesigen, alles überragenden White Tower und das Queen's House, wo der Konstabler des Towers wohnte. Sie durfte sogar über das Bollwerk zum angrenzenden Bell Tower spazieren, wenn es das Wetter zuließ. Das alles war sicherlich mehr, als die meisten anderen Eingekerkerten erwarten durften, doch Tom merkte, wie sich das Eingesperrtsein auf ihre Gesundheit auswirkte. Ihre blasse Haut spannte sich nun grau und fahl über ihren Wangenknochen, und ihre Augen, die ihn immer angeblitzt hatten, waren nun stumpf und leblos. Sie drehte ihrem Dienstmädchen den Rücken zu, griff in den Ausschnitt ihres Kleides und zog ihr Medaillon heraus. Sie drückte es Tom in die Hand und faltete seine Finger darüber. Er ließ es in seine Tasche gleiten.

Ein paar Minuten später schreckte ein Hämmern an der Tür Isabel auf, und sie bedeutete Tom, dass er nun gehen müsse. Er nahm sie noch einmal in den Arm, ihr schmächtiger Körper fühlte sich an wie ein Bartholomew-Baby, eine dieser Holzpuppen, die auf dem St Bartholomew Fair zuhauf verkauft wurden. Er drückte sie an sich, sehnte sich danach, ihren Herzschlag zu spüren, wie sich ihr Brustkorb beim

Atmen hob und senkte, ihre Lippen auf seinen. Schließlich wand sie sich ein wenig, und er ließ sie los. Sie begleitete ihn noch zur Tür.

»Ich komme zurecht«, versicherte sie, und Tom ging, ohne sich noch einmal zu ihr umzublicken, seine Gefühle standen ihm ins Gesicht geschrieben, und er wagte es nicht, sie ihr zu offenbaren. Er folgte der Wache hinunter auf den Hof. Er wusste, dass ihre Zelle so gelegen war, dass sie ihn dort unten sehen konnte. Doch auch jetzt schaute er nicht noch einmal zu ihr hoch. Womöglich beobachtete ihn jemand; gerade er wusste, dass überall und zu jeder Zeit Spione lauerten, und er wollte, dass Isabel es so bequem wie möglich hatte. Er drehte sich zu den Wachen um und tat, als würde er Holz hacken. Dann machte er eine Kopfbewegung zu Isabels Kammer hin. Einer von ihnen nickte, und noch mehr Münzen wechselten den Besitzer.

Wieder zurück im Destillierraum, gestand sich Tom ein, dass ein weiterer Besuch bei seiner Frau zu gefährlich wäre, auch wenn er sich mit jeder Faser seines Seins danach sehnte. Wenn er sich so unauffällig wie möglich verhielte und tat, was Walsingham von ihm verlangte, würde das ihre Freilassung bestimmt mehr als alles andere beschleunigen. Er hatte den Namen seiner Zielperson und alles, was er für die Observation brauchte, er würde seine Aufgabe so gut wie möglich erledigen. Während er seinen blauen Mantel anzog, der ihm wundersamerweise zurückgegeben worden war, ging er sich eine Jolle suchen, die ihn ins Cross Keys bringen würde, um dort nach dem Mann zu suchen, den sie John Ballard nannten.

Ohne den Schutz der Häuser wehte ein bitterkalter Ostwind über den Fluss, der Schneeflocken mit sich brachte, die Toms Gesicht brennen ließen, während er im Bug des kleinen Bootes kauerte. Seine Gedanken hörten nicht auf, um sein Unglück zu kreisen. Gerade hatte er sein Ziel erreicht, sein größter Wunsch war in Erfüllung gegangen: ein sicheres Zuhause und jemand, der ihn liebte. Doch alles war ihm innerhalb von einer Woche wieder geraubt worden. Nun machte ihm dieser Verlust des Glücks der kurzen Zeit, in der sie als Mann und Frau gelebt hatten, nur umso grausamer deutlich, dass alles, wonach er sich sehnte, für immer außerhalb seiner Reichweite bleiben würde. Würde er jemals wieder mit seiner Frau zusammen sein können? Wenn er nur nicht in den Palast aufgenommen worden wäre, wenn seine Vanille und seine Fähigkeiten als Apotheker nicht von der Königin bemerkt worden wären … Ich könnte die Verkettung der Ereignisse dafür verantwortlich machen, die zu diesem Moment geführt haben, dachte er missmutig, aber wenn dies alles nicht geschehen wäre, hätte ich auch Isabel nicht kennengelernt, und jetzt ist sie meine ganze Welt. Er würde für sie sterben. Und er würde ganz bestimmt für Walsingham spionieren, wenn dies ihre Freilassung gewährleistete.

Er fand das Wirtshaus recht schnell, und die beiden betrunkenen Männer, die davor mit dem Gesicht voran zu Boden fielen, vermittelten ihm eine Vorstellung davon, um was für eine Art von Etablissement es sich hier handelte. Tom hatte ein besseres Wirtshaus erwartet, hatte Walsingham ihm doch gesagt, es handele sich bei den Verschwörern um niederen Adel. Doch wenn sich die Männer trafen, um gefährliche Intrigen zu spinnen, war es wahrscheinlich besser, sich irgendwo zu treffen, wo man sie nicht kannte. Er würde Walsinghams Informationen nicht anzweifeln und war sich sicher, sein Opfer hier zu finden.

Er stieß die Tür auf und trat ein. Der Raum war von Rauch vernebelt, der sowohl vom Feuer stammte, das mit jedem Öffnen der Tür graue Wolken auszustoßen schien, als auch von den zahlreichen Tonpfeifen. Hastig schloss er die Tür wieder, was eine weitere Rauchwolke verursachte. Ein grauhaariger Alter mit verfilztem, strähnigem Haar bis zu den Schultern drehte sich auf seinem Hocker um und funkelte Tom an.

Der Raum war klein, und wie immer stellte sich Tom lieber irgendwo an die Seite, wo er alle sehen konnte, als sich an den einzigen freien Tisch in der Ecke zu setzen. Er deutete auf einen Bierkrug und bekam ihn zusammen mit einem Becher ausgehändigt. Dankbar bezahlte er mit ein paar Münzen, schenkte sich die bernsteinfarbene Flüssigkeit ein und stürzte sie in einem Zug hinunter. Die verrauchte Luft im Raum erschwerte es ihm nicht nur, richtig zu sehen, auch seine Kehle fing an zu brennen. Wie hielten es die anderen nur aus, stundenlang hier zu sitzen, anscheinend ohne dass es ihnen etwas ausmachte? Vielleicht war es Übung. Und als ein weiterer Mann hereingetorkelt kam und die Tür zuschlug, fragte sich Tom, ob der Eigentümer absichtlich zuließ, dass sich der Raum mit Rauch füllte; denn bestimmt würde er mehr Bier verkaufen, wenn alle sich regelmäßig die Kehle benetzen mussten.

Tom sah sich, so gut es ging, nach seinem Opfer um. Walsingham hatte eine grobe Skizze von dessen Gesicht angefertigt, doch ein bärtiger Kerl sah so ziemlich aus wie der andere, deshalb orientierte er sich am Körperbau. Klein und rundlich, vielleicht ein wenig besser angezogen als die anderen Gäste. Da blieb sein Blick an zwei Männern hängen, die an einem Tisch zu seiner Rechten in ein Gespräch vertieft waren, und ihm ging auf, dass einer von ihnen derjenige war, den er suchte. Beide trugen schlichte Mäntel aus grobem Wollstoff sowie dunkle Kniehosen. Tom seufzte erleichtert. Trotz der Schwierigkeit, in der vernebelten Luft etwas zu sehen, waren sie so nah, dass er erkennen konnte, was sie sagten. Er fragte sich, wer Ballards Komplize war.

Tom hob seinen Becher, als wolle er einen Schluck daraus nehmen, blickte aber über den Rand hinweg, als der Mann, den er als Ballard identifiziert hatte, sagte: »Sie kommen Ende der Woche. Es wurde arrangiert, dass sie in Newcastle anlegen und zu einem sicheren Haus in Derbyshire gebracht werden.« Tom merkte, dass nun der andere sprach, da sich seine Schulter beim Sprechen ein wenig bewegte, und irgendwann fuchtelte er auch mit den Armen herum. Unglücklicherweise konnte er nicht beide Männer gleichzeitig beobachten, und so beschloss Tom, seinen Standort zu wechseln, um zu sehen, wer Ballards Komplize war. Er nahm seinen Krug und seinen Becher und ging wie beiläufig zum Feuer hinüber. Er stellte Krug und Becher auf dem Kaminsims ab und tat, als würde er sich die Hände wärmen, wobei er sich bemühte, vor lauter Rauch nicht zu husten.

Der andere Gentleman war groß und dünn, beinahe hager. Beide waren ungefähr gleich alt, ungefähr Mitte zwanzig. Tom fragte sich, weshalb sie nicht einfach da draußen ihr Leben genossen, aber er hatte die tiefe Inbrunst gesehen, die die Katholiken für ihren Glauben hegten, und den großen Abscheu gegenüber allen, die sich gegen den Papst auflehnten.

Jetzt begann Ballard wieder zu sprechen, was Tom nicht ablesen konnte, doch dann sagte dessen Komplize ein Wort, das er sofort wiedererkannte: *Jesuitenpriester*. Sie sprachen davon, Priester ins Land zu holen; ein Unterfangen, das als Hochverrat galt und mit dem Schafott bestraft wurde. Bestimmt fand Walsingham diese Information sehr interessant, und Tom hoffte fieberhaft, dass ihm dies Isabels Freilassung einbringen würde.

Die beiden Männer standen auf, als wollten sie gehen, und Tom sah, wie der dünne Mann Ballard einen Brief zusteckte, den dieser sofort in seinem Mantel verbarg. Tom wandte sich seinem Bier zu und schenkte sich einen weiteren Becher davon ein. Ein kalter Lufthauch, der ihm ins Gesicht wehte, verriet ihm, dass die beiden Männer hinausgegangen waren, und er trank sein Bier aus. Als er sicher sein konnte, dass sie draußen waren, folgte er ihnen.

Der Himmel war inzwischen aufgeklart, und auf dem Kopfsteinpflaster funkelte eine dünne Schicht Eis unter einem hell scheinenden Mond. Wahrscheinlich würde es heute Nacht eisigen Frost geben. Das Mondlicht warf die scharfkantigen Schatten der überhängenden Gebäude um ihn her auf die Straße, sodass es aussah, als könnten sie jeden Augenblick einstürzen. Von den beiden Männern keine Spur, in der Ferne konnte er lediglich einen Nachtwächter sehen, der mit der schwankenden Laterne in der Hand auf ihn zukam. Tom eilte zum Anleger zurück, in der Hoffnung, dass dort ein Ruderer wartete.

Als er wieder in seiner Kammer war, in der es fast so kalt war wie draußen, legte Tom seinen Mantel ab und zog seine Decke fest um sich, bevor er in den Destillierraum ging und ein Feuer entzündete. Dann ließ er sich dankbar in Hughs Sessel daneben fallen.

Er nahm ein Stück Pergament und eine Feder und notierte sich rasch alles, was er den Männern von den Lippen hatte ablesen können. Weil das so viel war, benutzte er anstelle von Wörtern wieder die kleinen Schnörkel und Zeichen und schrieb innerhalb von Minuten alles auf, woran er sich erinnerte. Wenn er morgen Bericht erstatten musste, erwartete Walsingham zweifellos, dass er den Abend bis ins kleinste Detail beschrieb. Auf diese Weise würde er nichts Wichtiges vergessen.

Und tatsächlich wurde er am nächsten Morgen nach oben in Walsinghams Gemach geführt. Hugh hatte Tom schlafend im Sessel vor dem Feuer vorgefunden und ihm aufgetragen, sich zu waschen und umzuziehen. Als Tom aufstand, rümpfte er angewidert die Nase ob des Gestanks nach kaltem Rauch und erhitzte rasch Wasser über dem Feuer. Dann trug er den Topf in seine Kammer, wo er sich mit Laugenseife wusch und danach saubere Kleider anzog.

Er nahm seine Notizen vom Vorabend und folgte dem Pagen – einem anderen diesmal, einem, der älter und gelassener war – hinauf in Walsinghams Schreibstube, wo das übliche Prozedere erfolgte: Der Page klopfte an, ein anderer machte auf und führte Tom herein. Man ließ ihn nicht so lange warten wie gestern, und als Walsingham das Pergament in Toms Hand sah, winkte er ihn zu sich und streckte die Hand danach aus. Als Tom es ihm gereicht hatte, beobachtete er hocherfreut das Gesicht seines Auftraggebers, als dieser merkte, dass er es unmöglich lesen konnte. Dieses eine Mal hatte Tom das Gefühl, die Oberhand zu haben.

Wie sonst auch zeigte Tom auf jedes Zeichen, das er notiert hatte, und beschrieb pantomimisch, was er damit meinte. Für den Namen Ballard hatte er ein Extrazeichen. Als Tom alles vom Vorabend berichtet hatte, trug Walsingham nicht mehr seine übliche strenge, verschlossene Miene zur Schau, sondern lächelte offen und schlug Tom auf den Rücken.

»Sehr gut«, lobte er ihn. »Ich werde dafür sorgen, dass meine Männer im Hafen von Newcastle Ausschau halten nach jedem, der einer von diesen Priestern sein könnte. Das hast du gut gemacht. Und ich muss dich mit Thomas Phelippes bekannt machen, der sich sehr für den Code interessiert, den du benutzt. Er erfindet ebenfalls Verschlüsselungen, ihr würdet bestens zusammenarbeiten.« Tom war einigermaßen verwirrt von dem, was er sagte, doch Walsingham schrieb Phelippes' Namen auf und sagte dann: »Komm mit.« Er machte eine Handbewegung, und Tom folgte ihm durch eine Tür, die hinten im Raum in die Täfelung eingelassen war, und dann durch weitere Räume, die Tom noch nie zuvor gesehen hatte. Einige davon waren leer oder enthielten nur die eine oder andere Truhe oder Schränke für Kleider, und sie waren kalt, weil kein Feuer im Kamin brannte. Tom sah, dass sein Atem weiße Wölkchen bildete, während er hinter Walsingham hereilte. Kein Wunder, dass der Mann immer ein prasselndes Feuer unterhielt, wenn der Rest der Gemächer so kalt war. Die geplagten Seelen früherer Palastbewohner lauerten in den Ecken; Tom fühlte sich beobachtet.

Schließlich gelangten sie zu einer weiteren Tür, und Walsingham ging, ohne anzuklopfen oder anzuhalten, hinein; es stand außer Frage, wer hier der Meister war. Dieses Zimmer war gemütlicher eingerichtet. An der Wand hingen mehrere dicke Teppiche, die den Raum isolierten, in einem breiten Kamin prasselte ein Feuer, und auf einem schweren Sturzbalken darüber stapelten sich Pergamentstücke. Der Mann hinter dem Schreibtisch sprang sofort auf, und die beiden verbeugten sich voreinander. Daraufhin verbeugte sich Tom ebenfalls. Er sah, dass Walsingham dem anderen erklärte, wer Tom war, indem er das Papier mit Toms Kurzschrift auf den Schreibtisch legte, auf Tom zeigte und wild gestikulierte. Der andere Mann, bei dem es sich vermutlich um besagten Phelippes handelte, nahm das Pergament, studierte es und sah Tom dann mit zusammengekniffenen Augen abwägend an. Dann wandte er sich an Walsingham.

»Ja, das kann ich tun«, sagte er. »Lasst ihn hier bei mir. Ich habe eine Idee.«

Walsingham klopfte Tom auf den Rücken, bevor er ging, und Tom wandte sich dem Mann hinter dem Schreibpult zu. Er war klein, mit breiten Schultern. Seine Haare und sein Bart waren sandfarben, ähnlich wie Toms Haar, sein Gesicht von Pockennarben gezeichnet. Sein Wams bestand aus schlichtem, grob gerippten schwarzem Stoff und saß eng, seine weiße Halskrause passte zu den Ärmeln seines Batisthemds. Als er lächelte, bildeten sich Fältchen um seine Augen, sodass diese fast verschwanden, und Tom atmete insgeheim erleichtert auf. Der Mann sah freundlich aus, sie würden sicher gut miteinander auskommen. Er war gespannt auf das, was Walsingham mit Codes und Chiffren gemeint hatte und wie er selbst in diese zusätzliche Ebene der Spionagemaschinerie passte, die Walsingham leitete.

41

Juli 2021

Oliver kam an diesem Dienstagmorgen früher, als Mathilde erwartet hatte. Sie saß im Schneidersitz auf einem Küchenstuhl, aß Toast und zeigte Fleur nebenbei, wie man ein Kartenhaus baute. Das kleine Mädchen war noch zu ungeschickt und zog frustriert einen Schmollmund, was Mathilde zum Lachen brachte. Sie hörten, wie Oliver »Hallo!« rief, als er um die Hausecke bog, und Mathilde sah Rachel einen Moment lang an, bevor sie aufsprang, *»merde«* murmelte und nach oben rannte, um sich die Haare zu kämmen, die Zähne zu putzen und anzuziehen. Sie nahm immer zwei Stufen auf einmal, während sie von unten hörte, wie Rachel ihn begrüßte.

Mathilde hatte keine Ahnung, weshalb es ihr etwas ausmachte, wenn er sie so morgendlich zerzaust sah, aber irgendwie war es ihr wichtig. Sie zog frische Shorts und ein sauberes T-Shirt an, kämmte sich die Haare und schob ihre Füße in ein Paar Flipflops von Rachel, die irgendwie in ihren Besitz übergegangen waren. Während sie ihr Haar flocht, starrte sie sich im Spiegel über der Kommode an und fragte sich, ob sie ihre uralte Wimperntusche hervorkramen sollte oder lieber nicht. Doch dann beschloss sie, dass ihre sonnengebräunte Haut und die Sommersprossen auf ihrer Nase und ihren Wangenknochen Zierde genug waren. Draußen war die Sonne schon am Wedgwood-blauen Himmel emporgestiegen und verhieß einen weiteren warmen Tag.

»'allo, 'allo«, begrüßte Mathilde Oliver unbeschwert, als sie wieder in die Küche kam. Zum Glück verzog sich Fleur, die jetzt keinen mehr zum Spielen hatte, ins Wohnzimmer und konnte deshalb nichts Peinliches darüber sagen, dass Mathilde in genau jenem Moment verschwunden war, in dem sie Olivers Stimme gehört hatten.

Er saß auf dem Stuhl, von dem sie Minuten vorher aufgesprungen war, und nippte an einer Tasse Kaffee. Sein Grinsen, als er aufblickte, ließ ein Prickeln durch ihren ganzen Körper fahren, und unwillkürlich lächelte sie ihn an, wobei sie sich so schüchtern und linkisch wie eine Vierzehnjährige fühlte.

»Oliver hat gute Neuigkeiten«, sagte Rachel, während sie sich und Mathilde Kaffee einschenkte. »Komm, setz dich, dann kann er dir berichten.« Mathilde ließ sich neben ihrer Schwester auf einen Stuhl gleiten.

»Letzte Woche habe ich einen Anruf erhalten. Ein angesehener Experte für Kryptografie besucht diese Woche die UEA, um für die Doktorandinnen und Doktoranden eine Reihe von Vorlesungen zu halten. Für die Fakultät ist dies eine große Sache, denn normalerweise kommt er nicht an die Provinz-Unis. Meistens ist er in London, manchmal auch in Oxford. Er war in Yale und Harvard, aber nie in East Anglia. Jedenfalls ist es ein großes Glück, dass wir heute dort sind, denn vielleicht kann er nach dem Vortrag einen Blick auf das Papier werfen und es womöglich entschlüsseln.«

Mathilde freute sich über seine Begeisterung, gleichzeitig war ihr jedoch auch etwas unbehaglich zumute. Obwohl sie ebenso gern wissen wollte, was in dem Brief stand, fürchtete sie sich dennoch vor dem, was sie dabei herausfinden könnten. Plötzlich hatte sie das Gefühl, dass sich die Luft um sie herum abkühlte. In den Zimmerecken erschienen Schatten, die herumwirbelten, und sie fröstelte.

»Pass auf, dass du nicht an der Tür hängen bleibst«, sagte Oliver, als er und Mathilde das sorgfältig in eine Decke gewickelte Triptychon auf den Rücksitz des Wagens schoben. Der Kofferraum war viel zu klein, das hatte sie schon bei ihrem Einkauf in der Zoohandlung bemerkt. Ihr war vorher gar nicht klar gewesen, dass sie es mitnehmen mussten, bis Oliver ihr erklärt hatte, wie wichtig es für die Experten war, zu wissen, wo sie die Notiz gefunden hatten. Das Papier selbst befand sich nun in der dunklen Samttasche, die sicher in einer Aktentasche verstaut war, welche ebenfalls auf dem Rücksitz lag. Mathilde hatte vorgeschlagen, es in der Hand zu halten, doch Oliver hatte ihr beschrieben, dass die Wärme, die von ihren Händen ausging, das uralte Dokument beschädigen könne.

»Die Leiterin der Fakultät hat gesagt, dass wir in ihrem Büro warten können«, erklärte er. »Dort wird das Teil sicher sein.«

Mathilde nickte, auch wenn sie mit den Gedanken ganz woanders war. Dass die beiden Gegenstände nicht mehr im Haus waren, erfüllte sie mit Anspannung, saure Galle stieg in ihrer Kehle auf. Sie blickte zurück, als sie davonfuhren, und war so verunsichert, dass sie beinahe erwartete, einen Geist zu sehen, der ihnen vom Fenster aus nachsah, doch die Glasscheiben reflektierten nur den mit Schäfchenwolken getüpfelten blauen Himmel und starrten vorwurfsvoll zu ihr zurück.

Sie mussten dreimal um die gesamte Uni herumfahren, bevor sie das Gebäude endlich fanden.

»Grundgütiger«, stöhnte Oliver, als dann auch noch ein Schild verkündete, dass man davor nicht parken durfte und sie ihr Auto beim Besucherzentrum des Sainsbury Centre abstellen mussten. »Ich möchte das Triptychon nicht so gern den ganzen Weg draußen herumtragen, das könnte es beschädigen«, sagte er, während er vor dem Bürogebäude anhielt. »Ich lass den Wagen kurz stehen und helfe dir, es hineinzubringen, dann parke ich das Auto, während du hier bei den beiden Objekten bleibst, okay?«

»Du bist der Fahrer.« Mathilde zuckte mit den Schultern. »Parken verboten«-Schilder beachtete sie nur selten und stellte ihren Van ab, wo es ihr gerade passte. Strafzettel warf sie in den nächsten Mülleimer – weil sie keine feste Adresse hatte, würde man sie ohnehin nicht finden. Sie lächelte über Olivers gesetzestreues Gebaren, während sie ihm half, ihre kostbare Fracht herauszuholen und auf einem leeren Tisch im Empfangsbereich abzustellen, bevor er wieder nach draußen verschwand, um den Wagen zu parken.

Das Büro, das sie suchten, war im zweiten Stock, und Mathilde seufzte erleichtert, als sie endlich da waren und Triptychon und Dokument unbeschadet auf dem dortigen

Schreibtisch abgestellt hatten. Die Sekretärin wusste Bescheid und brachte Kaffee und Kekse, die sie auf der anderen Seite des Raums zu sich nahmen, wobei sie das Triptychon nicht aus den Augen ließen. Oliver blickte die ganze Zeit auf die Uhr, und Mathilde wagte sich kaum auszumalen, wie enttäuscht er wäre, wenn sie ignoriert würden.

Fast genau zur Mittagszeit hörten sie draußen Stimmen, und zwei Männer kamen herein. Der ältere der beiden lächelte, und seine Augen funkelten; für Mathilde sah er aus wie ein gütiger Großvater. Er stellte sich als stellvertretender Dekan der Universität vor und drehte sich dann zu dem anderen Mann um, der hinter ihm stand.

»Das ist Professor Thornton«, sagte er. »Ich habe ihm alles über den Fund in Ihrer Kapelle erzählt, und er ist sehr gespannt darauf.« Der Professor war zu Mathildes Überraschung viel jünger, vielleicht Anfang vierzig. Er brachte ein angespanntes Lächeln und ein kurzes Nicken zustande, als würde er für die bevorstehende Aufgabe Energie sparen. Oder vielleicht auch nur fürs Mittagessen.

Hastig packte Oliver die beiden Gegenstände aus. Mathilde merkte ihm an, wie wichtig ihm dieses Treffen war, nicht zuletzt vielleicht, weil es seiner Karriere zuträglich war, hier mit dabei zu sein. Er trat zur Seite, damit der Experte einen genaueren Blick darauf werfen konnte. Dieser zog eine Lupe aus der Tasche und beugte sich vor.

Im Zimmer hörte man nur das verhaltene Geräusch von vier Menschen, die kaum zu atmen wagten. Der Professor nickte von Zeit zu Zeit, als er die winzigen Szenen genau studierte, die Mathilde inzwischen so vertraut waren. Danach wandte er sich dem Wappen oben am Rahmen zu, bevor er mit dem Stück Pergament weitermachte, das ihn am meisten interessierte. Er setzte sich an den Tisch und untersuchte es so lange, dass Mathilde sich schon fragte, ob er die übrigen Anwesenden vergessen hatte.

Endlich richtete er sich wieder auf. »Sie sagten, Sie hätten diesen Brief hinter dem Gemälde gefunden?«, fragte er, während sein Blick zwischen Oliver und Mathilde hin und her schweifte. Mathilde wartete darauf, dass Oliver etwas sagte, doch als nichts kam, ergriff sie selbst das Wort.

»Ja, dort habe ich es gefunden«, erwiderte sie. »Hier oben war ein kleiner Spalt zwischen Rahmen und Bild.« Sie deutete darauf. »Ich konnte nicht hineinschauen, deshalb habe ich eine dünne Zange genommen, um es herauszuziehen.« Der Professor zuckte sichtlich zusammen, als sie die Zange erwähnte, und fast hätte sie angefangen zu kichern.

»Natürlich kann ich mir dessen nicht sicher sein, aber da Sie das Triptychon bereits haben datieren lassen und wir wissen, dass es aus dem sechzehnten Jahrhundert stammt, scheint das Pergament sehr wahrscheinlich echt zu sein. Es handelt sich dabei um einen extrem aufregenden Fund. Offenbar wurde ein Code verwendet, wie man sehen kann, und es ist gut möglich, dass es von Walsingham oder einem aus seiner Gruppe geschrieben wurde. Das sechzehnte Jahrhundert war der Höhepunkt der zahlreichen Verschwörungen von Katholiken, die Maria Stuart auf dem Thron sehen wollten. Walsingham setzte ein Netzwerk aus Spionen dafür ein, die Briefe abzufangen, die zwischen den Verschwörern und den Spaniern hin und her gingen. Haben Sie schon mal von der Babington-Verschwörung gehört?« Er sah Mathilde an, doch sie schüttelte den Kopf. Sie würde dies auf die wachsende

Liste von Begriffen rund um die englische Geschichte setzen, die sie recherchieren wollte. »Sie gab letztlich den Ausschlag für Maria Stuarts Hinrichtung. Cecil Burghley, der Staatssekretär der Königin, sorgte dafür, dass sein Bote, unmittelbar nachdem das Todesurteil unterschrieben war, in Windeseile von London nach Fotheringhay Castle ritt, wo Maria Stuart eingekerkert war, um sicherzustellen, dass das Urteil vollzogen wurde, noch bevor die Tinte trocken war.« Er wandte sich wieder dem Brief vor ihm zu. »Doch noch interessanter an diesem Dokument ist die versteckte Botschaft zwischen den Zeilen, die ebenfalls in einem Code, aber mit einer Art Geheimtinte verfasst ist. Wir wissen, dass so etwas manchmal von Codierern aus dieser Zeit verwendet wurde. Ich muss das von meinen Kollegen richtig untersuchen lassen. Man benötigt dafür spezielle Chemikalien, um die verborgenen Wörter besser lesbar zu machen. Auch das Triptychon sollten Sie zu gegebener Zeit näher untersuchen lassen.«

»Okaaay.« Mathilde war sich nicht sicher, ob sie den Brief dalassen wollte, doch auf der anderen Seite wollte sie wirklich gern wissen, was dort stand und ob es ihr helfen würde, ihre verstörenden Träume zu verstehen. Vielleicht würde es ihr auch etwas über die unglücklichen Seelen verraten, die sich in den Schatten verbargen.

»Wenn unsere Untersuchung abgeschlossen ist, würden wir Sie bitten, das Triptychon und den Brief einem Museum zu spenden – oder zu leihen«, fügte er hastig hinzu, als er sah, wie ihre Augenbrauen nach oben schossen. »Es handelt sich dabei um Schätze von nationalem Interesse.«

Sie hatte nicht mal im Traum daran gedacht, dass irgendjemand von ihr erwarten würde, die Stücke abzugeben, und sie hatte auch nicht vor, dies zu tun. Sie gehörten nach Lutton Hall … Sie selbst vielleicht auch? Sie gab einen unbestimmten Laut von sich und zuckte die Schultern, dann drehte sie sich um und half Oliver, das Gemälde wieder in die Decke zu wickeln.

Oliver holte den Wagen, und sie fuhren wieder nach Hause. Unterwegs plauderte er über alles, was der Professor gesagt hatte, als wäre Mathilde gar nicht dabei gewesen, und sie wusste nicht so recht, ob er glaubte, ihr Englisch wäre nicht gut genug, um alles verstanden zu haben – was zum Teil stimmte –, oder ob er so aufgeregt war, dass er es einfach immer wieder erzählen musste.

Als sie zu Hause ankamen, atmete Mathilde lange und langsam aus, als hätte sie den ganzen Tag die Luft angehalten. Sie stieg aus, drehte das Gesicht zur warmen Sonne, schloss einen Moment die Augen und lächelte. Das Triptychon war wieder da, wo es hingehörte, und sobald das Geheimnis um das Pergament gelüftet war, würden die müden Geister, die auf den Korridoren von Lutton Hall herumspukten, bestimmt zur Ruhe kommen.

42

März 1585

Jede Nacht lag Tom auf seinem Lager neben dem Destillierraum, und das Herz tat ihm weh, während seine Gedanken stets bei Isabel weilten. Seine Tage waren mit Aufträgen für Walsingham ausgefüllt, und oft wartete er in den trüben Schatten von Wirtshäusern und Theatern, selbst in den Korridoren des Westminster-Palastes, beobachtete die Gesichter von Menschen, die ihm ihre Geheimnisse preisgaben. Derzeit saßen drei Männer wegen seiner Informationen im Tower, und unwillkürlich zog er Vergleiche zwischen ihnen und seiner Frau, die in derselben Burg gefangen war, auch wenn deren Unterkunft bestimmt etwas bequemer war. Diese Männer hockten tief in den Eingeweiden des grausamen Towers, wo stinkende, kalte Wände aus Stein die Schreie absorbierten. Trotz der Arbeit, die er für Walsingham erledigte, machte der Mann keinerlei Anstalten, Isabel freizulassen. Was sollte er denn noch tun?

Bei all der Arbeit und seiner Sehnsucht nach Isabel hatte er kaum noch Zeit zu essen, allerdings auch wenig Appetit.

Wenn der Koch gerade nicht hinsah, schnappte er sich irgendetwas in der Küche. Sein einstmals fester muskulöser Körper war nur noch ein Schatten seiner selbst. Sein Gesicht war gealtert, seine von der Sonne gebräunte Haut von tiefen Falten durchzogen. Unter seinen Augen zeichneten sich dunkle Ringe ab, ihr tiefes Grau war nun dumpf und trübe. Jeder wache Moment war eine Qual.

Thomas Phelippes schickte ihn ins St Bartholomew's Hospital, um mit dem dortigen Leiter, Doktor Timothy Bright, zusammenzuarbeiten. Dieser war nicht nur ein ausgezeichneter Chirurg, sondern auch ein enger Freund von Sir Philip Sidney, der wiederum mit Walsinghams Tochter Frances verheiratet war. Bright war zum Experten für Kryptografie geworden, er entwickelte gerade eine Kurzschrift, die neben den Chiffren benutzt werden sollte, die zwischen Walsinghams Spionen hin- und hergingen, und übersetzte die zahlreichen abgefangenen Briefe aus Frankreich, die an die katholischen Verschwörer gerichtet waren. Toms Fähigkeit, längere Nachrichten in ein, zwei Zeilen Kurzschrift zusammenzufassen, erwies sich als außerordentlich nützlich.

Als schließlich eines Morgens die Sonne ein wenig Wärme verhieß und an den Bäumen auf dem Gelände von St Bartholomew's die ersten winzigen Blätter sprossen, bemerkte Bright Toms langsamen Verfall.

»Du siehst nicht gut aus, mein Freund«, sagte er. Nach mehreren Wochen täglicher Zusammenarbeit war der Arzt inzwischen geübt darin, so langsam zu sprechen, dass Tom ihn ohne Mühe verstand, und dabei doch so viel Schwung in seine Worte zu legen, dass es anderen kaum auffiel.

Tom zuckte nur mit den Schultern und beugte sich weiterhin über das Dokument, das er gerade in ihre neue Kurzschrift übersetzte. Der Inhalt war bereits verschlüsselt, doch der zusätzliche Prozess reduzierte den Text auf ein kleines Stück Pergament, das überall am Körper eines Menschen versteckt werden konnte. Selbst in Bereichen, in die niemand einen Blick zu werfen wünschte.

Bright tippte ihm auf den Arm, damit er wieder aufblickte. Tom sah ihn stirnrunzelnd an.

»Wenn du krank bist, kann ich dir helfen«, sagte Bright. »Aber du musst mir sagen, was dir fehlt.«

»Nichts, wobei Ihr mir helfen könntet«, schrieb Tom rasch auf seine Wachstafel. »Meine Frau Isabel wird immer noch im Tower festgehalten, und ich kann sie erst wieder sehen, wenn die Königin sie freilässt. Wir können nicht als Mann und Frau zusammenleben.«

»Dann müssen wir etwas unternehmen, um diese Situation zu ändern«, erwiderte Bright. »Sonst nützt du niemandem etwas. Überlass das mir.« Er wandte sich wieder seiner Arbeit zu, und Tom tat es ihm nach. Er zweifelte daran, dass sein neuer Freund einflussreich genug wäre.

Früh am folgenden Morgen betrat der inzwischen vertraute Page Toms Kammer und reichte ihm eine versiegelte Nachricht. Tom erkannte sofort Walsinghams Schrift und fragte sich mit bangem Herzen, wen er wohl als Nächstes beschatten sollte. Der Page versuchte, ihm irgendetwas begreiflich zu machen. Am Ende hielt er inne und blickte Tom erwartungsvoll an. Dieser hatte keine Ahnung, was der Junge von ihm wollte, und benutzte die universale Geste des Nichtverstehens – er zuckte mit den Schultern und hob die Hände. Jeder wusste, was das bedeutete.

Der Page ergriff Toms Hand, zog ihn durch dessen Kammer und wühlte in der Truhe in der Ecke herum, bis er Toms blauen Mantel herauszog. Ein Ärmel war ziemlich schmuddelig, weil sich Tom in die Ecke einer Gasse hatte drücken müssen, um nicht aufzufliegen. Er hatte gerade ein Gespräch zwischen zwei katholischen Aufwieglern beobachtet, über die Walsingham unbedingt mehr wissen wollte. Der Page rieb rasch mit einem Zipfel von Toms Decke über die Flecken, bis der Mantel nicht mehr ganz so ungepflegt aussah. Dann tat er, als würde er vor jemandem niederknien, bevor er ihn Tom reichte.

Tom hämmerte das Herz in der Brust, und er spürte, wie sich sein Atem beschleunigte, als er die Nachricht öffnete und las. Er wurde zu einer Audienz bei der Königin erwartet, was die Aufregung des Pagen erklärte und weshalb er versuchte, ihn anzutreiben, als sie über den Hof zu den königlichen Gemächern gingen. Warum wollte sie ihn sehen? Ging es Isabel nicht gut? Würde er zu ihr in den Tower geworfen? Darüber wäre er froh, wenn dies bedeuten würde, dass sie endlich wieder zusammen sein könnten, doch er wollte um keinen Preis der Welt wieder in diesem stinkenden Kerkerloch landen.

Auf zitternden Beinen folgte er dem Pagen. Es dauerte zehn qualvolle Minuten, bis sie zum Kabinettszimmer gelangten. Sofort fiel er mit gesenktem Kopf auf die Knie.

Wie immer hatte er keine Ahnung, ob man ihn ansprechen würde, deshalb blieb er eine Weile so. Nur das gelegentliche Rascheln eines Rockes, den er aus den Augenwinkeln herumschwingen sah, war ein Hinweis darauf, dass außer ihm noch jemand im Raum war. Schließlich tippte ihm jemand auf den Arm, und er blickte auf. Die Königin saß aufrecht auf ihrem Thron und winkte ihn zu sich. Erleichtert sah Tom, dass Walsingham und Burghley bei ihr waren, zwei Männer, denen er zutraute, dass sie ein faires Urteil über ihn fällten, falls es das war, worum es hier ging.

»Ich habe Ihrer Majestät von deiner hilfreichen Arbeit mit Doktor Bright erzählt, bei der Jagd nach denjenigen, die Ihre Majestät stürzen oder gar ermorden wollen. Sie hat zur Kenntnis genommen, dass du hart für sie gearbeitet hast, und zugestimmt, dass deine Frau zur Belohnung aus dem Tower entlassen wird.«

Eine plötzliche Bewegung in Blassgrün veranlasste Tom, den Kopf zu drehen, und vor ihm stand Isabel. Sie hatte das Kleid an, das sie an ihrem Hochzeitstag getragen hatte, nur dass es jetzt formlos von ihren Schultern hing. Das Koller, das sie darüber trug, konnte ihr Schlüsselbein und die tiefen Schatten darunter nicht verbergen. Ihr Gesicht war so schön wie immer, auch wenn ihre Wangenknochen und ihre feinen Züge nun markant und eckig waren, ihre Haut so bleich wie das weiße Linnen, das sie unter ihrem Kleid trug. Tränen tropften von ihren Wimpern und rannen langsam über ihr Gesicht. Ohne auf Erlaubnis zu warten, stürzte Tom auf sie zu und riss sie in seine Arme, als wäre sie kurz davor, zu Boden zu stürzen, und er müsse sie auffangen. Wahrscheinlich wäre dies auch passiert, so zittrig, wie sie aussah. Ihre heißen Tränen liefen über seinen Hals, während er sie an sich drückte.

Schließlich löste sie sich von ihm, und er merkte, dass man mit ihnen sprach. Sie machte einen Knicks, und er ließ sich auf ein Knie hinuntersinken, den Kopf gebeugt, und wartete ab, was Isabel als Nächstes tun würde. Als sie wieder aufstand, tat er es ihr nach und sah die Königin an, die mit Isabel sprach; diese nickte eifrig, ergriff dann Toms Hand, und sie gingen rückwärts aus dem Raum.

Endlich waren sie auf der anderen Seite der Tür, wo die Wachen mit ihren Langspießen standen, den Blick starr geradeaus gerichtet. Die Tür schloss sich hinter ihnen, und Isabel schlang stürmisch die Arme um Tom und führte ihn zu einem nahen Fenstersitz, dessen besticktes Kissen ein wenig vom Sonnenlicht erwärmt worden war. Hier konnte er ihr Gesicht besser sehen, während sie ihm erzählte, was vorgefallen war.

»Die Königin hat uns begnadigt, weil du so hart für Walsingham gearbeitet und dabei geholfen hast, Verschwörungen aufzudecken, die kein anderer je entdeckt hätte. Sie ist sehr zufrieden mit dir, und ich darf in mein Zuhause zurückkehren. Es wird nicht länger von mir erwartet, dass ich Ihrer Majestät diene. Und ich habe noch eine weitere Überraschung für dich.« Sie nahm seine Hand und drückte sie sich auf den Bauch. Unter der festen Form ihres Mieders spürte er eine eindeutige Schwellung. Er riss die Augen auf, und als sich ihre Blicke trafen, nickte sie lächelnd. »Im Herbst bekommen wir ein Baby«, sagte sie. »Es muss in den Tagen direkt nach unserer Hochzeit entstanden sein, kurz bevor man uns auseinandergerissen hat. Eine Hebamme war bei mir, mein Dienstmädchen hat darauf bestanden, dass eine in den Tower gebracht wird. Die Hebamme sagt, dass es kurz vor Michaeli auf die Welt kommt.«

Tom glaubte, vor Glück zu explodieren, und in seinen Augen schimmerten Tränen, genau wie in Isabels. Rasch wischte er sie mit dem Handrücken fort. Er musste klar sehen, damit er mitbekam, was sie sagte. Zusammen gingen sie hinunter zum Anleger und warteten auf eine Jolle, die sie endlich nach Hause bringen würde.

43

August 1585

Tom liebte sein neues Leben. Jeden Morgen wachte er in dem bequemen Bett hinter den schweren Vorhängen auf, die es drinnen dämmrig machten. Das gedämpfte Licht versetzte sie in ihre eigene Welt. Die Wärme von Isabels Körper, ihr Bauch, der immer runder wurde, zogen ihn unwiderstehlich an, und jeden Morgen verließ er sie nur widerwillig, um in den Palast zurückzukehren oder zu Doktor Bright ins St Bartholomew's Hospital. Walsingham schien ihn, zumindest vorübergehend, nicht zu benötigen, und an Tom nagte ständig die Angst, was der Herr über die Spione wohl als Nächstes von ihm verlangen würde. Früher oder später würde er weitere Aufträge erledigen müssen, so viel war gewiss. Sein Herz klopfte heftig, wenn er an all die Gefahren dachte, denen er sich aussetzen musste. Er hatte eine Frau und bald auch ein Kind, um die er sich kümmern musste.

Ihm war aufgefallen, wie ihre Nachbarn ihn ansahen, wenn er das Haus verließ. Sie warfen ihm Seitenblicke zu, drehten ihm den Rücken hin, und er nahm an, dass die Bediensteten tratschten. Er konnte sich vorstellen, was sie davon hielten, dass ein Apothekergehilfe plötzlich eine Lady heiratete und mitten unter ihnen in einem prachtvollen Haus lebte. Doch Tom war daran gewöhnt, dass man auf ihn herabsah, und ignorierte sie einfach.

Als er eines Abends aus dem Palast nach Hause kam, wurde Tom von Catherine, Isabels Zofe, darüber unterrichtet, dass sich seine Frau am Morgen ins Bett gelegt hatte und die Hebamme gerufen worden war. Das Baby kam früher als erwartet, nur acht Monate nach ihrer Hochzeit, und er verbrachte eine unruhige Nacht, in der er im Salon auf und ab ging, während die Hebamme und Catherine umhereilten und mehrmals frisches abgekochtes Wasser aus der Küche holten. Zuvor hatte er einen Tee aus Poleiminze gekocht, der bei der Geburt helfen sollte, und ihn Catherine in die Hand gedrückt, als sie gerade vorbeikam. Er war froh, dass er die Schreie nicht hören konnte, die – wie man ihm gesagt hatte – offenbar mit einer Geburt einhergingen. Seine Welt war so still wie immer. Allerdings bedeutete das auch, dass er weder die ersten Schreie seines Kindes noch sein Lachen oder seine ersten Worte hören würde, und er hätte alles dafür gegeben, das erleben zu dürfen.

Als schließlich das erste Licht des Morgens durch die Fenster fiel und sich die Umrisse der Stadt allmählich vor den morgendlichen Wolken abzeichneten, döste er in einem Sessel am Feuer ein. Im Kamin war kaum noch Glut, als ihm ein Luftzug über das Gesicht strich, weil jemand die Tür geöffnet hatte. Er sprang auf, den Blick auf das Kerzenlicht im Türrahmen gerichtet. Dort stand die Hebamme. Lächelnd trat sie beiseite und bedeutete ihm, dass er endlich zu Isabel hinaufgehen konnte.

Immer zwei Stufen auf einmal nehmend, eilte er nach oben ins Schlafgemach, wobei er mit Bedacht den Blick von dem Haufen blutgetränkter Laken vor der Tür abwandte. Im Zimmer war es fast vollkommen dunkel, Wandbehänge und Teppiche hingen vor dem Fenster, wie es die Tradition vorschrieb. Das Kaminfeuer und die Kerzen in den Wandhaltern spendeten schwaches Licht. Isabel hatte sich im Bett aufgesetzt, ihr Gesicht spiegelte den orangefarbenen Feuerschein, sie war immer noch erhitzt von der Anstrengung der Entbindung. Das Haar klebte ihr in feuchten Strähnen auf dem Gesicht. Sie lächelte ihn zärtlich an, während sie ihm das winzige, in Decken gehüllte Bündel in ihren Armen entgegenstreckte.

»Unser Sohn«, sagte sie, während sie ihm das Baby reichte. Tom blickte auf das schlafende Kind hinab, auf den federweichen Flaum auf seinem Kopf und die rosigen Wangen. Er kam nicht gegen das hektische Hämmern seines Herzens an und lächelte voller Erleichterung. Er machte das Zeichen für »wunderschön« und zeigte erst auf das Baby, dann auf Isabel, die ihn glücklich anstrahlte. Sie sah erschöpft aus, und er legte das Kind in die Wiege neben dem Bett. Dann bedeutete er Isabel, sie solle sich ausruhen, und ging auf Zehenspitzen hinaus. Er wusste, dass beide in guten Händen waren, Catherine kam aus einer großen Familie und hatte bei der Geburt von einigen ihrer vierzehn Geschwister mitgeholfen. Sie liebte Isabel von Herzen, das sah er täglich an ihrer Fürsorge.

Die Sonne stieg höher, und Tom zog rasch seine Stiefel und sein Wams an. Dann eilte er durch die Straßen, wo allmählich das alltägliche Treiben der Straßenhändler und Kaufleute in Gang kam, und ging hinunter zum Fluss. Hugh beklagte sich ständig, dass sein Gehilfe im Destillierraum so oft abwesend war, und wenn Tom jetzt auch noch zu spät kam, nur weil seine Frau ein Kind bekommen hatte, würde das seine Verärgerung nicht mindern. Tom blieb kurz stehen, um an einem Stand auf dem Anleger eine warme Pastete zu kaufen, dann stieg er in ein kleines Boot und hielt sein inzwischen zerfleddertes Notizbuch mit der Liste der Ziele hoch. Auf einer der Seiten im Buch prangte einfach nur das Wort »Tower«, und er hoffte inständig, dass er dies nie wieder jemandem zeigen musste. Er schauderte immer noch, als er die Seite überblätterte und nach anderen Orten suchte.

Tom brauchte nur Sekunden, um zu demonstrieren, wie er ein Baby wiegte, da hatte Hugh auch schon verstanden, und nachdem er ihm zur Gratulation kurz auf den Rücken geklopft hatte, wurde Tom in den Kräutergarten geschickt, um Beinwell zu pflücken. Unterwegs sah er nach ihren Vanillepflanzen; endlich entdeckte er winzige Knospen und hoffte, dass sie sich zu Samenschoten entwickeln würden, denn dann müsste er nicht mehr Stunden darauf verwenden, in den Lagerhäusern an der Themse welche aufzutreiben. Inzwischen kaufte er so gut wie alles auf, was von dem süßen Gewürz an den Queenhithe Docks ankam, und hatte sogar eine Nachricht zum Hafen von Norwich geschickt, damit man ihm alles, was dort in den Schiffsladungen an Vanille auftauchte, schickte.

Erst beim Essen bemerkte Tom, wie hungrig er war, deshalb aß er mehrere Schüsseln Suppe, gefolgt von noch einer Pastete, Käse und Äpfeln. Danach erreichte ihn eine Nachricht aus Walsinghams Büro, in der es hieß, er solle sich unverzüglich zu Doktor Bright begeben. Er zeigte sie Hugh und verzog entschuldigend das Gesicht, doch insgeheim freute er sich. Das Krankenhaus war nicht weit von der Cordwainer Street entfernt, deshalb wäre er anschließend rasch zu Hause. Er hoffte nur, dass dies nicht einer jener Tage wäre, an denen der Doktor bis tief in die Nacht arbeiten wollte. Seine Schrift war so klein, dass Tom nach einer Weile die Augen wehtaten, und er hatte ohnehin schon Kopfschmerzen nach der kurzen Nacht. Er wünschte sich sehnlichst, nach Hause zu Isabel und ihrem kleinen Sohn zurückzukehren.

Sie hatten bislang keinen wichtigen Durchbruch erzielt, doch Doktor Bright wollte eine Kurzschrift ausprobieren, die er mit Tom ersonnen hatte und die die katholischen Verschwörer nicht würden entschlüsseln können, falls ihnen irgendwelche Briefe in die Hände fielen. Gemeinsam arbeiteten sie drei Stunden lang an der Verschlüsselung einer Passage, bis sie beide zufrieden damit waren; sie konnten nun gut und gern drei Seiten Schrift zu zwei kurzen Absätzen zusammenfassen und immer noch verstehen, was damit gemeint war. Walsingham und Phelippes wären sicher begeistert, denn damit waren sie in Lage, die Intrigen der Verschwörer auf kleineren, gut versteckten Papierstücken zu übermitteln.

Als er an diesem Abend nach Hause kam, hing die Sonne schon tieforange über dem Horizont und warf lange Schatten auf das Pflaster, tanzte über die Hauswände, spiegelte sich in den Fenstern, als würden sie in Flammen stehen. Tom rannte die Treppe hinauf, um Isabel zu sehen, wobei er sich keine Gedanken darum machte, ob sich sein Benehmen für einen frischgebackenen Vater ziemte. Frau und Sohn schliefen tief und fest, im Zimmer war es immer noch dunkel und heiß; das würde auch so bleiben, bis Isabel ausgesegnet wäre, sobald das Baby einen Monat alt war. Bis dahin durfte sie das Zimmer nicht verlassen.

Er setzte sich aufs Bett und beobachtete die beiden, bis sich Isabel regte. Tom hatte in der Hoffnung, sie würde davon aufwachen, mehrmals sein Gewicht verlagert und lächelte vor sich hin, als sein Plan nun aufging. Sie richtete sich auf und sah schläfrig lächelnd in die Wiege neben ihr. Die winzigen, vollkommenen Gesichtszüge des Babys waren das Ebenbild ihrer eigenen.

»So winzig«, sagte Isabel und brachte ihre Hände nah zusammen, um es mit ihrer Geste noch zu unterstreichen. Tom nickte. Er überlegte, wie er sie mit Handzeichen fragen konnte, wie sie das Kind nennen wollte, doch schließlich gab er frustriert auf und sah sich im Zimmer um. Er fand eine von mehreren Wachstafeln, die überall im Haus verteilt waren. »Name«, schrieb er darauf und reichte sie an Isabel weiter.

»Ich dachte an Richard«, erwiderte sie und schrieb »Richard« auf die Tafel, für den Fall, dass er sie nicht verstanden hatte. Hier ging es schließlich nicht um irgendwelche Banalitäten – es ging um den Namen ihres Sohnes. Er würde zwar nie die Gelegenheit haben, den Jungen bei seinem Namen zu rufen, dennoch sollten sie sich schon einig sein, wie sie ihn nennen wollten.

Tom nickte zustimmend und machte sein Zeichen für »perfekt«. Um in den kommenden Jahren Zeit zu sparen, erfand er gleich ein neues Zeichen für den Namen seines neugeborenen Sohnes. Er deutete auf das Wort und umfasste dann seinen Oberarm mit der anderen Hand.

Durch eine Bewegung neben seinem Fuß wurde Tom darauf aufmerksam, dass Richard aufgewacht war. Er beugte sich vor, um das Baby hochzunehmen, das inzwischen rot angelaufen war, die Augen zusammengekniffen, den Mund weit aufgerissen. Traurigkeit überwältigte Tom, weil er seinen Sohn nicht hören und ihn auch nicht durch Worte beruhigen konnte, während er Richard in seinem Bündel aus Decken an seine Schulter hob. Er spürte, wie sich die winzigen Lungen ausdehnten, nahm den bebenden, wütenden Atem wahr, dessen Rhythmus allmählich weicher wurde. Er hielt ihn eine Armlänge von sich weg, und Tom und Richard starrten sich gegenseitig feierlich an. Es war, als würde das Baby verstehen, dass der einzige Trost, der hier zu holen war, von der soliden Wärme der Berührung seines Vaters herrührte.

Die Tür ging auf, und die Amme kam herein. Sie nahm Richard und verschwand wieder. Isabel sah wieder müde aus, und Tom küsste sie zärtlich, bevor er hinaus und wieder nach unten ging. Er hoffte, die Köchin hatte trotz des Neuankömmlings sein Abendessen nicht vergessen, bei all den Brühen und Eiercremes, die sie für Isabel zubereiten musste, damit sie wieder zu Kräften kam. Danach wollte sich Tom sofort in das Schlafzimmer zurückziehen, das für ihn zurechtgemacht worden war, solange Isabel das Bett hüten musste. Er war furchtbar müde von der durchwachten Nacht. Mit einem breiten Lächeln legte er sich hin. Alles, was er sich je gewünscht hatte, hatte er nun bekommen.

44

August 2021

»Nun sag schon, was haben die Experten gemeint?« Rachel sprang vom Sofa auf, als Mathilde eintrat, und sie gingen zusammen in die Küche, um sich dort an den Tisch zu setzen. Oliver kümmerte sich um das Triptychon, und Fleur blieb im Wohnzimmer und schaute wie gebannt ihren Zeichentrickfilm im Fernsehen. Rachel war so gespannt, dass sie geradezu auf ihrem Stuhl herumhüpfte. »Ist es ein Brief von Heinrich VIII., der ein Vermögen wert ist?«

Mathilde wusste trotz ihrer Recherchen kaum etwas über den König, den Rachel dauernd erwähnte, doch den zweiten Teil des Satzes verstand sie. »Kein Geld«, erklärte sie. »Vielmehr wollen sie, dass ich ihn der Universität zur Verfügung stelle, damit er dort im Museum ausgestellt werden kann.«

»Nun, ich verstehe, weshalb sie dich darum gebeten haben«, erwiderte Rachel. »Aber du siehst nicht besonders glücklich aus. Sieh mal, es ist ein historisches Zeugnis, das für viele Menschen rund um den Globus von Interesse ist.

Man kann es nicht für sich behalten. Alle sollten sich daran erfreuen können. Das verstehst du doch, oder?«

Wie immer zuckte Mathilde unverbindlich mit den Schultern. Wie sollte sie auch erklären, dass sie der Meinung war, dass der Brief in seinem Zuhause bleiben musste. Weil er hier hingehörte. Er war schon immer dazu bestimmt gewesen, hier zu sein. Mit der Klarheit eines Sonnenstrahls, der sich plötzlich durch die Wolken Bahn bricht, wurde ihr bewusst, dass sie genau das von Anfang an, seit sie hier angekommen war, gespürt hatte. Auch ihre Seele war dazu bestimmt, in Lutton Hall zu sein. Rachel verdrehte die Augen und ging den Teekessel aufsetzen.

»Hör mal, alles, was von historischer Bedeutung ist, sollte in einem Museum ausgestellt werden. Viele Historiker widmen ihr ganzes Arbeitsleben dem Studium der Tudors, und nun bist du im Besitz einer geschichtlichen Quelle, die so etwas wie Goldstaub für sie ist. Zumindest gehe ich davon aus, auch wenn du mir noch gar nicht gesagt hast, was darin steht.«

Mathilde erzählte, was gesagt worden war, enttäuscht, dass ihre Schwester ihr keinen Rückhalt bot, immerhin gehörte sie zur Familie. Auch wenn sie es nicht über sich brachte zu erklären, dass Lutton Hall seinen Anspruch auf ihre Anwesenheit geltend machte. Sie befürchtete, dass Rachel das nicht verstehen würde.

»Der andere Teil in Geheimtinte ist interessanter, aber es wird lange dauern, bis er entschlüsselt ist. Das Pergament soll dabei schließlich nicht beschädigt werden. Es kann Wochen dauern, bis wir alles wissen. Tut mir leid, heute kann ich dir noch nicht mehr dazu sagen.«

»Du brauchst dich nicht zu entschuldigen«, sagte Rachel. »Das ist jetzt dein Zuhause. Es ist dein Brief, dein Triptychon. Du entscheidest, was du damit tun willst. Ob du nun bleibst, wenn ich weggehe, oder ob du das Anwesen verpachtest oder verkaufst. Es ist das Haus unserer Vorfahren, und wir sind eine Familie.«

»Für dich ist es einfach, ganz lässig von unserer Familie zu sprechen, als würde das die Vergangenheit in Ordnung bringen«, erwiderte Mathilde, die inzwischen ziemlich erschöpft war, und machte sich nicht die Mühe, die Schärfe aus ihren Worten zu nehmen. »Ich kann nicht vergessen, was ich alles durchgemacht habe, und hier zu sein …«, sie fuchtelte herum, während sie nach den richtigen Worten suchte, »… das wischt nicht alles andere aus meinem Leben fort. Es ist immer hier drin.« Sie schlug sich mit der Faust auf die Brust. »In meinem Herzen. Immer. Die Zeit wird das nicht so schnell heilen. Vielleicht auch nie.«

Rachel verzog das Gesicht. Beschämt von ihrem Ausbruch verließ Mathilde die Küche und ging hinaus in den Garten, Tränen brannten ihr in den Augen. Sie hatte so lange mit ihren Dämonen gelebt, hatte sich geweigert, ihre Vergangenheit und ihre Unsicherheiten zu akzeptieren. Alles, woran sich Rachel als Kind erfreut hatte, war Mathilde versagt geblieben, und das tat selbst jetzt noch weh. Sie hatte nie das Selbstbewusstsein besessen, das andere an den Tag legten, die Selbstsicherheit, die nur eine Familie und ein Ort, den man sein Zuhause nannte, schenken konnten. Doch jetzt war das alles zum Greifen nah – sie musste es sich nur selbst erlauben.

Sie nahm den Spaten ihres Vaters, ging hinüber in eine Ecke des Gartens und stieß ihn in die Erde. Sie konnte kaum sehen, wo sie graben musste, weil ihr so viele Tränen in den Augen schwammen.

Wie immer wirkte die Gartenarbeit ihren Zauber. Die friedliche, beruhigende Umgebung. Als würde jemand den Arm um sie legen und ihr sagen, dass alles gut würde, ihr dabei helfen, das riesige Loch in ihrem Leben zu stopfen, von dem sie geglaubt hatte, es könne nie ausgebessert werden. Hier, an dieser kühlen, dunklen Stelle neben dem Unterholz, sagte ihr eine Stimme, dass es okay sei, die Deckung fallen zu lassen und sich zu entspannen. Hier konnte ihr nichts passieren. Kein Feuer konnte sich durch ihre Seele fressen und ihr Leben in ein einziges schwarzes Loch verwandeln.

»*Maman*«, flüsterte sie, während Tränen auf die Erde tropften.

»Hey, Matty, ich habe mich schon gefragt, wo du abgeblieben bist.« Olivers Stimme tönte vom Gemüsebeet herüber. Sie hatte ganz vergessen, dass er noch da war, und wischte sich rasch mit der rauen Wolle ihres Pulloverärmels die Wangen ab, bevor sie sich zu ihm umdrehte.

»Ich grabe nur weiter um«, erwiderte sie mit einem unsicheren Lächeln. Sie wusste genau, dass ihr Gesicht ihre fröhliche Antwort Lügen strafte. Sie schniefte laut. »Ich will ein paar von den Beerensträuchern hierher verpflanzen.« Sie hörte, wie Zweige knackten und das Unterholz raschelte, als er sich durch das hohe Gras, das Brombeergestrüpp und den vertrockneten Wiesenkerbel zu ihr durchkämpfte. Mit Daumen und Zeigefinger hob er ihr Kinn an, bis sie seinem Blick nicht mehr auswich. Sie hielt inne, den Fuß noch immer auf den Spaten gestellt, bereit, ihn erneut in den weichen Boden zu stoßen.

»Rachel hat gesagt, du warst aufgebracht.« Er sah ihr in die Augen, als würde er nach ihrer Seele suchen, doch sie schloss ihn absichtlich aus, indem sie ihn ausdruckslos anschaute. »Halb so schlimm.« Sie zuckte mit den Schultern. »Es fühlt sich nur an, als würde sie glauben, dass jetzt, wo ich hier bin, bei ihr – meiner Familie –, in unserem Zuhause, alles wunderbar wäre in Mathilde-Land. Als wäre die Vergangenheit, die ersten achtundzwanzig Jahre meines Lebens, einfach weggefegt. Sie versteht nicht, wie es ist, wenn man umgeben von Misstrauen aufwächst und ständig wie auf der Flucht ist. Kein Vater und kein Zuhause.« Wieder füllten sich ihre Augen mit Tränen, und sie legte den Kopf in den Nacken, um die Flut zu stoppen. Die Vergangenheit war stets präsent und wartete nur darauf, sie wieder einzuholen. »Ach, egal.« Sie wandte sich ab und stieß den Spaten wieder in die Erde, stemmte eine große Scholle heraus und drehte sie um. Der blasse, trockene Lehm, der die Farbe von Milchschokolade hatte, fiel zu Boden, verteilte sich auf ihren Schuhen.

»Das ist ganz und gar nicht egal«, widersprach Oliver. »Hör mal einen Moment auf zu graben und setz dich her.« Er nahm sie am Ellbogen und zog sanft, aber beharrlich daran.

Er führte sie zum Gewächshaus, und sie setzten sich davor auf den Boden. Das Unkraut war dort von ihren täglichen Gängen zu ihren Pflanzen platt getreten.

»Ich glaube, du bist deiner Schwester gegenüber nicht fair.« Er legte ihr den Arm um die Schulter und zog sie an sich, woraufhin sie sich unwillkürlich versteifte. »Wie kann sie wissen, wie du dich fühlst, wenn du dich ihr nicht öffnest und es ihr sagst? Sie versteht sehr wohl, wie deine Kindheit war, und sie will dir helfen, wenn du sie nur an dich heranlassen würdest.«

»Ich versuche es ja«, flüsterte sie, »aber wie sagt man so schön? Leichter gesagt als getan.«

Oliver lächelte. »Dein Englisch hat sich beträchtlich verbessert«, sagte er. »Wie geht es denn deinen Vanillepflanzen?« Sie war dankbar, dass er das Thema wechselte. »Hat das mit der Bestäubung geklappt?«

»Natürlich.« Mathilde lächelte. »Das klappt immer. Es hat Hunderte von Jahren gedauert, bis man in Europa dahintergekommen ist, warum die Vanille nur in bestimmten Ländern wächst. Dass nur eine ganz bestimmte Bienenart sie bestäuben kann. Deshalb erledigen wir das selbst. Der Mensch hilft der Natur auf die Sprünge.«

»Du machst das so gut mit all den Pflanzen und deinen Kräutern. Warum machst du das nicht in Vollzeit? Anstatt Fotojournalismus, bei dem du nie weißt, wann der nächste Honorarscheck kommt. Außerdem ist es bestimmt gefährlich, die ganze Zeit in diesem Van herumzufahren und sich in riskante Situationen zu bringen. Das mit den Pflanzen wäre viel sicherer.«

Mathilde sah auf ihre Schuhe hinab, fummelte an der Gummisohle herum, die sich allmählich vom oberen Teil löste. Sie würden den Sommer nicht überstehen, so viel war sicher.

»Manchmal stelle ich mir vor, wie das wäre. Jeden Tag aus meinem Haus zu treten und nach meinen Pflanzen zu sehen. Sie wären immer da und würden auf mich warten. Etwas Dauerhaftes, etwas Beständiges.«

»Pflanzt du deshalb so gerne Sachen an? Weil sie Wurzeln schlagen?«

»Nein. Ich weiß nicht. Vielleicht. Ich mag einfach Pflanzen und Gärten. Sie sind ruhig und friedlich. Und sie bleiben an Ort und Stelle. Aber jetzt weiß ich nicht, ob ich nicht zu lange gewartet hab.«

Während sie sich unterhielten, war sie sich der Nähe von Olivers Körper bewusst, der Wärme, die er ausstrahlte. Sie ließ von der wilden Minze ab, von der sie Blätter gezupft hatte und deren intensiver Duft sich jetzt verbreitete. Da merkte sie, dass Olivers Gesicht ihr zugewandt und nur noch Zentimeter von ihrem entfernt war. Sie seufzte leise, als er sich noch weiter vorbeugte und sie küsste, seine Lippen fest und kühl.

Es fühlte sich wie die natürlichste Sache der Welt an.

45

Februar 1586

Während Toms häusliches Leben in eine behagliche Routine verfiel und er zur Ruhe kam, bereitete ihm der andere Teil seines Lebens – der geheime – mehr Kopfzerbrechen. Seine Atempause von der Spionage war kurz gewesen. Er hatte beschlossen, Isabel lieber nicht zu erklären, worin seine Aufgabe bestand, und ihr nur das Allernotwendigste mitgeteilt. Er wollte nicht, dass sie sich Sorgen über irgendetwas machte, und blieb eher im Vagen, wenn er ihr von seinem Tag erzählte. Doch immer öfter wurde er entsandt, um Menschen in dunklen Ecken und an geheimen Orten irgendwo in London zu beschatten oder für Phelippes verschlüsselte Briefe zu überbringen. Dabei kam er in Gegenden, die er niemals freiwillig besucht hätte, wo man einem Fremden die Kehle durchschnitt, einfach nur weil er ein Fremder war, jemand, der nicht dort hingehörte, nicht von dort stammte.

Und so war er nicht überrascht, als er wieder zu Walsingham gerufen wurde. Dieses Mal sollte er sich jedoch flussabwärts zu Walsinghams Haus in Mortlake, Barn Elms, begeben.

Während die Jolle langsam flussabwärts glitt, schien die schwache Wintersonne, doch sie spendete keine Wärme und teilte sich den dunstigen blauen Himmel mit dem bleichen Mond, der über Tom hing, als würde er wie der letzte Gast auf einem Fest nur widerwillig gehen. Die Kälte, die von der Themse aufstieg, krallte ihre Finger in seine Haut und drang bis in die Knochen. Das Flussufer war von Wirtshäusern gesäumt, die die Besatzungen der zahlreichen Schiffe anlockten, die dort anlegten; aus ihren Schornsteinen stiegen hohe Rauchsäulen in den Himmel auf. Sein Atem bildete kleine Wolken, die sich dann als Tröpfchen in seinem Bart niederschlugen. Er drückte sich in den Bug des Bootes, um nicht von den Rudern nass gespritzt zu werden, und war froh, als sie endlich zu dem Anleger gelangten, an dem er aussteigen konnte.

Zwei Wachen erwarteten ihn dort und versperrten ihm den Weg, bis er ihnen den Brief zeigte, in dem seine Anwesenheit gefordert wurde. Einer der Männer sagte etwas zu ihm, wandte aber beim Sprechen das Gesicht ab, sodass Tom es nicht verstehen konnte. Es war wohl eine Frage gewesen, denn sie starrten ihn beide in Erwartung einer Antwort an. Tom war müde, und von Minute zu Minute fror er noch mehr, aber er teilte ihnen per Handzeichen mit, dass er nicht hören konnte, und dann beobachtete er, wie der eine zum anderen sagte: »Was will der Meister denn mit einem solchen Narren?«

Tom richtete sich so gerade auf, wie es nur ging, und weil er wusste, dass ihm sein blauer Mantel ein Respekt einflößendes Aussehen verlieh – mehr, als seine Apothekerkleidung es je vermocht hätte –, wuchs auch sein Selbstbewusstsein. Er deutete auf das Haus und ging an ihnen vorbei, sodass sie ihm hinterhereilen mussten. Dabei sah er ihre langen Schatten auf den Rasen fallen, der immer noch weiß vom Raureif war.

Er konnte sich nicht umdrehen, um die Gesichter der Wachen zu sehen, als er im Haus willkommen geheißen wurde, doch er hoffte, dass dies ihre hämische Miene fortwischen würde, wenn sie erst mal ihren Posten in der Eiseskälte am Fluss wieder eingenommen hätten. Demonstrativ eilte er in der geräumigen Vorhalle zum Feuer hinüber und rieb sich davor seine Hände, um sie zu wärmen. Nun war es an ihm, hämisch zu grinsen.

Er folgte dem Bediensteten durch eine andere große Halle, in der ein langer Tisch mit Bänken und Holzstühlen stand; die Wandtäfelung war oben mit heraldischen Zeichen, geschnitzten Blumen und Weinblättern verziert, die Decke dekorativ verputzt. Sie gelangten in den nächsten Raum, wo Walsingham an einem Schreibtisch saß, der noch größer war als der im Palast. Dieses eine Mal fuhr er nicht in seiner Tätigkeit fort, sondern bedeutete Tom sofort, auf einem der beiden Stühle vor seinem Schreibtisch Platz zu nehmen. Der andere Stuhl war bereits von einem jungen Mann in einem dicken tiefgrünen Samtwams besetzt, unter dessen Halskrause ein Rand aus Hermelin hervorlugte. Lächelnd nickte er Tom zu und formte »Hallo« mit den Lippen. Tom lächelte ebenfalls und neigte den Kopf, während er sich auf den Stuhl neben ihm gleiten ließ.

»Tom, das ist Nicholas Berden. Er ist Mitglied meines Geheimdienstes, aber er spioniert auch für Maria Stuart. Ein Doppelagent also. Sie gehen davon aus, dass er dem

Botschafter in Frankreich Briefe zustellt, aber tatsächlich händigt er sie mir aus, damit sie kopiert werden, bevor sie ihren Weg fortsetzen. Andersherum werden Briefe, die an die schottische Königin adressiert sind, ebenfalls von uns gelesen und kopiert, bevor sie sie bekommt. Verstehst du?«

Tom nickte langsam. Er wusste bereits, dass in Geheimschrift verfasste Briefe abgefangen wurden, denn er hatte sowohl mit Phelippes als auch mit Bright daran gearbeitet. Und anscheinend war dieser Berden ein Bote für beide Seiten, doch nur Walsingham wusste davon. Er zog die Augenbrauen hoch und wartete, dass ihn jemand aufklärte, weshalb er hergerufen worden war.

»Berden wird sich mit einem Gentleman treffen, der genauestens beobachtet werden muss. Sein Name ist Anthony Babington. Wir glauben, dass er in eine weitere dieser verräterischen Verschwörungen verwickelt ist, die es sich zum Ziel gesetzt hat, unsere Königin zu ermorden und an ihrer statt die katholische Maria Stuart auf den Thron zu erheben. Wir müssen diese Männer, diese Ketzer, aufhalten, und du wirst uns dabei helfen. Du bist unsere Geheimwaffe. Berden wird dich heute als Freund vorstellen und in den Kreis einführen, und hoffentlich werden sie glauben, dass du nicht hören kannst, was sie sagen. Du gehst mit ihm gleich jetzt in Babingtons Wohnung, wo er und einige seiner Mitverschwörer sich heute Nachmittag versammeln.« Er reichte Tom einen Geldbeutel. Dieser wog ihn in der Hand; es mussten wohl mehrere schwere Münzen darin sein, nicht nur ein paar Groschen, um den Bootsführer oder ein Bier zu bezahlen. Was immer Walsingham zu erfahren begehrte – es war ihm eine Menge wert. Und wahrscheinlich korrelierte diese Menge direkt mit der Gefahr, der er sich gleich aussetzen würde. Blutgeld.

Sie gelangten zu der Wohnung in Bishopsgate, wo Babingtons Gattin sie begrüßte. Es handelte sich um ein hübsches Zuhause, anders, als Tom nach Walsinghams wenig vorteilhafter Beschreibung vermutet hätte. Außen zierten das Haus Stuckornamente und ein dekoratives Relief unter den Traufen. Das Erkerfenster hatte einen Holzrahmen und wurde von geschnitzten Pferden gestützt. Die kleine Tochter linste hinter den Röcken ihrer Mutter hervor, und Toms Herz setzte einen Schlag aus. Wenn Walsinghams Vermutung zutraf, wäre der Mann, den diese beiden Menschen liebten, in Todesgefahr, und sie könnten obdachlos werden. Am liebsten hätte er sie gewarnt, doch ausnahmsweise rettete ihn seine Unfähigkeit zu sprechen vor seinem Mitgefühl.

Drinnen saß eine Gruppe von sieben Männern im Kreis. Sie hießen ihren Freund herzlich willkommen, klopften ihm auf den Rücken und reichten ihm einen Becher Ale, doch Tom blickten sie nur misstrauisch an. Berden drehte Tom zu sich um, damit er sehen konnte, was gesagt wurde, und stellte ihn vor. Er erklärte, Tom sei ein guter Freund aus Frankreich, ein Katholik. Dabei machte er viel Aufhebens um dessen Unfähigkeit, zu hören und zu sprechen. Er versicherte ihnen, dass er weder von der Verschwörung wusste noch über Mittel und Wege verfügte, sie preiszugeben.

Danach lächelten die Männer und nickten Tom übertrieben zu, sie reichten ihm einen Becher Ale, führten ihn zu einem Stuhl und bedeuteten ihm, Platz zu nehmen. Tom hatte Mühe, seine Gesichtszüge unter Kontrolle zu halten, weil sie ihn behandelten, als wäre er der Dorfdepp. Wenn die wüssten!

Sofort ergingen sich die Männer in einer Beschreibung ihrer Verschwörung. Tom saß in ihrem Kreis, konnte jedoch manches nicht verstehen, weil alle durcheinanderredeten und einige Gesichter verdeckt waren. Dennoch bekam er mit, dass sie Briefe aus Frankreich erhielten und an die schottische Königin weiterleiteten, indem sie sie in den zahlreichen Bierfässern versteckten, die beinahe täglich zum Chartley Castle, wo sie eingekerkert war, gebracht wurden. Dies arrangierte ein gewisser Thomas Morgan, der derzeit in einem Pariser Gefängnis saß. Die Idee mit den Fässern war eine Eingebung gewesen, befand die Gruppe, und der Brauer, der immer nur als »ein ehrenwerter Mann« bezeichnet wurde, würde sicherlich einen Platz an Marias Hof finden, wenn sie endlich auf dem Thron säße. Wenn der katholische Glaube wieder regierte und das Land in Roms liebevolle Arme zurückkehrte.

Tom machte sich eher wenig Gedanken um Religion. Seiner Erfahrung nach waren Gottesdienste langweilig, da er nichts hören konnte, der Steinboden hart unter seinen Knien. Die Buntglasfenster in Frankreich waren eine angenehme Ablenkung, vor allem wenn die Sonne durch sie hindurchschien und einen Regenbogen aus Mustern auf den Boden warf. Manchmal hatte er seinen Arm ausgestreckt, in der Hoffnung, die Farben würden auf seine Haut fallen. Für einen kleinen Jungen war dies eine magische Erfahrung, als würde Gott die Hand nach ihm ausstrecken. Doch als er älter wurde, schwand diese Faszination, und inzwischen hatte er kein Interesse mehr an etwas, woran er nicht teilhaben konnte.

Als Kind hatte er der katholischen Kirche angehört, weil dies der Glaube seiner Mutter gewesen war, und sie waren täglich zur Messe ins Kloster gegangen. Nachdem Heinrich VIII. die Klöster in England geschlossen hatte, half seine Mutter ihrem Freund, dem Prior, heimlich, nach Frankreich zu entkommen, und als sie später Hilfe bei ihrer eigenen Flucht gebraucht hatte, konnte der Prior ihr helfen. Die Ironie, dass nun ausgerechnet er die Königin dabei unterstützte, die Katholiken außer Landes zu halten, entging Tom nicht.

Walsingham hatte ihn eindringlich darauf hingewiesen, wie wichtig es war, sich alle Gesichter gut einzuprägen, damit er sie überall wiedererkennen würde. Da er ohnehin zur Unterhaltung nichts beitragen musste, sah er sich die Männer genau an, studierte jeden von ihnen, seine Eigenheiten und seine körperliche Erscheinung. Er war sich ziemlich sicher, sie in einer Menschenmenge sofort ausmachen zu können. Babington strich sich zum etwa hundertsten Mal die Haare aus dem Gesicht, und Tom lächelte vor sich hin. Die Menschen waren sich der kleinen Gesten überhaupt nicht bewusst, die sie stündlich ein Dutzend Mal wiederholten. Ein anderer Mann, den Berden Robert Pooley genannt hatte, hob mit unfehlbarer Regelmäßigkeit nervös die Arme und drückte dann die Fingerspitzen aufeinander. Auf dem Weg hatte Berden ihm erklärt, dass Pooley einer von Walsinghams Doppelagenten sei, der in der ständigen Todesangst lebte, enttarnt zu werden.

Nach dem frühen Start in den Tag in dieser stickigen Wärme zu sitzen, machte Tom schläfrig, und er spürte, wie ihm die Augen zufielen, doch schließlich stand sein Begleiter auf und zeigte zur Tür. Die übrigen Gentlemen erhoben sich ebenfalls und verbeugten sich leicht. Tom konnte im Feuerschein noch einen letzten Blick auf ihre Gesichter werfen, während sie sich verabschiedeten. Er versuchte, möglichst ausdruckslos zu schauen, um sein scheinbares Nichtverstehen zu unterstreichen.

Sobald sie draußen auf der Straße waren, packte Berden Tom am Oberarm und zog ihn rasch von dem Haus weg, als wären sie auf der Flucht. Berdens Finger gruben sich in Toms Fleisch, während sie von der Straße in eine Gasse einbogen, wo er ihn endlich losließ. Tom rieb sich den schmerzenden Arm. Sie gingen weiter, und das war Tom nur recht, denn ein Gestank nach verrottendem Gemüse und Fleisch kam auf. Der Boden unter ihren Füßen war glitschig, doch er brachte es nicht über sich, nach unten zu blicken und zu sehen, worauf sie da traten. Er stolperte und wäre fast gestürzt. Als sie das Ende der Gasse erreichten und auf die breitere und hellere Threadneedle Street hinaustraten, war er sehr erleichtert. Vor ihnen erhob sich die herrliche Merchant Taylors' Hall, der Sitz der Company of Merchant Taylors, in all ihrer Pracht, gleich daneben die Kapelle für ihre Mitglieder. Die beiden Männer bogen in die Cornhill in Richtung Poultry Corner ab. Tom schauderte bei der Erinnerung an diesen Ort.

»Verzeih, dass ich dich so fortgezerrt habe«, entschuldigte sich sein Begleiter. »Ich wollte sichergehen, dass die Männer voll und ganz verinnerlichen, dass du nicht mitbekommst, was um dich her geschieht. Das ist uns gut gelungen. Sie halten dich für einen einfachen Boten, dem eine Adresse gegeben wird, ohne dass er irgendeine Ahnung von dem hat, was er da überbringt. Diese Narren. Sie werden ihren Irrtum erst merken, wenn man sie von einem Seil schneidet und ihnen die Eingeweide herausgerissen werden.«

Tom lächelte und nickte, auch wenn sich ihm der Magen drehte. Seit er Throckmortons Hinrichtung beigewohnt hatte, war er überzeugt davon, dass er für das Blutbad und die Gewalt solcher Veranstaltungen nicht gemacht war. Außerdem hatte ihm Hugh weitere schreckliche Hinrichtungen anhand von Bildern geschildert, bei denen Feinde der Königin noch bevor sie tot waren vom Galgen geschnitten und vor den Augen der Menschenmenge ausgeweidet worden waren – was Tom in seiner Haltung noch bestärkte. Walsingham war unbeirrbar in seinem Streben, all jene auszulöschen, die sich Ihrer Majestät gegenüber als abtrünnig erwiesen, und er war entschlossen, dass diejenigen, die ihm nicht behagten, die schreckliche Strafe stets vor Augen hatten.

Die Wege der beiden Männer trennten sich in Blackfriars. Tom hatte keine Ahnung, wohin sich Berden als Nächstes begeben würde, und war froh, dass er ihn nicht danach fragen konnte.

»Nun hast du die Schlüsselfiguren kennengelernt«, sagte Berden. »Und wir vermuten, dass die Bühne fast vorbereitet ist. Du kannst damit rechnen, dass man dir eine Reihe von Aufgaben geben wird, bis die Verschwörer gefasst sind und die schottische Königin dort ist, wo sie hingehört. In der Hölle.« Berden drehte sich um und verschwand im Gedränge, das auf dem Kai herrschte, und Tom fragte sich, ob er den letzten Teil des Gesagten wohl missverstanden hatte. Das, worin er nun verwickelt war, war größer, viel größer als alles Bisherige.

46

März 1586

Toms Magen knurrte, er legte sich die Hand auf den Bauch und konnte das Grollen darin spüren. Die Fastenzeit hatte er nie gemocht, die langweiligen Mahlzeiten, bestehend aus dicker Suppe oder Fisch, und am Ende aß er kaum etwas, während er sehnlich auf Ostern wartete. Das war der einzige Tag, an dem es ihm nichts ausmachte, in einer kalten Kirche herumzusitzen, weil die Entschädigung dafür ein üppiges Festmahl war, bei dem schüsselweise köstliches gebratenes, vor Fett triefendes Fleisch, Eiercremes und Marzipankuchen aufgetischt wurden. Er war immer noch die Naschkatze, die er als Kind gewesen war, und wenn er seinerzeit kein wirkungsvolles Mittel gegen Schlaflosigkeit gefunden hätte, könnte er sich jetzt sicher nicht auf eine solche Festtafel freuen.

Sein Weg hatte ihn heute nach Temple Bar im Westen der Stadt geführt, wo er vor dem Plough Inn auf Bernard Maude, einen weiteren von Walsinghams Männern, wartete. Er hatte den Mann noch nie gesehen, doch dieser würde offenbar nach Toms blauem Mantel Ausschau halten. Tom ließ seinen Blick die ganze Zeit hierhin und dorthin huschen, um zu beobachten und alles aufzunehmen, was vor sich ging.

Er wusste, dass Maude sich näherte, auch wenn er nicht von vorne auf Tom zukam. Er merkte es an der Art, wie andere Leute jemandem aus dem Weg gingen, der ihnen entgegenkam, an den Schatten am Boden, die sich verlagerten, und in letzter Minute drehte sich Tom um und setzte ein breites Grinsen auf. Wenn sein Komplize glaubte, er könne einen Tauben übertölpeln, hatte er noch eine Menge zu lernen.

Tom wurde mit einem überraschten Blick belohnt, dann grinste der große Mann ebenso breit wie Tom. Sie verbeugten sich voreinander, weil sie sofort eine Verbindung zueinander spürten. Maude packte Tom am Arm und zog ihn in eine nahe Gasse, die menschenleer war. Das Licht nahm rasch ab, und Tom musste näher an den anderen herantreten, um seinen Mund besser zu sehen, als er ihm erklärte, wen sie heute Abend beobachten sollten. Walsingham hatte ihm zuvor erklärt, dass Maude ein weiterer Doppelagent sei, deshalb würde er von den Männern im Wirtshaus erwartet, in der Annahme, er sei Teil der Babington-Verschwörung. Tom sollte ein paar Minuten nach Maude eintreten und in der Schänke irgendwo Stellung beziehen, von wo er sah, was passierte, und alles, was in der Gruppe gesagt wurde, von den Lippen ablesen konnte, damit nichts verloren ginge. Drinnen wäre es laut, weshalb Tom hier eindeutig im Vorteil war.

Maude ließ Tom in den Schatten zurück und verschwand durch die Wirtshaustür. Tom tat, wie ihm geheißen, und wartete ein paar Minuten, bevor er ihm folgte. Für ihn war der Raum so still wie alle anderen Orte auch, aber er konnte sehen, dass es ein ganz normaler Abend war. Die Abstinenz der Fastenzeit ging nicht so weit, dass man sich nicht mit Freunden traf oder kein Bier trank.

Tom suchte die Menge ab, bis er seine Opfer an einem Tisch nahe am Feuer entdeckte. Eines von ihnen, einen untersetzten Mann mit Kugelbauch und rotem Gesicht, erkannte er sofort als den Mann, den er bei seinem allerersten Auftrag beschattet hatte, als im Hinterhof des Magpie ein Päckchen den Besitzer gewechselt hatte. Walsingham hatte Tom zuvor erklärt, dass sie inzwischen wussten, dass John Ballard einer der Hauptanstifter der Verschwörung war. Er war ihr Dreh- und Angelpunkt – die Sorte Mann, die sich bei Nacht und Nebel davonmachte, sobald es Schwierigkeiten gab. Während die Lämmer zur Schlachtbank geführt und hinten auf einem Karren nach Tyburn gebracht wurden, saß so einer wie Ballard längst in einem kleinen Ruderboot, auf halbem Wege nach Frankreich.

Die drei Männer aßen Austernsuppe; Tom konnte das pikante Aroma riechen, das durch den Dampf zu ihm herüberwehte, und wieder knurrte ihm der Magen. Es war schwer, ihre Lippen zu lesen, weil sie sprachen und gleichzeitig aßen, wobei Tröpfchen der Suppe in ihren Bärten hängen blieben. Dass sie sich dauernd das Kinn mit Tüchern abwischten, machte es für Tom auch nicht leichter. Irgendwann jedoch, nach mehreren Bechern Bier, blieb Maude nichts anderes übrig, als auszutreten und die beiden Kollaborateure zurückzulassen. Tom nippte langsam an seinem Bier, während er beobachtete, wie die beiden ihre Löffel weglegten und die Köpfe zusammensteckten. Er musste seine Position leicht verlagern, damit er Ballard weiterhin sehen konnte, aber das hieß auch, dass er seinen Komplizen nicht mehr beobachten konnte. Er musste sich also entscheiden, wen von beiden er im Auge behielt, doch zum Glück schien er die richtige Wahl getroffen zu haben.

»Ich reise in den nächsten Wochen nach Frankreich. Du musst ein paar Briefe für mich nach Chartley bringen. Erzähl niemandem ein Sterbenswort davon. Maude und ich werden zusammen reisen und in Rouen und Paris weitere Anhänger der katholischen Sache treffen. Wir hoffen, eine endgültige Zusage von den Franzosen und Spaniern zu erhalten, damit wir Armeen aufstellen können, die bereit sind, gleichzeitig zuzuschlagen, sobald unser Plan Früchte trägt.«

In diesem Moment kam Maude zurück und setzte sich wieder zu ihnen. Tom war sich nicht sicher, ob er wusste, dass alles für seinen Frankreichbesuch arrangiert war – oder ob er überhaupt wusste, dass er dorthin reisen würde –, aber wenigstens konnte er seinen Komplizen und Walsingham über das Gesamtbild in Kenntnis setzen. Was immer diese Männer vorhatten, würde in einer Katastrophe enden, es sei denn, sie konnten aufgehalten werden. Allmählich dämmerte Tom, dass er eine Schlüsselfigur in Walsinghams Maschinerie darstellte, und seine Rolle war noch lange nicht beendet. Das ruhige Familienleben, das er so liebte, würde in den nächsten Monaten vermutlich nur sporadisch stattfinden.

Die drei Männer standen auf und verabschiedeten sich. Dann verließen sie die Schänke. Sofort wurde der Tisch von zwei alten Männern in Beschlag genommen, die aussahen, als würden sie umfallen, wenn sie sich nicht sofort setzten. Tom trank langsam seinen Becher aus, bis er sich sicher war, dass die anderen ihrer Wege gegangen waren. Man hatte ihm eingeschärft, dass er unter keinen Umständen mit Walsinghams Männern gesehen werden durfte, es sei denn, sie kamen ausdrücklich auf ihn zu, denn sonst würde seine Tarnung auffliegen. Und auch wenn dies alles sein Leben nicht unerheblich beeinflusste, konnte Tom nicht leugnen, wie sehr er es genoss, zum ersten Mal in seinem Leben als ebenbürtig wahrgenommen, von einer wichtigen Gruppe von Männern auf Augenhöhe behandelt zu werden. Er hatte sehr viel durch seine Arbeit im Palast erreicht, und er würde für immer dankbar sein für all das, was er dort gewonnen hatte: seine Frau, seinen Sohn und schließlich auch sein Selbstbewusstsein.

Zu Toms großer Freude kehrte etwas Ruhe in sein Leben ein, als Ostern kam und der Frühling alles zum Erblühen brachte. Abends zu Hause bei seiner Familie zu sein, war deutlich erfreulicher, als auf den dunklen Straßen der Stadt umherzuschleichen und andere zu beobachten. Wie er Ballards Worten entnommen hatte, war Maude, der weiterhin verdeckt für Walsingham arbeitete, nach Frankreich entschwunden. Auch Babington schien untergetaucht zu sein, man munkelte, er sei mit seiner Frau und seiner Tochter auf seinem Anwesen in Derbyshire. Wenn der Mann recht bei Verstand war, so dachte Tom, dann würde er versuchen, seine Familie weitab von den bevorstehenden Ereignissen zu verstecken.

Da er nun mehr Zeit hatte, wandte sich Tom wieder seinem Triptychon zu, das auf einer Staffelei im kleinen Salon neben der Haustür stand. Er malte die Szene in der dunklen Schänke und versuchte, die bedrückende Atmosphäre, die Hitze und den Gestank, die sich drängenden Leiber wiederzugeben. Um das Ganze ein wenig aufzuheitern, fügte er ein winziges Porträt von Richard hinzu. Der konnte sich inzwischen aufsetzen und mit einfachen Holzrasseln spielen, die bei ihm im Bettchen lagen.

Der kleine Mann lächelte jeden an, und Tom liebte es zu beobachten, wie Isabel ihm vorsang und sich im Takt der Musik hin und her wiegte. Auch wenn er die Laute nicht hören konnte, sah er doch, wie ein Lächeln Richards Gesichtchen aufhellte. Und er liebte es, seinen Sohn auf den Arm zu nehmen und an seinem Hals zu prusten, ihn zu kitzeln, zu sehen, wie er lächelte, und seinen Duft einzuatmen, den die Falten an Richards molligem Hals verströmten. Er beobachtete, wie Catherine mit ihm sprach, und war erleichtert, dass er ihr den Kopf zuwandte, um zuzuhören. Sein Sohn konnte offensichtlich ganz normal hören und Laute von sich geben. Inzwischen war die Amme nicht mehr da, und Richard aß zusammen mit seinen Eltern verdünnte Suppe.

Tom freute sich, als Isabel ihn wieder in ihr gemeinsames Bett einlud, und nun, da Richard wuchs und gedieh, fragte er sich, wann sich wohl neues Leben im Leib seiner Frau regen würde. Er hatte nun eine eigene Familie, ein Zuhause, Geborgenheit und Sicherheit, und er wollte, dass das so weiterging. Je mehr sich die Kinderstube füllte, desto sicherer würde er sich fühlen. Menschen, die ein Teil von ihm waren, in deren Adern sein Blut floss. Seine Erben würden dafür sorgen, dass sein Vermächtnis für immer bestehen blieb, ein solider Stammbaum; Wurzeln in diesem Land, in das er zurückgekehrt war und das er nun nie wieder verlassen würde.

Der warme Frühling ging in den Sommer über, und die Blüten an den Bäumen im Obstgarten, der an den Kräutergarten grenzte, schwebten langsam zu Boden. Tom war in die idyllische Ruhe des Ehelebens eingetaucht und wünschte sich, dass es durch nichts gestört wurde. Doch am zweiundzwanzigsten Mai stand er wieder einmal vor Walsingham. Nach einer raschen Verbeugung beim Eintreten legte er seinen Mantel ab und wartete auf seine Anweisungen. Denn die würden kommen. Er war noch nie in Walsinghams Arbeitszimmer gerufen worden und ohne einen Auftrag wieder herausgekommen.

»Uns erreichte die Nachricht, dass Ballard aus Frankreich zurückgekehrt ist.« Walsingham hielt sich nicht mit dem Austausch von Höflichkeiten auf, er war ein viel beschäftigter Mann. »Wir glauben, dass die Verschwörung, die sie aushecken, schon bald umgesetzt wird. Ich brauche dich, um Babington zu beschatten: Wohin geht er, wen trifft er? Und zwar rund um die Uhr. Mit ziemlicher Sicherheit wird er sich nun mit anderen treffen, die in das Komplott, die Königin zu ermorden, verwickelt sind. Wir müssen jede seiner Bewegungen beobachten. Er hat sich im Hernes Rent in Holborn einquartiert, dort wirst du ihn finden. Geh jetzt und berichte mir alles, was du in Erfahrung bringst.« Er entließ Tom mit einer Handbewegung. Dieser verbeugte sich kurz, nahm seinen Mantel und ging mit bangem Herzen hinaus. Was immer gerade vor sich ging – er konnte das Gefühl nicht abschütteln, dass Walsingham ihm nicht alles sagte, was er wusste. Toms Sinne waren immer auf anderer Leute Körpersprache gerichtet. Er konnte sie genauso gut lesen, wie er von den Lippen lesen konnte, was gesagt wurde. Das alles wurde finsterer – viel finsterer –, und die Luft um ihn herum knisterte vor Anspannung.

Erleichtert stellte er fest, dass sich gegenüber vom Hernes Rent eine Schänke befand, wo er am Fenster sitzen und Bier trinken konnte, während er die Eingangstür des Gebäudes nicht aus den Augen ließ. Dort schienen mehrere Familien zu wohnen, da alte und junge Frauen sowie kleine Kinder kamen und gingen. Auf dem Boden, der durch einen plötzlichen Regenguss schlammig geworden war, saß ein Bettler, alle mussten über ihn drübersteigen. Er hob seine Hände und formte sie zu einer Schüssel, doch dann senkte er sie wieder, weil niemand darauf reagierte. Inzwischen war ihm der Kopf auf die Brust gesunken, und Tom fragte sich, ob er überhaupt noch am Leben war.

Seine Grübeleien beim Betrachten der Welt da draußen wurden durch einen verdächtig aussehenden Kerl unterbrochen, der die Straße heruntergetrippelt kam und gelegentlich über die Schulter zurückblickte, wenn er nicht gerade hinunter auf seine Füße starrte. Verdächtiger hätte er gar nicht aussehen können, selbst wenn er sich bemüht hätte, und Tom lächelte. Wenn alle so verschlagen aussahen, würde dieser Auftrag womöglich ziemlich einfach zu erledigen sein.

Tom blickte wieder die Straße auf und ab und wurde ein paar Minuten später belohnt, als er ein Gesicht entdeckte, das er nur allzu gut kannte. Ballard kam daherspaziert, stieg vorsichtig über Pfützen und Pferdeäpfel, ging dann um den Bettler herum, schaute sich um und stahl sich dann zur Tür des gegenüberliegenden Hauses hinein.

Tom nickte vor sich hin. Die Ratten krochen auf ihren Bäuchen geradewegs in die Falle. Er hatte keine Ahnung, wo und wann sie zuschnappte, doch er wusste, dass Walsingham und seine Mannen immer näher rückten.

47

August 2021

Dieses Mal begann der Traum weniger abrupt als sonst, und Mathilde fand sich in einem dunklen Raum wieder, der von Kerzen in Wandhaltern schwach beleuchtet wurde. Im Bett saß die Frau, die sie schon aus anderen Träumen kannte, in ihren Armen ein Baby, dessen Gesicht zwischen den eng gewickelten Tüchern fast verschwand. Mathilde trat vor, nahm lächelnd das Kind von der Frau entgegen und blickte auf sein schlafendes Gesicht hinunter. Mit dem Zeigefinger strich sie ihm über die Wange und atmete den zarten, milchigen Duft des Neugeborenen ein.

Mathilde lächelte im Schlaf bei dieser heiteren Szene, doch während sie sich noch weiter entspannte, wechselte der Traum den Schauplatz, und sie ging nun allein eine Straße entlang; die eisige Luft dort bildete einen harschen Kontrast zu dem warmen Schlafzimmer, ihr Atem kondensierte in kleinen Wolken vor ihrem Gesicht. Vor einem Haus blieb sie stehen. Es sah aus wie die anderen, die oberen Stockwerke ragten über die Straße und berührten beinahe die gegenüberliegenden Häuser, was in der Straße eine zwielichtige Atmosphäre entstehen ließ. Der Mann, dem sie folgte, klopfte an die Tür, und innerhalb von Sekunden ließ man sie in das dunkle Innere eintreten.

Sie war verwirrt, weil sie sich in einem Zimmer mit mehreren anderen Männern wiederfand, eingehüllt in die inzwischen altbekannte Stille. Sie beachteten sie kaum, und sie saß einfach nur da; die Augen fielen ihr zu, weil es so warm in dem Zimmer war …

Und dann wachte sie wieder auf.

Sie lag auf dem Rücken und starrte in die Dunkelheit über ihr. Noch immer hatte sie den süßen Duft des Neugeborenen in der Nase, wer immer das war. Hatte derjenige hier gelebt? Sie konzentrierte sich darauf, wie sie sich in diesem Zimmer mit dem gedämpften Licht gefühlt hatte, als sie auf das Baby hinuntersah. Ein Gefühl grenzenloser Liebe überkam sie, und ein Beschützerinstinkt, wie sie ihn noch nie zuvor erlebt hatte. Sie bemühte sich, den zweiten Teil des Traums zu verdrängen – in diesem überfüllten Raum war die Anspannung greifbar gewesen. Etwas Bedrohliches ging davon aus, etwas Unterschwelliges, das ihr Angst einjagte.

Am nächsten Tag ging Mathilde in den Garten hinaus. Sie ließ sich nieder, um Unkraut zu jäten, kleine spitze Steinchen gruben sich dabei in ihre Knie. Seit dem Abend ihrer Ankunft hatte sie nichts Seltsames mehr in dem Unterholz daneben gesehen, doch sie hatte sich das nicht eingebildet, dessen war sie sich sicher.

Inzwischen hatte sie auch gelernt, das unbehagliche Gefühl, das sie von Anfang an im Haus beschlichen hatte, zu akzeptieren, sodass es ihr jetzt fast schon willkommen war.

Vielleicht befand es der Geist deshalb nicht mehr für notwendig, sie heimzusuchen.

Sie kam nicht besonders weit beim Unkrautjäten, da Shadow, der neben ihr in der Sonne lag, dauernd mit der Pfote nach ihrer Hand schlug. Mathilde lachte vor sich hin.

»Jetzt bist du glücklich, Miezchen, nicht wahr?« Sie strich mit den Fingern über sein weiches Fell. »Du fühlst dich hier wie zu Hause, was? Gut, wenn man immer wieder auf den Füßen landet.« Sie hielt kurz inne, als ihr klar wurde, dass sich ihr ursprünglicher Plan, Shadow mitzunehmen, wenn sie von hier wegginge, wie eine entfernte Erinnerung anfühlte. Sie konnte ihn nicht einfach hier herausreißen. Wenn sogar er es schaffte, einen neuen Ort zum Leben zu akzeptieren und dort zufrieden zu sein, was hielt sie dann davon ab, dasselbe zu tun? Auf diese Frage wusste sie keine Antwort. Neben ihr raschelten Blätter, obwohl es windstill war.

»Arbeitest du eigentlich, oder versteckst du dich nur hier draußen?«, rief Oliver quer durch den Garten, und Mathilde zuckte zusammen.

»Arbeiten natürlich.« Sie beugte sich vor und zog ein paar Kreuzkrautpflänzchen aus der Erde, dann drehte sie sich um und lächelte Oliver an. »Außerdem war Fleur heute Morgen ziemlich laut. Ich brauchte ein wenig Ruhe.«

»Es ist so ein schöner Tag, lass ihn uns ausnutzen. Wollen wir vielleicht spazieren gehen?«

»Musst *du* denn nicht arbeiten?«, fragte sie, während sie zu ihm hinüberging. Er ergriff ihre Hand, als würde sie sonst gleich wieder verschwinden, und drückte sie. Sie blickte ein paar Sekunden in seine klugen blauen Augen und wünschte sich sehnlich, er würde sie noch einmal küssen. Die Zuneigung, die sie für ihn empfand, schien von Tag zu Tag größer zu werden. Wie ein Tier, das nach einem langen Schlummer erwachte und sich nun streckte. Ihre telepathischen Fähigkeiten waren offenbar noch ausbaufähig, denn er ließ ihre Hand los, um über den unkrautfreien, mit Ziegelsteinen gepflasterten Weg zu gehen, den sie nach und nach freigelegt hatte, um Zugang zu allen Bereichen des Gemüsegartens zu erlangen.

»Nur damit du es weißt – ich habe schon heute Morgen um fünf angefangen zu arbeiten, um jetzt etwas Zeit zu haben«, sagte er. »Also, was ist? Willst du nun spazieren gehen?«

»Okay.« Mathilde nickte. »Ich wasche mir nur schnell die Hände und hole meine Kamera. In fünf Minuten bin ich wieder da.«

Sie rannte nach oben und schlüpfte in ihr Zimmer. Leise holte sie ihre Kamera, um Rachel und Fleur nicht auf sich aufmerksam zu machen. Nicht dass sie noch auf die Idee kamen, Oliver und sie zu begleiten …

»Welche Richtung wollen wir einschlagen?«, fragte Oliver, als sie die Auffahrt entlanggingen. »Wie viele Fußwege hast du schon erkundet?«

»Die meisten«, gestand sie, »außer dem, der am Ende der Auffahrt nach rechts abbiegt. Rachel sagt, er führt hinter dem Bauernhaus vorbei, in dem Alice und Jack wohnen, deshalb habe ich ihn immer gemieden. Ich brauche nicht noch mehr Feindseligkeit.«

»Wenn sie nicht gerade hinten im Garten herumlungern oder aus dem Fenster sehen, werden sie uns wohl kaum entdecken. Und vergiss nicht, dass das alles jetzt dir gehört.

Außerdem handelt es sich um einen öffentlichen Fußweg. Lass nicht zu, dass sie dir diktieren, wie du dein Leben führst. Du darfst ebenso wie jeder andere dort entlanggehen.«

Sie wusste, dass er recht hatte, dass sie Menschen, die ihr feindlich gesinnt waren, ignorieren sollte. Aber sie hatte auch schon erlebt, wohin das führen konnte. Dass die Menschen hinter vorgehaltener Hand über sie tuschelten, wenn sie einen Laden betrat, und manchmal wurde sie daraufhin sogar gar nicht bedient. Dass sie über ihre Gartenzäune brüllten, wenn sie und ihre Mutter vorbeigingen. Einmal hatte man sogar Gegenstände nach ihnen geworfen. Oliver sah sie an und wartete auf ihre Zustimmung.

»Ja, okay.« Sie hörte selbst, wie zurückhaltend sie klang, dennoch folgte sie ihm, als sie den Pfad erreichten, und kletterte über ein Gatter, das mit einer Kette und einem Vorhängeschloss gesichert war.

»Das ist verboten.« Oliver hob stirnrunzelnd die Kette. »Es handelt sich um einen öffentlichen Fußweg, sieh her, das steht auch auf dem Schild.« Er zeigte auf ein adrettes Holzschild. »Der Weg muss offen bleiben und gepflegt werden. Da musst du dich drum kümmern, weil es nun deiner Verantwortung unterliegt. Sonst packt dich der lange Arm des Gesetzes.«

»Langer Arm?«, fragte Mathilde verwirrt.

»Entschuldige. Was ich meinte, ist, dass sich die Behörden oder die Polizei bei dir melden werden, weil es ungesetzlich ist, die Leute daran zu hindern, einen Fußweg zu benutzen, auch wenn er über deinen Grundbesitz führt.« Mathilde verzog das Gesicht. Das Letzte, was sie wollte, war, dass irgendwelche Behörden vor der Tür standen, das hatte sie oft genug erlebt und wusste, wie das normalerweise endete – nicht gut nämlich.

»Ich habe eine große Zange«, sagte sie. »Ich komme später wieder und schneide die Kette durch.« Sie drehte sich um und beschritt den Fußweg.

Schon bald wurde klar, dass der Pfad seit langer Zeit abgesperrt war. Sie kämpften sich durch hüfthohes Gras und Brombeeren. Links von ihnen erhob sich das Schilf entlang des nahen Sumpfs, eine tiefgrüne Grenze zum flachen Land dahinter, das sich in der Ferne am Horizont verlor und in den Himmel überging – eine verschwommene Linie zwischen Welt und Stratosphäre. Mathilde hob die Kamera und ging in die Hocke, bis sie auf Augenhöhe mit den Grasspitzen war, und schoss ein paar Bilder. Alles in ihrem Sucher bestand aus geraden farbigen Linien – bleicher Himmel, blassrosa Graswedel und giftgrüne Vegetation; breite Pinselstriche von einer großen Farbpalette. Hatte der Künstler des Triptychons hier gestanden und die Aussicht genossen? Sich von der atmosphärischen Landschaft inspirieren lassen?

Sie bahnten sich ihren Weg durch Akeleien und Sumpfdotterblumen, mieden dabei die Brennnesseln, bogen um eine Ecke und fanden sich am Ende des Gartens wieder, der zum Bauernhaus gehörte. Mathilde war überrascht und blieb abrupt stehen, sodass Oliver in sie hineinlief.

»Ich hätte nicht gedacht, dass wir so nah am Bauernhaus sind«, gestand sie. Jenseits der hüfthohen Hecke zog sich eine Rasenfläche den Hang hinauf bis zur Rückseite des Hauses, wo auf einer Terrasse Gartenmöbel standen. Hier waren die Liegestühle vermutlich alles andere als mottenzerfressen. In ordentlichen Beeten entlang der Rasenkante blühten bunte

Sommerblumen, und in der Ecke standen Obstbäume, die ihre Ware präsentierten, die im Laufe des Sommers noch wachsen und üppiger werden würden. Mathilde ging auf, dass ihre Liebe zum Gärtnern, von der sie geglaubt hatte, sie von ihrem Vater geerbt zu haben, wohl in der Familie lag. Sie würde alles darum wetten, dass dieser makellose, liebevoll gepflegte Garten das Werk von Tante Alice war.

Als hätte der Gedanke an ihre Tante sie heraufbeschworen, erschien diese plötzlich auf der Terrasse und kam dann schnurstracks durch den Garten auf sie zu.

»Oh, verdammt«, hauchte Oliver. Neben ihr griff Mathilde in das Farnkraut neben sich und riss fest daran; sie spürte, wie es in ihre Finger einschnitt. Die Muskeln zwischen ihren Schultern verhärteten sich.

»Seid ihr hergekommen, um euch an diesem Anblick zu ergötzen?« Alice' Stimme wehte zu ihnen herüber, noch bevor sie die Hecke erreichte. »Checkst du gerade ab, was dir gehört? Wann werden wir den Räumungsbescheid bekommen? Oder bist du deshalb hergekommen? Um ihn klammheimlich hinten in den Garten zu werfen? Hast wohl Angst, vorne an unsere Haustür zu kommen. Oh, Verzeihung«, ihre Stimme klang jetzt nicht mehr hoch und schrill, sondern troff vor Sarkasmus, »natürlich ist es *deine* Haustür, nicht wahr?«

»Ich fürchte, wir wissen nicht, was Sie damit meinen.« Oliver sprach langsam und ruhig, und Mathilde nahm an, dass er versuchte, die Situation zu entschärfen, bevor sie den Mund aufmachte, um sie weiter zu eskalieren. »Wir wollten eigentlich nur sehen, wohin der Fußweg führt.« Er hielt einen Moment inne. Mathilde wollte wissen, wie Alice auf das abgeschlossene Gatter reagieren würde.

»Seit Jahren hat kein Mensch diesen Weg benutzt, aber es überrascht mich nicht, dass du jetzt plötzlich hier auftauchst.«

Mathilde konnte nicht länger den Mund halten. »Natürlich hat ihn niemand benutzt, das Gatter ist ja mit einer Kette verriegelt.« Sie deutete hinter sich auf den Weg. »Und das ist gegen den langen Arm der Polizei«, fügte sie hinzu. Neben ihr prustete Oliver los, doch bevor sie nachfragen konnte, was sie falsch gemacht hatte, rannte Alice das letzte Stück auf die Hecke zu und blieb direkt vor ihnen auf der anderen Seite stehen. Zu Mathildes Entsetzen strömten Tränen über das Gesicht ihrer Tante. Mit Wut kam Mathilde zurecht – sie war eine Meisterin darin, gegen Intoleranz und Vorurteile zu kämpfen –, aber mit Gekränktheit und Kummer kam sie nicht klar. Von Nahem und ohne Make-up sah ihre Tante alt aus, tiefe Falten hatten sich in ihr Gesicht gegraben, das nun nass von Tränen war. Sie machte sich nicht die Mühe, sie abzuwischen.

»Wenn du das Anwesen verkaufst, wissen wir nicht, wo wir hinsollen, wir werden obdachlos. Ich wünschte, sie hätten dich niemals gefunden!«

Bevor Mathilde sich eine Antwort zurechtlegen konnte, hatte Alice sich umgedreht und eilte zurück zum Haus. Inzwischen war Jack auf die Terrasse getreten, aufgeschreckt durch das Geschrei. Als er merkte, wer da am Ende seines Gartens stand, streckte er beide Mittelfinger in die Höhe, dann half er Alice ins Haus. Mathilde schlug sich mit der linken Hand auf den rechten Arm und klappte ihn ruckartig nach oben – die klassische französische Antwort auf Jacks Geste. Sie hörten noch, wie die Hintertür zuknallte.

Mathilde blickte Oliver an, die Augenbrauen zusammengezogen. »Hast du das verstanden?«, fragte sie langsam. »Ich glaube, das musst du mir übersetzen.«

»Lass uns über den Feldweg zum Haus zurückkehren, dort können wir reden.« Oliver geleitete sie wieder zu dem Pfad, den sie ins Unterholz getrampelt hatten, und sie folgten ihm zurück bis zum verschlossenen Gatter.

Sie sprachen erst wieder, als sie Hand in Hand die Auffahrt hinaufgingen.

»Sie war echt sauer«, platzte Mathilde heraus. »Warum hat sie geheult und uns so angeschrien? Sie war wie …« Sie suchte nach dem richtigen Wort. »Wie der Teufel. *Possédée.*«

»Wie besessen?«, fragte Oliver, und sie nickte.

»Ja, sie war richtig wild. Das verstehe ich nicht.«

»Eigentlich glaube ich schon, dass du sie verstehst, und zwar besser, als du denkst.« Sie waren inzwischen beim kreisrunden Teil der Auffahrt vor dem Gebäude angelangt, und Oliver zog sie seitlich daran vorbei, bis sie die Kapelle erreichten. Dort setzten sie sich ins Gras und lehnten sich mit dem Rücken an die Tür. Das von der Morgensonne erwärmte Holz fühlte sich angenehm und tröstlich an. Mathilde wandte ihr Gesicht Oliver zu. Er war so nah, sie hätte sich vorbeugen und ihn küssen können, doch er sah sie mit gerunzelter Stirn an.

»Was ist?«, fragte sie.

»Deine Tante. Ich weiß, dass sie sich seit deiner Ankunft wie ein Miststück verhält. Und was sie gerade gesagt hat, war wirklich unfair. Und dann die Geste deines Onkels.« Mathilde nickte; in Frankreich kannte man die Geste mit dem Mittelfinger auch. Sie hoffte, dass Oliver nicht wusste, dass ihre Antwort etwas ganz Ähnliches bedeutete.

»Es sind verbitterte alte Menschen«, murmelte sie. »Ich habe nichts falsch gemacht. Ich habe nicht um Lutton Hall oder um ihr Haus gebeten.«

»Aber genau das ist das Problem. Du bist nach fast dreißig Jahren aus dem Nichts hier aufgetaucht, und jetzt gehört dir plötzlich ihr Haus. Sie haben Angst. Zwei verstörte Rentner, die glauben, dass sie ihr Zuhause verlieren. Rachel hat mir erzählt, dass sie seit ihrer Hochzeit hier leben, und jetzt sind sie damit konfrontiert, es vielleicht zu verlieren. Natürlich gehen sie auf dich los. Nicht weil sie dich hassen, sondern weil du die Macht hast, ihnen alle Sicherheiten zu nehmen. Sie können nicht einfach in einen umgebauten Krankenwagen hüpfen und dem Sonnenuntergang entgegenfahren.« Er sprang auf, drückte Mathilde die Schulter und ging auf das Haus zu. Mathilde blieb, wo sie war.

Natürlich wollte sie sie nicht hinauswerfen, das hatte sie nicht vor. Sie war so sehr mit ihren eigenen Emotionen, mit dem Triptychon und diesen Träumen beschäftigt gewesen, dass sie Alice' und Jacks Gefühlen keinerlei Beachtung geschenkt hatte. Doch nun wusste sie, was sie zu tun hatte.

48

Juli 1586

Tom spürte, wie seine Kleider allmählich spannten, während er die nächsten paar Wochen auf seinem Beobachtungsposten im Wirtshaus gegenüber Hernes Rent verbrachte. Die Pasteten, die er dort zu sich nahm, schlugen ihm auf die Hüften. Isabel hatte ihn ausgelacht und ihn, wenn sie zusammen im Bett lagen, in die Speckröllchen gekniffen; ihre Körper waren nach dem Liebesspiel noch ganz glitschig vor Schweiß. Wie Schmetterlinge ließ er Küsse über ihren geschwungenen Hals flattern, der Geschmack des Salzes brannte auf seinen Lippen.

Babington erhielt immer öfter Besuch von verschiedenen Männern, und nach einem solchen Treffen beobachtete Tom, wie einem Knaben ein Brief ausgehändigt wurde, der damit in einer nahe gelegenen Gasse verschwand. Sobald die Haustür wieder geschlossen war, rannte Tom dem Jungen hinterher. Mit seinen langen Beinen fiel es ihm leicht, ihn einzuholen, auch wenn das Kind flink wie ein Wiesel war. Tom packte ihn von hinten an seinem schmutzigen Hemd und hob ihn hoch. Seine Füße steckten in ramponierten Stiefeln, die Sohlen hingen herunter, und die Zehen lugten daraus hervor. Der Junge strampelte noch ein paar Sekunden lang in der Luft, als würde er weiterlaufen, wobei ihm die Stiefel von den Füßen rutschten. Dann wand er sich in dem Versuch, sich zu befreien. Tom stellte ihn wieder auf die Erde, hielt ihn aber gut fest. Das Gesicht des Jungen war rot geworden, und Tom nahm an, dass er schimpfte, weil er den Mund weit aufriss und seine Miene zornig wirkte. Zum Glück war niemand in der Nähe und wurde auf ein brüllendes, fuchtelndes Kind aufmerksam. Falls es doch jemand mitbekam, würde derjenige glauben, der Junge wäre ein Taschendieb und hätte Tom bestohlen.

Er packte den Jungen fest am Oberarm. Mit ihm feilschen konnte er nicht, deshalb suchte er in seiner Tasche nach einem Viertel-Angel, den er dem Jungen in die Hand drückte, und nahm ihm den Brief ab. Das war wahrscheinlich mehr Geld, als der Junge je gesehen hatte; sofort klappte er den Mund zu und starrte auf die Münze hinab. Tom ließ seinen Arm los und legte den Finger auf den Mund, um ihm zu bedeuten, dass er kein Wort über diese Übergabe verlieren durfte. Der Junge sah ihm in die Augen und nickte ein paarmal, dann war er weg, wich auf nackten Füßen geschickt den Leuten aus und verschwand wieder in die Unterwelt, zurück ins harte Dasein der bitterarmen Menschen dieser Stadt. Tom steckte den Brief in sein Wams, und nachdem er sich vergewissert hatte, dass ihn niemand beobachtete, schlenderte er in die Richtung des betriebsamen Leadenhall Market und Phelippes' Haus davon.

Der Brief wurde sofort auf dem Tisch ausgebreitet, und Tom half dabei, ihn zu entschlüsseln. Er war an die schottische Königin adressiert und erklärte recht detailliert, wie der Verschwörungsplan umgesetzt werden sollte. Toms Augen wurden groß. In all den Monaten hatte er Menschen in den dunkelsten Ecken Londons und in zwielichtigen Wirtshäusern beobachtet, und dies war nun dabei herausgekommen. Das alles stellte eine Bedrohung des Lebens der Königin dar; doch zum Glück war er auf seinem Posten gewesen und hatte es geschafft, dieses entscheidende Puzzleteil in der Verschwörung abzufangen.

Phelippes schnappte sich ein Pergament und begann hastig, Fragen darauf zu notieren. Er schrieb, als hätte er nicht genug Zeit, die Worte so zu artikulieren, dass Tom sie von seinen Lippen lesen konnte. Er wollte wissen, wer dem Jungen den Brief gegeben hatte und wer zu dieser Zeit sonst noch in dem Haus gewesen war. Auf beide Fragen gab es nur eine einzige Antwort: Anthony Babington; auch wenn Tom insgeheim in Betracht zog, dass Babington nur eine Schachfigur war, gesteuert von Männern, die klug genug waren, sich im Hintergrund zu halten – nicht nur Ballard, sondern auch die Männer, die in Frankreich die Strippen zogen und sich voll und ganz der Verschwörung verschrieben hatten, ihre katholische Königin über das Spielbrett zu schieben und Toms Königin zu schlagen. Tom wusste, dass er selbst auch nur eine kleine Figur in Walsinghams Spiel war, aber immerhin eine sehr nützliche. Zumindest momentan. Die großen Spieler – die Ritter und Bischöfe – würden ihn, wenn nötig, ohne mit der Wimper zu zucken, opfern, das durfte er nie vergessen.

Am folgenden Tag wurde er zu Walsingham gerufen, der ihm für das Abfangen des Briefs dankte. Phelippes war bereits damit auf dem Weg nach Chartley. Nun, da sie den Plan zum Sturz Königin Elizabeths durchschaut hatten, war es nur eine Frage der Zeit, bis alle Verschwörer gefasst waren. Der Herr der Spione hatte die Falle gestellt, und jetzt brauchte er nur noch zu warten, bis die Ratten hineintappten. Walsingham bedankte sich bei Tom mit einem Beutel voll Gold und erklärte ihm, dass er seine Hilfe bis zum Ende des Sommers, bis diese verdammte Verschwörung hoffentlich aufgelöst wäre, zweifellos erneut benötigen würde.

Im Destillierraum kam Hugh derweil der Nachfrage nach den üblichen Arzneien, nach denen die Mitglieder des Hofes verlangten, kaum hinterher. Ihre Majestät mochte zwar kleine Portionen zu sich nehmen, doch das hinderte alle anderen nicht daran, reichhaltiges, fettes Essen in sich hineinzustopfen, das ihnen nicht bekam. Deshalb war Hugh hocherfreut, dass Tom wieder dort war, wo er hingehörte.

Das Wetter in den nächsten Wochen war ruhig und warm, und Tom half dabei, ihre Vorräte aufzustocken; denn sobald das Wetter umschlug und kälter wurde, würden ihre Dienste noch öfter in Anspruch genommen werden. Jetzt war die Zeit, um Salben für spröde Hände und Frostbeulen herzustellen. Er merkte, wie sehr er die Arbeit in der ruhigen, gelassenen Atmosphäre des Destillierraums vermisst hatte, beim Duft der Kräuter, die getrocknet oder im Mörser zerstoßen wurden, und er hoffte, dass er nun endlich die Arbeit tun durfte, für die er eingestellt worden war. Er hatte es satt, Leute zu beschatten.

Doch am neunundzwanzigsten Juli wurde er von Walsingham entsandt, Babington einen Brief zu überbringen. Er zog sich seinen blauen Mantel an und machte sich wieder auf den Weg durch die Stadt. Da er diesem Mann bereits vorgestellt worden war, gab es keinen Grund, sich zurückzuhalten, deshalb klopfte er an die Tür des Hauses, das Babington derzeit bewohnte, und händigte den Brief aus. Er wusste, wie wichtig er war und wie dringend er erwartet wurde, denn er enthielt die schriftliche Zustimmung Maria Stuarts zu dem blutigen Plan, Elizabeth zu töten: die Anweisung an Babington, das *assassinment* – das Attentat – durchzuführen. Der Brief, der die schottische Königin in das Komplott verwickelte, war das, worauf Walsingham gewartet hatte. Tom war sich auch bewusst, dass Thomas Phelippes den Brief bearbeitet hatte, bevor er weitergegeben wurde.

Als er dann schon dachte, seine Arbeit sei nun endgültig getan, wurde Tom noch in derselben Woche losgeschickt, um Babington erneut zu beschatten. Walsingham hatte Nachricht erhalten, dass sein Opfer zu Hause war, und Tom verbrachte eine unbequeme Nacht im Hauseingang gegenüber, bemüht, nicht einzuschlafen, und in der ständigen Angst, die Hausbewohner könnten ihn dort bemerken. Als die Sonne allmählich aufging und die ersten Strahlen zwischen den hohen Gebäuden über ihm hindurchsickerten, stand er auf, streckte seine verkrampften Glieder und lehnte sich an den Eingang einer nahe gelegenen Gasse, wobei er darauf achtete, sich an der rußigen Wand nicht schmutzig zu machen. Der Boden dampfte, als die Sonne wärmer schien, und bei dem Gestank, der davon aufstieg, drehte sich Tom der Magen.

Er verzog das Gesicht und beschloss, es darauf ankommen zu lassen. Er würde am Ende der Gasse warten, in der Hoffnung, dass, falls sich etwas rührte, derjenige aus dieser Richtung käme. Die Straße war dort breiter, und Tom fiel weniger auf, wenn er sich unter die morgendlichen Händler mischte. Hier war die Luft angenehmer und erfüllt vom Duft frischen Brotes, der aus den Öfen herüberwehte. Was würde er darum geben, zu Hause in der Cordwainer Street bei seiner Frau und seinem Sohn zu sein, Käse und Früchte mit dem feinen, weißen Weizenbrot zu essen, das die Köchin buk. Mit diesem Gedanken im Kopf kaufte er einen Laib und wartete weiter. Schließlich wurde seine Geduld belohnt, und die Tür von Babingtons Haus ging auf, Babington trat heraus und verschwand sofort im Strom der Passanten. Zuvor blickte er jedoch kurz die Straße hinauf und hinab, und Tom spürte, wie sein Blick auf ihn fiel und er zögerte. Beiläufig biss Tom in sein Brot und drehte sich ein wenig, um sein Gesicht zu verdecken. Er tat so, als würde er sich an dem Gespräch zwischen zwei Händlern beteiligen, die neben ihm standen. Hoffentlich hatte Babingtons Blick nichts zu bedeuten.

Zum Glück entstand für einen Moment eine Lücke in der Menge, und Tom sah sein Opfer am Ende der Straße auf die breitere Cheapside abbiegen. Er eilte ihm nach, hielt sich dabei nah an den Gebäuden, bereit, jeden Moment in einem Laden oder hinter einem Marktstand zu verschwinden. Er musste Sichtkontakt zu Babington halten, sonst würde er ihn in der Menge verlieren, die sich ständig bewegte und wogte wie die Themse, die Lebensader Londons.

Er eilte unter den hervorkragenden Obergeschossen dahin, hielt sich in den Schatten und wich Schlaglöchern aus. So folgte er Babington, bis sie vor Robert Pooleys Haus angelangt waren. Auf ein hastiges Klopfen an der Tür wurde sofort geöffnet. Babington sah sich flüchtig um und schlüpfte dann hinein. Dieses Mal stellte sich Tom in einen Laden gegenüber und tat, als würde er sich eine Auswahl an Mausefallen ansehen. Mit den Fingerspitzen strich er über den kalten Stahl, während er beobachtete, was auf der Straße vor sich ging.

Er hatte keine Möglichkeit, Walsingham über seinen Aufenthaltsort zu informieren. Man hatte ihm aufgetragen, Babington nicht aus den Augen zu verlieren, und wer wusste schon, wohin er als Nächstes gehen würde? Also hieß es jetzt wieder einmal warten.

Der Tag ging in die Nacht über. Tom war frustriert, weil er seinen Posten keine Minute verlassen durfte, um einen Jungen zu finden, der Isabel eine Nachricht überbringen konnte. Hoffentlich war sie nicht wütend auf ihn, weil er nicht nach Hause kam. Sein Opfer konnte längst durch einen Hinterausgang verschwunden sein, doch er musste dennoch bleiben.

Endlich wurde er für seine Geduld belohnt, als spät am folgenden Morgen ein Beamter der Stadt und zwei königliche Wachen kamen und mit den Fäusten an die Tür trommelten. Die Leute um ihn herum hielten in ihren Tätigkeiten inne, um zu beobachten, was da vor sich ging. Tom sah ganz oben im Haus Babingtons Gesicht am Fenster aufblitzen und war erleichtert, dass er noch im Gebäude war. Das Warten war nicht vergebens gewesen.

Ein Stück weiter öffnete sich neben der Hauswand langsam ein kleines Holztor, und zu Toms Überraschung spähte John Ballard heraus. Tom hatte nicht geahnt, dass er ebenfalls im Haus war. Die Wachen hatten ihn auch bemerkt und nahmen die Verfolgung durch den Garten hinter dem Haus auf. Sie holten ihn ein, nahmen ihn zwischen sich und führten ihn die Straße hinunter in Richtung Themse. Tom mutmaßte, dass sie ihn durch das gefürchtete Traitors' Gate – das Verrätertor – in den Tower bringen würden.

Tom ging die Straße entlang, kaufte sich an einem Stand etwas zu essen und trank einen Becher Bier, ohne jedoch das Haus aus dem Blick zu verlieren, und fragte sich, was er als Nächstes tun sollte. Seine Anweisungen lauteten, Babington zu folgen, und er wusste nun, dass sich der Mann noch immer in Pooleys Haus befand. Tom konnte sich keinen Reim darauf machen, warum die Wachen lediglich Ballard verfolgt, aber nicht in das Haus eingedrungen waren, doch jetzt blieb ihm keine andere Wahl, als weiterhin zu warten und zu beobachten. Wie lange würde das wohl noch dauern?

Nachmittags befand es Babington anscheinend für ungefährlich, sich zu rühren. Tom heftete sich an seine Fersen, und sie durchquerten Carter Lane, bis sie zum St Paul's Walk neben der gleichnamigen Kathedrale gelangten. Hier fiel es Tom leicht, sich inmitten der zahllosen Menschen zu verbergen, die die Pamphlete an den Brettern lasen oder den Predigern zuhörten, die auf Kisten standen und der Öffentlichkeit ihre Lektionen erteilten: reine Zeitverschwendung für Tom.

Es war nun schon eine ganze Weile her, seit er sein Frühstück gegessen hatte, und er rannte in ein Wirtshaus hinein, um sich einen Humpen Bier zu kaufen, den er in einem Zug hinunterstürzte. Er konnte es sich nicht leisten, sein Opfer auch nur einen Moment aus den Augen zu lassen; wenn er Babington jetzt verlöre, würde er Walsingham nicht unter die Augen treten wollen.

Er kaufte sich noch einen Brotlaib, Käse und Pflaumen und nahm abwechselnd einen Bissen von allem, während er neben einer Druckerei stand und Babington beobachtete. Dieser schien auf jemanden zu warten, denn er ging auf und ab und blickte dabei suchend in die Menschenmenge. Tom war weit genug von ihm entfernt, sodass er zwar sehen konnte, was vor sich ging, aber nicht von Babington entdeckt würde, sollte er in seine Richtung schauen. Das durfte er kein zweites Mal riskieren; da Berden ihn damals offiziell vorgestellt hatte, musste er äußerst vorsichtig sein. Er durfte nicht preisgeben, dass sie beide nicht waren, wer sie vorgaben zu sein – nicht, wenn sie so kurz davor waren, die Verschwörung auffliegen zu lassen.

Nach und nach gesellten sich mehrere Männer zu Babington, einige von ihnen erkannte Tom als die Besucher in dessen Haus wieder. Er hatte keine Ahnung, wie sie das angestellt hatten, aber Babington musste sie auf irgendeine Weise benachrichtigt haben. Oder es handelte sich um ein vorher verabredetes Treffen. Tom schlich sich heran, bis er sehen konnte, was gesagt wurde.

»Ballard wurde gefasst«, sagte Babington zu ihnen und rang die Hände. »Wir wurden verraten. Was sollen wir jetzt tun?«

»Im Moment nichts, unser Plan wird zur rechten Zeit umgesetzt werden«, kam die Antwort. Daraufhin erfolgte eine hitzige Diskussion darüber, wer in der Lage wäre, vor die Königin zu treten und den tödlichen Schuss abzufeuern. Tom traute seinen Augen nicht. Er war überzeugt, nun genug Beweise zu haben, und beschloss, zu Walsingham zurückzukehren und ihm alles mitzuteilen.

49

August 1586

Walsingham war begeistert, was Tom alles herausgefunden hatte. Als Tom ihm jedoch bedeutete, dass Ballard verhaftet wurde, während sich Babington im selben Haus befand, runzelte er die Stirn und drückte erbost den Federkiel durch das Pergament darunter. Tom war froh, dass er nicht in der Haut der Soldaten steckte. Nachdem er Namen und Beschreibungen der Leute notiert hatte, die er vor St Paul's gesehen hatte, durfte Tom endlich nach Hause gehen.

Im Hof vor dem Destillierraum wusch er sich an einem Eimer kalten Wassers. Er grinste, als ihm aufging, dass die Grimasse, die Walsingham geschnitten hatte, auf den schrecklichen Gestank zurückzuführen war, den er verströmte. Vielleicht würde er in Zukunft seltener nach oben in dessen Gemächer gerufen werden.

Mit einem Stück Sackleinen trocknete er sich ab und zog sich ein frisches Hemd an. Er genoss das Gefühl des sauberen Leinenstoffs auf seiner Haut und den Duft des Lavendels, der zusammen mit dem Hemd aufbewahrt wurde. Obwohl schon bald Abend, war es immer noch heiß, und die Hitze trocknete ihm die Haare, sodass sie sich zu den weichen Locken ringelten, die Isabel so liebte. Er musste den Barbier aufsuchen, aber nicht heute. Im Moment wollte er nur in seinem behaglichen Bett bei seiner Frau liegen und einen Tag und eine Nacht schlafen. Oder mehrere.

Die Angst war Isabel ins Gesicht geschrieben, als er das Wohngemach betrat. Sein Herz setzte einen Schlag aus, so sehr bedauerte er, was sie hatte durchmachen müssen, all die Sorge um ihn, nur weil er sich nicht hatte melden können. Sie musste sich gefragt haben, ob er überhaupt noch am Leben war, und dafür verfluchte er Walsingham. Ihre Stickerei fiel zu Boden, und sie stürzte quer durch das Zimmer auf ihn zu, schlang die Arme um ihn und hielt ihn so fest, dass er kaum noch atmen konnte. Er löste seine Arme aus ihrer Umklammerung und umschlang sie nun seinerseits. Die Binsen unter ihren Füßen dufteten nach warmem Mädesüß und ihr Haar nach dem Rosenwasser, mit dem sie es immer wusch.

Schließlich ließ sie ihn los, trat einen Schritt zurück und sah ihn an. Nun merkte er, dass ihre anfängliche Erleichterung Zorn gewichen war. Sie hob die Arme, die Handflächen nach oben, und zog die Augenbrauen hoch. »Wo warst du?«, formte sie mit den Lippen. Für den Fall, dass er nicht mitbekommen hatte, wie wütend sie war, schlug sie ihm auch noch auf den Arm. Tom sah sich suchend nach seiner Wachstafel um. In Zeichensprache würde das viel zu lange dauern, und er musste unbedingt schlafen.

Nachdem er geschrieben, ihr die Tafel gezeigt, sie wieder ausgewischt und noch mehr geschrieben hatte, sah Isabel ihn an, verwirrt über all das, was geschehen war. Sie zuckte die

Schultern, und schließlich blieb ihr nichts anderes übrig, als zu akzeptieren, dass er nicht anders hatte handeln können. Sie wusste selbst schließlich am besten, dass sich niemand ungestraft den Anweisungen des Hofs widersetzen durfte. Isabel folgte Tom nach oben, setzte sich neben ihm aufs Bett und strich ihm übers Haar, bis er in einen tiefen, traumlosen Schlaf fiel.

Man ließ Tom nun kaum eine Ruhepause zwischen seinen Spionageaufträgen. Sein Herz sank, als am nächsten Tag Walsinghams Page im Destillierraum auftauchte, um Tom zu holen. Er hatte gehofft, dass sein Erfolg beim Beschatten von Babington und sein Bericht zu den entsprechenden Verhaftungen führte und er endlich zu seinem ruhigen, ungestörten Leben mit Isabel und Richard zurückkehren könnte. Doch es sollte nicht sein. Inzwischen brauchten er und der Page weder Notizen noch Zeichen, und Tom machte sich erst gar nicht die Mühe, seinen blauen Mantel anzuziehen, der nach der Beschattung und Verfolgung von Babington ohnehin inzwischen völlig lädiert war.

In Walsinghams Zimmer waren zur Abwechslung die Fenster offen, und eine laue Brise wehte herein. Das war angenehm im Vergleich zur Hitze im Destillierraum, wo dauernd ein Feuer brannte, sogar im Hochsommer. Tom fragte sich, ob die offenen Fenster dem üblen Geruch geschuldet waren, den er am Tag zuvor hier verbreitet hatte.

Ein weiterer Mann war anwesend, der Tom als Walsinghams Läufer vorgestellt wurde. »Dieser Mann wird Babington einen Brief zustellen, worin er informiert wird, dass die Verhaftung Ballards nichts mit der laufenden Verschwörung zu tun hat und dass die Verschwörer bei ihm bleiben sollen, weil das sicherer sei. Ich hoffe, er führt uns auf diese Weise zu seinen Komplizen, sodass wir sie alle zusammen festnehmen und hinrichten können. Du musst sie beobachten und dafür Sorge tragen, dass sich keiner davonmacht. Bist du sicher, dass dich letztes Mal niemand gesehen oder erkannt hat?«

Tom nickte, um zu bestätigen, dass seine Tarnung noch intakt war, und hoffte dabei, dass er nicht schon wieder tage- und nächtelang unterwegs sein musste. Isabel würde das überhaupt nicht gefallen.

Schon bald waren sie auf einer Jolle auf dem Weg zu Babingtons Haus, wo Berden seinerzeit Tom den Verschwörern vorgestellt hatte. Er nahm seine übliche Position ein, bei der er sich auf der schmalen Straße unter die Passanten mischte, und begann mit seiner Observation. Dieses eine Mal noch musste er dafür sorgen, dass er, falls notwendig, jemandem unbemerkt folgen konnte. Er schauderte, als seine Gedanken zu Throckmortons blutiger Hinrichtung wanderten. Der Bericht, den er Walsingham übermitteln würde, hätte zur Folge, dass diese Männer einen ähnlich grässlichen Tod fänden, und mit diesem Teil des unausweichlichen Endes fühlte er sich überhaupt nicht wohl.

Sekunden nachdem Walsinghams Läufer an die Tür geklopft hatte, wurde diese von ihrer Zielperson geöffnet. Tom bemerkte die Falten, die sich in Babingtons Gesicht gegraben hatten; er war ein von Sorgen getriebener Mann. Während er auf der Schwelle stand und das Siegel brach, merkte er nicht, dass er beobachtet wurde. Seine Miene verfinsterte sich, als er die verschlüsselten Worte überflog, die Walsingham geschrieben hatte. Ohne mit jemandem, der sich womöglich im Haus aufhielt, ein Wort zu wechseln, ließ Babington den Brief zu Boden fallen, zog die Tür hinter sich zu und ging eilig, halb rennend, in Richtung St Paul's. Tom wartete einen Moment ab, hob dann den Brief auf und steckte ihn in seine Tasche. Dann rannte er hinter Babington her. Jetzt scherte er sich nicht darum, ob er gesehen wurde – der Mann war auf der Flucht, und Tom bezweifelte, dass er sich umsehen würde, um zu überprüfen, ob ihm jemand folgte. Vor der St Paul's legte Babington eine Pause ein, sprach mit einem kleinen, schmuddeligen Jungen, der ihm die Hand hinstreckte, um eine Münze entgegenzunehmen, ehe er davonflitzte. Was sollte der Junge für ihn erledigen? Babington ahnte sicher, dass sich die Schlinge um seinen Hals mit jeder verstreichenden Minute zuzog.

Kurz darauf traten zwei seiner Komplizen an ihn heran. Eine kurze, hitzige Diskussion schien zu folgen, bei der die Männer wild gestikulierten und die Köpfe schüttelten, dann setzten sich alle drei wieder in Bewegung. Dieses Mal konnten sie ihr Tempo nicht lange durchhalten, sie verlangsamten ihre Schritte, was Tom seine Arbeit erleichterte.

Sie waren viel länger unterwegs, als er erwartet hatte, und wieder einmal musste er im Freien nächtigen, als die Verschwörer für die Nacht in einem Wirtshaus einkehrten. Er traute sich nicht, ebenfalls hineinzugehen, aus Furcht, womöglich erkannt zu werden. Er hoffte fieberhaft, dass sie sich am folgenden Tag keine Pferde mieten würden; in dieser Geschwindigkeit konnte er sich nicht fortbewegen, und wenn er ebenfalls ritte, würde er sofort entdeckt werden.

Nachdem er die Nacht unter einem Maulbeerbaum verbracht hatte, fand er zum Glück heraus, dass die drei Männer nun von zwei weiteren begleitet wurden, die er nicht kannte. Die beiden mussten auf das Trio gewartet haben, denn sie machten sich gemeinsam wieder auf den Weg.

Sie wanderten einen weiteren langen Tag, und Tom bemitleidete sich selbst. Er hatte keine Ahnung, wohin sie gingen oder was er unternehmen konnte, um die Verräter bei ihrer Ankunft zu ergreifen. Es war ein völlig sinnloses Unterfangen, was er hier tat. Irgendwann machten die Männer unter einem Walnussbaum Rast, und Tom, der sich in einem nahen Wäldchen vor ihren Blicken verbarg, duckte sich und beobachtete sie durch die Blätter einer Kastanie. Die Männer schienen die weichen grünen Schalen der Walnüsse zu zerstampfen, ehe sie sie aufhoben und sich damit das Gesicht einrieben. Seine Knie verkrampften sich, weil er in die Hocke gegangen war, um die Gruppe zu beobachten, die das Ganze nun wiederholte: zerstampfen, auseinanderreißen, einreiben. Was sollte das?

Endlich ging es weiter, und sobald sie weit genug weg waren, stand Tom auf, streckte seine Glieder, damit sie wieder durchblutet wurden, und rannte dann zu dem Walnussbaum. Die zermatschten Schalen lagen im Gras; er hob eine davon auf und rieb sich damit über den Handrücken, immer noch ratlos, was die Männer damit bezweckt hatten.

Da bemerkte er einen dunkelbraunen Streifen, der sich über seine Haut zog. Ihm dämmerte, dass die Männer nun bestimmt aussahen, als hätten sie viele Sommer lang auf dem Feld gearbeitet, als hätte die Sonne ihrer Haut den gebräunten, lederartigen Teint eines Bauern verliehen. Sie wollten sich tarnen, denn ihre weiche weiße Haut würde ihre Stellung in der Gesellschaft preisgeben. Die Flüchtigen waren inzwischen zu winzigen Figuren in der Ferne geworden, und Tom stürmte ihnen hinterher. Da sie eine Pause eingelegt hatten, um sich zu tarnen, vermutete Tom, dass sie schon bald ihr Ziel erreichen würden.

Als er über einen umgestürzten Baumstamm stieg, fiel Tom ein großes Herrenhaus auf, das teilweise von Bäumen verdeckt war. Gerade überlegte er, ob die Männer dorthin unterwegs waren, da spürte er, wie der Boden unter seinen Füßen zu vibrieren begann. Er wandte sich um und sah hinter sich eine Staubwolke, aufgewirbelt von einer großen Gruppe berittener Wachen.

Er begab sich zur Straße und wartete, bis sie nah genug waren, dann trat er hervor und fuchtelte mit den Armen, damit sie anhielten. Unsicher, ob sie das auch wirklich tun würden, machte er sich angesichts der donnernden Hufe auf dem trockenen Boden bereit, im letzten Moment zur Seite zu hechten. Als er schon kurz davor war, hob der Anführer die Hand, und sie kamen schlitternd zum Stehen. Dabei wirbelten sie so viel Schmutz auf, dass Tom husten musste. Er nahm die Bierflasche, die an seinem Gürtel hing, und trank einen großen Schluck. Nun stellte sich die Frage, wie er seine Kunde übermitteln sollte, denn er hatte kein Papier und keine Wachstafel zur Hand. Menschen, mit denen er regelmäßig umging, verstanden seine Zeichensprache, doch diese Männer hätten keine Ahnung, was er da tat.

»Dafür gibt es hoffentlich einen guten Grund«, sagte der Oberste der Wachen. »Warum hast du uns angehalten?«

Tom starrte nachdrücklich die Straße entlang, auf der Babington und seine Spießgesellen inzwischen außer Sicht geraten waren. Dann zeigte er auf den braunen Streifen auf seinem Handrücken und demonstrierte, wie die Männer sich die Nussschalen auf dem Gesicht verrieben hatten.

»Warte, ich weiß, wer du bist«, sagte der Oberste. »Jemand hat mir von einem Spion erzählt, der zwar versteht, was gesagt wird, aber nicht hören oder selbst sprechen kann. Bist du das? Bist du diesen Männern aus London hierher gefolgt?« Wieder nickte Tom, woraufhin die meisten in der Gruppe ihn anerkennend anlächelten.

»Haben sie sich getarnt?«, fragte ein anderer, und Tom nickte.

»Hier, spring hinter mir auf.« Die vorderste Wache beugte sich vor, packte Tom unter dem Arm und schwang ihn hinter sich in den Sattel. Dann gab er dem Pferd die Sporen, und sie galoppierten davon. Tom klammerte sich am Saum des Lederwamses fest, das der Mann anhatte. Staubkörnchen wirbelten ihm in die Augen und Ohren. Seine Füße schmerzten von dem langen Marsch, und er war erleichtert, dass er sie nun ausruhen konnte; andererseits wusste er nicht so recht, ob es so viel besser war, auf dem Rücken eines Pferdes herumzurutschen, während es über die Straße donnerte.

Die Verhaftungen waren nach so vielen Monaten des Beobachtens und Beschattens geradezu unspektakulär, als sie dann durchgeführt wurden. Die Männer hatten sich auf dem Anwesen von Uxendon Hall im Dickicht versteckt, einem herrschaftlichen Haus, dessen Name in einem Gespräch zwischen Walsingham und Phelippes mal gefallen und das offenbar als Zufluchtsstätte für Katholiken bekannt war.

Es kam zu einem Handgemenge, als die Männer versuchten, den Wachen zu entfliehen, aber sie waren weit in der Unterzahl. Da Tom von keinem der Männer erkannt werden wollte, vor allem nicht von Babington, entfernte er sich vom Geschehen und versteckte sich hinter den Pferden der Wachen. Es waren große Tiere mit breiten Rücken, die eigens dafür gezüchtet worden waren, das Gewicht von Soldaten in Rüstung und Kettenhemd zu tragen. Tom war froh über die Wand aus heißen Leibern, von denen nach dem harten Ritt Dampf aufstieg. Er bewegte sich so hinter ihnen, dass er immer außer Sicht blieb, bis die Verschwörer mit Seilen auf andere Reittiere gefesselt worden waren. Als einer der Soldaten Babington an den Handgelenken an ein Pferd band, sah dieser ganz verwirrt aus, als könne er nicht glauben, dass sie gefasst worden waren. Irgendwo vorne gab jemand ein Zeichen, auf das sich der Zug in Bewegung setzte. Und so traten die Verschwörer ihre lange Reise zurück nach London an.

Tom winkte ab, als mehrere der Wachen ihm anboten, hinten auf dem Sattelkissen bei ihnen mitzureiten, und schon den Arm ausstreckten, um ihn hochzuschwingen. Er wollte sich lieber im nächsten Wirtshaus ein Pferd mieten und allein nach Hause reiten. Als er von den anderen nur noch eine Staubwolke am Horizont sehen konnte, machte er sich auf seinen langen Heimweg. Seine Beine fingen an zu zittern, während ihm die enorme Tragweite dessen, was er erreicht hatte, allmählich bewusst wurde.

50

August 2021

Mathilde begegnete Oliver auf dem Sträßchen, das nach Fakenham führte. Sie hatte das Radio in ihrem Van an, die Fenster waren heruntergekurbelt, und sie sang lauthals zu Abba mit. Gerade lief das Lieblingslied ihrer Mutter – *Dancing Queen*. Es erinnerte sie an die glücklichen Tage, an denen ihre Mutter stabil war und in ihrem verwaschenen Baumwollsommerkleid durchs Zimmer tanzte und mitsang. Das war so lange her, dass Mathilde jetzt danach war, ebenfalls mitzusingen, und sie fand es erstaunlich befreiend. Oliver ließ seine Scheinwerfer aufblitzen, als er ihren Wagen erkannte, und fuhr an den Straßenrand. Mathilde genoss es zwar zu singen, freute sich aber über das Wiedersehen.

»Wohin fährst du?«, rief er ihr zu, als sie neben ihm anhielt und dabei in die Seitenspiegel sah, falls hinter ihr ein Auto auftauchte.

»Nur in die Stadt, ein paar Kleinigkeiten einkaufen.« Sie blieb absichtlich vage. Sie hatte eine Entscheidung getroffen, und sie wollte keines seiner ernsten Gespräche darüber führen. »Ich wusste nicht, dass du heute herkommst. Wir sehen uns, wenn ich zurückkomme, ja?«

»Wahrscheinlich nicht. Ich wollte mir am Triptychon etwas ansehen und dir außerdem sagen, dass ich ein paar Tage weg bin, ich fahre heute Nachmittag auf eine Konferenz nach Leeds. Dort spreche ich mit einigen Kunsthistoriker-Kollegen über deinen großartigen Fund. Aber bitte ruf mich auf jeden Fall an, wenn du von Professor Thornton hörst. Oder auch einfach so.« Er lächelte, während er das sagte, doch Mathilde verspürte einen Stich der Enttäuschung, mit dem sie nicht gerechnet hatte. Ihr Herz sank. Sie hatte sich daran gewöhnt, ihn regelmäßig zu sehen, wenn auch immer nur kurz. Er schien jedes Mal einen guten Grund zu haben vorbeizukommen. Sie erschrak, als ihr bewusst wurde, dass sie ihn vermissen würde.

»Okay, dann bis bald.« Sie lächelte, um ihre Enttäuschung zu verbergen, während ihr unerwartet Tränen in die Augen stiegen. Mit einem lauten, knirschenden Geräusch legte sie den Gang ein und brauste davon. Im Rückspiegel sah sie, dass der schwarze Mini immer noch am Straßenrand stand.

51

August 1586

Toms Beitrag zum Sieg über die Verschwörer und zur Festnahme Babingtons und seiner Spießgesellen überging Walsingham keinesfalls. Ihm gelang sogar eines seiner seltenen Lächeln, während er Tom auf den Rücken klopfte, wenn auch mit einer Armlänge Abstand.

Nun, da er unter Beweis gestellt hatte, wozu er fähig war und wie hilfreich er im Kampf gegen jene sein konnte, die die Königin absetzen wollten, würde er zweifellos wieder herangezogen werden, kündigte Walsingham an. Immer wieder fragte er, ob Tom auch bestimmt nicht enttarnt worden sei, und dieser versicherte dem Herrn der Spione jedes Mal, dass dies nicht der Fall war. Vorläufig durfte Tom nun wieder in seine Rolle als Apothekergehilfe schlüpfen, worüber er sehr froh war. Der Duft warmer Kräuter und bitterer Medizin, der ihm in die Nase stieg, brannte ihm zwar in den Augen, war aber Balsam für seine Seele. Zuvor war ihm gar nicht bewusst gewesen, wie gemütlich und beruhigend es war, täglich still und einvernehmlich mit Hugh zusammenzuarbeiten. Jeden

Abend, wenn die Sonne sich zum Horizont senkte und ihre tieforangefarbenen Strahlen sich an die vergangenen Stunden des Tages zu klammern schienen, rannte Tom hinunter zum Fluss, um ein Boot zu finden, das ihn nach Hause zu seinen Lieben brachte.

Seine Arbeit genoss er mit neu gefundenem Elan, aber das war nichts im Vergleich dazu, wie ihm das Herz aufging, wenn er in der Abenddämmerung durch Londons Straßen schritt. Manchmal trugen ihn seine Füße nicht schnell genug, weshalb er ab und zu ein Stück rannte, so sehr sehnte er sich nach Isabels lächelndem Gesicht und ihren Armen, die sich um seinen Hals schlangen, während sie den Kopf an seine Brust legte. Er hatte versucht, ihr zu verheimlichen, in welch großer Gefahr er bei seinem letzten Auftrag für Walsingham geschwebt hatte, doch die Pamphlete, die in St Paul's bei den Händlern von Hand zu Hand gingen, erzählten von der Babington-Verschwörung und davon, wie die Flüchtigen gefasst worden waren. Seine Beteiligung daran war nur dem engsten Kreis um Walsingham bekannt, dennoch hatte es nicht lange gedauert, bis seine Frau Wind davon bekam.

Sobald sie zu Abend gegessen hatten, spielten sie stets im trauten Kreis der Familie mit Richard, der sich in der Liebe und Zuneigung seiner Eltern aalte, die ganz vernarrt in ihn waren. Ein Geschwisterkind hatte sich bisher noch nicht angekündigt, doch das kümmerte Tom nicht; er konnte sich ohnehin nicht vorstellen, je ein anderes Kind so sehr zu lieben wie dieses. Er hatte alles erreicht, weshalb er nach England gekommen war. Alles und sogar noch mehr. Das Herz tat ihm weh vor lauter Liebe zu Isabel, die eine wundervolle Gattin war.

Sein Leben war vollkommen.

52

Oktober 1586

Der Schicksalsschlag, der darauf folgte, traf Tom völlig unerwartet. An diesem Abend verließ er den Palast schon früh. Die Themse lag vollkommen still da, während der Bootsführer die Ruder durch das Wasser zog, wobei er winzige, juwelengleiche Tropfen aufwirbelte. Am Anleger sprang Tom aus dem Boot und ging in Richtung seines Zuhauses. Am Abend zuvor hatten sie beobachtet, wie Richard über den Boden krabbelte und versuchte, sich an der Bank hochzuziehen, auf der sie saßen, und Tom war ganz erpicht darauf zu sehen, ob sein Sohn das inzwischen schaffte.

Unterwegs spürte Tom, wie ein leichter Wind durch die schmalen Straßen der Stadt fegte. Das Orange der untergehenden Sonne wurde von den Fenstern der Läden und Häuser reflektiert. Fast im selben Moment roch er den Rauch. Die Menschen um ihn herum beschleunigten ihre Schritte und eilten in dieselbe Richtung wie er. Er überholte sie und fing an zu rennen. Der orange Widerschein in den Fenstern stammte nicht von der Sonne; irgendetwas brannte.

Die Hitze der Flammen versengte ihm das Gesicht, ehe er da war, doch instinktiv wusste er, um welches Haus es sich handelte. Der hintere Teil brannte bereits lichterloh, die Flammen schlugen in den Himmel, leckten mit wilden orangefarbenen Zungen an den Wolken. Zahlreiche Männer bildeten eine lange Kette und reichten Ledereimer mit Wasser weiter, mit dem sie versuchten, das Feuer zu löschen. Tom hämmerte das Herz in der Brust, während er sich mit wildem Blick umsah auf der Suche nach Isabels geliebtem Gesicht. Noch nie war er so verzweifelt gewesen, seine Adleraugen ließen ihn im Stich, wenn er sie am meisten brauchte. Während sein Blick durch die Menschenmenge schweifte, blieb er an einem Gesicht hängen, an das er sich noch gut erinnerte. Es gehörte einem der Männer, die im Cross Keys mit Babington gesprochen hatten. Ihre Blicke trafen sich und verweilten einen Moment, dann verschwand der Mann in der Menge.

Tom spürte, wie ihn jemand am Ärmel zupfte, und als er sich umdrehte, stand Catherine vor ihm. Ihr Gesicht war rußverschmiert, Tränen hatten Schlieren in all dem Grau hinterlassen. In ihren Armen hielt sie Richard, er hatte den Kopf in den Nacken gelegt, sein Gesicht war rot. Tom nahm ihn und rieb ihm den Rücken, während er das Zeichen für den Namen seiner Frau machte. Er war froh, dass er Catherine ein paar grundlegende Zeichen beigebracht hatte, doch sein Herz brach, als sie den Kopf schüttelte und wieder anfing zu weinen.

Er drückte ihr Richard wieder in die Arme und rannte hinter das Haus, wo er versuchte, sich zwischen den Männern mit den schwappenden Eimern hindurchzudrängen. Am Boden hatten sich Pfützen gebildet, in denen sich die Flammen spiegelten, die jetzt völlig außer Kontrolle waren.

Fieberhaft sah er sich um, in der Hoffnung, darin irgendein Lebenszeichen zu entdecken. Jemand – er konnte nicht sehen, wer – packte ihn von hinten an den Armen, seine Fingernägel gruben sich in Toms Muskeln, um ihn davon abzuhalten, geradewegs in das Inferno zu laufen. Er kämpfte dagegen an, gab aber schließlich auf und trat einen Schritt zurück. Die Hitze versengte seine Haare, die ihm ins Gesicht hingen, und auch wenn die Feuersbrunst inzwischen ein wenig nachließ, sah er, dass die Rückseite des Hauses nur noch ein Gerippe aus schwarzen und heruntergefallenen Balken war. Falls sie im Schlafzimmer gewesen war, hatte sie keine Chance gehabt.

Einer der Männer hielt beim Löschen der schwelenden Ruine inne, nahm Tom beiseite und zeigte auf den Boden. Er sagte etwas, ohne zu merken, dass er seinen Atem verschwendete. Ganz abgesehen von seiner Taubheit war Tom in einer anderen Welt; einer, in der er eingehüllt war in Finsternis. Der Schmerz in seiner Brust überwältigte ihn, er fiel auf die Knie und beachtete den Mann kaum, der auf eine kleine Flasche zeigte, in der noch die Reste eines Lappens erkennbar waren, den jemand hineingestopft hatte. Dieses Feuer war kein Unglücksfall: Jemand hatte es gelegt.

Der vordere Teil des Hauses war nicht so sehr in Mitleidenschaft gezogen worden wie der hintere, dennoch quoll immer noch Rauch aus den Fenstern, deren zerborstene Scheiben in Scherben auf dem Boden lagen. Die Tür schwang auf, und einen Augenblick lang fragte er sich, ob Isabel hinausgerannt war und irgendwo inmitten des Rauchs und all der Menschen umherirrte. Doch er spürte in seinem Herzen, in jeder Faser seines Körpers, dass es nicht so war. Allmählich zerstreuten sich die Leute wieder, ihre Eimer baumelten traurig in ihren Händen; sie hatten ihr Bestes getan, und Tom wusste, dass er sich eigentlich bei ihnen bedanken sollte, doch selbst wenn er das gekonnt hätte, er stand wie angewurzelt da und blickte fassungslos an ihrem Haus hinauf. In seinem Leben hatte sich ein Loch aufgetan, das so groß und so dunkel war wie die schwelende Ruine vor ihm.

Jemand zupfte ihn am Arm, und er drehte sich um. Catherine stand mit Richard vor ihm und zeigte auf eine andere Frau, ihre Nachbarin, die ein Stückchen weiter hinten wartete. Sie deutete auf die Frau und dann auf sich selbst und Richard, und Tom nickte knapp, ehe er sich umdrehte. Wenigstens war sein Sohn in Sicherheit und gut versorgt, das war alles, was nun zählte. Und er? Wie sollte er je wieder schlafen können ohne Isabel an seiner Seite? Sein Leben war vorbei, für immer zerstört.

Für den Rest der Nacht saß er vor der Ruine ihres Hauses auf dem Boden. Die vordere Hälfte, in der sich auch die Kinderstube befand, war von den schlimmsten Flammen verschont geblieben. Das erklärte auch, weshalb Catherine mit Richard entkommen konnte, während Isabel hinten in der Falle saß. Wie lange hatte sie geschrien, damit man sie aus dem heißen, erstickenden Rauch und der sengenden Hitze errettete? Hatte sie nach ihm gerufen, auch wenn sie gewusst hatte, dass er sie nicht hören konnte?

Er musste unbedingt ins Haus hinein, um nachzusehen, ob ihr Leichnam noch zu finden waren, doch die Treppe war nur noch ein Haufen Spindeln und Asche; es gab keine Möglichkeit, in den ersten Stock zu gelangen. Wo er saß, tropfte immer noch Löschwasser aus dem Dachstroh, doch im hinteren Teil des Hauses war gar kein Dach mehr vorhanden.

Die ersten Sonnenstrahlen schoben sich durch den Rauch, der noch immer in der Luft hing, schmale Finger aus Gold, die die trostlose Szenerie streichelten. Tom stand auf und ging langsam zur Tür, die verkohlten Balken waren nun bei Tageslicht besser sichtbar. Er schob sie auf, spürte ihr Knarren in seiner Handfläche. Der Geruch nach Verbranntem schlich sich in jeden Teil seines Körpers, schmerzte in seinen Augen, kroch in seine Seele wie Würmer in eine Leiche.

Er trat ein, stieg über Balken und die Überreste der Möbel. Durch das klaffende Loch im hinteren Teil wehte eine leichte Brise herein, wirbelte die weiche Asche, die den Boden bedeckte, um seine Füße und legte etwas frei. Tom bückte sich und hob den Gegenstand auf – das Medaillon. Sein Verlobungsgeschenk an seine geliebte Isabel. Voller Verzweiflung umklammerte er es mit seiner Faust und drückte es an sein Herz. Dann blickte er sich weiter um, suchte nach Isabels Leichnam, schnupperte nach dem beißenden Geruch verbrannten Fleischs, doch da war nichts. Isabel war fort.

Er wandte sich nach rechts und zog die Tür zum Wohngemach auf; das Zimmer, auf das Isabel besonders stolz gewesen war. Sie hatte die Tür immer geschlossen gehalten, damit Richard nicht hineinkrabbeln konnte, vielleicht war er deshalb besser weggekommen als der Rest des Hauses, nur eine feine Schicht Ruß zeugte von der schrecklichen Verwüstung, die durch sein Zuhause getobt war. Das Fenster war allerdings geborsten, genau wie alle anderen im Haus. In der Mitte des Raumes stand noch immer sein Triptychon auf der Staffelei und starrte ihn an. Dies und sein Sohn waren die einzigen Vermächtnisse seines Lebens.

Alles, was er erlebt hatte, war auf den ersten beiden Paneelen verewigt, das linke zeigte sein Leben auf der Wanderschaft über den Kontinent auf der Suche nach einer Familie, einem Ort, an dem er Wurzeln schlagen konnte und den er ein Zuhause nennen durfte. Auf dem mittleren war dargestellt, wie alles, was er sich je ersehnt hatte, wahr geworden war. Seine Arbeit mit Hugh im Palast, der Destillierraum und der Kräutergarten, wo er auf andere Art Wurzeln geschlagen hatte, und seine schöne Isabel mit ihren funkelnden lavendelfarbenen Augen und ihrem strahlenden Lächeln, das ihr Gesicht aufleuchten ließ wie die Sonne, die durch die Wolken brach. Ihre Hochzeit und ihr Zuhause waren dort festgehalten, das Haus, in dem er jetzt stand, nur noch ein Gerippe des Lebens, das sie geteilt hatten. Der kleine Richard hatte dort sein eigenes Porträt, winzig, fest in Tücher gewickelt, nicht der stämmige, lachende kleine Junge, zu dem er herangewachsen war. Würde er je wieder lächeln? Tom hatte das Gefühl, dass er es nie wieder tun würde. Dass er es nicht mehr konnte.

Und dort, verteilt um diese Szenen aus seinem glücklichen Leben, waren die dunklen Seiten. Die Tage und Nächte, in denen er Walsinghams Aufträge erledigt hatte. Walsingham, der Herr der Spione, der ein Netz aus Intrigen gesponnen und mit seiner vielköpfigen Truppe Verschwörungen gegen die Krone aufgedeckt hatte. Ein Netz, in das Tom mit hineingezogen worden war, wo seine Behinderung erstmals einen Vorteil dargestellt hatte. Zuerst hatte er sich darüber gefreut, musste er sich selbst jetzt eingestehen; nützlich für jemanden zu sein, verlieh ihm ein gutes Gefühl, seine Taubheit wurde endlich als Gabe erachtet. Er war gebraucht worden. Aber nicht auf die Art wie von Isabel. Gestern Abend hatte er gesehen, wie sich diese Gestalt durch die Menge fortgeschlichen hatte, ein rascher Blick über die Schulter und der Umriss eines Gesichts, den das Licht des Feuers gezeichnet hatte, das sein Zuhause zerstörte. Ein Gesicht, das ihm bekannt war. Tom hatte geglaubt, er wäre beim Spionieren mit dem Hintergrund verschmolzen, ein Niemand. Doch irgendwo musste er erkannt worden sein, und jetzt hatte er für seine Loyalität gegenüber der Krone den höchsten Preis zahlen müssen. Isabel hatte ihn gezahlt. Er nahm sein Gemälde von der Staffelei und wandte sich zum Gehen. Hier gab es nichts mehr für ihn.

Tom fand Richard und Catherine im Haus nebenan. Richard strahlte seinen Vater mit seinem zahnlosen Lächeln an, völlig nichts ahnend, dass sich sein Leben für immer verändert hatte. Catherine hingegen hatte offenbar geweint, ihre Augen waren rot und verquollen, und als sie Tom ansah, brach sie erneut in Tränen aus. Obwohl er sonst sehr mitfühlend war, brachte Tom einfach nicht die Kraft auf, sie zu trösten. Er küsste Richard auf den Scheitel, sein seidiges Haar roch immer noch nach dem scharfen Rauch. Besudelt vom Gestank des Todes seiner Mutter. Tom bedeutete Catherine, dass er später wiederkommen würde. Er verließ das Haus und machte sich auf den Weg zum Palast. Wohin hätte er auch sonst gehen sollen? Gestern war er nach Hause gekommen, erfreut über die Rolle, die er bei der Ergreifung der Verschwörer gespielt hatte, und heute Morgen erfüllte ihn nur noch Selbsthass. Er hatte sich für unbesiegbar gehalten. Was für ein Narr er doch gewesen war.

Als er beim Anleger ankam, war der Wind stärker geworden, schwere, unheilvolle graue Wolken zogen über die Dächer, und es begann zu regnen, doch er merkte kaum, dass seine Kleider – sein blauer Mantel, auf den er so stolz gewesen war und dem nun der Geruch des Todes anhaftete – völlig durchnässt wurden. Der Mantel lastete auf seinen Schultern, als wolle er ihn zu Boden drücken, von wo er nie wieder aufstehen würde. Er bestieg ein Boot, das über das aufgewühlte Wasser der Themse schaukelte. Schließlich legten sie vor dem Palast an, und Tom stieg aus der Jolle, wobei er unter dem Gewicht des Triptychons ein wenig schwankte, sodass er fast rückwärts in das schmutzige, eiskalte Wasser gefallen wäre.

Tom eilte zur Eingangstür und von dort in den Destillierraum, wo Hugh wie immer schwer beschäftigt war. Hätte man ihn doch nur dasselbe tun lassen, dann wäre seine Isabel noch am Leben! Hugh blickte auf, als Tom hereinkam, und musste beim Anblick seine Freundes, dessen Kleider und Gesicht immer noch vom Ruß geschwärzt waren, zweimal hinschauen. Tom stellte das Triptychon neben den Destillierapparat auf die Werkbank, dann brach sich seine Verzweiflung Bahn. Er ließ sich auf den Boden fallen und raufte sich die Haare, als wollte er sie mitsamt den Wurzeln ausreißen. Er spürte, wie Hugh ihn schüttelte und versuchte, ihn wieder auf die Füße zu ziehen, doch Tom nahm ihn überhaupt nicht wahr. Er war wie gelähmt vor Trauer, während er gekrümmt auf dem Boden kniete und sich vor und zurück wiegte. Die Streu auf dem Boden duftete nach Sommer, nach Heu und lauen Tagen auf dem Land, und eine Sekunde lang war er wie in eine andere Zeit versetzt, in seine Kindheit in Norfolk, als er über die Felder rannte, wo das goldene Getreide so hoch war wie er selbst und er im Vorbeilaufen an den Ähren entlangfuhr und spürte, wie die Körner zwischen seinen Fingern hindurchrieselten. Der Geruch nach Sommer und dem üppig wachsenden Leben um ihn herum.

Jetzt würde es nie mehr Leben geben.

Endlich gelang es Hugh, Tom auf einen Stuhl zu helfen und ihm einen Becher heißen Gewürzwein zu reichen. Dessen Wärme breitete sich langsam in ihm aus, doch sein Herz erreichte sie nicht. Hugh fragte ihn, was um Himmels willen denn los sei, wie immer hob er dazu die Hände, die Handflächen nach oben. Tom nahm eine der Wachstafeln, die auf der Bank lagen. Rasch skizzierte er dort ein Haus in Flammen, und das reichte zusammen mit Toms Aufzug aus, um es seinem Freund begreiflich zu machen. Tom konnte nicht erklären, weshalb das passiert war, auch wenn er es wusste. Hugh machte das Zeichen für Isabel, indem er den Umriss einer anmutigen Frau mit den Händen formte. Dann tat er, als würde er ein Baby in den Armen wiegen, und zog die Augenbrauen nach oben.

Tom brachte es kaum über sich, Hugh Isabels Tod mitzuteilen, denn in dem Moment, wo er es berichtete, wäre es draußen in der Welt, dann wäre es plötzlich real. Hugh schüttelte ihn, damit er endlich antwortete, und da wusste Tom, dass er die schreckliche Wahrheit nicht für sich behalten konnte. Er wiegte ebenfalls das unsichtbare Baby und nickte. Dann beschrieb er mit den Händen die Umrisse seiner geliebten Isabel und schüttelte langsam den Kopf, während sich seine Augen mit Tränen füllten. Hugh schlang die Arme um seinen Freund und hielt ihn fest, während Toms Körper unter der Verzweiflung erzitterte, die ihn erneut überwältigte.

Als seine Schluchzer verebbten, führte ihn Hugh in seine Kammer hinter dem Destillierraum. Sie sah noch genauso aus wie das letzte Mal, als er dort geschlafen hatte, als er Isabel noch gehabt hatte und sein Leben vollkommen gewesen war. Er lehnte das Triptychon mit der Vorderseite an die Wand und legte sich auf seine Pritsche. Ihr Leben war zu Ende, und seines ebenso.

53

September 2021

Rachel warf ihre Reisetasche hinten ins Auto. Ihre Entscheidung, die Wochenenden ab sofort wieder zu Hause zu verbringen, wurde von Mathilde unterstützt.

»Außerdem muss ich mich allmählich wieder an die Arbeit machen«, sagte sie. »Die Ferien sind zwar herrlich und lang, aber jetzt muss ich den Unterricht vorbereiten, weil in zwei Wochen die Schule wieder anfängt.« Mathilde dachte daran, dass sie immer noch nicht entschieden hatte, wie es nun weitergehen sollte. Sie war sich ihres ursprünglichen Plans, alles zu verkaufen und zu ihrem alten Leben zurückzukehren, gar nicht mehr so sicher. Wie sich ihr Leben doch verändert hatte.

Ihr blieb gerade noch genug Zeit, nach oben zu rennen und zu duschen, da hörte sie bereits das Knirschen der Reifen des Minis in der Auffahrt, Oliver war wie immer total pünktlich. Rasch kämmte sie sich und steckte ihre Haare oben auf dem Kopf zu einem lässigen Dutt auf. Dann lächelte sie sich im Spiegel an, hüpfte vor Aufregung und rannte die Treppe hinunter in die Küche, wo er gerade eine Flasche Wein und ein paar Plastikbehälter mit Feinkost im Kühlschrank verstaute.

»Guten Morgen.« Er richtete sich auf und grinste sie an, ihre Blicke trafen sich für eine Sekunde. Zwei Sekunden. Mathilde spürte, wie ihr Herz schneller pochte.

Sie hatte Rachels neueste Wochenendplanung in ihr Telefonat neulich einfließen lassen, in der Hoffnung, er würde den Hinweis verstehen. Und als er vorschlug, den heutigen Tag damit zu verbringen, die Kapelle genauer zu untersuchen und dann im Dorf-Pub gemeinsam zu Abend zu essen, hatte sie geahnt, dass er womöglich an mehr dachte. Allerdings hatte er sich auch fünf Tage damit Zeit gelassen. Falls es Rachel überrascht hatte, dass Mathilde nach ihrer Ankündigung, von nun an die Wochenenden zu Hause zu verbringen, mit Kehrschaufel und Besen in ihrem Schlafzimmer verschwunden war – hatte sie doch seit ihrer Ankunft keinerlei Ambitionen im Hinblick auf Hausarbeit gezeigt –, war sie diskret genug, sie nicht darauf anzusprechen.

»Hey.« Ihre Stimme klang schroff, deshalb räusperte sie sich, bevor sie fortfuhr. »Bereit, die Kapelle in Angriff zu nehmen? Hast du alles, was wir brauchen könnten?« Sie hatte keine Ahnung, ob irgendwelche Spezialausrüstung vonnöten wäre. »Oh, möchtest du vorher vielleicht einen Kaffee?« Sie lächelte ein wenig verlegen, als ihr aufging, dass ihre Fähigkeiten als Gastgeberin mal wieder sehr zu wünschen übrig ließen. Zum Glück war Oliver inzwischen daran gewöhnt.

»Jetzt noch nicht, danke.« Er schüttelte den Kopf. »Lass uns zuerst in die Kapelle gehen und uns umschauen.« Sie nickte, schnappte sich den Schlüssel und ihre Kamera und folgte ihm. Shadow schlüpfte wie immer hinter ihnen hinaus und kletterte in dem kleinen Hain auf einen Baum, von wo aus er sie im Auge behielt.

Wie immer mussten sie mit dem Schlüssel ein wenig herumruckeln, doch schließlich, als Mathilde schon frustriert mit den Zähnen knirschte, drehte er sich langsam und rasselnd im Schloss, ehe es aufsprang. Erleichtert versetzte Mathilde der Tür einen extraharten Stoß, wie um sie dafür zu bestrafen, dass sie sich so lange widersetzt hatte.

Drinnen sah alles noch exakt so aus wie bei ihrem letzten Besuch, noch immer tanzten Staubkörner in der Luft. Ein Flattern über ihren Köpfen ließ sie beide aufblicken, doch da war nichts.

»Bestimmt irgendwelche Vögel draußen auf dem Dach«, sagte Oliver. »Wahrscheinlich haben sie Shadow im Baum entdeckt.«

Mathilde drehte langsam eine Runde in der Kapelle, bis sie zu der Wand kam, an der sie das Triptychon gefunden hatte und wo noch immer die Gedenkplakette hing. Oliver hatte sich hinter dem Tisch, der als Altar gedient hatte, auf allen vieren niedergelassen.

»Was ist da?«, rief sie quer durch die Kapelle. »Was hast du gefunden?«, fügte sie flüsternd hinzu. Es fühlte sich falsch an, an so einem heiligen Ort laut zu sein.

»Nichts.« Oliver erhob sich wieder und wischte sich die Knie ab. »Ich habe mich gefragt, ob es eine Krypta gibt, aber da ist nichts, was auf einen Weg nach unten verweist. Als wir letztes Mal hier gewesen sind, habe ich draußen schon nachgeschaut. Offenbar ist es tatsächlich nur ein kleines Gebäude, das für die täglichen Gebete genutzt wurde. Nicht ungewöhnlich für die Zeit, in der dein Haus errichtet worden ist.«

»Aber diese Kapelle *ist* ungewöhnlich«, rief Mathilde ihm ins Gedächtnis. »Wir haben ein altes Gemälde hinter einem Bretterverschlag gefunden und ein altes Dokument. Irgendwann muss es für irgendjemanden von Bedeutung gewesen sein.«

Sie betrachtete die Plakette, und Oliver kam zu ihr herüber. »Ich weiß, dass sie ziemlich alt ist, aber vielleicht können wir den schmutzigen Belag abkratzen und lesen, was draufsteht. Sollen wir es versuchen?« Mathilde nickte. Sie hatte keine Ahnung, was Belag bedeutete, aber sie wollte unbedingt herausfinden, ob es sich womöglich um eine Grabstätte handelte. Ungeduldig wartete sie auf Oliver, der zum Haus zurückgekehrt war, um die Trittleiter zu holen, die sie vor einiger Zeit in der Stiefelkammer neben der Hintertür entdeckt hatten. Damals hatte er vorgeschlagen, dass sie sie benutzen konnte, um ein paar kaputte Glühbirnen zu wechseln, und sie hatte vor sich hin gelächelt und sich gefragt, ob er wirklich glaubte, dass sie das kümmern würde. Sie war daran gewöhnt, dass es nachts dunkel war. Auch wenn sie zugeben musste, dass es etwas anderes war, nachts im Van zu sein als im Haus, wo sie nie allein war. Selbst wenn die Lebenden alle weg waren, hatte sie immer noch ihre Ahnen, die ihr Gesellschaft leisteten.

Mathilde kletterte die Leiter hinauf, bevor Oliver auch nur einen Fuß daraufsetzen konnte. Er zog eine Augenbraue hoch, sagte aber nichts, sondern reichte ihr stattdessen die kleine Bürste, die er mitgebracht hatte.

»Ganz vorsichtig drüberbürsten«, warnte er. »Wir wissen nicht, wie gut das Ganze an der Wand befestigt ist.«

Mathilde strich mit dem Handballen darüber, doch die Plakette rührte sich nicht. Sie hörte, wie unten scharf die Luft eingesogen wurde, und lächelte. Würde er je lernen, die Klappe zu halten, wenn er nicht wollte, dass sie irgendetwas tat?

Sie nahm die Bürste und entfernte Staub und Schmutz, der sich in den vor so langer Zeit hineingemeißelten Vertiefungen abgelagert hatte. Man konnte nun erkennen, dass es sich tatsächlich um Schrift handelte, sie war aber noch immer nicht zu entziffern. Frustriert kletterte sie wieder herunter und trat neben Oliver. Er hatte ihre Taille umfasst, kurz bevor sie unten ankam, und ließ seine Hände dort liegen. Sie konnte seine Wärme durch das T-Shirt hindurch spüren. Sie wollte es sich nicht eingestehen, doch nach so langer Zeit fühlte sich Körperkontakt gut an. Großartig, um ehrlich zu sein. Sie hatte so viele Jahre verschwendet.

»Ich kann es immer noch nicht lesen«, gestand sie. »Willst du es mal probieren?«

»Klar, gib mir die Bürste.« Oliver stieg die Leiter hinauf. Die Stellen, an denen zuvor seine Hände gelegen hatten, fühlten sich nun kalt an. »Vergiss nicht, dass ich antike Artefakte studiert habe, vielleicht bekomme ich es heraus.«

In der Kapelle war es still, während er über genau dieselbe Stelle bürstete wie Mathilde eben. Sie war sich sicher, dass er das nur tat, um ihr zu zeigen, wer hier der Profi war, denn es sah auch nicht anders aus als bei ihr. Doch sie hielt den Mund.

»Okay, ich glaube, ich hab was«, rief Oliver nach unten. »Ich lese dir ein paar Buchstaben vor, kannst du sie aufschreiben?« Rasch holte Mathilde ihr Handy heraus und öffnete die Notizfunktion, dann nickte sie mit dem Kopf.

»I S A B E L. Isabel. Nun, das war einfach. Hast du es?« Die Leiter schwankte ein wenig, als er sich umdrehte, und Mathilde hätte fast ihr Handy fallen lassen, als sie einen Satz nach vorne machte, um sie festzuhalten.

»Ja, hab ich«, bestätigte sie. »Kannst du jetzt bitte aufhören, da oben so herumzuzappeln? Das ist gefährlich.«

»Warte, da ist noch mehr. L U T ... Lutton. Da steht Lutton. Und das Nächste sieht aus wie *›requiescat in pace‹* – ›Ruhe in Frieden‹.« Er verstummte und stieg langsam die Leiter herab. Mathilde sah zu der Plakette hinauf, und Oliver packte sie an den Oberarmen. »Das muss eine deiner Vorfahren sein.« Er konnte die Aufregung in seiner Stimme nicht verbergen. »Was für ein unglaublicher Fund für dich. Sie ist nicht hier begraben, da bin ich mir sicher, aber wir können auf dem Friedhof im Dorf nachschauen, wenn du willst.«

»Noch nicht.« Sie schüttelte den Kopf. Vielleicht später, wenn sie sich an den Gedanken gewöhnt hatte, dass ihr Vater dort begraben war. Bevor sie dort nach einem weiteren Grab suchte, wollte sie über diese neue Verbindung zwischen ihr und diesen uralten Familienmitgliedern nachdenken. Auch wenn sie glaubte, dass es ihr womöglich ein Trost wäre, wenn auch andere Mitglieder ihrer Familie dort bestattet lägen. »Ein anderes Mal«, schlug sie vor.

Im Pub aßen sie beide Fish and Chips und spülten mit ein paar Pints Real Ale nach, das in einem Anbau hinter dem Pub gebraut wurde. Es war erst neun, als sie nach Hause kamen, aber schon dunkel. Sie gingen die Auffahrt hinauf, zu ihrer Rechten lag der Sumpf, dessen dunkle Stille nur ab und zu vom Flattern oder Quaken einer Ente durchbrochen wurde. Die kleinen blauen Lichter tanzten über dem Moor und erinnerten Mathilde an ihr nächtliches Abenteuer mit Fleur. Das war erst zwei Monate her, doch es fühlte sich an wie ein ganzes Leben.

»Irrlichter«, sagte Oliver. »So werden sie hier genannt.«

»In Frankreich sagen wir *›les feux follets‹*«, erwiderte Mathilde flüsternd, als wollte sie das nächtliche Treiben nicht stören, das um sie herum in den Büschen und Bäumen zum Leben erwachte. Sie neigte den Kopf zur Seite, als der leise Ruf einer Eule in der Ferne aus einem Baum ganz in der Nähe beantwortet wurde. Mathilde blickte auf, konnte aber in den tiefen Schatten nichts erkennen.

Als sie wieder in der Halle waren, bot sie Oliver Kaffee an und machte sich in der Küche zu schaffen. Sie wusste nicht so recht, was die Etikette gebot, wenn es darum ging, einen Mann mit in ihr Schlafzimmer zu nehmen, auch wenn sie allein im Haus waren. Während sie Tassen und die Cafetiere auf der Arbeitsfläche herumschob, spürte sie plötzlich, wie er ihr von hinten die Arme um die Taille schlang und die Stelle unter ihrem linken Ohrläppchen küsste. Sie erschauerte, weil sie von einem Verlangen überwältigt wurde, das sie nicht für möglich gehalten hätte.

»Sollen wir den Kaffee einfach vergessen?«, flüsterte er ihr ins Ohr. Mathilde nickte, und als er sie an die Hand nahm, folgte sie ihm bereitwillig nach oben in ihr Zimmer.

Sie lagen beisammen im Bett, nackte Haut auf nackter Haut. Mathilde hatte sich noch nie so geborgen gefühlt wie in diesem Moment, hier in seinen Armen. Nichts würde sie je wieder verletzen, da war sie sich inzwischen sicher; der Gedanke trieb ihr die Tränen in die Augen, und eine davon tropfte auf Olivers Brust.

»Hey, was ist los?« Er rückte ein wenig von ihr weg, damit er ihr Gesicht sehen konnte. »Warum weinst du?«

»Tränen des Glücks«, erklärte sie. »Endlich ist mir klar geworden, dass ich mein Zuhause gefunden habe. Ein Leben in Sicherheit. Und das habe ich meinen Ahnen zu verdanken. Und dir«, fügte sie hinzu.

»Ich habe gar nichts dazu beigetragen«, sagte er, während er sie wieder an sich zog. »Du bist einfach nur dort angekommen, wo du schon immer hingehört hast.«

Schon bald waren sie beide eingeschlafen, doch während sie in den Schlummer sank, spürte Mathilde den vertrauten Ruck, der erfahrungsgemäß einen finsteren Albtraum ankündigte. Den Traum des Triptychons. Doch dieses Mal war es anders als sonst, es war real. Es war ihr Leben. Die Hitze vor ihr, der Wind, der aufkam und Funken in den Himmel hinaufspie. Funken, die vor dem sternenklaren Himmel tanzten wie die Irrlichter auf dem Moor. Die wilden orangegelben Flammen, die das Gebäude auffraßen, das winzige Cottage, in dem sie lebten. Sie versuchte hineinzurennen, doch starke Arme hielten sie zurück, und sie riss den Mund zu einem Schrei auf, den sie aber nicht ausstoßen konnte, als die brennenden Dachbalken in die Räume darunter stürzten und eine weitere Hitzewelle auf sie zurollte. Jemand zog sie weg, als sie die Arme nach dem Inferno ausstreckte und versuchte, näher ranzugehen.

Plötzlich änderte sich die Kulisse. Es war Tag, die Sonne schien ihr heiß auf den Rücken und wärmte ihre Haut. Anstelle des scharfen Rauchs roch sie warmes Heu und den fruchtigen Duft des Zitronenthymians unter ihren Füßen. Vor ihr lag eine Landschaft, die sie irgendwie kannte – weite Ebenen mit Feldern erstreckten sich in die Ferne, wo sie mit dem Horizont zu einer goldenen Linie verschmolzen. Sie spürte Frieden im Herzen.

Wie zuvor, wachte sie wieder abrupt in ihrem Bett auf, starrte in die kalte Dunkelheit. Sie beugte sich hinüber und schaltete das Licht ein, wobei sie Oliver aufweckte.

»Alles in Ordnung?«, fragte er, während er seine Augen gegen das grelle Licht abschirmte.

»Ja, tut mir leid, ich wollte dich nicht aufwecken. Ich habe wieder geträumt, von dem Feuer, wie neulich«, flüsterte sie. »Damals war es das Feuer, in dem meine Mutter gestorben ist. Aber dieses Mal nicht. Das Haus in meinem Traum war viel größer. Aber es war nicht hier. Es waren dieselben Dorfbewohner, die versuchten, das Feuer zu löschen, und dieselbe Menschenmenge, deren Gesichter vom Feuer erleuchtet wurden. Wie in der Hölle. Es war so schrecklich, wie ich es in Erinnerung hatte. Die Hitze. Die Hoffnungslosigkeit. Niemand kam nahe genug heran, um sie zu retten. Die Feuerwehr hat hinterher herausgefunden, dass der Küchenvorhang an einer ihrer Kerzen Feuer gefangen hatte, ein einfacher, vermeidbarer Unfall. In meinem Traum war ich wieder dort und habe das alles noch mal mitangesehen. Es war das dritte Paneel des Triptychons: das Ende der Reise. Und dann war ich hier, im Garten. Ich konnte die Kräuter riechen und spürte die Ruhe und das Glück. Oder vielleicht nicht gerade Glück«, fügte sie hinzu, »sondern eine Befreiung, als hätte ich mich endlich von meiner Vergangenheit gelöst. Erleichterung darüber, zu Hause zu sein. Klingt das verrückt?«

»Für mich klingt das, als hätten dein Leben und das des Künstlers, der das Gemälde angefertigt hat, sich irgendwie überlagert.« Es entstand eine Pause, in der er versuchte, ein einfacheres Wort für »überlagern« zu finden. »Oder als wäre dein Leben seinem ganz grob gefolgt. Deine Reise nach Frankreich, deine künstlerische Begabung. Du malst zwar nicht, aber du verdienst deinen Lebensunterhalt mit der Kamera. Ein Feuer, das irgendwann die Hoffnungen von euch beiden zerstört hat. Bis du hier, in diesem Haus, angekommen bist, was die Hoffnung irgendwie wiedererweckt hat.«

Mathilde nickte, weil sie verstand, was er damit meinte. Sie fühlte sich hier wirklich geborgen und zu Hause. Sie legte sich wieder hin und starrte an die Decke. Hatte sich der Künstler gefragt, wohin ihn das Leben als Nächstes führen würde? Oder ob er endlich aufhören konnte, nach all dem zu suchen, was er verloren hatte?

54

November 1586

In den folgenden Wochen funktionierte Tom zwar körperlich, doch sein Geist schien apathisch auf der Pritsche zu liegen. Vielleicht stand er auch noch in den verkohlten Überresten seines Hauses, wo der Geruch des Todes auf ewig würde haften bleiben. Tom war einen Tag lang reglos auf seiner Bettstatt liegen geblieben, bis Hugh ihn behutsam dazu brachte, in den Destillierraum zu kommen. Und obwohl dort eigentlich nicht gegessen werden sollte, zwang er Tom dazu, süßen Wackelpudding und Eiercreme zu essen sowie eine reichhaltige Suppe aus Hammelfleisch und Graupen, die Tom hinterher fast wieder ausgespien hätte.

Sobald er etwas gegessen hatte, schleppte sich Tom zurück in die Cordwainer Street, um Catherine und Richard zu finden. Zum Glück waren sie von den Nachbarn aufgenommen worden, und Catherine erklärte Tom, dass sie zu dritt bei den Nachbarn willkommen waren, bis Tom ein neues Zuhause für sie alle organisiert hatte. Tom bedankte sich, lehnte aber ein Bett für sich selbst ab und erklärte mit wenigen

Zeichen, dass er in seiner alten Kammer neben dem Destillierraum schlafen würde. Er hatte keine Ahnung, wovon er ein neues Zuhause für sie bezahlen sollte. Isabel hatte Geld von ihrem ersten Gatten geerbt, zusammen mit dem Haus, doch Tom wusste nicht, wie sie darauf zugegriffen hatte beziehungsweise wo es aufbewahrt wurde. Und wenn er das nicht herausfand, hätte er kaum die Mittel, seinen Sohn zu versorgen; er besaß nur das, was er als niedriger Apothekergehilfe verdiente und was ihm Walsingham bisher für seine Dienste gezahlt hatte.

Beim Gedanken an den Herrn der Spione hätte sich Tom beinahe wieder übergeben. Hätte Walsingham ihn nicht gezwungen, für ihn tätig zu werden, wäre all das nicht geschehen. Tagsüber würde er weiterhin im Palast Arzneien herstellen und abends nach Hause zu Isabel zurückkehren. Sie wären zusammen mit einem ganzen Stall voller lebhafter, gesunder Söhne und Töchter alt geworden. Nun hatte er nur noch Richard, der ihn für immer an die Frau, die er so innig geliebt hatte, erinnern würde. Es war ihm alles gegeben worden, was er sich je gewünscht hatte – und jetzt war es wieder fort. Er hatte nichts mehr.

Tom holte seine Farben heraus, nahm die orangefarbenen und gelben Töne und fing an, mit wilden Strichen grausame Flammen, in die er all seinen Zorn und seine Verzweiflung legte, über das dritte Paneel zu malen. Als er seine Hand über das Bild hielt, konnte er die sengende Hitze spüren, die daraus aufstieg und an seinen Fingern leckte.

Am achten Tag dieses trostlosen neuen Lebens sah Tom, wie sich der kleine Page durch den Korridor dem Destillierraum näherte. Der Junge bewegte sich, als wäre er daran gewöhnt, Schlägen auszuweichen, schnell und leichtfüßig. Sofort blickte sich Tom um, bereit, die Flucht zu ergreifen. Nie wieder würde er in Walsinghams Arbeitszimmer stehen und Anweisungen entgegennehmen. Er würde sich weigern, gleichgültig, wie hoch die Strafe war.

Ehe er jedoch verschwinden konnte, war der Junge bereits im Destillierraum, deutete mit dem Finger auf Tom und winkte ihn herbei. Dann drehte er sich um und sprach mit Hugh. Tom sah nur sein Profil und verstand deshalb nicht, was gesprochen wurde. Aber er hatte bereits die Arme erhoben und schüttelte den Kopf.

»Die Königin will dich sehen«, sagte Hugh langsam. »Du hast keine andere Wahl, mein Freund.«

Damit hatte Tom nicht gerechnet. Was wollte sie? Wahrscheinlich war ihr zu Ohren gekommen, dass Isabel gestorben war, seine Frau hatte unter den Hofdamen mehrere Freundinnen gehabt.

Er blickte an seinen Kleidern hinunter. Er hatte die ganze letzte Woche in ihnen geschlafen und nichts Sauberes mehr, das er hätte anziehen können. Alles, was er nicht am Leib getragen hatte, war den Flammen zum Opfer gefallen. Er strich sich ein paar Strohhalme von der Kniehose und wischte die Spitzen seiner schmutzigen Stiefel mit den Händen ab. Dabei wurden sie schwarz von Ruß, der auch Tage später noch immer an ihm klebte. Draußen an der Pumpe spritzte er sich Wasser ins Gesicht und auf die Hände, dann folgte er dem Pagen.

Als er zum ersten Mal den Korridor zu den Kabinettsräumen entlanggegangen war, hatten ihn der Reichtum und die Pracht der Palasteinrichtung zutiefst beeindruckt. Statt

Streu und Binsenmatten lagen dicke Teppiche auf dem Boden, an den holzgetäfelten Wänden hingen schimmernd polierte Porträts. Doch von all dieser Pracht bemerkte er heute nichts. Der Geruch der Duftkugeln, der ihm in die Nase stieg, konnte den ewigen Gestank nach Rauch und Tod nicht vertreiben, der ihm überallhin folgte wie eine Wolke schwebender Geister.

Als sie auf die Tür zugingen, traten die beiden Wachen, die dort mit gekreuzten Lanzen standen, zur Seite, und der Page klopfte an. Dann öffnete er die Tür und erwies seine übliche Ehrerbietung, indem er sich auf ein Knie sinken ließ, den Kopf geneigt. Hinter ihm tat Tom dasselbe. Er hielt den Kopf gesenkt und sah zu Boden, bis er ein behutsames Zupfen am Ärmel spürte. Als er den Kopf ein wenig zur Seite drehte, sah er in das Gesicht des Pagen, dessen dunkles Haar so weich und flauschig schien wie Richards. Er lächelte Tom an und bedeutete ihm, dass er aufstehen solle.

Tom schwankte ein wenig, während er sich erhob; er hatte in der vergangenen Woche kaum einen Bissen hinuntergebracht, war ganz zittrig und schwach, vor allem nach dem langen Weg von seiner Unterkunft bis ins Herz des Palastes. Langsam hob er den Blick zur Königin, die zwischen ihren Hofdamen saß. Der Platz, den Isabel einst eingenommen hatte, stellte für ihn immer noch eine klaffende Wunde dar. Von Walsingham und Burghley keine Spur, und Tom gestattete sich, ein wenig leichter zu atmen.

Der Page blieb an seiner Seite, und Tom merkte, dass der Junge in Ermangelung von jemand anderem alles, was er nicht von den Lippen ablesen konnte, durch Zeichen vermitteln sollte. In Anbetracht dessen, dass sie in der Vergangenheit kaum mehr als ein Dutzend Mal miteinander kommuniziert hatten, konnte Tom sich nicht vorstellen, dass dies gut gehen würde. Mit zusammengekniffenen Augen beobachtete er die Königin beim Sprechen, darauf bedacht, dass ihm kein Wort entginge.

»Wir haben von dem schrecklichen Feuer gehört, in dem unsere Lady Isabel ihr Leben ließ.« Die Königin sprach langsam, artikulierte sorgfältig jedes Wort. Tom konnte jeden einzelnen schrecklichen Teil davon verstehen. Er nickte und senkte dann rasch den Blick, damit niemand seine Tränen sehen konnte. Nachdem er sich mit dem Ärmel die Augen abgewischt hatte, sah er wieder die Königin an.

»Wir möchten dir unser Beileid aussprechen. Hat dein Sohn überlebt?«

Tom nickte.

»Auch wenn ich deine verblichene Frau nun schon lange nicht mehr gesehen habe, werde ich sie sehr vermissen. Sie war seinerzeit stets fröhlich und eine Freude für uns alle. Wie ich gehört habe, bist du nun obdachlos, und ich weiß, dass dieser Hof an dieser Tragödie nicht ganz unschuldig ist. Ebenso Walsingham, der dich bei seiner Strategie mit großer Wirkung eingesetzt hat, um die Verschwörer zu fassen, die mich tot und meine Cousine auf dem Thron sehen wollten. Darum will ich dir für all die Arbeit, die du für mich getan hast, ein neues Zuhause und ein Gehalt gewähren, um dich und deinen Sohn zu unterstützen. Und auch zum Gedenken an deine Gattin. Man hat mir gesagt, dass du ursprünglich aus Norfolk stammst, deshalb will ich dir eins der leer stehenden Herrenhäuser schenken, das wir vom Earl of Arundel beschlagnahmt haben. Mein Lord Burghley wird dir die Urkunde überreichen, und du bist fortan von allen Verpflichtungen an diesem Hof entbunden.«

Tom war sich nicht sicher, was nun von ihm erwartet wurde, bis er den Pagen ansah, der »danke« mit den Lippen formte, seine Hände zusammenlegte und sich verbeugte, so wie Tom es immer tat. Rasch wandte sich Tom deshalb an die Königin und dankte ihr. Diese neigte hoheitsvoll den Kopf und entließ ihn. Rückwärts ging Tom auf die Tür zu, doch die Königin winkte ihn noch einmal zu sich, als wäre ihr plötzlich etwas eingefallen.

»Man sagte mir, dass du nicht nur ein herausragender Apotheker bist, sondern auch ein begabter Künstler, der ein Triptychon bemalt hat. Ist dem so?«

Tom nickte.

»Ich werde es, als Geschenk von mir, für dich rahmen lassen. Bitte gib es meinem Pagen, wenn du in deine Kammer zurückkehrst.«

Tom bemühte sich, seine Überraschung zu verbergen, während er wieder nickte und sich noch zweimal bei ihr bedankte, ehe er sich aus dem Thronsaal zurückzog. Der Page begleitete ihn, und sie mussten kurz warten, weil Tom sich einen Augenblick lang an die Wand lehnen musste, um alles, was da gerade geschehen war, zu begreifen. Man würde ihm und Richard ein neues Zuhause schenken, und zwar dort, wo seine Lebensreise begonnen hatte. Dies würde niemals seinen Schmerz heilen, doch es war der Beginn eines neuen Lebens.

Unten angekommen, überließ es Tom dem Pagen, Hugh alles zu erzählen, während er sein Gemälde holte, das inzwischen trocken war nach seiner wilden Ergänzung. Er klappte die beiden äußeren Paneele zur Mitte und reichte es, in eine Decke gewickelt, damit es unterwegs nicht beschädigt wurde, dem Pagen.

Am selben Abend suchte Tom Catherine auf und berichtete ihr, was sich heute ereignet hatte. Er musste alles aufmalen, um es zu beschreiben, weil sie seine Zeichensprache nicht gut verstand und auch nicht lesen konnte. Schließlich begriff sie, worum es ging, und erklärte sich einverstanden, mit ihm und Richard nach Norfolk zu gehen. Dann brach sie in Tränen aus, drückte ihm seinen Sohn in die Arme und stürzte davon. Auch Tom liefen wieder Tränen über die Wangen und tropften auf das weiche, dunkle Haar des Kindes. Richard, der seinem Vater gerade die Rassel gegen die Brust geschlagen hatte, blickte zu ihm auf, und das vertraute Strahlen breitete sich auf seinem Gesicht aus – das Ebenbild seiner Mutter. Was auch immer als Nächstes passierte, Tom wusste, dass durch Richard immer ein Teil von ihr bei ihm wäre. Er und Richard wären für immer eine Familie.

55

Dezember 1586

Der Karren mit ihren Habseligkeiten rollte über den Weg und blieb vor dem Herrenhaus stehen. Catherine und Richard dösten hinten auf dem Wagen, und Tom stieg von dem Wallach ab, den er, kurz bevor sie London verließen, gekauft hatte. Aus seinem Zuhause war nicht mehr viel zu retten gewesen, aber was er hatte finden können, hatte er eingesammelt. Wie von Königin Elizabeth versprochen, steckte sein Triptychon nun in einem schweren, mit Blattgold und dem königlichen Wappen verzierten Rahmen. Eine Londoner Schneiderin hatte Kleider für Catherine und Richard genäht, und Tom hatte ein paar Bettdecken beschafft, auch wenn sie keine Betten mehr hatten, auf die sie sie hätten legen können.

Burghley hatte ihm einen rostigen Metallring mit alten Schlüsseln und die Besitzurkunde für ein Herrenhaus ausgehändigt, das in der wilden Landschaft Norfolks gelegen war, und nun zog Tom den Schlüsselbund aus der Tasche, während er an dem Gebäude, vor dem er stand, hinaufblickte. Es war quadratisch und solide, mit Fachwerk aus hellem

Eichenholz. Die Paneele dazwischen waren ausgebleicht und cremefarben. Das Reetdach wirkte fleckig und bedurfte sofortiger Zuwendung, ansonsten würde sie das Winterwetter mit voller Wucht treffen. Er nahm wahr, wie sich hinter ihm etwas bewegte, und wusste, dass die Viehtreiber, von denen er den Karren gemietet hatte, abladen wollten. Sie mussten weiter nach King's Lynn, wo sie Waren abholen und nach London bringen sollten. Tom nahm den größten Schlüssel des Rings, schob ihn ins Schloss und zuckte ein wenig zusammen, als er sich langsam und knirschend drehte.

Die Tür schwang auf und gab einen großen offenen Saal frei. Am anderen Ende befand sich ein breiter gemauerter Kamin, der noch von Ruß und Asche bedeckt war, als wären die früheren Besitzer zusammen mit ihren Habseligkeiten mitten aus ihrem Alltag vertrieben worden, ihr Dasein zum Stillstand gekommen. Tom schauderte und fragte sich, was wohl mit der Familie passiert war. Er wusste, dass nach der Hinrichtung des Duke of Norfolk dessen Familie und Pächter hinausgeworfen worden waren, und er konnte sich nicht vorstellen, dass die Soldaten dabei besonders mitfühlend vorgegangen waren. Das erinnerte ihn an seine eigene Flucht mit seiner Mutter und seinen Geschwistern aus Norfolk, bevor ihnen dasselbe Schicksal widerfahren konnte. Glücklicherweise war der Familiensitz an seinen Bruder Henry zurückgegeben worden, als dieser erwachsen war und die Königin darum ersucht hatte. Und nun wohnte Tom in derselben Grafschaft. Hier war er nun, endlich wieder da, wo er hingehörte, aber ohne den Menschen, den er am meisten bei sich haben wollte. Sein Leben hatte eine scharfe Wendung genommen und sollte nun eigentlich vollkommen sein. Doch davon war es weit entfernt. Der wichtigste Teil fehlte.

Hinter ihm tauchte Catherine auf. Haarsträhnen fielen ihr ins Gesicht, die sich beim Schlafen aus ihrer Bundhaube aus weißem Leinen gelöst hatten. Sie stellte Richard auf den Boden, und er wackelte auf unsicheren Beinen über die Steinplatten, bewunderte den Raum, die Arme seitlich ausgestreckt, um das Gleichgewicht zu halten. Ebenso wie Tom sah sich Catherine um und nickte dann anerkennend. Es hätte weit schlimmer kommen können.

Tom hatte keine Zeit, sich weiter umzusehen, denn er half den Viehtreibern dabei, seine spärlichen Besitztümer vom Karren zu laden und ins Haus zu tragen. Eine Stunde später war alles drinnen. Catherine durchsuchte die Säcke und fand einen Topf, in dem sie Wasser kochen konnte. Dann ging sie nach draußen, um nach einem Holzvorrat und Anzündhölzern zu suchen. Tom nahm seine Axt und folgte ihr.

Als die Nacht hereinbrach, hatten sie sich so gut es ging eingerichtet. Mit Heu aus der Scheune hatten sie vorläufige, klumpige Matratzen hergestellt. Es schien schon mehrere Jahre dort zu liegen, aber nach der Sommerhitze war es nicht mehr feucht und würde ausreichen, bis sie Wolle fänden und etwas Dauerhafteres anfertigen konnten.

Die robuste Eichentreppe an der Seite des Saals führte hinauf zu vier Schlafzimmern, doch wie Tom befürchtet hatte, war das Reetdach bereits undicht und hatte Wasser hereingelassen. Die Bodenbretter waren verzogen. Er würde alles reparieren müssen, bevor sie das obere Stockwerk nutzen konnten, deshalb legten sie sich im großen Saal zum Schlafen nieder. Tom starrte noch stundenlang in die Dunkelheit, der Platz neben ihm war so leer wie sein Herz.

Es dauerte mehrere Wochen, bis alles fertig war. Tom führte die notwendigen Reparaturen durch, baute schlichte Möbel und sorgte dafür, dass genug gespaltenes Holz da war, damit das Feuer im Saal stets brannte. Das Anwesen war riesig, ein ansehnliches Waldstück gehörte dazu sowie ein kleines Dickicht, das näher am Haus stand. Außerdem entdeckte er eine kleine private Kapelle, die so versteckt zwischen den Bäumen stand, dass es aussah, als hätten diese sie für sich selbst beansprucht.

Tom sah seinen Schlüsselbund durch, bis er einen Schlüssel fand, der dazu passte, doch er musste kräftig mit der Schulter gegen die von Feuchtigkeit und Alter verzogene Tür stoßen, damit sie aufging. Drinnen flutete Licht durch die hohen Fenster herein, die am oberen Rand mit Buntglas verziert waren; die vielen leuchtenden Farben bildeten das Wappen von Norfolk. Das Licht tanzte über den Boden, als wollte es Tom an diesem heiligen Ort willkommen heißen. Neben zwei Reihen von Holzbänken, auf denen so dick der Staub lag, dass er sich in dem Luftzug, den Tom verursachte, kaum bewegte, stand am Ende des Kirchenschiffs ein schlichter Altar. Natürlich ohne Kruzifix, weil alles, was irgendwie von Wert war, mitgenommen worden war. Doch während sich Tom zwischen den nackten Steinmauern umsah, wusste er genau, was er hier unterbringen würde. Die Kapelle wäre ein passender Ort dafür.

Es dauerte eine Weile, bis Tom im Frühjahr all die Ableger gepflanzt hatte, die er mitgebracht hatte und die immer noch in kleinen Töpfen wuchsen. Er suchte nach dem richtigen Platz für sie und kämpfte sich deshalb durch die hohen Gräser und Sprösslinge, die rund um das Haus wucherten, bis er ihn gefunden hatte: eine von Bäumen windgeschützte Ecke, die auf eine Wiese hinausging, auf der seine Hühner zwischen dem halben Dutzend Schafe und der Kuh scharrten, die er ein paar Tage nach ihrer Ankunft gekauft hatte. Hier war es beschaulich, und zum ersten Mal seit sehr langer Zeit spürte er, wie sich ein fragiler innerer Friede wie ein hauchdünner Umhang behutsam um seine Schultern legte. Hier konnte er – vielleicht – einen Hauch des Trostes finden, nach dem er sich so sehnte.

Unter seinen Habseligkeiten fand Tom unten in einem Sack seinen zusammengeknüllten, schäbigen blauen Mantel. Er zog ihn heraus, und wieder einmal wurde er zurückversetzt zu jenem Tag, an dem er ihn von Walsingham bekommen hatte. Wie stolz Tom gewesen war, als er ihn zum ersten Mal angehabt hatte. All diese Erinnerungen waren so lebendig, als wäre das alles gerade erst geschehen. Wie Kit Marlowe ihm erklärt hatte, dass er darin aufrechter ging, wie der Mantel ihm Selbstbewusstsein verlieh, als er in Barn Elms den Wachen gegenübergetreten war. Sein Gesicht verfinsterte sich, als er sich an den Wachtmeister in Poultry Corner erinnerte, der ihn Tom in der Annahme heruntergerissen hatte, er würde ihn ohnehin nicht mehr brauchen. Und an sein Schmollen, als er ihn vierundzwanzig Stunden später zurückgeben musste. Wie er ihn an seinem Hochzeitstag getragen hatte und im siebten Himmel gewesen war, als Isabel ihm ewige Treue geschworen hatte. Er drehte und wendete den Mantel und besah sich die Flecken auf dem Rücken und den Armen; sie rührten von seinen Observierungsmissionen in Gassen und Hauseingängen und seinen Nächten im Wald her. Und tragischerweise roch er nach der letzten Gelegenheit, bei der er ihn getragen hatte – nach Rauch. Zwischen den Bildern aus seinem Leben in London, die vor seinem geistigen Auge vorbeizogen, flackerten die Flammen auf, die ihm alles genommen hatten. In weitem Bogen schwang er seinen Arm, verjagte die Halluzinationen; sie wirbelten davon und wurden von den Wänden verschluckt.

Er legte sich den Mantel über den Arm, fest entschlossen, ihn ins Feuer zu werfen. Dabei flatterte etwas zu Boden, und Tom bückte sich, um es aufzuheben. Er drehte das Pergamentstück um und fragte sich kurz, was es war. Doch dann kam die Erinnerung wieder zurück. Babington hatte es fallen lassen, als er zu seiner letzten Reise davongeeilt war. Die vertraute Kurzschrift, an der er so viele Male mit Doktor Bright gearbeitet hatte, war auf dem Pergament verwendet worden. Tom sah durch das Fenster auf die Landschaft hinaus, hinüber zu den uralten Eichen, die auf seinem Land standen, und erinnerte sich daran, wie Phelippes ihm gezeigt hatte, wie man Geheimtinte herstellte. Er hatte noch eine letzte Aufgabe zu erfüllen, bevor er mit dem, was geschehen war, abschließen konnte.

Langsam, aber sicher legte sich Tom einen Kräutergarten in der Ecke an, der zum Küchengarten wurde. Jeden Tag, wenn das Wetter es erlaubte, grub er dort um und jätete Unkraut. Manchmal blickte er auch einfach nur über die Felder, als wäre er in Gedanken ganz woanders. Er kultivierte weiterhin die Vanillepflanzen, doch sie brachten nicht die Schoten hervor, die letztlich seine Verstrickung in das Netz aus Spionage und Intrigen ausgelöst hatten.

Manchmal saß Tom auch in der Kapelle. Er hatte eine Gedenktafel für Isabel anbringen lassen, doch ein Grab würde er ihr niemals schenken können. Näher als hier konnte er ihr nicht kommen. Das Triptychon war neben der Tafel an die Wand gehängt worden, aber das dritte Paneel mit seiner feurigen Hölle verstörte ihn so sehr, dass er es in einem Anfall von Schmerz und Kummer mit Brettern vernagelte, damit er es nicht mehr sehen musste. Ein letztes Bild ihres Medaillons wurde hinzugefügt, die Kette schlängelte sich über die Bretter auf die Gedenktafel zu. Er hatte seine Geschichte so erzählt, wie er es vermochte: durch sein künstlerisches Talent.

Bevor er das Triptychon an die Wand hängte, steckte er das Pergamentstück hinten zwischen Gemälde und Rahmen. Dies würde endgültig erklären, welch schreckliche Rolle er beim Tod seiner Frau gespielt hatte. Dank seiner Arbeit mit Doktor Bright würde niemand je seine Geschichte finden oder in der Lage sein, sie zu lesen.

56

September 2021

Endlich kam der Tag, an dem Professor Thornton Mathilde in einer E-Mail darüber informierte, dass das Dokument entschlüsselt worden war und er gern nach Lutton Hall kommen würde, um alles genau zu berichten. Er wollte unbedingt persönlich sehen, wo das Triptychon und damit das Dokument gefunden worden war, und Mathilde erklärte sich sofort einverstanden.

»Heute werden wir alles erfahren«, sagte Rachel. Sie summte vor sich hin, während sie die Kissen im Salon aufschüttelte. Im Vorraum standen ihre und Fleurs gepackte Taschen, die im Auto verstaut werden sollten. In zwei Tagen begann die Schule, der Sommer war vorbei.

»Glaubst du, darin wird erklärt, weshalb das Triptychon überhaupt versteckt wurde? Vielleicht enthält das Pergament ein Geständnis, dass es Elizabeth I. geklaut worden ist. Oder dass jemand für sie spioniert hat. Ich hoffe, wir finden heraus, was das Ganze soll. Wird Oliver rechtzeitig hier sein?«, fragte Rachel. Mathilde wusste, dass er bereits auf dem Weg war, weil er ihr kurz vor seiner Abfahrt eine Nachricht geschickt hatte. Ihre Schwester ahnte noch nicht, dass sie etwas miteinander hatten. Und sie wollte auch nicht, dass sie es erfuhr. Jedenfalls noch nicht.

»Ich nehme es an«, erwiderte sie betont beiläufig.

»Das will ich hoffen, denn vielleicht brauchen wir jemanden, der uns die historischen und technischen Begriffe erklärt. Außerdem will er genauso dringend wissen wie wir, was das alles zu bedeuten hat«, sagte Rachel lächelnd. »Wenn er nicht hier ist, wird er den Professor um einen lückenlosen Bericht bitten müssen. Uns braucht man es ja nur für Laien zu erklären.«

Mathilde runzelte die Stirn. Immer wenn sie gerade dachte, sie hätte die Sprache im Griff, benutzte jemand ein Wort, das ihr nichts sagte. »Laien?«, wiederholte sie.

»Sorry. Wir sind keine Expertinnen«, erklärte Rachel, »deshalb brauchen wir von ihm nicht all die Details, die Oliver erwartet. Wir brauchen nur eine vereinfachte Version.«

Professor Thornton und Oliver trafen zur selben Zeit ein, dicht gefolgt vom Briefträger, der ein Bündel Briefe durch sein Wagenfenster reichte, ehe er wieder davonbrauste.

»Ich spiele heute Postbote Pat«, sagte Oliver lachend, während er die Briefe ablegte. Er gab beiden Frauen einen flüchtigen Kuss auf die Wange und ging dann mit dem Professor zur Kapelle hinüber.

Rachel blätterte durch die Briefumschläge. »Noch immer kommt Post für Dad hier an«, sagte sie bedrückt. »Immer wenn ich mir gerade sicher bin, allen Bescheid gesagt zu haben. Oh, der große Umschlag hier ist für dich. Erwartest du etwas?« Mathilde nahm ihn und barg ihn schützend in den Armen.

»Bestimmt nichts Wichtiges.« Sie zuckte mit den Schultern. »Wollen wir ins Wohnzimmer gehen, um auf die anderen zu warten?«

Im Wohnzimmer angelangt, setzte sie sich auf eine Sessellehne und schob den Zeigefinger unter die Umschlaglasche. Dann zog sie einen Stapel Papier heraus.

»Was ist denn nun in deinem geheimnisvollen Umschlag?« Mathilde hatte gar nicht gemerkt, dass ihre Schwester direkt hinter ihr stand und ihr über die Schulter blickte. Rasch stopfte sie alles wieder hinein. »Verkaufsurkunde?« Rachels Stimme wurde schrill. »Ein Verkaufsdokument? Von Mr. Murray, ich habe den Briefkopf gesehen. Ich dachte, du wartest noch, bis der Sommer zu Ende ist, bevor du entscheidest, was du tun willst. Und du wolltest das auch nicht mit mir, deiner Schwester, besprechen? Ich weiß, dass Lutton Hall nun dir gehört, aber es ist immerhin unser Familiensitz!« Inzwischen klang ihre Stimme noch eine Oktave höher, und als Oliver und Professor Thornton hereinkamen, fühlten sich beide sichtlich unbehaglich. Sie gingen zum Tisch und starrten überaus konzentriert auf die Papiere hinab, die sie dort ausgebreitet hatten.

»Der Sommer *ist* zu Ende«, zischte Mathilde mit zusammengebissenen Zähnen und wedelte mit der Hand. »Ich erkläre es dir später. Jetzt will ich zuhören.« Es war ihr peinlich, dass sie so lange gebraucht hatte, etwas zu arrangieren, was sie schon vor Wochen hätte tun sollen, und war nicht gerade erpicht darauf, ihrer Schwester ihre Gedankenlosigkeit einzugestehen.

»Ja, wir reden später«, stimmte Rachel leise zu, ohne sie dabei anzusehen. Mathilde spürte die Enttäuschung und die Betroffenheit ihrer Schwester, und Tränen brannten ihr in den Augen.

Professor Thornton räusperte sich laut, und alle wandten sich ihm zu.

»Nun, ich kann inzwischen bestätigen, dass es sich bei diesem Dokument um das handelt, was wir vermutet hatten: Es ist einer von mehreren Briefen, die 1586 zwischen der schottischen Königin Maria Stuart und denjenigen, die in die Babington-Verschwörung verwickelt waren, hin- und hergingen. Aber«, er hob die Stimme ein wenig, seine Aufregung über den sensationellen Fund war förmlich greifbar, »er wurde unterwegs von einem Mann namens Thomas Phelippes abgefangen, der Codes erstellte, um die Verschwörung zu vereiteln. Die Briefe von Maria Stuart, die zu dieser Zeit im Kerker saß, wurden von Doppelagenten abgefangen, anschließend abgeschrieben, und zusätzliche Anweisungen wurden hinzugefügt, um die Verschwörer in ein Netz zu locken, das Sir Francis Walsingham, Königin Elizabeths Meisterspion, spann. Dies ist ein wichtiges Teilchen in diesem Puzzle und absolut faszinierend. Vor allem weil das Dokument nicht nur verschlüsselt, sondern auch in Kurzschrift verfasst ist – eine zusätzliche geheimdienstliche Vorkehrung. Uns sind sehr wenige Beispiele dieser Arbeit überliefert, aber wir wissen, dass das Ganze ein Doktor Bright, Leiter des St Bartholomew's Hospitals, ersonnen hat. Vor über vierhundert Jahren, ist das nicht unglaublich?« Inzwischen war der Professor völlig aus dem Häuschen vor Begeisterung und steckte alle damit an.

»Was ist mit den Worten, die mit Geheimtinte zwischen die Zeilen des Briefes geschrieben wurden?«, fragte Oliver.

»Ah, nun, das ist ein privates Dokument. Darin wird erklärt, weshalb es versteckt wurde, aber das sollte von der Familie gelesen werden. Es ist nicht an mir, dies zu offenbaren.« Er legte ein bedrucktes Blatt in einer Dokumentenmappe auf den Tisch. »Da steht alles drin«, sagte er. »Das Original ist noch in dem klimatisierten Safe an der Universität, bis wir uns einig sind, wo es auf Dauer aufbewahrt werden soll. Mit Ihnen würde ich gern noch zu einem späteren Zeitpunkt reden«, sagte er an Oliver gewandt, »um zu diskutieren, was Sie über das Triptychon herausgefunden haben. Ich will wissen, inwiefern das Dokument mit dem übereinstimmt, was wir über den Besitzer des Gemäldes und des Hauses wissen.«

Oliver nickte, und Professor Thornton verabschiedete sich von allen mit einem Handschlag. Das Geräusch seines Wagens verlor sich in der Ferne, während ihm die drei anderen von der Haustür aus schweigend nachsahen. Alles, worauf Mathilde gewartet hatte, die Erklärung, weshalb das Triptychon in der Kapelle versteckt war, und die Geschichte ihrer Vorfahren, war in dem Dokument zu finden, das auf dem Tisch lag. Alles, was ihr die Geister, die sie seit ihrer Ankunft hier heimsuchten, nicht mitteilen konnten.

Tief in Gedanken versunken, merkte sie erst, dass sich ein Auto über die Zufahrt näherte, als es laut hupend in den kreisförmigen Teil einfuhr. Am Steuer saß Alice, daneben Jack. Er klammerte sich am Armaturenbrett fest, an seinem verängstigten Gesicht war abzulesen, wie halsbrecherisch seine Frau fuhr.

»Genau dich wollte ich sehen.« Alice sprang aus dem Wagen, und zum ersten Mal, seit Mathilde sie kennengelernt hatte, erhellte ein breites Lächeln ihr Gesicht.

»Tante Alice, was um Himmels willen ist denn los?« Rachel kam die Stufen herunter, als wäre sie jederzeit bereit, dazwischenzugehen.

»Los? Gar nichts ist los«, kam die Antwort. »Wir sind herübergekommen, um uns bei unserer Nichte zu bedanken.« An dieser Stelle löste sich ihre Jovialität in Nichts auf, ihr Gesicht fiel regelrecht in sich zusammen wie ein Soufflé, und sie brach in Tränen aus. Rachel wollte zu ihr eilen, doch Alice hob die Hand, um sie aufzuhalten. Mathilde war einen Schritt zurückgewichen.

»Nein, lass mich ausreden«, fuhr Alice fort. »Ich kann nicht leugnen, dass ich bitter enttäuscht war, als dieses Mädchen nach so vielen Jahren wie aus dem Nichts heraus hier aufgetaucht ist. Keiner von uns hatte mit ihr gerechnet, und vor allem ich wollte sie nicht hierhaben. Sie stellte eine Bedrohung für unser Leben, unser Zuhause dar, und ich war schockiert und hatte Angst. Das entschuldigt jedoch nicht mein Benehmen. Ich war unfreundlich, und das war falsch. Was hätte Peter dazu gesagt? Ich kann dich nur aus tiefstem Herzen um Entschuldigung bitten.« Sie ging auf Mathilde zu, die instinktiv noch einen Schritt zurückwich. »Aber heute haben wir einen Brief von Mr. Murray bekommen, in dem stand, dass sie die Besitzurkunde für das alte Bauernhaus uns übertragen hat. Deshalb müssen wir jetzt nicht mehr um unser Dach über dem Kopf fürchten. Wie können wir dir je dafür danken?«

Dieses Mal wich Mathilde ihrer Tante nicht schnell genug

aus. Alice schloss sie in eine so feste, parfümschwangere Umarmung, dass sie fast keine Luft mehr bekam.

»Das war doch nichts. Ich hätte das schon viel früher tun sollen. Tut mir leid, dass es so lange gedauert hat.« Ihre Stimme klang rau, als Tante Alice sie endlich wieder losließ. Über die Schulter ihrer Tante hinweg konnte sie Oliver und ihre Schwester sehen, die sich mit hochgezogenen Augenbrauen anblickten.

Rachel hakte sich bei Alice und Jack unter und führte sie in die Küche, um Tee zu kochen. Das Allheilmittel für jedes englische Problem, dachte Mathilde. Oliver stand noch immer genau an der Stelle, an der er das ganze Spektakel miterlebt hatte.

»Warum hast du uns nicht gleich gesagt, was das in dem Umschlag war?«, fragte er. »Wir haben schon gedacht, du verkaufst Lutton Hall.«

»Ich habe mich geschämt«, gestand sie. »Ich hätte das schon bei meiner Ankunft tun sollen. Mehr als jeder andere hätte ich wissen müssen, wie es sich anfühlt, sich wegen eines Dachs über dem Kopf Sorgen machen zu müssen. Aber du und Rachel musstet mich erst darauf hinweisen. Gerade ich hätte erkennen müssen, weshalb sich Alice so benommen hat. Ich war dumm.«

»Nein, warst du nicht.« Er legte ihr den Arm um die Schulter und zog sie an sich. »Wie hättest du bei einem so kühlen Empfang auch gleich darauf kommen sollen? Seitdem hast du dich sehr verändert, auch wenn das erst drei Monate her ist. Lass uns reingehen und mit dem Rest deiner Familie Tee trinken, ja? Dann könnt ihr den Brief lesen, den euch euer Vorfahr hinterlassen hat.«

In der Küche ließ Mathilde zu, dass Rachel sie in eine dicke Umarmung zog und ihr »Tut mir leid« ins Ohr flüsterte. Sie spürte die warmen Tränen auf dem Gesicht ihrer Schwester und umarmte sie ebenfalls.

»Mir auch«, sagte sie, während sie ihre Schwester an sich zog, dann setzte sie sich zu der Teegesellschaft an den Tisch, und Rachel stellte Gläser und eine staubige Flasche Cognac neben die allgegenwärtige Teekanne.

»Dad fiel immer ein Grund ein, den Brandy herauszuholen.« Sie lächelte unter Tränen und schniefte. »Und ich finde, nun ist eine gute Zeit, diese Tradition fortzusetzen.«

»Auf die Familie«, sagte Alice und hob ihr Glas. Alle stießen miteinander an und stimmten mit ein. Noch nie hat etwas süßer in meinen Ohren geklungen, dachte Mathilde. Sie entschuldigte sich und rannte nach oben in ihr Zimmer, um etwas zu holen, das sie Rachel schenken wollte. Nun war der richtige Zeitpunkt dafür.

»Für dich«, sagte sie schroff, als sie es ihr reichte. Sie sagte ihrer Schwester nicht, dass es ursprünglich als Abschiedsgeschenk gedacht gewesen war. Inzwischen wusste sie tief in ihrem Inneren, dass es keinen Abschied geben würde.

Rachel nahm das Tuch weg, das darum gewickelt war, und hielt ein gerahmtes Foto von Fleur in den Händen, eines von denen, die Mathilde bei ihrem nächtlichen Ausflug in den Sumpf aufgenommen hatte.

»Oh, das ist wundervoll, vielen Dank«, hauchte Rachel.

»Das letzte Teilchen im Familienpuzzle«, sagte Mathilde und sah zu Fleur hinüber, die vor einem Glas Milch saß. Sie zwinkerte der Kleinen zu, und diese grinste zurück.

»Wollen wir uns dann mal den geheimen Brief anschauen?«, fragte Oliver und sah dabei Mathilde und Rachel an, die beide nickten. Alice und Jack sahen die anderen ratlos an, folgten ihnen dann aber, als sie zurück in den Salon gingen. Schweigend warteten sie, während Mathilde mit leicht zitternder Hand den Brief nahm. Der Raum fühlte sich nun ruhiger an, die Auseinandersetzung von vorhin hatte sich in Luft aufgelöst. Mathilde nahm die durchsichtige Plastikmappe mit dem transkribierten Text und begann zu lesen.

»Dies ist meine Geschichte. Tom Lutton. Auf der Suche nach Sicherheit und einem Zuhause reiste ich übers Meer. Nicht nur einmal, sondern zweimal. Ich diente meiner Königin als Apotheker und als Spion, und dadurch verlor ich die Frau, der ich mein Herz und meine Liebe geschenkt hatte. Dieses Triptychon wird bis in alle Ewigkeit meine Geschichte erzählen. Ich fand alles, was ich gesucht hatte, und jetzt beende ich meine Tage mit unserem Sohn in dieser flachen Gegend, in der meine Lebensreise begonnen hat.«

Mathilde legte das Blatt wieder auf den Tisch und wandte ihren Blick dem Triptychon zu, das immer noch geöffnet neben ihr stand. Es erzählte seine Geschichte und auch ihre. Sie waren zwei Seiten derselben Medaille. Die Grundmauern des Hauses atmeten langsam aus, die Geister vergangener Jahrhunderte zogen sich zurück, fanden endlich ihren Frieden.

Ohne ein Wort ging sie um die anderen herum und verließ das Haus. Sie ging nach hinten und holte ihren Spaten. Ein Rotkehlchen saß darauf und folgte ihr dann, hüpfte von Ast zu Ast, bis sie in die Ecke des Gartens gelangten. Sie brauchte jetzt den Ort, an dem sie sich ihm am nächsten fühlte – dem

Mann, von dem sie inzwischen wusste, dass er Tom Lutton hieß: ihr Urahn.

Er hatte diese Stelle auch geliebt, da war sie sich sicher. Kein Wunder, sie fühlte sich von diesem Ort angezogen, von der Ruhe und dem Frieden, die er ihr schenkte. Sie stieß den Spaten in die Erde und fing an zu graben, methodisch hob sie Scholle um Scholle aus, die sich rasch zu einem kleinen Hügel anhäuften. Auch er hatte hier Trost gefunden.

Klirrend traf der Spaten auf einen Gegenstand, drang nicht mehr tiefer in die Erde ein. Mathilde runzelte die Stirn und stieß ihn gleich daneben noch mal hinein. In dieser Schicht fanden sich jede Menge Kieselsteine, die ihr auch schon an anderen Stellen Schwierigkeiten bereitet hatten. Vorsichtig ging sie in die Knie und hob einen Erdklumpen heraus, dann noch einen und noch einen. Irgendetwas befand sich hier, gleich bei ihrem Kräuterbeet, im Boden. Sie scharrte mit den Händen. Shadow lag auf dem Thymian, aalte sich in der warmen Sonne und ließ sie nicht aus den Augen.

Nach fast zwei Stunden harter Arbeit hatte sie den Gegenstand ausgegraben. Irgendwann war auch Rachel herausgekommen und hatte einen Becher Tee neben Mathilde auf den Boden gestellt, doch er blieb unberührt und wurde kalt. Schließlich erhob sich Mathilde. Die Hände in die Hüften gestemmt, balancierte sie breitbeinig auf dem ausgehobenen Erdhaufen. Vor ihr lag eine längliche Steinplatte, kaum verwittert, nachdem sie all die Jahre tief in der Erde verborgen gewesen war. Sie wischte die letzten Erdklümpchen mit den Händen fort. Oben an der Platte befand sich eine schlichte Inschrift: *»Tom Lutton, gestorben am 4. August 1607. Ein Reisender, der heimgekommen ist.«*

Es war sein Grabstein, so nah an der Stelle, an der sie seit Wochen arbeitete. Ihr Vorfahr und der Vorfahr ihres Vaters. Vielleicht hatte Toms Sohn – das Baby, von dem sie geträumt hatte – ihn hier in der Ecke des Gartens begraben, die er ebenso geliebt hatte wie sie. Das würde den Frieden und die Ruhe erklären, die dieser besondere Ort ausstrahlte. Sie strich mit den Fingerspitzen durch das hohe Gras neben ihr, ließ es sanft über ihre Haut gleiten. Sie war ebenfalls eine Reisende gewesen, doch jetzt war auch sie zu Hause angekommen.

Danksagungen

Hier ist er nun – ich war mir nicht sicher, ob ich den bekanntermaßen schwierigen zweiten Band würde bewältigen können, doch dann setzte der Flow ein, und Tom und Mathilde erzählten allmählich ihre Geschichte.

Freilich wäre ich ohne jede Menge Hilfe nie so weit gekommen, wundervolle Menschen haben mit mir zusammengearbeitet und mir die Hand gehalten. Zunächst ein riesiges Dankeschön an meine herausragende Lektorin Molly Walker-Sharp, die dieses Buch in Topform gebracht und mich immer motiviert hat. Du bist ein Star! Vielen Dank auch an die Marketingabteilung und das gesamte Team bei Avon, das erstklassige Arbeit leistet – ich bin euch allen unendlich dankbar.

Von ganzem Herzen danken möchte ich auch meiner großartigen Agentin Ella Kahn von Diamond Kahn and Woods. Deine Wahrnehmung und deine Vorschläge sind immer hilfreich und treffen ins Schwarze. Ich bin außerordentlich dankbar dafür, dass ich dich jederzeit per E-Mail erreichen kann und du all meine Fragen beantwortest, egal wie dämlich sie sind. Danke für deine kontinuierliche Unterstützung, deinen Enthusiasmus und dafür, dass du immer in meinem Team spielst.

Ganz besonders möchte ich hier meine virtuelle Bürokollegin und Probeleserin Jenni Keer erwähnen, die den Tag am Schreibtisch so viel besser macht. Danke, dass du im vergangenen Jahr in meinem Handy gelebt und mich dauernd angefeuert hast. Danke auch an die Mitglieder der Romantic Novelists' Association Suffolk und Norfolk – gute Freundinnen und Freunde –, vor allem Heidi Swain, Rosie Hendry, Claire Wade, Ian Wilfred und Kate Hardy. Ihr wart stets bereit, die Pompoms zu schütteln, und habt mich ungeheuer unterstützt. Ihr seid spitze!

Ich hätte dieses Buch nicht ohne die Hilfe einiger Spezialisten schreiben können. Erst mal danke an David Hollingworth, der mein Schulfranzösisch verbessert hat; irgendwann komme ich rüber und teste es weiter aus! Bedanken möchte ich mich außerdem bei Sarah Voysey für den inspirierenden Umbau ihres Wagens in ein Campingfahrzeug, was mir dabei geholfen hat, Mathildes Krankenwagen zu planen. Und ganz besonders möchte ich hier eine fantastische Truppe von Leuten erwähnen (ihr wisst, dass ihr gemeint seid!), die stets bereit waren, absolut alle Fragen zu beantworten, die mir so einfallen – was für ein Quell des Wissens ihr seid. Mein besonderer Dank gilt außerdem Sara, Lisa, Fiona, Catherine, Eleanor, Mary, Rhian und Rebecca, weil sie mir aus einem Loch herausgeholfen haben.

Natürlich hätte ich mich niemals hinsetzen können und »Auf den Spuren der Königin« schreiben können ohne die Unterstützung und Hilfe, die ich zu Hause erhalte, deshalb bin ich meinem Mann Des großen Dank schuldig, der freundlicherweise zu jeder Gelegenheit Golf spielen geht, damit ich in Ruhe schreiben kann. Ehrlich, Des, Worte können gar nicht ausdrücken, wie froh ich bin, dass ich dich habe! Nein, wirklich. Und wie immer möchte ich auch meinen wunderbaren Kindern danken, ich freue mich so sehr über eure Unterstützung – dieses Buch ist euch Engelchen gewidmet.

Abschließend will ich meinen großartigen Leserinnen und Lesern danken, die mich im letzten Jahr so gut unterstützt haben. Ich weiß gar nicht, wie ich mich bei euch für eure herzerwärmende Begeisterung bedanken soll. Zu erleben, wie viele Menschen meine Protagonisten mögen, was sich dann auch in ihren Rezensionen niederschlägt, ist schlicht und ergreifend die größte Auszeichnung, die ich mir wünschen könnte – darüber freue ich mich und bin enorm dankbar. Falls mich irgendjemand noch nicht in den sozialen Medien gefunden hat, kommt einfach vorbei und sagt Hallo!

Twitter: @claremarchant1
Instagram: claremarchant1
Facebook: /ClareMarchantAuthor